CÚMPLICES de um ESCÂNDALO

Também de Lucy Vargas

Um acordo de cavalheiros
A perdição do barão
A desilusão do espião
Um enlace entre inimigos

Lucy Vargas

Cúmplices de um Escândalo

1ª edição

Rio de Janeiro-RJ / São Paulo-SP, 2024

VERUS
EDITORA

Ilustrações, design de capa e mapa
Carmell Louize

ISBN: 978-65-5924-338-9

Copyright © Verus Editora, 2024
Todos os direitos reservados.

Direitos reservados em língua portuguesa, no Brasil, por Verus Editora. Nenhuma parte desta obra pode ser reproduzida ou transmitida por qualquer forma e/ou quaisquer meios (eletrônico ou mecânico, incluindo fotocópia e gravação) ou arquivada em qualquer sistema ou banco de dados sem permissão escrita da editora.

Verus Editora Ltda.
Rua Argentina, 171, São Cristóvão, Rio de Janeiro/RJ, 20921-380
www.veruseditora.com.br

CIP-BRASIL. CATALOGAÇÃO NA PUBLICAÇÃO
SINDICATO NACIONAL DOS EDITORES DE LIVROS, RJ

V426c

Vargas, Lucy
  Cúmplices de um escândalo / Lucy Vargas. – 1. ed. – Rio de Janeiro : Verus, 2024.

  ISBN 978-65-5924-338-9

  1. Ficção brasileira. I. Título.

24-92931
CDD: 869.3
CDU: 82-3(81)

Gabriela Faray Ferreira Lopes – Bibliotecária – CRB-7/6643

Revisado segundo o Acordo Ortográfico da Língua Portuguesa de 1990.

Seja um leitor preferencial Record.
Cadastre-se e receba informações sobre nossos
lançamentos e nossas promoções.

Atendimento e venda direta ao leitor:
sac@record.com.br

Para a matriarca, sempre.

Para você que também está lutando para sobreviver
a uma perda que virou sua vida do avesso.

Para você que entendeu que não pode permitir que
os outros decidam seu destino, pois as consequências
são suas para enfrentar. Lembre-se disso.

E para cada pessoa que sobrevive sendo neurodivergente
em uma sociedade que ainda não está preparada
para nos acolher. Sejamos fortes.

1

Um defunto no Ano-Novo

Rio de Janeiro, 1906

A virada do ano acontecera havia poucas horas e os convidados já tinham bebido mais champanhe do que seriam capazes de recordar no dia seguinte. Ninguém fiscalizava o comportamento das moças na festa, então não foi difícil para Carolina de Menezes escapulir por uma das portas do jardim. Ela pulou pela balaustrada, desequilibrando-se enquanto arrancava os saltos, avançou em direção à grama e correu. De longe, para olhos embriagados, era somente um vulto dourado afastando-se na parca iluminação.

Assim que chegou perto do rio que corria nos fundos da propriedade, Lina viu a pessoa na água. Soltando os sapatos caros, afundou os dedos na correnteza e sentiu a umidade. Foi onde deveria ter parado.

Era mesmo uma pessoa? Poderia ser um amontoado de roupas.

Sob o luar das duas da manhã, Lina decidiu que era alguém em apuros. Se os convidados das outras casas tivessem bebido tanto quanto as pessoas ali, cair na água não seria um ato tão improvável.

A água turva cobriu seus tornozelos e manchou a barra do vestido feito para a ocasião. Lina avançou e a temperatura gelada da correnteza despertou seu senso de autopreservação. Por fim, ao ignorar os instintos e adentrar mais fundo, enxergou a pessoa com mais clareza. Lina sabia nadar, mas bastaria para sobreviver ao rio escuro com suas camadas de roupa, que a puxariam para baixo?

O corpo não se movia e o rosto estava virado para baixo.

Era um cadáver.

Ela estava enfiada até os joelhos na água com um cadáver.

— Já ficamos por tempo suficiente, uma hora e vinte minutos a mais do que o pretendido — alegou Gustavo, falando enquanto atravessavam o jardim mal iluminado.

— Estou contente que tenha se divertido — provocou Henrique, sabendo que esse tipo de evento desagradava o primo.

Gustavo seguia um passo à frente e não viu motivos para retrucar. Antes que alcançassem a parte baixa do jardim, ouviram o grito feminino vindo do rio. Os dois correram na direção do som, com os sapatos de baile atrapalhando o avanço rápido. No último trecho, já seguiam escorregando pelo terreno, e Gustavo conseguiu parar antes de atingir a água.

Henrique parou também, os sapatos mergulhados na beira, e a primeira coisa que achou ter visto foi um fantasma.

Uma mulher estava enfiada até os joelhos no meio do rio, as saias do vestido dourado flutuando enquanto olhava fixamente para um vulto que era carregado pelo fluxo lento do rio Carioca.

— Minha senhora, está tudo bem? — perguntou Henrique em voz alta.

Ela não expressou reação.

A sobrecasaca de Gustavo voou no rosto de Henrique e, quando ele conseguiu abaixar o tecido preto, o primo já havia entrado no rio.

— Tem uma pessoa na água! — gritou a moça.

Henrique atirou a casaca do primo e a dele na grama e entrou também. Se a mulher fosse um fantasma chamando-os para afogá-los nas águas turvas do rio Carioca, ele precisaria salvar o seu primo. E isso porque o inconsequente era Henrique, não Gustavo.

Gustavo foi o primeiro a chegar até a moça.

— Venha comigo — disse ele, agarrando a mão dela.

— E a pessoa? — protestou ela.

A moça perdeu o equilíbrio por causa das saias molhadas e se escorou em Gustavo. O primo de Henrique a segurou como se já soubesse que aquilo ia acontecer.

— Se não sair daqui, será a próxima a ser levada pela água — avisou ele, puxando-a na direção da margem.

Henrique ainda estava aturdido. Esticou a mão e tocou nas saias que flutuavam na superfície do rio, surpreendendo-se com a maciez do tecido.

— Mas que diabos! — exclamou, surpreso. — Ela é de verdade!

Porém pouco importava se a moça era uma aparição. O seu olhar se fixou no corpo que continuava a se afastar lentamente, como se seguisse o ritmo das festanças de Ano-Novo.

— Fique com ela — disse Gustavo.

Ele praticamente atirou a moça nos braços de Henrique e avançou pela água.

— Saia dessa água, homem! — gritou Henrique, na esperança de o corpo se mexer.

— Ele não se moveu desde que o vi — relatou a moça.

Era melhor que não ficassem naquela água gelada. Se não poderia tirar Gustavo do rio, podia ao menos poupar a si e à moça.

Henrique ajeitou-se e passou um braço por baixo das pernas dela, levantando-a sem cerimônia, e, sem que ela tivesse tempo de protestar, carregou-a para a margem. A moça segurou-se nele, mas virou a cabeça para ver por cima do ombro de Henrique.

— Não sou eu que preciso ser salva! — exclamou ela.

— Vai me permitir discordar, senhorita. É um rio escuro no meio da madrugada.

Quando Henrique a colocou sobre a grama, ele se virou bem a tempo de ver Gustavo alcançar o corpo. Naquela profundidade, a água o engolia até a cintura e ele puxou o amontoado de roupa, guiando-o em direção à margem ao mesmo tempo em que evitava tocá-lo.

— Mas que coisa horrível! — exclamou a moça, tentando se mover sem escorregar, sem muito sucesso.

Henrique e ela se aproximaram com cuidado outra vez, acompanhando o trajeto de Gustavo. Por fim, quando o vulto encostou na margem e Gustavo saiu pingando da água, os três ficaram ali, emudecidos, os olhos voltados para baixo.

Em um instante, vozes preencheram o silêncio sombrio que se abatera sobre eles, e então as luzes de lamparinas e lanternas começaram a iluminar os rostos reunidos ali. Os empregados chegaram primeiro e se assustaram, e logo atrás veio o dono da casa, passando por eles rapidamente, trazendo sua própria lanterna.

— Ele está morto — anunciou Gustavo por fim.

Ele se abaixara para verificar os sinais vitais, embora o homem retirado da água continuasse imóvel, com olhos abertos e vidrados, exibindo a palidez da morte.

2

Guarda-chuva de luz

— Não vou desmaiar — assegurou Carolina, pois o rapaz de cabelos claros continuava a ampará-la pelas costas.

Outros convidados, alertados pela saída repentina de empregados e do anfitrião, foram aproximando-se do fundo do gramado. A descida escorregadia fez com que a maioria preferisse assistir à cena lá de cima.

— Eu escutei o grito, o dono da festa precisa ter ouvidos de cachorro — informou o sr. Francisco Soares, proprietário do palacete onde a festa de virada do ano estava sendo comemorada.

Nenhum dos três pareceu dar ouvidos. Carolina ainda encarava o corpo ensopado. Henrique estava perto dela, pronto para impedir um desmaio ou mesmo um tropeço. Gustavo se afastou da água e do morto. Agora que havia mais luzes, eles conseguiram distinguir uns aos outros com mais clareza.

— Venha comigo, não precisa mais ver isso — disse Henrique, que insistia em ampará-la.

Aquela visão já bastara para assombrá-la para sempre.

Dando as costas para o rio, Carolina caminhou sem graciosidade alguma. O vestido se arrastava, pingando, recuperara somente um dos sapatos e andava pisando com a ponta do outro pé, odiando a sensação molhada sob a meia fina e rasgada.

Longe da margem, a metade da festa que ainda possuía algum sinal de sobriedade observava o acontecido. Os empregados mantinham as lanternas erguidas e as senhoras se viravam para não encarar a terrível visão. Ainda assim, era claro que todos observavam e julgavam aqueles três que se envolveram no absurdo processo de tirar um corpo do rio. Ou melhor, Carolina tinha certeza de que era *ela* o centro das atenções. Como uma moça de família tinha ido parar naquela situação? Estava sozinha? Ela entrou na água por vontade própria ou foi puxada para lá?

— Se não fizesse um calor indecente neste lugar, eu não acabaria na pior situação social da minha vida — resmungou ela, virando-se de costas para o "público" e percebendo o estado deplorável do vestido dourado.

Gustavo bateu a casaca no ar e, em vez de vesti-la, colocou em volta da jovem que havia acabado de conhecer. Ela estava molhada, e ele entendia o que era sentir uma vergonha súbita mesmo sem ter culpa de nada. Jogou a outra casaca para o primo e dessa vez Henrique a pegou no ar, mas também não se preocupou em vesti-la.

— Lina! — Uma jovem mulher acotovelou os convidados para conseguir passar, empurrando alguns sem sutileza.

A luz fraca das lanternas fazia o vestido dela parecer verde, e podiam-se distinguir seus cabelos escuros.

— O que aconteceu? Foi você que encontrou o morto? — Vicentina acolheu a melhor amiga num abraço. — Eu sinto muito.

— Achei que fosse um amontoado de roupas, mas logo vi… — Ela parou de falar, virando para trás. — Esses rapazes me ajudaram — completou, apontando para os dois.

Tina soltou-a para ver de quem ela falava. Um dos jovens estava tão encharcado quanto Lina, e o outro abraçava uma sobrecasaca como se pudesse esconder as calças manchadas. Porém as roupas masculinas disfarçavam o estrago de forma mais efetiva que o pobre vestido dourado da mais fina seda, aliada à musselina.

— Ainda bem que duas pessoas estavam presentes para livrá-la de sua nova aventura mortal — brincou Tina, em uma tentativa de animar a amiga.

— Nenhuma das outras envolveu morte e água. — Lina estremeceu, com frio, e apertou mais a sobrecasaca ao redor do corpo. — Vou precisar partir o mais rápido que conseguir andar sem um dos sapatos. Prometo que devolverei sua casaca, basta o senhor me dar seu nome e endereço e mandarei entregar lavada e passada.

— Não se preocupe com isso. — Gustavo tinha a mente ocupada demais com teorias para se importar com a roupa.

— Vamos lhe passar o endereço — interveio Henrique. — E partiremos com a senhorita.

Lina estava exausta demais para argumentar. Ela se apoiou mais em Tina, para não parecer que mancava tanto. Um instante depois, ouviu passos ressoando, que indicavam que os dois rapazes as seguiam. Não esperaram para se despedir ou para saber como o anfitrião chamaria a polícia no meio da madrugada do início de ano.

Em meio aos vários veículos parados pela rua, elas encontraram a carruagem em que tinham vindo. Um cocheiro e um guarda de um metro e meio de altura as aguardava.

— Para onde estão indo?

— Botafogo — disse Lina.

Gustavo tirou o relógio do bolso e reparou que estava parado: não resistira a sua incursão dentro do rio. O relojoeiro seria um de seus próximos compromissos.

— Deixaram mais algum acompanhante na festa? — indagou Henrique.

— Papai está em outra festa — disse Lina.

Ela sabia onde era, mas não tinha condições de ir até lá. O pai preferira ir a algum antro festivo recheado de políticos e diplomatas de outros países, enquanto Tina e ela se decidiram por uma festa mais íntima.

— O meu pai também — comentou Tina, e havia um toque de humor em sua fala, mas Lina foi a única a entender.

Ela nem imaginava por qual festa da cidade andaria o senador que era seu pai. Devia estar em algum lugar chique com a esposa. E a mãe de Tina estaria em uma festa familiar.

Nenhum dos rapazes perguntou sobre as mães. Era esperado que jovens damas como elas estivessem acompanhadas de mães, tias, primas... E quanto a maridos? Se nenhuma das duas tocou no assunto, era provável que fossem solteiras. O que tornava ainda mais esquisito que estivessem sem companhia feminina.

— Garotas! Vocês iam me deixar para trás? — chamou uma voz rouca.

A iluminação permitiu que distinguissem a mulher de vestido volumoso que se aproximava a passos rápidos com um empregado em seu encalço. O homem segurava a lanterna sobre a cabeça dela como se fosse um guarda-chuva.

Carolina bufou e Tina revirou os olhos. Ficou óbvio para os rapazes que elas haviam tentado, sim, deixar a tal mulher para trás.

— Tem um homem morto na beira do rio! — exclamou a mulher. — E como pode vocês duas estarem envolvidas nessa questão?

A senhora derramou uma enxurrada de preocupações e informações que todos ali já conheciam e então amainou o tom para leves reprimendas. Até que se deu conta de algo importante.

— E quem são esses senhores? — Ela espremeu os olhos, avaliando-os da cabeça aos pés em reprovação.

Os jovens aproveitaram a iluminação para, pela primeira vez naquela noite, reparar uns nos outros. Lina, Gustavo e Tina tinham cabelos escuros. Pelo menos naquela luz, Henrique parecia ter o cabelo loiro-escuro e a pele branca, mas diferente da de Lina, que possuía um subtom quente. Tina era uma jovem negra de subtom frio e achou interessante perceber que Gustavo também não era branco. Havia poucos como eles naquela festa.

— Eles me tiraram da água — explicou Lina.

— E nos acompanharam até aqui, tão prestativos... — Tina não conseguia esconder o desprazer no tom de voz, direcionado à senhora.

— São empregados do sr. Soares? — A mulher puxou o braço do criado, ainda prestativamente parado atrás dela, e ele ergueu mais um pouco o guarda-chuva de luz que a lanterna criava.

— Infelizmente não fomos contratados para esse grande evento, minha senhora. Somos apenas convidados — informou Henrique.

— Ah... — disse a mulher, perdendo parte da animosidade.

Se eram convidados do sr. Soares, deviam ter alguma boa posição ou ao menos uma família conhecida em seu círculo social.

— Ele é Henrique Sodré. Eu sou Gustavo Sodré — informou Gustavo, sempre pronto para resumir qualquer diálogo em informações úteis.

— Ah, os primos Sodré? Da parte do barão de Valença? — indagou a mulher, e procurou o pincenê para observá-los em detalhes.

— E nós fazemos questão de acompanhá-las até Botafogo, já que estamos indo para lá também — avisou Henrique.

— Não será necessário — disse Tina.

— Gentileza dos senhores — respondeu a acompanhante, entrando primeiro na carruagem.

Carolina e Vicentina nunca tinham ouvido falar daqueles dois, mas sua acompanhante indesejável fora apaziguada com a apresentação. Contudo, ela era antiga na sociedade carioca, ao passo que as duas eram novatas. Ou melhor, forasteiras. Durante a festa no palacete, havia tanta gente e diversão que sequer se importaram em prestar atenção nos convidados. Lina passara a maior parte do tempo na varanda — o calor da capital ainda era seu ponto fraco.

Os cinco se ajeitaram na carruagem, o guarda se sentou ao lado do cocheiro, e Henrique fez sinal para seu coupé segui-los. Afastaram-se pelas ruas quase vazias de Laranjeiras, encontrando pontos festivos aqui e ali. As luzes dos postes a gás iluminavam o veículo a intervalos irregulares. Não disseram nada por um tempo. O rapaz de cabelo escuro só olhava para fora.

Apesar da noite escura, Lina já sabia que Gustavo era o da direita, o mais alto, que dava respostas curtas e assertivas. Fora ele quem buscara o corpo na água e depois confirmara a morte. Henrique, o da esquerda, era esguio e mais baixo que o primo, e falava com a suavidade de quem tem o riso na voz. Ele a carregara com tanta facilidade, como se a margem não fosse escorregadia.

— As senhoritas chamam-se Lina e Tina? — perguntou Gustavo, como se a questão estivesse rodando sua mente nos últimos minutos.

Em meio à confusão, nenhuma das duas tinha recordado as boas maneiras de se apresentarem.

— Carolina — disse Lina.

— Vicentina — respondeu a outra.

— São as srtas. Carolina de Menezes e Vicentina de Assunção — intrometeu-se a senhora, corrigindo-as com nome e sobrenome, como era cabido.

— Souza de Assunção — interveio Tina, pois fazia questão de citar o sobrenome da mãe.

Carolina não fazia questão de carregar o nome da mãe, mas as histórias das duas amigas eram opostas. Enquanto para Vicentina a mãe era a pessoa mais preciosa, Lina não via a sua fazia anos e não podia usar o sobrenome da madrasta.

— E a senhora, quem é? — Gustavo manteve os braços cruzados e não soou simpático ao fazer a pergunta à mulher.

Henrique dividiu-se entre o esforço de não demonstrar diversão e a vontade de dar uma cotovelada em Gustavo, mas as mulheres notariam, e ele procurava não dar "lembretes" ao primo a menos que fosse necessário.

— Sra. Henriqueta de Oliveira, esposa do deputado Waldemar de Oliveira — anunciou a mulher, irradiando soberba.

Gustavo nem piscou; não parecia saber de quem se tratava. Já Henrique disfarçou a reação. Como foi que não reconhecera aquela senhora? Sua mãe a conhecia, mas ele fazia de tudo para não participar de eventos que o levassem a socializar com as pessoas com que sua família simpatizava. Era sempre uma arapuca.

Quando o veículo parou em frente a um palacete na São Clemente, Lina e Tina desceram e agradeceram a companhia da senhora e dos rapazes. O empregado baixinho as acompanhou.

— Eu moro mais à frente — anunciou Henriqueta. — Já que fizeram a gentileza de nos acompanhar, vou me dar ao luxo de ir direto para casa. As meninas estão entregues.

Henrique acenou para as jovens e Gustavo apenas se inclinou para observá-las, tentando ver mais detalhes, agora que a iluminação da porta incidia sobre elas. Mas acabaram com a *adorável* companhia da sra. Oliveira por mais quinze minutos. Henrique rezava para Gustavo não perguntar onde estava o deputado Oliveira, que fora anunciado como marido com tamanha pompa. Senhoras da posição dela raramente eram vistas em eventos desse porte sem seus vistosos maridos. Era o tipo de buraco que seu primo notaria numa história.

Lina olhou para trás uma última vez, observando a carruagem seguir em frente com Henriqueta e os rapazes. Talvez os eventos daquela noite logo fossem esquecidos. Talvez o cadáver no rio fosse apenas uma história para contar em noites de modorra, e nada mais.

3

Os Sodré

— Finalmente teremos um lugar adequado à beira-mar para frequentar — anunciou Margarida ao entrar primeiro, animada com a inauguração.

Carolina seguiu a amiga que fizera mais recentemente pelo salão de entrada. A inauguração do CopaMar era apenas para convidados, porém os donos decidiram caprichar tanto nos nomes selecionados quanto nos números. O convite fora endereçado ao cônsul, e ele preferiu enviar Lina com a filha de um conhecido. Ela não sabia de onde seu pai conhecia os Gouveia, mas Margarida "Maga" Gouveia foi a primeira jovem de quem se aproximou assim que retornaram ao Brasil.

Embora não tivessem os mesmos gostos e opiniões, as duas se deram bem. Maga ocupava-se em apresentar Carolina aos seus conhecidos da sociedade carioca e elencar os melhores locais para frequentarem. E quais convites aceitar. O retorno de Inácio de Menezes não passou despercebido na capital, e havia muitas pessoas interessadas em criar laços sociais com ele e a filha. A esposa, contudo, não estava recebendo a mesma recepção calorosa.

Porque ninguém queria dizer que na verdade ele era amasiado com Josephine. A mãe de Carolina ficara na Europa com o homem por quem se apaixonara. No lugar em que Inácio e a ex-esposa se casaram, o divórcio era possível. No entanto, a sociedade brasileira, ao menos os círculos mais seletos, não aceitava tal coisa. Inácio e Josephine haviam se casado em Paris, é claro, mas a maioria ignorava esse detalhe.

— É a minha primeira vez em Copacabana, ao menos que me lembre — contou Lina quando acabou presa numa conversa sobre os bairros litorâneos e quanta atenção estavam recebendo do prefeito.

— Faz tanto tempo que você partiu, naquela época não tinha nada por aqui — comentou a esposa do anfitrião.

Carolina se esforçava para não parecer uma estrangeira no próprio país e cidade, já que nascera no Rio. Os deveres diplomáticos do pai exigiram que partissem de vez quando ela tinha dez anos para morar no país preferido dos ricos brasileiros, a França. Agora que voltara para um lugar que não sabia se deveria chamar de lar, percebia cada influência francesa que via, desde a moda até o fato de que as estrangeiras que chegavam à capital e não vinham de Portugal eram automaticamente rotuladas de francesas.

Caetano, o pequeno "guarda" que a seguia, deixara escapar uma vez em uma conversa que, na vida noturna carioca, as dançarinas, prostitutas e atrizes eram todas francesas. Se não fossem, diziam que eram, pois vendia melhor.

— Vamos, tenho tantas pessoas para lhe apresentar — disse Maga, acenando em despedida à esposa do anfitrião. — Algumas delas eu não via há meses!

Maga era uma borboleta social, regida pelos costumes, regras e preconceitos da alta sociedade. Seu vestido azul era importado, a pele pálida cuidada por cosméticos europeus, o penteado em seu cabelo escuro seguia a última moda na capital, os sapatos foram encomendados na Argentina e as joias vinham dos ourives estrangeiros do centro. Carolina não tinha paz quando estavam juntas — era muita informação para absorver sobre toda aquela gente: aonde iam, de onde vieram, com quem se casariam.

— Essa é a minha prima, Jacinta Ribeiro — apresentou Maga quando pararam diante de outra mulher.

A moça era parecida com a prima, um pouco mais velha, e exibia uma aliança no dedo. O marido estava por ali, conversando com alguém importante que frequentava o banco da família dele.

O problema de todas essas ocasiões, no fundo, eram o tédio e a falta de interesse de Carolina. Ela vivia por bailes, eventos e jantares em seus anos na Europa. Não tinha voltado ao Rio em busca de nada disso. Não fora escolha dela retornar; tinha vinte e um anos, era solteira e filha única. Inácio de Menezes jamais deixaria a filha na Europa se não estivesse casada.

— Venham! Já reservei uma mesa com uma vista incrível — chamou Jacinta, puxando as duas para um canto.

As primas se sentaram, trocaram informações sobre suas mães e pais e em seguida engataram na única coisa que conseguia prender o interesse de Carolina: as fofocas. Era o jeito mais rápido e efetivo de conhecer os pormenores da sociedade. Ninguém estava imune aos rumores.

— Não se preocupe, Carol ainda não os conhece. — Maga abanou a mão no ar.

Maga cismava em chamá-la pelo apelido errado. Desde criança, sempre fora Lina.

Em seguida, Jacinta se lançou numa narrativa sobre alguém que estava noiva e saíra com o primo do noivo, e o casamento seria adiantado. Emendou com o caso de um rapaz da roda que frequentavam que acabara de ter um filho com a camareira e assumira a criança, porém agora estava em busca de uma "esposa adequada".

— O pior é que vai conseguir, a família é tradicional e endinheirada — opinou Jacinta. — Quantas moças solteiras estão em busca de um partido como ele?

Uma nova leva de convidados encheu o salão repleto de janelas, enquanto os garçons circulavam entregando bebidas e aperitivos em uma dança complexa para servir todos os recém-chegados. Carolina avistou uma dupla que achou familiar e esperou até vê-los mais de perto.

Logo ela se distraiu, olhando ao redor, mas, quando voltou a cabeça para aquele canto, encontrou o olhar de Gustavo. Durou apenas um segundo, mas ele não mostrou reação nem disse nada ao primo, que estava ao seu lado. Será que não a reconheceu?

O acontecimento da festa de Ano-Novo ainda era uma das maiores fofocas do início de ano. Lina não soubera mais nada sobre o homem morto — não seria educado perguntar, e o pai não a queria metida ainda mais no assunto — e ela não tivera a oportunidade de inquirir sobre os outros envolvidos.

— Eu conheci alguns dos convidados na festa de Ano-Novo do sr. Soares — comentou Lina, jogando verde. Ela citou umas três pessoas para quem fora apresentada, só para arrematar: — Ah, sim. Aqueles dois... Sodré é o sobrenome, certo?

Maga foi a primeira a morder a isca.

— Ah, os Sodré, é claro que os conheceu em alguma festa. São primos. Agem como irmãos, porque foram criados juntos — contou.

— Ao menos quando não carregavam o mais novo para algum lugar distante no Norte — acrescentou Jacinta.

— Qual deles é o mais novo?

— O mais alto — disse Maga.

— O mestiço — respondeu Jacinta ao mesmo tempo.

As sobrancelhas de Lina se elevaram com o comentário. Devido à convivência com Tina, estava acostumada a prestar atenção na distribuição racial dos presentes em eventos. A pele parda de Gustavo era vários tons mais escura que a de Henrique e a de quase todos os outros no salão, com exceção de uma convidada que ela vira passar e da maioria dos empregados.

— Eles foram muito prestativos comigo e Tina — comentou Lina, arrancando uma careta disfarçada de Maga.

Tina não era incluída nos programas de Margarida; as duas não gostaram uma da outra logo de primeira. Como Tina também frequentava muitos eventos com a mãe e familiares para socializar, Carolina saía com Maga quando a amiga de longa data estava ocupada. Contudo, Lina sabia o motivo de parte da reserva de Margarida quanto à sua melhor amiga. Era o mesmo do restante daquele círculo social.

Um círculo cheio de traições e filhos ilegítimos. Como dissera o pai de Lina, atualmente já não estavam mais reconhecendo os filhos como era comum no passado. O país estava regredindo.

— Todos por aqui os conhecem. — Pelo tom de Jacinta, a fofoca era suculenta. — Especialmente o filho do barão.

— Qual deles é...

— Henrique, aquele com cabelo claro e cara de patife — respondeu Maga antes que Lina terminasse a frase e a prima fizesse mais algum comentário de mau gosto.

Lina olhou para onde estavam os Sodré e viu que o cabelo de Henrique não era exatamente loiro. Sob a luz do dia, era uma mistura de bronze e ouro velho. Estava cortado na moda, e a barba era do tom mais escuro das mechas do cabelo. Ele era tão bonito que Lina teve certeza de que essa era parte do motivo para ser tão conhecido. Henrique destoava do restante do grupo. Ela não conseguia ver de onde estava sentada e não reparara à noite na carruagem, mas imaginou que ele teria olhos escuros para contrastar com a pele e deixá-lo ainda mais interessante.

— O primo mais novo é filho do irmão do barão. O homem era militar e tinha negócios pelo Norte, e foi assim que conheceu a mãe do seu único filho legítimo. Ela tinha a pele escura, mas vinha de uma família de posses. Nunca tivemos muitas informações sobre ela, sabe? Até hoje não sabemos se era filha de alguma negra ou uma índia. Fato é que foi um escândalo o filho do antigo barão se casar com alguém como ela.

Lina sentia-se diminuir na cadeira a cada palavra dita. Não era apenas o uso venenoso das palavras, mas o tom usado por Jacinta. Ela se referiu à mãe de Gustavo com um desdém tão feroz que pesou sobre a mesa.

— E onde está a sra. Sodré, esposa do irmão do barão? — perguntou Lina. Já que não sabia o nome da mulher, escolheu o que seria respeitoso e mais incomodaria as outras duas à mesa.

— Morreu um tempo depois de se mudar para o Rio. Por isso ele cresceu com o primo. Ao menos não o devolveram lá para os confins de onde veio — comentou Jacinta.

— Por que está tão interessada nos dois? Ainda não a tinha visto perguntando sobre homem algum desde que a conheço — observou Margarida.

— Porque eu os conheci na festa e eles foram muito prestativos, mesmo sem sabermos a identidade uns dos outros. Sou curiosa. E o tal barão, por onde anda?

— Morto também. É coisa recente, tem poucos anos. Dizem que não suportou mais a República — contou Jacinta.

— O filho dele é um ótimo partido. Sabe como funciona a nossa sociedade… uma vez barão, sempre barão. Pena que é sem-vergonha.

Carolina era inexperiente na sociedade do Rio de Janeiro. Contudo, não era inteiramente estranha ao sistema e sabia o valor que títulos — extintos ou não — podiam ter no convívio social e na roda de casamentos. Ela vivera por anos no berço dos títulos e não sentia falta. Em todo evento que frequentava, encontrava algum conde, barão, duque e até mesmo príncipe. Era algo comum por ser filha de um diplomata bem relacionado.

— Vou circular um pouco, quero cumprimentar meus poucos conhecidos — anunciou Lina, surpreendendo as outras duas.

— Eles é que devem vir até você. É uma dama, não se levanta à toa — alegou Maga.

— Mas que tolice, esse tipo de evento não foi feito justamente para circular e socializar?

Lina não era tímida, e as outras duas ficaram olhando de longe, com receio de que ela fosse cumprimentar os rapazes sobre os quais esteve perguntando. Para pavor de Maga, a moça fez algo ainda pior: parou junto a uma jovem renegada, que nem deveria ter sido convidada.

Apesar da promessa de boa comida e de uma paisagem estonteante, Henrique precisou arrastar o primo para aquela inauguração. Gustavo tinha mil e um compromissos para usar como desculpa, mas não houve outro jeito. Havia mais gente do que esperava, ao menos cinquenta pessoas a mais que o número que ele havia se preparado para enfrentar. As mesas eram insuficientes, e desconhecidos precisavam sentar-se juntos ou ficar de pé com suas bebidas.

Não era seu círculo de sempre. Estava desconfortável.

— Eu acabei de lhe fazer um favor, agora pode usar esse local para pagar seu encontro quinzenal com a nossa família — sugeriu Henrique.

— Mensal — corrigiu Gustavo. Quanto mais velho ficava, mais se afastava dos Sodré.

Por mais que sua família paterna não pudesse ser rejeitada, ele não tinha apreço por eles. A verdade é que poucas pessoas e situações conseguiam lhe evocar reações emocionais, fossem boas ou ruins. Quando isso ocorria, porém, as reações tendiam a ser violentas. Com a idade, ele também tomou controle sobre si e sua melhor defesa era simplesmente não registrar os acontecimentos. E mascarar tudo que pudesse.

Gustavo adorava sua família materna, mas eles moravam no Recife. Só conseguia vê-los quando viajava. Ultimamente, os compromissos e a vida em geral não permitiam. Ele sentiu um aperto repentino no peito e demorou um instante para compreender que era saudade. O fato de não se lembrar tanto das pessoas que não encontrava com frequência o ajudava a se sentir no controle.

No entanto, o presente exigia sua atenção, com a aproximação de um homem esguio e atraente, de cabelos castanhos mais compridos do que a moda.

— Como você entrou aqui, seu sorrateiro? — Henrique abraçou o recém-chegado.

— Respeite o meu trabalho, alguém precisa escrever sobre a inauguração para contar ao público que nunca pisará aqui — brincou Afonso.

Ele ofereceu a mão a Gustavo; gostava tanto dele quanto de Henrique e, pelo tempo que os conhecia, sabia de que forma agir com cada um. Afonso era o amigo jornalista sergipano, que apreciava mais escrever sobre os acontecimentos da cidade. Porém todos tinham seus vícios a pagar e, para encher o bolso e conseguir uma refeição gratuita, estava mais que disposto a datilografar uma nota sobre o CopaMar.

— Aí está você, meu caro jornalista. Venha, venha. Tenho um lugar perto das janelas — chamou o gerente, surgindo de repente.

Afonso piscou para os dois enquanto se afastava. Raramente era tão bem tratado, e, com o que recebia do jornal, o CopaMar não seria seu local de escolha para um almoço semanal.

— Rique, meu querido, você veio. — Rafaela Sodré deu dois beijos nas bochechas do filho, pronta para impedi-lo de pular por uma janela e desaparecer.

Ela ignorou Gustavo enquanto fazia uma série de perguntas ao filho, e só depois olhou o sobrinho e disse, em tom seco:

— Gustavo. Bom vê-lo socializar.

O rapaz sequer reagiu. Sabia que Rafaela estava mentindo: não gostava de encontrá-lo nem achava boa ideia que ele socializasse em seu círculo. A menos que fosse para encontrar logo uma esposa de boa família que pudesse "salvá-lo" de suas origens e esquisitices e livrá-la de precisar se preocupar com o sobrinho.

Para pavor dos primos, a chegada de Rafaela foi uma arapuca: ela deu o bote inicial e logo depois chegou o bando. Maria e Custódio Botelho, seus tios, e dessa vez até tia Eugênia estava presente, com sua acompanhante, Joana. Rafaela certamente armara tudo aquilo para sair nas colunas sociais e mostrar à marquesa como estavam interessados em agradar a sobrinha dela.

A marquesa viúva de Lakefield não perdera o título após a inauguração da República, já que seu segundo marido era um marquês inglês. O primeiro marido era um barão brasileiro, portanto ela se estabelecera duplamente como nobre e a sociedade vivia a seus pés. Além do mais, os Sodré queriam que Henrique se casasse com Vitoriana, sobrinha da marquesa. Na verdade, era Vitoriana que queria Henrique. E a tia fazia tudo que a sobrinha pedia.

A marquesa não tinha filhas, apenas dois filhos, que viviam indo e voltando do país. Seu xodó era a sobrinha. Como podia o filho do barão não ter interesse naquele tesouro de menina? E não restou outra: logo após a chegada de toda a família Sodré, Vitoriana surgiu em meio a eles, atravessando o grupo reunido como se flutuasse acima do salão.

— Veja quem encontramos, querido — disse Rafaela, sem um pingo de sutileza. — Tenho certeza de que estava ansioso para vê-la.

Vitoriana abriu seu sorriso mais encantador. Era uma jovem atraente, de bochechas secas e pálida a ponto de muitas veias se destacarem. Estava sempre vestida na última moda e era mimada como uma rainha. Também tinha um dote vultoso e uma herança. Uma união entre as famílias seria o sonho dos Ferreira Sodré.

Isso fazia Gustavo apreciar mais ser um *Vieira* Sodré. Seu ramo da família contava apenas com ele e os dois filhos ilegítimos do pai, que os demais fingiam que não existiam. O pessoal do Recife só falara de casamento uma vez, quando deram a ideia de ele encontrar alguma boa moça de uma família da região, para visitá-los mais vezes e porque achavam as damas da capital cheias de frivolidades.

Henrique acabou preso com Vitoriana. Ao contrário do primo, ele era simpático, sociável e todas as outras características exigidas para se dar bem em sociedade. Odiava decepcionar uma mulher, mesmo seus casos de poucas horas. Não queria se casar com Vitoriana, mas não lhe faria uma desfeita, ainda mais sob tantos olhares.

— Tenho outra pessoa para cumprimentar — avisou Gustavo, afastando-se antes que o primo tentasse mantê-lo ali como apoio.

Ele avistara a moça do rio. Ela estava a uma mesa com duas jovens desagradáveis, mas ele havia acabado de vê-la se levantar e ir em direção a uma mulher que ele não conhecia. Decidiu aproximar-se e a sobressaltou sem querer.

— Como tem passado? — indagou ele. — Recuperou-se do trauma?

Lina virou-se rápido demais e seu ombro esbarrou na outra moça. Ela ergueu o olhar para ele e sua expressão foi da mais pura surpresa. Gustavo acertara em suas conjecturas: os olhos dela refletiram a luz naquela noite. Não eram totalmente escuros, tinham um tom denso e misturado de castanho, como o tronco de uma de suas árvores favoritas.

— Estou bem, já passou. — O sorriso dela ainda exibia surpresa. Pensou que ele nem a havia reconhecido.

A concentração de Gustavo ficou presa na cor dos olhos de Lina, e ele até se esqueceu de endereçar-se à outra moça. Esqueceu-se de chegar com suavidade. Tinha certeza de que deveria ter começado com outras palavras. Porém ela entendeu quando ele foi direto, estava sorrindo. Por que precisaria dar voltas para chegar ao assunto?

— E o senhor? Recuperou-se de nadar naquele rio turvo? — perguntou Lina.

— Não adoeci.

— Fico feliz. — Ela moveu a mão, indicando sua companhia. — Essa é Virginie Alvim, ela também estava na festa de Ano-Novo.

— Gustavo Sodré — apresentou-se, sério, como sempre fazia.

— Infelizmente não vi a altercação. Quando cheguei, já havia um policial montando guarda — disse Virginie, também indo direto ao assunto. — E vocês tinham partido.

— Os dois foram corajosos de entrar no rio.

— Você estava sozinha dentro da água — apontou ele.

— Sim... — Lina assentiu, um tanto desconcertada com o jeito dele. Era a primeira interação direta entre os dois.

Ela queria observá-lo de perto, mas o olhar dele prestava atenção nela com uma concentração diferente do que estava habituada. Ele não estava flertando ou sendo invasivo, tampouco a encarava. Lina frequentava eventos sociais desde os catorze anos, e foram aumentando com o tempo. Ela sabia lidar com homens incisivos, flertes indesejados e insinuações obscenas. Gustavo não a estava olhando do jeito que faziam quando a deixavam irritada e desconfortável.

Ela estava intrigada.

— Eu disse que foi algo insano de se fazer. Imagine, entrar naquela água no meio da madrugada e vestida para festa. — Virginie balançou a cabeça e sorriu.

— Fico satisfeito de saber que está passando bem. — Gustavo meneou a cabeça de um jeito duro e curto, partindo sem hesitar. Ele já trocara mais palavras do que o necessário ali, e contentava-se em saber que Lina parecia bem, mesmo depois do choque.

Virginie e Lina o observaram partir, ambas guardando suas impressões e reparando disfarçadamente em como o terno lhe caía bem.

— Então esse é um dos rapazes que a tiraram do rio — comentou Virginie.

— Sim. Ambos foram rápidos.

Um sorrisinho ergueu o canto dos lábios da nova colega de Lina e ela disse no melhor tom de conspiração:

— Garboso.

As duas riram baixo, aproximando as cabeças para ninguém notar.

4

Proposta interessante

Quando Carolina voltou para a companhia de Margarida, foi interpelada de imediato:
— Onde conheceu aquela moça?
— Na festa dos Soares.
— Ela é filha do deputado Alvim com sua concubina francesa.
— Ora, que interessante. — A resposta cínica de Lina não era a esperada por Maga. Ela devia ter esquecido que a madrasta de Carolina era acusada do mesmo pecado.
Margarida tinha tomado como missão introduzir sua nova amiga e filha única do cônsul à sociedade carioca. Era visto como status social ser amiga de alguém como Carolina. Outra pessoa já se juntara a elas na mesa, tentando cavar uma apresentação formal, e sem perder tempo Maga fez as apresentações.
— Um amigo da minha família: Manoel de Abreu — disse Margarida, abrindo seu melhor sorriso. — Nossos pais frequentaram a mesma faculdade.
Lina ofereceu a mão com o dorso para cima, enquanto mantinha um olhar neutro, mas direto, e um leve sorriso de canto de boca. Era assim que ela fazia nos eventos das cortes no exterior. Porém aquilo causava reações diversas em rapazes brasileiros. Alguns se surpreendiam, outros achavam que ela não tinha gostado deles e, como aconteceu a seguir com Manoel, sentiam-se desafiados e até mesmo inseguros.

— Fico feliz em finalmente conhecê-la. Sempre vejo o cônsul. Ele é benquisto por todos no nosso ministério.

— O senhor também trabalha na diplomacia? — inquiriu Lina, por educação.

— É o meu emprego e um chamado para mim.

— Interessante. — O tom e a expressão de Lina não davam pistas do que ela estaria pensando, deixando-o sem saber como continuar o assunto.

Esse era o plano. Lina tinha outros assuntos para descobrir. Ela gostaria de ter conversado mais com Virginie, mas a moça se desculpara para ter com outros conhecidos. Agora Lina precisava de uma desculpa para se afastar da mesa e, bem a tempo, viu que duas figuras familiares estavam se aproximando: Gustavo e Henrique Sodré.

Ela se levantou, a despeito do puxão nas saias que recebeu de Margarida. Lina não estava com a menor vontade de deixar que a outra escutasse sua conversa com os dois rapazes.

— Srta. Menezes, fico feliz de encontrá-la à luz do dia e num local seco — cumprimentou Henrique.

— Na verdade, adorei poder revê-los. Fiquei com receio de ter sido um acontecimento inédito que permaneceria só na lembrança.

— Inédito e mórbido — disse Henrique, em tom bem-humorado. — Foi um jeito e tanto para nos conhecermos. Achei que fosse um fantasma.

Ambos sorriram. Henrique era assim, deslizava com suavidade por qualquer assunto, conversava com tanto carisma que era difícil tratá-lo mal.

Apesar de Lina ter se dirigido aos dois primos, o olhar de Gustavo estava preso na paisagem da janela: o mar próximo e as ondas quebrando. Ele claramente não prestava atenção ao que ela estava dizendo, muito menos ao burburinho e à movimentação constante dos convidados. Ele não desviou o olhar nem quando Margarida se juntou ao grupo. Maga havia visto Lina conversar com um dos primos Sodré, e agora ela estava com os dois. O que tanto tinha para conversar com eles?

— Vocês têm alguma novidade sobre o caso? — Lina se inclinou e falou mais baixo.

— Ainda não sabemos nada do falecido — contou Henrique.

— Ele bateu a cabeça quando caiu, ou bateram nele. — Gustavo voltou a atenção para o grupo, provando que escutara ao menos parte da conversa.

Maga arregalou os olhos e olhou em volta. Ela soubera do corpo encontrado, mas dispensara os detalhes. Se o morto não fosse alguém de seu círculo, não era de seu interesse.

— E como sabe disso? — perguntou Lina.

— Sou curioso.

— O senhor reparou no corpo quando o tirou do rio? — Os olhos de Maga continuavam imensos.

— Tinha um ferimento consistente na testa, o que corroboraria os olhos abertos do cadáver. Não examinei mais de perto para saber se a causa foi afogamento. Faltam informações para teorias. — Gustavo fez o relato de forma tão direta e desapaixonada que Maga levou a mão ao peito.

— Gustavo estudava medicina — Henrique apressou-se em dizer, como explicação.

— Eu gostaria de saber se as conclusões do legista dirão que foi morte por afogamento ou se a contusão na parte frontal aconteceu antes de ele cair na água e levou ao óbito — prosseguiu Gustavo, no mesmo tom de interesse profissional.

Fez-se um breve silêncio. Maga ainda estava assustada, e Lina, mais intrigada do que nunca.

— Não estuda mais medicina? — Ela se manteve no que importava; era tarde para se escandalizar com informações sobre o cadáver que ela própria encontrara.

— Serei mais útil se souber gerir nossos negócios — respondeu ele.

Pela forma como o rapaz pronunciou as palavras, Lina acreditou que ele preferiria ser médico. Porém também percebera que Gustavo fornecia informações de um jeito particular. Seu olhar era vago, como se não se importasse com a morbidez do assunto, e ao mesmo tempo ele era direto, como alguém sem receio do que falaria a seguir. Poderia ser acintoso, mas não havia a emoção compatível para insultar alguém.

Gustavo, então, meneou a cabeça em despedida como fizera antes, curto e seco, e se dirigiu para longe. Só depois que ele partiu Lina percebeu sua intenção: vagara uma mesa perto dos janelões, e ele fora ocupá-la.

— Vou voltar para a mesa com Jacinta e beber um pouco, aproveitar a ocasião — chamou Maga, ao se deparar com o que certamente presumia ser uma grosseria da parte de Gustavo.

— Vá na frente — disse Lina. — Eu vou daqui a um minuto.

Margarida ergueu uma sobrancelha, mas partiu em seguida. O belo filho do barão permanecia no mesmo lugar. Será que Lina já estava querendo colocar as manguinhas de fora? Todo mundo sabia que Henrique estava reservado para a sobrinha da marquesa. Vitoriana estava decidida a se casar com ele, e ninguém ousava desagradar aquela família. De toda forma, Maga foi em busca da prima, com um olho em Jacinta e outro em Carolina.

Lina virou-se de frente outra vez e Henrique aguardava, como se esperasse uma oportunidade. Ela mal o conhecia e, por mais que o comportamento dele fosse natural, já desconfiava de que parte da simpatia do rapaz funcionava tanto como arma quanto como escudo. As expectativas dela não foram frustradas: Henrique tinha olhos castanhos, da cor de argila molhada, escuros como ela imaginara.

— Soube que é recém-chegada ao Rio — disse ele. — E em um intervalo de poucos dias já a encontrei em dois eventos. Está gostando do nosso calendário social?

— Seus informantes também lhe contaram que sou daqui, só passei vários anos fora? — retorquiu Lina.

— Não existem segredos nesta cidade. Muito menos em meio a este círculo.

— Então acho que já lhe disseram o suficiente. Apesar dos dois encontros, não conheço quase nada aqui. Desde que cheguei, vivem a me levar a locais como este. A paisagem é bela, mas eu adoraria ver mais da cidade. Partes diferentes. Já vivi tudo isso nos lugares onde morei. O Rio é a minha cidade natal, sei que existe algo mais por trás de recepções em salões chiques.

Henrique assentiu como se fosse um problema que conhecia a fundo.

— Talvez eu possa ajudá-la a descobrir mais atividades de seu interesse.

Lina pendeu a cabeça — finalmente uma proposta interessante cruzava seu caminho. Pensou que a festa de Ano-Novo seria incrível, cheia de flertes e um ambiente permissivo. Acabou sendo um tédio, passou um calor infernal e no fim ainda terminou entrando no rio com um cadáver.

Só que o incidente a fizera conhecer Henrique e Gustavo. Talvez alguns males viessem para o bem.

— Tem algo em mente? — questionou Lina. — Com sua experiência, deve ter algumas sugestões.

— Já foi à rua onde bate o coração desta cidade? Há uma confeitaria lá que deve ser do seu gosto, mas o sabor é brasileiro. Até chegar a ela, verá de tudo um pouco. Gente de todo tipo.

— Não, tenho a impressão de só ter conseguido rodar pelas mesmas ruas. Copacabana é uma novidade. Gosto do mar.

Henrique teve vontade de perguntar se ela nadava nos lugares onde havia morado, porém isso o faria imaginá-la em trajes de banho e teria dificuldade de manter o olhar só entre seus olhos e seu penteado. Sentia-se culpado por tê-la carregado daquele rio e, em vez de se preocupar só com seu bem-estar, ter ficado afetado pelo encaixe de seus corpos. Tinha sido fácil erguê-la nos braços, e ela se agarrara a ele tão naturalmente que ele teve vontade de saber como seria seu beijo.

Um depravado, não negava. Tinha que parar com essa história de se comportar bem, estava começando a se interessar por jovens prontas para subir ao altar. Se tivesse interesse em se casar, aceitaria fazer a corte à sobrinha da marquesa. O que não era o caso.

— Aceite o meu cartão, diga-me quando a senhorita estará livre — pediu Henrique. — Vou acompanhá-la.

Um tanto direto, pensou Lina. Os rapazes brasileiros que conhecera até então foram mais cautelosos. Ela aceitou o cartão discretamente e o escondeu na pequena bolsa que trazia consigo.

— Diga-me o nome do lugar e a localização. Eu direi o dia e a hora — determinou ela.

— Confeitaria Colombo, próximo à Rua do Ouvidor. Pergunte às suas amigas, todas conhecem. Só não vá até lá com elas: no horário em que as damas frequentam, achará tudo parecido com o que já tem vivido.

— E com o senhor será diferente? — perguntou Lina, em um arroubo de atrevimento.

— A confeitaria é só uma desculpa para dizer que foi até um local respeitável. A partir dali, o porto é o único limite — prometeu Henrique. Era mentira; nem ele a levaria perto do mercado ou do porto.

— Fica combinado, então — decidiu ela, como se não tivesse acabado de arrumar um encontro inadequado com um rapaz solteiro que mal conhecia.

Henrique foi o primeiro a se afastar. Por um instante, Lina pensou que fosse dar um beijo no dorso de sua mão, mas ele se foi com apenas um aceno discreto de cabeça, desaparecendo entre os outros convidados.

Lina deu meia-volta e foi se encontrar com Margarida. Tinha a impressão de que ela e a prima não aprovariam aquela sua transgressão.

A mesa de Maga ficava justamente atrás de onde Gustavo tinha se sentado; um tempo depois o tal jornalista convidado para cobrir a inauguração se juntou a ele, tirou um lápis do bolso e começou a rabiscar em um caderninho. Não trocaram palavra alguma além de um cumprimento. Gustavo bebia suco e olhava o mar, ignorando todos ali. Era a primeira vez que Lina conseguia olhar para ele sem receio de ser descoberta.

Por fim, observando assim de perto, teve oportunidade de reparar em alguma similaridade entre ele e o primo. A linha da testa e o desenho das sobrancelhas. Mesmo que Gustavo tivesse pelos escuros e usasse outro penteado, os traços possuíam semelhanças. O olhar dele parecia mais sério, pois o cabelo e a barba eram pretos, naturalmente as sobrancelhas também. O nariz era comprido e bem desenhado, os lábios cheios e de aspecto macio. O queixo era mais largo, enquanto o primo tinha o rosto longo.

Gustavo era distante, calado e arrebatador ao seu modo. O apelo era distinto. Ficou explícito para ela por que Maga e Jacinta não citavam a beleza dele como um cartão de apresentação. A cor vinha antes, como se fosse necessário evidenciar o óbvio.

Lina percebeu que estava um tanto fixada nos olhos do rapaz. Eram amendoados e castanhos, mas a forma como ele olhava e até se desligava do entorno era o que o tornava único. Com a luz daquele dia ensolarado incidindo sobre ele, diferentemente da noite em que se conheceram, Lina podia ver como o tom da sua pele era bonito. De um marrom amarelado, mas o fundo não era tão quente. Poderia jurar que ele estava bronzeado e o viço de saúde dava brilho ao semblante.

— Carol, está sonhando acordada? — chamou Maga.

— Eu me perdi na beleza dessa paisagem, vocês ainda não tinham me mostrado Copacabana. — Ela manteve o olhar ao longe. Não era de todo mentira. — Não existe um mar belo como este nos locais onde vivi.

— Não seja tola, você morava em Paris. Não precisava de mar na sua porta, é só viajar e vê-lo de vez em quando. — Maga abanou a mão pelo ar como se não fosse nada. Estava familiarizada com Paris, era seu destino favorito de viagem.

Paris, Londres, Lisboa, Madri e as outras cidades que Lina conhecera ou onde morara estavam agora no passado. A menos que ela voltasse por conta própria, o pai já dissera que ficariam no Brasil. Ela era uma exploradora ávida, fazia isso em todos os locais aonde ia, e por que não podia fazer o mesmo em sua cidade natal?

5

Rua do Ouvidor

— Finalmente tenho algo para fazer que não sejam recepções, jantares e encontros em salões, salas de estar e sabe-se lá o que mais — disse Lina. — Sinto-me fora do meu personagem, eu não vivia apenas para o calendário social.

Ela contou apenas aonde iria, mas não deu mais detalhes.

As porcelanas tintilaram quando Inácio bateu nelas ao dobrar o jornal. Não era a primeira vez que ouvia a filha reclamar. Ela retornara ao Brasil sem emitir nenhuma opinião contrária, parecia animada e ansiosa para voltar. Em pouco mais de um mês, essa fase passou e Inácio temia que a filha exigisse uma passagem e uma casa de aluguel para voltar à Europa.

Ele compreendia aquele sentimento; também fora inquieto na idade dela. E ainda mantinha um pouco desse caráter, imaginava ser o motivo de gostar tanto da aventura que era representar o Brasil em outros países. Pai e filha também eram parecidos na aparência. Lina herdara pouco da mãe, só de olhá-la Inácio sabia que a filha havia puxado ao seu lado da família. Tinha o cabelo preto, grandes olhos castanhos, rosto em formato de diamante, lábios bem delineados e mais protuberantes na parte de cima, como se ela fizesse de propósito.

Inácio tinha a mesma característica. Os Menezes eram considerados bonitos e voluntariosos. Porém eram uma família com muitas perdas e poucos frutos, com filhos ilegítimos reconhecidos pelos homens do passado. Inácio era um deles. Pensou que morreria fora do país; já fazia cinco anos que desejava voltar, desde que a República começara a avançar. O novo regime o promoveu, e no ano anterior o governo o convocou para voltar à capital brasileira.

A casa em Botafogo, que precisava de reparos e modernização, nem estava com a reforma completa quando a família chegou. Contava com todas as amenidades imagináveis, tudo de mais moderno que a capital podia oferecer. E ficava localizada perto da Vila Maria Augusta, onde Inácio visitava Rui Barbosa, com quem mantinha uma relação de amizade desde que se conheceram em Paris.

— Encontre algo que a agrade. Pessoas, locais, atividades... Vai ser diferente, não encontrará tudo que tinha na Europa, mas descobrirá novidades — aconselhou Josephine em um ótimo português. Ela se esforçara para aprender o idioma antes de saberem que retornariam.

— É exatamente o que farei — assegurou Lina.

Inácio se levantou, já que tinha compromisso no ministério. Mas conhecia a filha única como um mapa que ele mesmo desenhara, e ela relutava para esconder o sorrisinho travesso.

— Não apronte nada pela cidade, Carolina — advertiu o pai.

Era uma advertência vaga, mas Inácio a educara direito. Ele costumava ser mais específico depois que ela já tinha aprontado. E, dependendo da travessura, ele colocaria panos quentes. Até Josephine entrar na vida dele, lidou sozinho com a filha enquanto a criava em diversos países estranhos. Não demorou a se arranjar depois que a ex-esposa partiu, mas não podia levar a namorada para morar com os dois logo no início.

— Claro, pai — respondeu Lina, sem sequer erguer os olhos. Estava ocupada demais misturando o creme e o açúcar com que cobrira sua xícara de café.

Josephine deixou a mesa e acompanhou Inácio até o saguão. Ele voltou a recomendar que a esposa ficasse de olho em Lina, antes que a filha se envolvesse em problemas na cidade nova.

— Ela ainda não se entendeu bem com os costumes locais. Somos todos novatos por aqui, precisamos nos adaptar.

— Uma moça ativa como ela não pode se contentar só com as opções que são oferecidas por aqui — defendeu Josephine, pronta para estimular a enteada.

Os dois deram liberdades a ela quando ainda viviam na França, e agora não poderiam tirá-las de uma hora para a outra e esperar que Lina compreendesse.

— Nem você, certo? — gracejou ele.

— Eu tenho minhas próprias liberdades. Imagino que tenha a intenção de casá-la com algum bom partido brasileiro, já que ela esnobou os rapazes dos outros lugares.

— Eu pensei que aquele último rapaz fosse arrebatá-la.

— Talvez fosse, se não tivéssemos fugido para o Brasil.

— Não fugimos. Eu fui convocado — corrigiu ele, colocando o chapéu. — Por falar nisso, estou atrasado.

— Para o horário deles ou o seu?

— Consegue acreditar que na Câmara eles usam relógios ingleses e bom senso brasileiro?

Josephine olhou seu relógio francês e complementou:

— Então você está dez minutos adiantado. — Sorriu.

Ele a beijou e murmurou em francês que a amava e a veria mais tarde. Josephine gostava quando ele falava a língua dela, achava seu sotaque sensual e adorável.

No início da tarde, como havia combinado com Henrique, Lina chegou à Rua do Ouvidor. Encontrou um amontoado de pessoas, lojas, cheiros e sons. Ruelas se espalhavam para cada lado por onde olhava, e ela não sabia o nome de nenhuma, mas logo descobriria. Tinha um ótimo acompanhante.

Caetano, o criado contratado pelo pai e que acompanhava Lina em todos os momentos, seguia-a de perto. Ele não podia fornecer proteção física, tampouco era um guarda adequado para uma jovem da posição dela. Mas era ágil, esperto e conhecia o Rio.

E pensava que a *sinhá* era doida. Lá pelo bairro em que morava e em meio aos outros empregados, o costume de se referir aos patrões com termos do passado não tinha morrido. Fosse por um respeito ultrapassado ou para ironizar os péssimos patrões.

Caetano tinha perdido a conta de em quantos locais ela entrara apenas no pequeno pedaço que percorreram. Ele sabia onde ficavam as lojas a que as senhoras chiques iam e os cafés e bares onde Lina teria problemas. Vários gabirus ficavam pelas portas e calçadas mexendo com as moças.

Carolina entrou em um armarinho e saiu insatisfeita, viu uma loja de tecidos com algumas senhoras no interior e parou no primeiro mostruário, tirando as luvas para sentir o pano. Caetano encostou perto do batente e ficou vigiando a rua.

— Essas fazendas são diferentes, parecem mais leves — observou ela, tocando o tecido, distraída.

E foi por causa do acompanhante dela que Gustavo a descobriu — ele se lembrava do criado da noite em que se conheceram, pois o rapazote havia corrido na frente para abrir a porta da casa de Lina e ficara sob a luz da entrada. Assim que olhou dentro da loja, Gustavo a viu de costas. Haviam se encontrado na semana anterior, e ele se lembrava de tudo sobre ela: a altura, o formato do corpo, os contornos do rosto, a cor do cabelo.

— Preciso entrar aqui — avisou ele ao secretário pessoal.

Emílio Rodrigues, seu secretário havia anos, ficou confuso ao vê-lo entrar no estabelecimento com foco em roupas femininas. Sabia os horários de Gustavo, pois era ele que os organizava. Seu chefe não comprava os itens de que sua meia-irmã e a mãe dela precisavam, era Emílio quem enviava com a pensão. Tampouco estava bancando alguma moça. Foi obrigado a se aproximar para conferir.

Gustavo entrou na loja e lembrou-se de cumprimentá-la com uma voz suave.

— Srta. Menezes. — Ele teve a impressão de que não soou nada natural.

Carolina se virou e abriu um sorriso ao ver que era Gustavo, que só então parou ao lado dela para olhar o que fazia. Era um amontoado de tecidos dispostos em peças. Ela estava com uma das mãos nua e segurava a luva na outra. Ele ficou olhando para os dedos dela por mais tempo do que gostaria; certas imagens lhe causavam fixação. Seus dedos eram curtos, elegantes, com unhas limpas e bem lixadas.

— Imaginei que o senhor também frequentasse esta rua, creio que todos frequentem — Lina comentou, voltando a tocar o tecido que a intrigara.

— Sim. Todos com quem me relaciono. — Ele conseguiu desviar o olhar e o fixou no tecido branco a sua frente.

Carolina o observou por um momento — ele não tinha tirado o chapéu de aba curta, que fazia sombra em seu rosto. Estava com a barba aparada e ela pousou o olhar no maxilar bem feito. Achou que Gustavo parecia mais jovem sem a barba, mas ninguém lhe contara sua idade, apenas que era o mais novo entre os primos. Lina acreditava que ele teria em torno de vinte e cinco anos, considerando que cursara parte de uma faculdade.

— Aqui faz um calor terrível, não consigo usar minhas luvas — contou ela, enquanto acariciava os tecidos com a mão nua.

O olhar dele voltou para a mão dela e Gustavo se forçou a desviar, mas foi pior, pois seus olhos subiram pelo braço delgado, com a pele exposta pelo vestido de mangas diáfanas até os cotovelos. Não era algo que ele costumava presenciar no dia a dia, menos ainda pelos lados da Rua do Ouvidor. Dava para ver, ainda, parte da pele do pescoço dela, e ele sentiu que seria o próximo lugar em que ficaria fixado. Tinha de sair dali.

— Experimente — pediu ela, após olhar de maneira crítica para as luvas. — Preciso encontrar algo suave mas que ainda seja maleável. Detesto não poder mexer os dedos livremente e perder o tato, mas odeio ainda mais ter os dedos e as palmas suadas. Todas as minhas luvas foram feitas em países frios, até aquelas para o verão ficam desconfortáveis.

Lina estava enchendo a mente dele de pequenas informações sobre ela e nem imaginava que ele gravaria tudo. Ela lhe ofereceu a barra dos tecidos que estava considerando e ele aceitou. Era uma tarefa fácil de executar, precisava analisar algo, e nisso ele era bom. Esfregou os dedos sobre os panos, concentrando-se na textura.

— Este parece condizer mais com o clima da capital — opinou Gustavo.

— Também achei, vou testar. — Carolina ergueu o queixo e manteve o olhar fixo nele, complicando a vida de Gustavo, que não sentia esse tipo de temor fazia algum tempo.

E se ele perdesse a linha de raciocínio e se fixasse na imagem do rosto dela? Ou na análise da cor dos seus olhos, no jeito como sua boca se curvava? Ela notaria. Ele era capaz de parar ao perceber o que fazia, mas era tão difícil evitar aquilo.

— Seu primo disse que me apresentaria a melhor confeitaria do centro — contou ela.

— Eu sei. — Gustavo podia sentir que ela ainda estava olhando para ele, mas só enxergava os detalhes do tecido que esfregava entre os dedos.

— Veio nos acompanhar?

— Já tomei café — respondeu ele e, ao notar que havia sido breve demais, emendou: — Tenho horário com o meu advogado. Passar bem, senhorita.

Gustavo meneou a cabeça daquele jeito curto, desceu o degrau que dava para a rua e se misturou ao fluxo de pedestres. Lina saiu da loja a tempo de vê-lo se afastar com passadas rápidas e constantes, e um rapaz de pele negra, magro e bem-vestido correr para alcançá-lo. Ela ainda podia ver o chapéu de Gustavo distanciando-se acima da cabeça da maioria dos transeuntes.

6

Melhores amigos

Aquele não era o horário costumeiro das damas e famílias nas confeitarias e cafés do centro. Era o horário dos trabalhadores — funcionários públicos, jornalistas, comerciantes, poetas, estudantes das escolas superiores, políticos... e também dos desocupados. Todos rondavam a região, fosse para almoçar ou tomar o café da tarde em seus locais preferidos, em meio aos seus pares.

Também era o horário dos rapazes arteiros. Era certo que se encontrariam por ali. Até os boêmios já haviam acordado e saído naquele horário — a maioria precisava trabalhar. Por esse motivo, os rapazes estranharam quando Henrique passou pelo café de sempre, todo arrumado. Ele tinha dinheiro para se vestir com qualidade e era o que fazia, mas isso significava que seu armário era separado por ocasião. Ele não aparecia no centro usando o terno do melhor alfaiate ou um chapéu caro. E estava usando uma colônia importada...?

Os amigos de Henrique se levantaram, deixando cafés e sanduíches para trás. Rodearam o rapaz, entraram na frente dele, fixaram o olhar na barba aparada e na pele ainda brilhando do cuidado do barbeiro.

— O que é isso, homem? Veio direto para cá depois de um almoço com o prefeito? — indagou José, ao analisar a calça bem cortada.

José tentara ser alfaiate por um tempo, porque era a profissão de seu tio. Conhecia a qualidade de um tecido, um bom corte, uma costura bem-

-feita. E sabia quais eram os melhores locais para um cavalheiro se vestir. Ultimamente, não estava em condições de estripulias nas vestimentas. Porque José da Costa Coelho, Zé Coelho para os amigos íntimos, precisava sustentar três crianças.

Era magro, com ombros largos, branco de um tom amarelado, com o nariz mais longo do que o rosto permitia. Nada disso afastava as moças, e foi assim que arranjou os tais filhos, um de cada mãe. Dizia que tinha se emendado, que os filhos eram coisa da juventude desregrada. Arranjara todos entre os vinte e os vinte e três anos. Deixara com o tio a loja de roupas e aceitara um cargo no Ministério da Indústria. O salário era bom, e o avô dissera que não tinha pagado seus estudos à toa.

— Eu estou sempre limpo. — Henrique puxou as lapelas, ajeitando-se.

— Mas não desse jeito. — Zé franziu o cenho.

— Tampouco para vir ao Ouvidor — emendou Bertinho. — Confesse que sua mãe arrastou você para algum almoço chique, naqueles restaurantes em que a comida não tem gosto.

Bertinho era Alberto Amaral e conhecia Henrique havia anos, pois frequentaram o mesmo colégio, mas acabaram escolhendo faculdades distintas. Isso, no entanto, não os afastou. Diferente de Zé, que morava no Méier, Bertinho ocupava um andar no Catete, um apartamento que fora palco de algumas das maiores bagunças que o grupo aprontara. O endereço era famoso na cidade.

Bertinho era baixinho, roliço e talentoso. Compunha, escrevia e até cantava. Era assim que conquistava as moças, porém, até onde sabia, não deixara filho por lado algum. Podia ser difícil acreditar, mas, por profissão, Bertinho era advogado. E dos bons, só que gostava mais de compor.

— Não merecemos tanto — completou Miguel, entrando em cena como se tivessem combinado as falas. Quando os quatro estavam juntos, a sintonia era assim. Ainda mais quando se tratava de caçoar uns dos outros.

Henrique olhou para o relógio.

— Tenho um compromisso — avisou.

— Está perfumado… Quem é ela? Vai noivar e nem nos convidou? — Miguel deu uma cheirada no cangote do amigo.

Miguel Guimarães costumava ser chamado de Miguelito como provocação, desde o dia em que a avó fora buscá-lo em um camarote do teatro e o encontrou em meio a saias e pernas de cocotes. Era filho ilegítimo de um viúvo ricaço e o pai não se importava com ele, desde que não causasse problemas. Mas a vovó paterna o amava, e fora ela que o presenteara com a casa onde morava, presente de formatura. Alegou que era direito dele. O pai estava ocupado e apenas mandou o advogado passar o imóvel para o nome do rapaz.

Se a adorável senhora pudesse imaginar as coisas que já aconteceram naquela casa da Tijuca... Porém não importava, o netinho era engenheiro e aprontara muito durante os estudos, mas formara-se com honras. Tinha um emprego do qual gostava, mas de vez em quando o advogado dos Guimarães enviava dinheiro e uma carta avisando que Miguel não poderia envergonhar a família, então que comprasse boas roupas, fosse ao barbeiro e mantivesse a discrição.

As mulheres gostavam de Miguelito. Ele era gentil, tinha uma delicadeza na aparência que causava suspiros. Tão adorável, tão querido... Vivia cheio de bilhetinhos nos bolsos.

— Não pode ser uma das moças do sobrado do Catete, elas já o viram no seu pior — opinou Zé. O sobrado era um antro de perdição, mas era bonito, bem localizado. E as moças que o frequentavam eram estrangeiras.

— Não quer nos apresentar a ela porque sabe que o meu carisma roubaria a atenção da dama — opinou Bertinho, provocando galhofa instantânea.

Como ele gostava de lembrar, só lhe restavam mesmo o carisma e a simpatia. Não chegara ao Rio agraciado por boa aparência ou boas referências. Era filho de um fazendeiro de Minas, e a família até tinha uma boa situação, mas não eram conhecidos entre a sociedade.

— Ela é importante — resumiu Henrique, para tentar despistar os companheiros.

— E onde trabalha? — indagou Miguel, imaginando que o amigo só poderia estar indo ao encontro de umas das moças do teatro, dos cafés ou de um dos sobrados franceses.

— Como herdeira.

— Mas você não precisa de uma! — reagiram os outros, em uníssono.

— Foi coincidência.

Naquele instante, Henrique avistou Lina de longe — era difícil não ter o olhar atraído para sua figura bela e bem-vestida, mesmo com o chapéu ocultando o rosto.

Antes de se afastar, Henrique se virou para o grupo de amigos e avisou em um tom que não soou tão sério quanto gostaria, pois com aqueles rapazes era preciso ser severo para compreenderem que não era brincadeira:

— Não entrem naquela confeitaria, seu bando de urubus.

Henrique se afastou e os amigos ficaram na calçada olhando a moça com quem ele iria se encontrar.

— Ora, ora! — As sobrancelhas castanhas de Miguel se elevaram, observando a porta da Colombo.

Bertinho e Zé ficaram boquiabertos. Henrique estava todo passado, cheiroso e penteado para se encontrar com uma dama fascinante. Ele dissera que ela era uma herdeira, e precisava mesmo ser, pois como estaria naqueles trajes se não fosse?

— O vestido é importado, certeza — opinou Zé. Mesmo tendo deixado o emprego com o tio, adorava ir ao ateliê e não perdia a oportunidade de folhear uma revista de moda, mesmo que fosse feminina.

— E a moça deve ser importada dos céus, parece uma das visões mais incríveis que já tive. — Miguel continuava chocado.

— Sim, deve ser uma dama importada de algum lugar onde não somos bem-vindos. — Bertinho deu uma cotovelada nele. — Não é para o seu bico e não é para cobiçar a amiga importante do amigo.

— E quando foi que eu fiz isso? — insultou-se Miguel. Ele não tinha culpa de ser querido, mas nunca acontecera de alguma jovem tirar os olhos de cima de Henrique por causa dele.

— Sempre! — responderam os outros dois, pois alguns de seus interesses amorosos já haviam virado os belos olhos para o amigo sedutor.

Quando Lina chegou à porta da confeitaria, Henrique já a aguardava, como fora combinado entre os dois por bilhete. Ela estava linda e elegante, uma visão diferente do que fora na noite de Ano-Novo e na inauguração do CopaMar.

— Sr. Sodré, bom vê-lo. — Lina ofereceu a mão, novamente enluvada.

— Henrique, por favor. — Ele pegou a mão dela e a segurou até ela chegar o mais próximo que se permitiria em público.

— É aqui? É bonita, tem um cheiro apetitoso vindo de dentro.

— São as empadas de camarão, sai uma nova leva neste horário e perfuma a rua toda.

Henrique ofereceu-lhe o braço, cumprimentou pelo nome o homem uniformizado na entrada e puxou a cadeira para Lina em uma das mesas ao centro. Pensou que ela viria com alguma acompanhante a tiracolo, como sempre acontecia com as mulheres solteiras, mas só avistara aquele rapazote seguindo-a com cara de poucos amigos.

Lina estava acostumada a passear pelas lojas com um pajem fazendo sua segurança; às vezes também ia com amigas e a madrasta. Mas gostava de se aventurar por conta própria. Jamais contaria a Margarida e suas conhecidas onde e com quem estava. Tina sabia, mas a opinião da melhor amiga era similar à dela.

— Diga o que devo experimentar, além das empadinhas — pediu Lina.

— O café com creme daqui é bom?

— Sim, é um bom café verdadeiro. Gosta de sorvete de caju?

— Nunca experimentei! Vamos, peça, vou provar tudo. — Ela empurrou o cardápio para ele, apesar de Henrique já segurar um em mãos.

Ele sorriu enquanto planejava empanturrá-la com as iguarias da confeitaria. Precisariam de mais de um café se ela fosse cumprir o que dizia.

— Conte-me sobre os locais que gosta aqui no Rio — sugeriu Lina.

Henrique continuava com um sorriso tolo, intrigado com a animação e a falta de cerimônia para fazer perguntas que Lina demonstrava. Ela não perguntou por locais adequados, somente aqueles de que ele gostava, então Henrique começou a contar com sinceridade. O sorriso se apagou quando ele desviou o olhar do rosto belo à sua frente e viu o trio que se empoleirava em uma mesa próxima, atrás de Lina.

Os três amigos sorriram para ele, acenando do jeito traquinas que ele conhecia. Enquanto o garçom pousava os cafés na mesa que Henrique e Lina dividiam, ele olhou para os rapazes com um olhar de aviso e ameaça. Bertinho acenou com o cardápio. Aqueles três tratantes já tinham comido no Café do Val.

— É uma cervejaria? — indagou Lina enquanto ele discorria sobre um dos locais onde sua roda de amigos sempre se encontrava.

— Cafeteria, bar e cervejaria. Fica a gosto do freguês ou do horário. Costumo ficar lá até tarde com alguns amigos meus. — Preferiu não definir horário. Tarde às vezes significava até o amanhecer.

— Pode me levar até lá também.

— Ah, não posso, não. — Henrique balançou a cabeça. Só podia imaginar o tamanho da encrenca caso isso acontecesse. Tinha certeza de que o pai dela apareceria com a polícia.

Lina riu e tirou as luvas, ocupando-se em provar a tal empada de camarão.

— Isso é uma azeitona? — questionou.

— Fique contente por terem tirado o caroço dessa vez — avisou Henrique.

Lina abriu um grande sorriso e emitiu um som adorável, como um ensaio de risada. Só que ela tinha acabado de rir de verdade pouco antes, e ele não estava acostumado a ver as mulheres do seu meio rindo. Do pouco que se interessava pelas complexas regras de etiqueta da feminilidade, sabia que era malvisto que rissem por aí, pois eram chamadas de desfrutáveis. Só que Henrique também frequentava outros ambientes, e as cocotes, atrizes, cantoras e demais mulheres que encontrava nesses locais costumavam rir até saírem lágrimas dos olhos.

Lina, por seu lado, nada sabia dessa história. As coisas que Margarida tentava lhe ensinar entravam por um ouvido e saíam pelo outro.

Atrás dela, os rapazes faziam sinais de incentivo, pois, na visão deles, Henrique parecia contido. Nunca o viram tendo de tratar com as moças solteiras de sua classe social; entre os amigos ele era mais desenvolto. E tentava ignorá-los.

Ali, no entanto, as coisas pareciam bem diferentes. Quando Lina riu mais uma vez, Henrique percebeu um problema inédito. Ele estava nervoso. Sentado na confeitaria que frequentava desde a inauguração, em 1894, comendo tudo que já experimentara inúmeras vezes, tomando o mesmo café de sempre. Ainda assim, estava tenso.

— Não sei se ela terá interesse pelos biscoitos italianos e outras iguarias que dizem ser de além-mar. Já viu de tudo — respondeu ele para o garçom que falava das fornadas quentinhas que tinham acabado de sair, ainda com o olhar fixo em Lina, em busca de confirmação.

— Vamos deixar para outro dia. Depois de pastel, croquete e empada, não consigo comer mais. E quanto ao sorvete? Preciso perguntar ao meu pai, mas creio que nunca tinha comido caju. Nem mesmo na infância, quando morávamos aqui.

O sorvete era servido por último, para não derreter enquanto o restante da comida era devorado. A confeitaria tentava, mas não era tão fresca quando o sol das duas da tarde ardia lá fora.

— Há mais sabores de sorvete espalhados pela cidade. Posso levá-la se quiser.

"Levar" queria dizer que ele estava se oferecendo para buscá-la em casa, ir em sua companhia e depois devolvê-la. Parecia só uma troca de palavras no lugar de "acompanhar" ou "encontrar", mas o significado era outro. O canto da boca de Lina se elevou com diversão, mas estava oculto pela colher e ele não percebeu.

Lina não negou nem aceitou. Deixou a proposta pairar no ar.

— Entrei em algumas lojas no caminho para cá — contou ela, deixando o sorvete pela metade e bebendo um gole do café com creme. — Dei preferência a lojas de tecidos e artigos femininos, estou em uma busca por algo específico. E veja só, encontrei seu primo na última loja.

— Ele estava comprando tecidos? — estranhou Henrique.

— Parou para me cumprimentar e ser educado, mas disse que já havia tomado café e partiu. Algum compromisso inadiável, pelo que entendi.

Henrique podia imaginar a forma como Gustavo dera aquela informação. Seu primeiro instinto foi apaziguar, pois era algo necessário com damas que tentavam se aproximar do primo.

— Ele tem andado ocupado, sempre correndo.

Para surpresa e pavor de Henrique, Lina olhou para trás. Os rapazes não estavam exatamente atrás dela, mas, se olhasse com mais atenção, poderia ver a mesa.

Dito e feito.

— São seus amigos? — questionou ela, ao ver os rapazes acenando, animados.

— Sim. — Ficou com vontade de adicionar um "infelizmente", por mais que adorasse aqueles tratantes. — Estão no intervalo do trabalho, já devem estar até atrasados.

Lina voltou ao sorvete de caju, já prejudicado pelo clima. Henrique, disposto a vê-la outra vez, começou a dar ideias sobre locais que ela poderia achar interessantes.

— Aprecia música? — perguntou ele.

— Muito — disse ela, limpando a boca com um guardanapo.

— Há concertos nos coretos, por vezes inaugurações. Nossas bandas são ótimas. E tocam músicas brasileiras também. Vai gostar de escutar a banda da Marinha.

— Gostei da ideia. Poderia me apresentar aos seus amigos, se eles tiverem tempo de ir assistir à banda — sugeriu ela, piorando a situação.

Henrique decidiu, então, que Lina era sorrateira. Não importava o que ele dissesse, se ela não lhe desse o presente de uma risada ou um sorriso aberto, olhava para ele como alguém que iria aprontar com a sua vida. Por mais que o olhar fosse promissor, achava que, naquela mesa, quem flertava melhor sem prometer nada era a moça. Estava, pela primeira vez na vida, em desvantagem.

Quando terminou o café e o restinho derretido do sorvete de caju, Lina olhou seu delicado relógio e sorriu para ele.

— Preciso partir. Vou a mais um desses encontros tediosos com damas abastadas em uma casa em algum lugar do litoral. — Ela calçou as luvas e ele pulou de pé para acompanhá-la até a porta.

Só até a rua, pois Caetano apareceu na mesma hora e avisou que o coupé estava próximo, já que não passavam veículos por aquelas ruas. O pequeno rapaz olhou Henrique de cima a baixo, melhor do que qualquer matrona faria. Não parecia satisfeito por Lina ter passado tanto tempo na companhia dele, mas esse era seu papel: não simpatizava com nenhum homem que chegasse perto de sua protegida.

— Até breve, sr. Sodré — disse Lina. — Mande lembranças para os seus amigos, que ainda não foram embora.

Ela se afastou, e Henrique permaneceu ali na rua, à deriva.

Os rapazes correram para seus respectivos compromissos logo depois, mas voltaram ao entardecer, prontos para dissecar tudo que tinham visto. Gustavo foi o primeiro a aparecer e encontrou o primo no Catete, acompanhado de uma cerveja.

— Como foi o café? — questionou.

— Vou dizer algo estranho. Talvez eu não saiba agradar essa moça — contou Henrique, preocupado.

Bertinho apareceu uns minutos depois, com alguns jornais embaixo do braço, o chapéu na mão e a testa brilhando de suor. Pediu logo um chope e contou que Zé Coelho precisou ir embora pois o filho menor, que morava mais longe porque a mãe tinha se casado com um oficial, havia se acidentado. Miguelito chegaria em breve, estava na esquina resolvendo algo com uma de suas namoradas.

— Eu o vi mais cedo e você me ignorou de novo, estou ficando magoado. — Bertinho colocou os jornais dobrados no canto da mesa e lançou um olhar atravessado para Gustavo.

— Eu tinha compromisso. Vocês falam muito. — Gustavo tirou os jornais dobrados da mesa e os colocou empilhados na cadeira ao lado.

Bertinho bebeu um longo gole do chope, e foi o tempo de Miguel se sentar e acenar para o caixeiro. Alberto virou-se para Henrique e enfiou o alfinete sem preâmbulos:

— A estrangeira não parecia tão interessada em você. Não suspirou nem nada, não tentou pegar sua mão, e não a vi piscando os belos cílios para você.

— Ela não é estrangeira — disse Gustavo.

— Mas não veio de lá?

— Nasceu aqui, disse que foi embora com dez anos — completou Henrique.

— Deve ser por isso que não caiu de amores por você. Fato inédito — caçoou Bertinho.

— As francesas do teatro o adoram — lembrou Miguel, ignorando que as estrangeiras não eram todas da França.

— Talvez ela não tenha entendido direito o que você estava falando, se voltou há pouco tempo para cá — disse Bertinho.

— O português dela é impecável — defendeu Henrique.

— Mas deve lhe faltar a nossa suavidade diária — opinou Bertinho.

— E desde quando essas moças ricas têm o charme brasileiro na fala? — Miguel pontuou, cruzando os braços.

Depois dessa troca de informações e alfinetadas, Gustavo olhou para Henrique e indagou:

— Por que acha que não consegue agradá-la?

Os outros dois olharam com crescente interesse e ignoraram os jornais. Estavam mais interessados em um possível fracasso romântico de Henrique do que nas últimas colunas de insultos dos seus cronistas conhecidos. Seria algo inédito. Nunca viram uma moça não cair de amores por Henrique, conheciam profissionais que ofereciam desconto só para se encontrarem com ele.

— Ela é sorrateira, sedutora e imprevisível.

— Isso foi um insulto ou um elogio? — Gustavo o encarou, o olhar levemente ofendido.

— Uma declaração de derrota! Depois de tudo isso, o pobre homem foi derrubado em uma confeitaria! — Bertinho e Miguel riram e bateram os copos de cerveja na mesa.

— Espere até o Zé saber disso. Certeza que Afonso vai dar um jeito de publicar essa notícia no jornal.

Henrique tomou um gole de sua cerveja. Não era derrota nenhuma, aqueles tolos estavam mal-acostumados. Não é que ele corria atrás de rabos de saia, eram elas que atravessavam na sua frente. E, às vezes, ele tropeçava em uma e acabava por baixo das tais saias. Mas estava evitando tropeços.

Costumavam ser perigosos.

7

Boêmios são libertinos

Aida ao coreto não aconteceu, mas Margarida levou Lina a mais um sarau num lindo casarão na Gávea, que pertencia à família Carmo Dias. Lina precisou de cerca de meia hora para se lembrar de que aquela era a família do rapaz em quem Maga estava interessada.

— Ele já tem quase trinta anos. Vai herdar tudo isso e mais, está seguindo a profissão do avô. Formou-se em direito, mas vai sair em campanha para a Assembleia. E depois pode chegar a senador — sussurrou Maga, falando com reverência.

— Afinal qual é o nome dele?

— Bruno Dias. É lindo, não? Quer dizer, ele herdou o melhor da aparência masculina e distinta.

Lina deu uma olhada na direção do moço, sentado a uma mesa. Era bem-vestido, atraente, mas não enchia os olhos. Não sabia o que teria encantado tanto a exigente Margarida. Contudo, a nova amiga se prendia a tantos padrões e convenções sociais que Lina ainda não sabia que tipo de rapaz a atraía em aparência. Para Lina, rapazes precisavam ser cativantes ou intrigantes. Gostava que fossem altos, tivessem ombros largos, sem o artifício das ombreiras de espuma, e que mesmo sob as camadas de roupa parecessem atléticos e dispostos às atividades que ela apreciava. Caminhadas para explorar, tênis, peteca, natação, cavalgadas. Estripulias não tão femininas, na opinião de muitos.

— Se eu pudesse votar, não o escolheria só pela aparência e boa família — disse Lina.

— Ai, Carol, não seja boba. Votar... — Maga revirou os olhos. — Teríamos que começar a falar de política também, já pensou?

Sim, ela pensava no assunto, pois já o discutira antes — seu pai gastara dias lhe explicando o funcionamento da política brasileira. Lina tinha o defeito de se divertir em flertes com rapazes ousados e opinativos. No caso, flertar já era considerado um defeito em sociedade. Não tinha como evitar a contradição de sentir-se intrigada por homens arredios. Gostava que tivessem ideias e ideais, que lessem notícias e livros, porque fora criada dessa forma. Do contrário, sobre o que conversariam? Lina poderia escandalizar todos naquele casarão ao passar meia hora falando sobre política internacional. E depois seria crucificada por isso.

Não sabia explicar o *algo mais* que atraía sua curiosidade. Mas não era hipócrita, e cavalheiros bonitos e elegantes ganhavam a chance de mostrar seus dotes.

Não podia nem sonhar em confidenciar nada disso a Margarida ou às outras damas que conviviam com ela. Só contava para Tina.

— Venha, vamos para aquele lado escutar a música, ele ainda não me viu. — Maga deu o braço a ela.

Havia uma samambaia enorme no meio da mesa, bem na linha de visão do rapaz, e Maga passou por trás dela. Lina deixou escapar um riso que saiu pelo nariz. Bruno só viu folhas, não devia ter enxergado nem o topo do penteado dela.

O gramofone tocava uma música enfadonha, mas as pessoas estavam por perto, apreciando, já que o som não estava alto. Dando uma desculpa qualquer para Maga, Lina então fez o caminho inverso, para longe da música, e procurou uma bandeja, torcendo para encontrar champanhe. Dos últimos lugares que frequentara, só o CopaMar tinha servido Veuve Clicquot à vontade.

— Srta. Menezes, fico feliz que tenha vindo — disse o dono da casa, pai do xodó de Maga. — E quanto ao cônsul, teremos o prazer da presença dele também?

Incrível como a estrela era sempre seu pai, e ele fugia de todo evento social que conseguisse, sempre com a desculpa de trabalho e cansaço. Sobrava então para ela manter aquelas conexões.

— Sinto muito, papai está afundado em trabalho devido à Conferência Pan-Americana, que se aproxima. Direi a ele quanto é bem-vindo — respondeu ela.

Para azar de Lina, o sr. Carmo Dias chamou o filho para fazer as apresentações. Lina quase gemeu — a última coisa que desejava era manter uma conversa com o interesse romântico de Margarida. E com os pais dele envolvidos, ainda por cima. Pareceria armação.

— Também adoro viajar, devo ir ainda este ano a Nova York para uma conferência de ciências sociais e jurídicas — contou Bruno, depois que a mãe dele fez questão de citar que Lina havia morado por anos fora do país junto do cônsul.

Lina nem precisava falar. A mãe de Bruno devia ter comparecido a todas as rodas de fofocas que citaram o nome da jovem, só assim para estar tão bem informada. Lina olhou em volta em busca de Margarida — tinha um plano para trocar de lugar com ela e se livrar da arapuca, mas encontrou-a conversando com Jacinta enquanto ambas olhavam em sua direção.

— Ah, estou vendo minha companhia. A srta. Margarida Gouveia tem sido um anjo ao me acolher e acompanhar para tantos locais importantes. — Lina manteve o olhar no rosto do rapaz, esperando alguma reação ao citar o nome dela.

Bruno assentiu, a sra. Carmo Dias emendou que era uma moça de ouro e citou que conhecia a mãe dela. Lina se desculpou, na intenção de ir ao encontro das primas fofoqueiras, mas, quando já estava a caminho, viu outros primos que a interessavam mais.

— Você não gosta dessa música. — Henrique olhou na direção do gramofone.

— Não conheço essas canções, mas não me irritam, apenas passam por mim — comentou Gustavo, aproximando-se da área onde era possível ouvir o som.

Gustavo preferia o som musical às vozes dos presentes. Henrique procurava levar o primo a locais onde pudesse socializar e obter alguma vantagem nisso. Era Henrique que o convencia, mas fora um pedido que Gustavo lhe fizera anos atrás. Para não deixar que Gustavo se fechasse ou ficasse confortável em apenas um tipo de convivência. Henrique não via nada errado na preferência por conforto do primo, mas entendeu o que ele desejava.

O pai de Gustavo havia morrido e deixado a responsabilidade dos negócios para o filho. Foi quando ele largou a faculdade de medicina, passou a estudar direito e a assistir às aulas do curso de matemática. Analisando o que ensinavam, ele conseguiria dedicar-se aos negócios. Por mais que Emílio, seu secretário, fosse um rapaz incrível, certos contatos e decisões cabiam somente a Gustavo.

Teria sido melhor se o pai tivesse se contentado em seguir a carreira militar, mas ele fora parar no Recife por causa dos negócios. Do contrário, não teria conhecido a mãe de Gustavo.

— E você escolheu vir até aqui porque Margarida Gouveia pensa que vai convencer Bruno Dias a pedi-la em casamento — observou Gustavo.

Henrique levou um susto e se aproximou mais, sussurrando:

— Você está fazendo uma fofoca e usando o nome completo dos envolvidos?

Gustavo ignorou a reação do primo; seu olhar estava fixo em outro lugar. A explicação saiu rápida e indiferente:

— Os Carmo Dias são relacionados aos Gouveia e não deixariam de convidá-los para um evento. Estão em campanha por cargos políticos e influência, então convidariam a família do cônsul Menezes. A probabilidade de Margarida Gouveia vir acompanhada de Carolina de Menezes é em torno de oitenta por cento, eu diria. Uma variação de dez por cento, caso o cônsul aceitasse o convite pessoalmente e trouxesse a filha. Os dez por cento restantes, que na verdade eu distribuiria como cinco por cento, seria Carolina ter outro compromisso. Teríamos mais cinco por cento de risco sobrando. É uma aposta que vale a pena fazer.

Henrique já tinha se virado para olhar em volta. Ele entendia a linha de raciocínio de Gustavo, era uma vida passada ao lado do primo.

— O cônsul não está presente — concluiu Gustavo, que já percebera isso ao entrar.

Nenhum dos dois precisou dizer mais nada, já que Lina estava se aproximando, como se ouvisse um chamado. Ela diminuiu o passo e, em vez de parar na frente de Henrique, passou e olhou o gramofone, como se tivesse ido até ali escutar a música. Aquilo a deixou ao lado de Gustavo, mas ele continuava olhando fixo para o mesmo lugar.

— Fico feliz em reencontrá-la — cumprimentou Henrique.

Lina virou-se para ele — já tinha feito a encenação de aparecer ali por causa do gramofone.

— Feliz de verdade?

— Sim. — A resposta foi rápida, mas era a última pergunta que ele esperava dela.

— Ótimo, eu também estou — disse ela. — Não imaginei que os encontraria aqui.

O olhar de Henrique voltou-se para o primo, mas nem adiantava esperar que Gustavo fosse responder com uma espiada irônica, de quem sabia que Henrique havia escolhido aquele evento de propósito para encontrar a moça.

— Fazia tempo que não vinha à Gávea, foi bem rápido de bonde — disse Henrique.

— Também fico contente em ver o senhor. — Lina se virou para Gustavo. Parecia que ele não tinha notado sua presença, mas não era surdo.

— Igualmente — disse ele, e a encarou por um segundo.

— Falta essa experiência para mim, não andei de bonde aqui, menos ainda nos carros elétricos. Fiquei sabendo que são adições recentes.

— Ainda estão implementando — explicou Henrique. — As damas com quem passeia dariam a vida para não entrar num bonde, mas asseguro que é rápido e prático. Apenas escolha os horários e destinos certos, senão talvez sequer consiga entrar no carro. Acho que não vai gostar de andar pendurada.

— Já andou pendurado? — perguntou ela.

— Não nos bondes novos. Vou resolver essa pendência assim que possível.

Ela sorriu e, se estivessem em outro lugar, teria até rido. Como fizera na confeitaria naquele dia. Henrique balançou a cabeça; precisava manter o foco. Era a segunda vez que ficava afetado pelo sorriso dela.

— Vou pegar um bonde para o centro então. Notei que é mais prático. Tem tantos lugares que ainda desejo ver — comentou ela.

Gustavo foi se virando e Henrique pensou que ele fosse reagir ao que Lina dissera, mas ele apenas o encarou e avisou:

— Vitoriana está aqui.

Henrique fez uma careta e tentou olhar disfarçadamente. Encontrou seu problema cumprimentando a dona da casa com as abutres, suas acompanhantes de sempre.

— Eu consigo me livrar mais rápido quando apareço primeiro — disse Henrique, logo pensando se desaparecia ou executava o plano.

Lina não as reconheceu e Gustavo não tentou preencher o silêncio. Ela achava que ele sequer daria uma desculpa para se livrar dela ou ignorá-la. Recusava-se a ficar parada próximo àquela música lenta sem dizer nada; era melhor encontrar Margarida e sua prima venenosa.

— Está usando luvas diferentes — disse Gustavo, por fim. — São mais frescas?

A pergunta foi tão repentina que ela olhou rápido para ter certeza de que Gustavo se dirigia a ela. Ele havia acabado de se lembrar das luvas? Mas aquilo tinha acontecido fazia vários dias, e ele saíra com a rapidez de alguém que odiava lojas de tecido. Ou, pior, de alguém que não apreciava a companhia dela.

— Não poderia vir sem elas. São novas. O que acha? — Lina estendeu a mão e a manteve no ar, como uma oferenda.

Gustavo olhou fixamente para a mão oferecida e cerrou os punhos — a indecisão e a vontade repentina de agarrar a mão dela travavam uma batalha em seu interior, piorando sua incapacidade de desviar o olhar.

O embaraço apertou o estômago dela — ele nem se moveu, e ela tomou isso como uma rejeição. Estava a ponto de se recolher quando ele pegou sua mão, apertou e não recuou. Lina buscou uma explicação na expressão dele, mas Gustavo olhava para o ponto em que a segurava. Ele moveu os dedos, sentiu a textura do tecido que a cobria, e a quentura da pele dela se espalhou para a dele.

— São bonitas, suaves e flexíveis, como a senhorita disse que gostaria — opinou ele.

— Sim. — Lina abriu um sorriso, surpresa por ele se lembrar dos detalhes.

Henrique voltou-se para eles com a desculpa para se ausentar na ponta da língua, mas percebeu que o primo mantinha a mão de Lina cativa, e só aqueles segundos já eram tempo demais.

— Vou precisar me ausentar para resolver algo — anunciou Henrique, lançando um olhar para Gustavo que os dois entendiam bem.

Era um combinado que tinham desde a infância. O primo aparecia para tirá-lo de situações em que ele nem percebia estar. Com isso, finalmente se lembrou de soltar a mão de Lina, que segurara por tempo demais.

— Não imaginei que se recordaria de um assunto tolo como luvas. — Lina percebera o leve toque de Henrique no braço do primo, antes de ele soltar sua mão.

— Gustavo não se esquece de nada, a memória dele é incrível e enervante — elogiou Henrique.

— Essa não é uma afirmação correta. Minha mente não é um arquivo interminável, só costumo me lembrar de fatos importantes — discordou Gustavo, incapaz de achar isso uma qualidade. Estava mais para um tormento.

— Humildade é uma qualidade. — Lina prensou os lábios num sorriso contido.

— Disse que vai pegar um bonde para o centro? — Henrique lembrou o que tinha em mente antes de se preocupar com Vitoriana.

— Sim, ainda não andei de bonde no Rio.

— E vai exatamente para onde?

— Ao centro, como disse — respondeu, misteriosa.

— É um lugar vasto — opinou Gustavo.

— Deve ter muitas estações, posso ir descendo ao longo das que eu quiser.

— Por tudo que é mais sagrado, não faça isso — pediu Henrique num tom de tamanha preocupação que a divertiu.

— Posso começar pelo Largo da Carioca, a Praça Tiradentes e voltar para me refrescar em um dos cafés de que tanto falam e que não pude visitar no dia em que fomos à confeitaria.

Quanto mais Lina falava, mais preocupado Henrique ficava. Tinha certeza de que ela desapareceria na Carioca e jamais seria encontrada outra vez. Gente para fazer isso era o que não faltava por lá, inclusive as gangues de meninos que corriam pelo largo — uma parte vendia mercadorias, outra aprontava de tudo.

— Também pensa que eu não posso explorar a cidade? — O tom dela era de desafio.

— Dependendo do horário, até eu iria com um acompanhante. — Henrique olhou para o primo como se tivesse acabado de ter uma ideia.

— Gustavo conhece aquelas ruas e linhas de bonde como um mapa, jamais se perde. Seria o guia perfeito.

— Ela tem um acompanhante que também conhece tudo — lembrou Gustavo, intervindo.

— Como sabe? — questionou Henrique.

— Ele estava a cinco passos de distância, vigiando os arredores enquanto ela olhava tecidos. Não havia motivo para aquele rapaz estar numa loja de fazendas, de costas para o que deveria estar comprando.

— Ah, *esse* sujeito. Eu o vi, ele ficou esperando na porta da confeitaria — disse Henrique. — E depois a seguiu.

— É Caetano — contou Lina. — Ele é minha companhia nessas incursões.

— Impossível — rebateu Henrique.

— Ora, ele é esperto e entende da cidade — defendeu a moça.

— Ela morava em outro país — recordou Gustavo, porque aparentemente Henrique só conseguia lembrar que jovens solteiras da classe dela nunca saíam sem alguma dama nem acompanhadas de um empregado franzino para andar pelo Rio.

Lina prendeu-se no que lhe importava: conhecer lugares novos e ter acompanhantes que a interessassem. E assim descobriria se Gustavo não havia gostado dela e, quem sabe, o motivo.

— Então, em qual tarde desta semana o senhor não terá um encontro com o seu advogado, administrador, gerente ou algo similar? — Lina encarou Gustavo.

Ele piscou e desviou o olhar para se impedir de acabar preso nos olhos dela.

— É mais seguro pela manhã — respondeu, sem saber ao certo em que estava se envolvendo e estranhando a sensação.

— Não me importo em acordar cedo. Telefonarei para o mesmo endereço, tenho o número no cartão dele — disse, apontando para Henrique. Já sabia que eles dividiam uma casa na orla de Botafogo. — Até mais ver, senhores.

Antes que Henrique partisse em seu plano de cumprimentar Vitoriana primeiro a fim de despistá-la, Lina voltou para a companhia de Maga.

A amiga conseguira trocar algumas palavras com Bruno e cumprimentara os pais dele. Isso deu a ela e Jacinta tempo suficiente para notar que Lina estava se demorando na companhia dos Sodré.

— Você realmente se aproximou deles. Estão até conversando com intimidade — comentou Jacinta depois que Lina se juntou ao círculo. Com seus olhos de águia, notara quando Gustavo segurara a mão dela, e jamais tinha ouvido falar daquele rapaz encostar em uma mulher do meio deles. Ele mal cumprimentava as damas nos eventos a que comparecia; dançar com ele, então, era inimaginável. E havia algumas moças que não se importavam tanto com as origens dele, já que seus bolsos tinham dinheiro e o sobrenome era bom.

— Fiquei grata a ambos, e depois descobri que são rapazes agradáveis — alegou Lina, tentando mostrar que sua atenção não era nada especial.

— Não deve saber como esses dois são. É difícil encontrá-los nos eventos da boa sociedade. Ao menos costumava ser impossível, mas de uns tempos para cá passaram a aceitar os convites — contou Maga.

— E como eles são? — Lina não queria mostrar interesse, mas o tom da fofoca a envolveu antes que pudesse se conter.

— Boêmios! — Maga soltou uma risadinha e disfarçou com o leque, dando a entender que nem deveria mencionar a palavra.

— Eles não parecem se encaixar nos exemplos que usam para esse tipo de gente. Muito menos o sr. Sodré mais novo. — Lina estava com dificuldade para imaginar Gustavo aprontando o suficiente para merecer tamanha má fama.

— Ora, não se deixe enganar por ele — disse Jacinta. — O rapaz é estranho, mas também é atentado. Uma vez, pelas alturas da Rua do Ouvidor, na entrada do Carnaval, eu o vi em meio a um bloco da sua patota de rapazes. Estava com um pandeiro na mão, um paletó colorido e cheio de confete no cabelo — contou, como se fosse uma notícia absurda.

— E o primo? — quis saber Lina.

— Ia na frente do bando, castigando um reco-reco e com um enorme chapéu de Carnaval. Aquele rapaz, viu… — Jacinta balançou a cabeça e fez um muxoxo, lançando um olhar na direção de Henrique, que estava preso numa conversa com Vitoriana.

— O filho do barão de Valença já aprontou de tudo um pouco pelos cafés, teatros e casas de música da cidade — relatou Maga. — Estudou um pouco aqui e um tanto lá pelo Norte com o primo. Quando voltava, todos sabíamos, as histórias chegavam longe. Agora, um tanto mais maduro, aparenta mais juízo. Dizem que quer se casar. — O sorriso de escárnio no rosto de Maga dizia o que ela pensava sobre essa hipótese.

— São os familiares que exigem que ele se case, e não há moça de família neste Rio de Janeiro que o desposaria, considerando sua antiga fama — afirmou Jacinta.

Carolina tentou não rir, mas cobriu a boca com os dedos enluvados. As duas eram umas cobras venenosas, mas nunca decepcionavam ao contar uma fofoca. Alternavam-se com tiros de informação, caras, bocas e entonações. Precisava se esforçar para não virar tema dos mexericos das duas e suas conhecidas. Era um ninho de serpentes.

— Já havia moças demais o desposando por uma noite nos inferninhos da cidade. Aquele Catete… Não vá lá durante a noite. Se passar pelo Largo do Machado, fique longe dos locais que eles costumam frequentar — disse Jacinta, então sussurrou: — Mulher alguma pode parar lá e sair com a reputação incólume. Porque as calçolas certamente serão perdidas.

— Entendo — disse Lina. — Então aqui no Brasil os boêmios são os libertinos de quem tanto se fala no estrangeiro. Nas cidades por onde passei, havia sempre alguns famosos. Lordes, políticos, ricaços da indústria e do comércio… Tinha para todos os gostos. Dos mais belos aos mais horrorosos. Em níveis diferentes de libertinagem, ou melhor, boemia, como dizem aqui.

Lina sequer se deu o trabalho de esconder a diversão. Tivera sua cota de libertinos em seu caminho. Não se envolvera com nenhum deles, mas aprendera a lidar com seu comportamento.

8

O que acontece no Catete...

Enquanto o bonde descia na direção de Botafogo, quase vazio devido ao horário avançado, Gustavo remoía os últimos acontecimentos. Notou um padrão: desde que passara a aceitar aqueles convites, novos problemas surgiram em sua vida. Depois que encontrara Lina no rio com um cadáver, já havia sido visitado por dois investigadores e agora estava a ponto de se envolver em mais uma aventura desconhecida ao lado dela.

— Por que está interessado em Carolina de Menezes?

Henrique estava tão acostumado com as perguntas súbitas do primo sobre assuntos inesperados que sequer se sobressaltou. Respirou fundo, formulando uma resposta que pudesse satisfazer Gustavo.

— O sorriso dela — respondeu.

— Você vai ter de explicar.

— Quando nos interessamos por alguém, pode ser instantâneo ou pode ser algo que é desenvolvido no decorrer de encontros. Um dia, uma moça sorri para você e seu próximo desejo é dançar com ela, saber seu nome, conferir o que mais tem por trás daquele sorriso. Pode não ter nada, ou pode ter uma teia. Então você cai ali e vai se emaranhando cada vez mais. E, de repente, o que começou com um sorriso vira um encanto por cada pedaço daquela pessoa.

— Você não está sendo poético — disse Gustavo, querendo garantir que estava compreendendo o que era dito.

— Não, sabe quando falo sério.

— O pior é que sei. — Gustavo olhou para suas mãos. Não usava luvas, não gostava delas. Impediam que sentisse texturas e formas, e isso era como lhe roubar um dos meios de compreender o mundo.

Os primos desceram no Largo do Machado e entraram no Lanas, o bar de sempre. Para seus horários, ainda era cedo. Nunca ficavam até tarde nos eventos para os quais eram convidados. Tinham sempre vários locais para estar e pessoas para encontrar.

Depois que o caixeiro deixou as cervejas na mesa e alguns pratos com pão, manteiga e sanduíches, Henrique olhou para o primo como se estivesse apenas esperando o melhor momento para dizer:

— Você presta atenção nela.

Gustavo o encarou com seriedade. Nem precisavam dizer o nome dela. Os dois costumavam retomar assuntos do nada, uma característica da convivência.

— Eu presto atenção em tudo — justificou-se Gustavo.

— Isso é o contrário do que você faz. Senão enlouqueceria. Você faz uma seleção, como bem sei. E, quando presta atenção em alguém, você sabe tudo sobre a pessoa. Ao menos tudo que é possível enxergar. Se puder chegar perto, você vai saber até o que não deveria.

Gustavo não mentiria para o primo, não fazia sentido. Não era bom com mentiras, não gostava de mentir, e os dois tinham um acordo de sinceridade mútua. Gustavo apreciava que o primo assumisse esse tipo de compromisso, como se não existissem diferenças entre os dois. Henrique, por sua vez, sabia mentir, enrolar e manipular. O carisma e a aparência eram incluídos nisso como armas. Gustavo não possuía tais habilidades; suas defesas eram enxergar, memorizar e perceber os tons dos outros.

Era como conectar um mapa de luzes na mente dele: mesmo quando não entendia o que a pessoa estava dizendo, quando ideias e frases não faziam sentido, como acontecia com frequência, ele percebia qual era o tom usado na fala e usava isso como guia.

— Eu me interesso por algumas pessoas. Sei tudo sobre Bertinho, Miguel, Zé, Afonso, você… nossos parentes, até Gambá, o gerente do Lanas. E outras pessoas que nunca vou reencontrar.

— Você não presta atenção nem nas mulheres com quem já dormiu, homem.

— É uma conexão carnal e temporária. Elas sabem disso, e eu me recordo daquelas que me disseram o nome.

— Só porque não consegue evitar. — Henrique balançou a cabeça, um sorrisinho no rosto.

— Tem razão, você dormiu com algumas delas também e não lembra nem quais foram — acusou Gustavo.

O sorriso que Henrique abriu dessa vez foi travesso.

— Só aquelas que dividimos. — Ele bebeu um gole de cerveja, nada envergonhado por dizer aquela obscenidade.

E as que conseguiram enxergar, pois o apartamento de Bertinho e algumas casas onde dormiram durante a faculdade sofriam de um problema crônico de iluminação. A maioria nem tinha luz a gás ainda. Foi na casa de Bertinho que se envolveram nesse *trique-trique* pela primeira vez, com uma cocote, uma francesa de verdade. Ela sabia o que estava fazendo; os dois, não.

Tampouco podiam se esquecer da casa de Miguel, que também não ficava distante. Sua querida avó fizera questão de que tivesse boa iluminação, mas quando ficavam por lá precisavam acordar cedo. Ela gostava de visitar para o desjejum. Não que a senhora se escandalizasse com um bando de rapazes em pouca roupa, mas não concordava com a sem-vergonhice. Dizia a Miguel para não iludir aquele bando de moças, ignorando que talvez fosse o contrário. Elas os enredavam com facilidade. E, entre todos aqueles rapazes da faculdade, alguns preferiam iludir outros homens e ninguém os delatava.

O que acontece no Catete fica no Catete.

Pois o que acontecia no centro da cidade era assunto de todos depois. Era incrível como a fofoca corria solta. Era mais veloz até que o bonde.

Como se invocado até ali, Bertinho apareceu e sentou-se com eles. Seu antigo antro passara por melhorias desde então, agora era bem iluminado e os móveis tinham sido trocados. A casa dos Sodré na orla de Botafogo sempre teve luz demais, especialmente quando amanhecia e os amigos precisavam encarar o sol. Além disso, a vizinhança não era propícia ao tipo de festança que gostavam de fazer.

— Vocês vieram para cá direto daqueles eventos chiques outra vez? — Bertinho deu uma olhada rápida nos trajes que vestiam e fez sinal para o caixeiro.

Miguel entrou em seguida, mais pálido do que já era.

— Tenho uma péssima notícia — avisou.

— Sua nova namorada terminou com você? — Bertinho o olhou com pouco-caso.

— Não, pior. Vim do Recreio — contou ele, referindo-se ao teatro no centro.

— Você foi ao teatro sem me chamar? Seu traidor, fui o único sem programa esta noite? — protestou Bertinho. — Se tiver levado Afonso, vou cortar relações.

— Foi ele que me levou, nos encontramos na Tiradentes e ele me arrastou. Escute! Minha avó voltou para a cidade.

Henrique revirou os olhos — lá vinha. Bertinho deu um gole e ficou com um bigode branco de chope. Gustavo passou manteiga num pão tostado que assara além do ponto e mordeu com inevitável estardalhaço. Miguel devia ter se esquecido de que naquele horário o bar estava cheio e eles estavam cercados de conhecidos, gente que tinha estudado com eles, que já acordara em suas casas depois de noites de boemia.

— E ela me ameaçou — anunciou, tão indignado que não se deu o trabalho de abaixar o tom. — Tem duas "moças de família" para me apresentar. Duas!

Os três amigos mais próximos mal reagiram. Já estavam familiarizados com a ladainha. Porém um dos conhecidos na mesa colada à deles disse para os outros:

— Miguelito vai casar! Vovó arranjou uma noiva!

Pelo barulho, o bar inteiro respondeu. Todos queriam ser convidados, sem dúvida a boca-livre seria memorável.

— Precisamos ver a noiva!

— Finalmente! Vai acabar essa história de duas namoradas!

— Três! O salafrário!

— Vamos comemorar!

Miguel bateu nos bolsos em busca de um cigarro, ainda temeroso. Só uma pessoa conseguia bagunçar sua vida, e essa pessoa era sua avó. Talvez porque ela fosse a única familiar que se importava com ele.

— Não vou convidar ninguém! Seus traidores! — avisou Miguel, causando ainda mais estardalhaço.

— Vou comprar um sorvete de caju — disse Gustavo, levantando-se de repente.

Caju, usado em um contexto aleatório, era o código que ele compartilhava com Henrique para avisar que precisava de um tempo, de espaço ou que não estava bem. Naquele horário, a sorveteria já estava fechada.

Gustavo saiu para respirar o ar noturno — quando todos eles resolviam galhofar, seus ouvidos zuniam. Às vezes caminhava até a praça e acabava tomando o bonde para casa, mas estaria silêncio demais lá e, se estivesse aborrecido, acabaria irritado. Ele esticou as pernas e lembrou que prometera levar Carolina para passear.

O que diria para passar uma boa imagem? Recusava-se a voltar atrás no convite que ela propusera. E não sabia como faria para ela não descobrir sobre as dificuldades que tinha com interações daquele tipo.

O bonde parou na praia de Botafogo e, em um pulo rápido, Gustavo aterrissou no banco ao lado de Lina. Ela havia assegurado que Caetano conseguiria guiá-la até o centro, mas Gustavo sabia que ela precisaria passar em ao menos dois pontos próximos à casa dele. O acompanhante franzino estava sentado no banco atrás dos dois, com os olhos nas costas de sua protegida. Ele estava era com medo de perder o emprego, pois duvidava de que a dama contasse ao pai exatamente para onde ia. E, pior, na companhia de um homem solteiro.

Caetano perguntara à cozinheira, que questionara a camareira, e esta havia garantido que aqueles dois cavalheiros eram solteiros. E que vinham de uma família adequada para se relacionar com a filha do cônsul. Era bom que viessem mesmo, pois ele não queria ter de delatar a adorável srta. Lina. Mas, se ela se envolvesse com tipos duvidosos, seria obrigado a agir. Certamente aquela moça criada no estrangeiro não tinha a malícia necessária para lidar com os boêmios brasileiros.

— Bom dia — cumprimentou Gustavo depois de uma pausa um tanto longa, em que os dois permaneceram sentados em silêncio.

Gustavo arriscou um olhar na direção de Lina e a encontrou com uma expressão divertida. Ela usava um chapeuzinho charmoso que não a protegeria do sol, e seria um daqueles dias quentes típicos.

— O senhor é bom em história? Meu pai contou que a avenida onde descermos colocou a cidade abaixo, porque a capital brasileira precisa parecer uma bela metrópole, e todas elas têm avenidas arborizadas e lojas bonitas.

— Avenidas arborizadas e lojas bonitas — repetiu Gustavo. — Sim. Ainda não acabou, verá muitos lugares em obras. Não será tão bonito.

— Mas deve ser interessante.

— O centro costumava ser antigo, desorganizado, malcuidado e insalubre. Só que a prefeitura começou a derrubar tudo sem antes se resolver com os moradores e trabalhadores locais.

— E para onde eles foram? — questionou a moça.

— Espalharam-se pela região, subiram os morros, foram para longe e acabaram em locais mais precários. Foi um terremoto no meio da cidade, mas sem tremores.

— Você conheceu o antes e está vendo o depois — disse ela, parecendo pensativa. — Eu só verei o depois.

— Não sei quando vão terminar.

— No bilhete, o senhor escreveu: *Sei onde fica*. Foi uma resposta para tudo ou...

— Tudo — disse Gustavo.

— Ótimo. Estou com fome, tem mais de quatro horas que tomei o desjejum.

— Então vamos comer primeiro.

— Eu ainda não o tinha visto de terno claro. Se me permite, fica muito bem.

Gustavo olhou para baixo, sem compreender o que ela via. Para ele, era apenas sua roupa de verão. Um traje mais solto, feito de linho e algodão. Usava-o porque ajudava a ficar mais confortável em dias como aquele.

— É mais fresco. — Ele correu o olhar por ela e observou: — Seus trajes também são diferentes.

— Notou? Estou me habituando e renovando o guarda-roupa para adequá-lo ao clima tropical.

Gustavo olhou para a blusa branca de cambraia que ela usava com luvas curtas e os minúsculos botões que mantinham os punhos presos no alto do antebraço. Havia um maldito lacinho rosa — muito rosa, como ele não se lembrava de ter visto antes — na gola, bem na frente do seu pescoço. A gola não era alta o suficiente, ou talvez fosse uma evolução da moda feminina. Mas ele podia ver parte da pele de Lina, o que o fez pensar na sensação da pulsação dela em seus lábios. Para ele, a intensidade do pulso de uma mulher era um ótimo jeito de acompanhar suas reações.

Gustavo voltou a olhar as mãos dela. Era mais seguro.

— É bonito — disse por fim.

— Obrigada, fico contente. Escolhi esta roupa especialmente para poder andar em sua companhia sem morrer de calor.

Ele estava a ponto de pular do bonde em movimento e voltar para casa. Apoiou a mão na coxa para ver se parava de balançar a perna antes que ela notasse sua inquietação.

— Não vamos andar muito — declarou ele.

— Está quebrando sua promessa?

— Vamos pegar o bonde mais vezes. Seus pés me agradecerão.

— Coloquei sapatilhas. São de amarrar, confortáveis para caminhar.

Gustavo agradeceu a bênção da saia comprida, que não lhe permitia ver tal coisa. Tinha a impressão de que, se passasse os olhos sobre qualquer parte dos pés dela, cobertos com meias ou não, teria um daqueles episódios de nervosismo. Fazia um tempo considerável desde o último, mas Lina alterava sua pulsação sem que ele precisasse sequer se mexer. Estava acostumado a perceber isso como um mau sinal.

— É aqui — disse ele.

O bonde parou, ele desceu e ofereceu a mão para ajudá-la. Caetano pulou logo atrás deles e seguiu a certa distância. Se aquele rapaz ficasse tão embasbacado quanto o outro na confeitaria, era ele que teria de ficar atento aos arredores.

— Prefere salgado ou doce? — Gustavo voltou a falar de comida.

— Os dois. Gosto de experimentar — declarou ela com uma naturalidade sedutora, mantendo o olhar no dele.

Gustavo prensou os lábios e engoliu a saliva, sentiu sede e desviou o olhar.

Ele não voltaria atrás em sua palavra, mas talvez aquele passeio pelo centro fosse sua perdição.

Gustavo não levou Lina para um restaurante, confeitaria ou um dos cafés. Indicou o caminho até uma esquina, entre uma sapataria e uma loja de roupas. Quatro clientes rodeavam uma mulher sentada, com um vestido branco de detalhes coloridos que chamou a atenção dela de imediato. Só depois que os outros clientes se afastaram Gustavo fez um gesto para que se aproximassem dela.

— O que vai ser hoje, ioiô? — A moça de turbante colorido deu uma olhada nele. — Tá bonito, gostei do terno. Tem o bolo de arroz que o senhor gosta.

Lina se inclinou um pouco. A moça negra tomava conta de dois tabuleiros, que deviam ter chegado ali repletos de guloseimas, porém agora já faltava metade. O mais interessante é que ela não reconhecia quase nada do que estava sendo vendido, mas o cheiro era marcante e apetitoso.

— Pamonha, por favor, da mais doce — disse ele, olhando o tabuleiro.

— O que eu vou experimentar? — Lina virou-se de leve para Gustavo.

— Olha só, veio acompanhado hoje. — A baiana reparou em Lina e em seu para-sol chique. — Pergunta à iaiá do que ela gosta. Não seja tímido. — Apesar de ter dito a Gustavo para perguntar, a moça não se conteve: — Meu bolo de arroz é o melhor da cidade, meu cuscuz o mais macio. Escolhe uma cocadinha pra adoçar o sorriso.

Entre os quitutes bem organizados e de ótimo aspecto, embrulhados em papel, foi o que Lina acabou escolhendo. Ela sabia o que era uma cocada, mas não conhecia nada além disso.

— Da próxima vez, traz a moça bonita pra comer um angu e um bolo de tapioca quentinho. A moça tem que experimentar. — A mulher entregou os embrulhos e recebeu o dinheiro.

Gustavo nunca pedia troco, deixava que ela ficasse com a quantia toda. Mesmo depois que a mulher fora obrigada a mudar de ponto, com a reforma do centro, ele fizera questão de continuar comprando dela. A baiana sabia lidar com os fregueses e logo percebeu que Gustavo falava pouco, era educado, escolhia rápido e deixava umas moedas de agrado.

Mas nunca o tinha visto chegar com uma moça, apenas com o rapaz alourado que conversava com ela enquanto roía pé de moleque e esperava o bolo ficar pronto. E com o baixinho roliço que uma vez provara moqueca e sempre ia no dia certo para comer mais. Será que o freguês preferido tinha arrumado uma namorada?

Gustavo e Lina se afastaram, deixando os próximos fregueses encostarem. Ela havia dado umas moedas a Caetano — apesar de entender o dinheiro brasileiro, Lina ainda estava aprendendo o poder de compra que tinha nas ruas. A soma que dera ao rapazote foi suficiente para ele comprar dois pacotes de amendoim, jogar no bicho, guardar o troco para inteirar o jantar com os amigos e levar uns legumes frescos para a mãe.

— Não era isso que eu esperava — disse Lina quando eles pararam sob uma sombra para comer, já que deixara o para-sol com Caetano.

— Não lhe agrada?

— É tão rico em sabor. — Ela estava comendo o cuscuz antes do bolo de arroz, mas Gustavo não comentou nada.

— É limpo e saboroso — disse Gustavo. — Queria que você comesse em um lugar limpo, com cheiro bom. Não vai encontrar mais nada assim por aqui.

— As confeitarias daqui são sujas?

— Não são limpas nem tão pessoais como o tabuleiro da dona Carla.

Ele se ocupou em comer. Depois, em poucas palavras, contou sobre as baianas que estavam havia tantos anos na capital e o que costumavam vender. Na mesma conversa, acabou fornecendo uma informação que ninguém tinha contado a ela.

— Eu sou de uma cidade chamada Recife, em Pernambuco — disse Gustavo. — Minha mãe comia coisas parecidas, e sempre como a mesma comida quando visito meus parentes.

— Você nasceu lá? — perguntou Lina, parando de comer.

— Sim.

— Eu sei onde fica o Recife. Estudei sobre o Brasil, meu pai fez questão. Eu o acompanhava a diversos lugares, então era importante que soubesse responder perguntas. Imagine a filha de um cônsul ser alguém que nada sabe sobre sua terra natal?

Gustavo achava aquilo normal — a maioria das pessoas sabia muito pouco sobre o próprio país; as escolas populares ensinavam apenas a ler, escrever e calcular. Além disso, não era o tipo de educação que se costumava dar às moças. Ele não tinha uma opinião sobre isso, apenas pensava que as pessoas deveriam poder aprender o que desejassem.

— Tem todo tipo de comida brasileira pelo centro. Sua cozinheira deve fazer comida europeia. Se deseja explorar, precisa começar por aqui. — Gustavo voltou ao assunto inicial.

Lina começou a perceber que ele descartava desvios de assunto, mas ela precisava descobrir se era porque não o agradavam ou porque não tinha opinião sobre algum tópico que cortava o tema principal da conversa.

— Você fala como se nunca deixasse o Brasil e aproveitasse a culinária dos países que visita.

— A culinária dos países que visito... — Ele fez uma pausa e franziu o cenho, mas prosseguiu em seguida: — Eu aproveito, em alguns lugares. Se adaptar seu paladar, vai apreciar ainda mais coisas. Contrate uma cozinheira local.

— Nós contratamos também! Mas o que posso fazer se me exportaram antes de eu desenvolver gostos pessoais? — indagou ela. — Nem consigo me lembrar do que comia aqui quando criança.

— Se sua cozinheira não era europeia, isso pode ajudar. — E ele a surpreendeu ao oferecer um pedaço de pamonha.

Lina aceitou, lembrando-se do pedido pela mais doce.

— Pois não era — respondeu Lina. — Eu parti poucos anos após a abolição. Ela era negra, mas trabalhava para a família havia anos e nos acompanhou quando fomos para a Europa.

— E onde está agora?

— Faleceu há uns anos. — Lina olhou para a cocada escura que tinha em mãos. — Ela dizia que havia perdido a família muito tempo antes de deixar o Brasil, antes até de deixar a terra dela...

Ao ouvir essa informação, Gustavo se viu dizendo algo que em sua mente era natural, mas para outros deveria ser um segredo. Ao chegar à idade adulta, ele compreendera os melindres da "boa sociedade" da capital. Contudo, aquilo não era lógico para ele, e havia algo mais por trás: sentimento. Saudade, orgulho, dor, luto e tudo que ele fora descobrindo desde que perdera a mãe.

— Minha mãe era negra, mestiça como eu. Também tem gente original desta terra na minha família — falou ele, referindo-se a indígenas. — Assim como gente estrangeira e branca. Todos eles vivem em Pernambuco. No Norte, como dizem aqui.

Lina resolveu retribuir a confiança que ele depositara nela sendo também sincera, pois via que era o que Gustavo preferia.

— Uma das primeiras coisas que me disseram sobre você foi que era mestiço — contou. — Mas acabou de resolver um enigma.

— Qual? — Ele a olhou, atraído pela palavra *enigma*; jamais se considerara um.

— A verdade. Não sabiam falar nada sobre você, apenas afirmar o óbvio.

— O óbvio. — Ele virou o rosto e deu mais uma mordida na pamonha.

Aquilo não era um enigma para ele. Gustavo crescera com gente perguntando se ele era mistura de branco com preto ou de branco com índio. Sua mãe dizia que a avó e a bisavó dele eram negras. Havia miscigenação nos filhos que elas pariram de pais distintos, e ela não gostava de falar disso, porque a avó dele preferia assim. Por anos aquilo não fez sentido algum para Gustavo, mas depois, mais maduro, ele passou a entender.

Tinha oito anos e ainda morava no Recife; visitou a capital pela primeira vez quando parte de sua família chegou com a notícia da conquista oficial da abolição. Os Vieira já estavam no ramo do comércio na época. Fabricação ilegal e contrabando de tecidos finos foram um dos jeitos que eles encontraram de fazer dinheiro quando o governo português proibiu que sua colônia produzisse tecidos, exceto se fossem para embalagens ou roupas de escravizados.

— Lá na minha terra, minha família é respeitada — retomou Gustavo. — Meus familiares da capital pensam que os de Pernambuco são todos broncos. Mas eles possuem negócios, têm suas casas, sabem ler e matriculam as crianças em escolas. — Ele franziu o cenho: percebeu que acabara falando mais do que devia. Em geral ninguém queria saber sobre seus parentes de uma província distante ou como ele se sentia em relação ao que havia acontecido no passado.

— Quantos anos você tinha quando sua mãe faleceu? — questionou Lina, com vontade de descobrir mais sobre Gustavo.

— Onze.

— E então você precisou vir morar aqui.

— Não. — Ele balançou a cabeça. — Viemos antes, meu pai nos trouxe. A família toda dele é daqui. Minha mãe morreu de febre depois de chegar.

Como não havia dor no tom dele e sua expressão não se alterou, Lina ficou alguns segundos sem saber como prosseguir. Então resolveu devolver o que ele lhe dera: informação.

— Minha mãe partiu, mas está viva — contou ela. — Considero minha madrasta como mãe. Josephine cuidou de mim por todos estes anos e me ensinou muito.

Lina acenou para Caetano, que veio lhe trazer o para-sol. Gustavo apenas assentiu em resposta ao que ela dissera, mas guardou na memória mais essa peça do quebra-cabeça sobre ela.

— Gostei muito da sua introdução à comida brasileira — disse Lina. — Posso chamar assim?

— Pode.

— Vamos para a tal praça que tem o chafariz enorme?

— Largo da Carioca.

— Sim, essa mesma!

— Não beba aquela água. Vou lhe comprar um refresco.

Lina deu risada e o seguiu, rodando o para-sol.

— Não quero ir até lá para beber água — disse ela.

— Está quente. Ali tem refresco de tamarindo. — Ele apontou para um bar.

— E o que é tamarindo? — perguntou ela, apressando-se quando Gustavo apertou o passo para ir comprar o tal refresco.

Perderam o primeiro bonde, porque Lina parou para ver a construção do que estava sendo anunciado como o futuro Teatro Municipal. Quando pararam no Largo da Carioca, uma turba de vendedores se dependurou no bonde, anunciando seus produtos aos gritos. Balas, jornais, biscoitos de todos os sabores.

— Venha. — Gustavo não demonstrou reação à gritaria dos meninos: estava habituado. Mas surpreendeu Lina quando pegou sua mão.

Ela se sobressaltou tanto que quase tropeçou ao pular do bonde. No primeiro que tomaram naquele dia, Gustavo segurara apenas uma parte de sua mão, apertando-a com os dedos, tocando mais no tecido da luva. Dessa vez, ele engolfou sua mão enluvada na dele, apertando-a com decisão e levando-a junto.

É claro que rapazes já tinham se dado a liberdade de segurar a mão dela, fosse por ousadia, flerte ou durante uma dança. Lina só não esperava isso daquele rapaz tão contido.

— Vai uma balinha, sinhá? Tem baunilha, hortelã e coco! — ofereceu um menino.

— Biscoito docinho, sinhá! — Outro mostrou o que vendia.

Lina ficou embasbacada com a destreza dos meninotes que se dependuravam no bonde, seguindo agarrados no transporte, mesmo enquanto o veículo continuava seguindo seu camïnho. Entregavam doces e pegavam moedas ao mesmo tempo. Gustavo a levou para longe da gritaria e dos trilhos que desenhavam o chão do Largo.

— Eu quero uma bala — reclamou Lina.

— Eu compro, senhorita! — avisou Caetano, que em algum momento tinha pulado do bonde e seguido atrás deles.

Gustavo soltou a mão de Lina e deu uma olhada em volta, como se segurá-la tivesse sido algo apenas pragmático. Na cabeça dele, havia sido seu jeito de protegê-la e tirá-la do bonde o mais rápido possível, antes que fosse rodeada pelos meninos. Sabia como eles eram, especialmente com damas bem-vestidas.

Mesmo assim, Gustavo fechou a mão em punho, como se tentasse guardar a sensação por mais tempo. Enfiou a mão no bolso e quebrou algumas folhas secas que levava com ele. Ficar sozinho com Lina pela primeira vez se mostrava um desafio, e ele estava escorregando em comportamentos que costumava reprimir. Ela não demonstrava notar nada de estranho, só ficava com aquele sorriso lindo enquanto o enchia de informações e sensações. Tudo ao mesmo tempo.

— Aqui, senhorita, balas de todos os sabores — disse Caetano, chegando esbaforido.

Lina agradeceu e a pequena bolsa pendurada em seu pulso ficou cheia delas.

— Qual é o seu sabor favorito? — perguntou.

O olhar de Gustavo se alternava entre a bolsa dela, cheia de detalhes e pedrinhas, e as balas que sobraram em sua mão. Como ele deixara escapar aquela bolsa, que gritava "risco de assalto"? Foi porque tudo mais nela o distraía? Sua principal tarefa era protegê-la, mas Lina o deixava tão perdido que ele ignorou a bolsa.

— Não gosta de balas? Tudo bem. — Lina pegou uma de baunilha.

O olhar de Gustavo acompanhou o movimento dos dedos dela desembrulhando a bala e levando-a à boca. E ficou por lá.

Nos lábios cor de pêssego que o deixaram paralisado, porque o desejo de beijar uma mulher não costumava assaltá-lo no meio da rua. Geralmente era uma reação a alguma intimidade a que ele tinha se disposto e planejado.

Lina estava habituada a ser observada e admirada, só não entendia por que Gustavo mal olhava para ela, não encontrava seu olhar durante as conversas, e mesmo assim, vez ou outra, ela o pegava intrigado com alguma coisa nela. Lina percebeu que Gustavo a deixava levemente envergonhada. Não era algo ruim, apenas o embaraço que sentia quando estava interessada e ansiosa.

Ela se virou e andou em direção ao enorme chafariz — havia imaginado outra coisa, e agora estava diante de uma construção com inúmeras bicas de água, onde pessoas enchiam baldes e tinas.

— Sinhá, tem um vintém? — perguntou um menino quando ela se aproximou.

Logo ela escutou a mesma pergunta várias vezes, e mais meninos surgiram. Caetano se enfiou entre eles, mas tinha só uns cinco centímetros a mais que o restante do grupo.

— Hortelã. — Gustavo a pegou pela mão outra vez e tirou Lina do meio da confusão de meninos pedindo moedas e outros vendendo biscoitos.

Ele tirou um vintém do bolso e deu a um deles, levando Lina para longe das pessoas e atravessando sobre os trilhos, após verificar onde estavam os bondes. Lina admirou o chafariz e sorriu, observando a confusão de gente tão diversa que se misturava ali.

— Por favor, não se afaste — pediu Gustavo, olhando para Lina enquanto ela observava os arredores.

Ela não estava acostumada a ser tão dependente de companhia masculina. Sabia que havia locais perigosos e que não conhecia os pormenores da capital brasileira. Contudo, essa não era a única questão. Os outros países também eram perigosos e possuíam também suas particularidades. O pai poderia contratar os maiores seguranças da cidade e enviá-los atrás dela, mas ainda seria impedida de sair para explorar e não poderia contar às suas "novas amigas" que saíra sem uma acompanhante adequada.

— Hortelã — repetiu Lina, virando-se para ele com um sorriso e uma bala na ponta dos dedos. — E, sim, ficarei por perto.

Gustavo aceitou a bala. Ele sentia como se Lina tivesse assado seu cérebro. Era essa a sensação. Sua mente tinha virado uma empada queimada.

— Esses pequenos são diferentes — animou-se ela ao avistar um novo grupo de meninos, que se afastavam dos bondes que partiam do Largo. — Conheço essa língua!

Apesar do que acabara de prometer, Lina deu a volta em Gustavo para observá-los melhor. Eles falavam entre si, levavam pilhas de jornais e anunciavam para os transeuntes:

— O *País*! Olha a *Gadzieta*!

— *Jornale di Brasil*!

— A *Tribuna*!

Tudo era gritado com um sotaque italiano forte enquanto os jornais eram sacudidos no ar. Os meninos também subiam e desciam dos bondes em uma velocidade incrível e corriam pelo Largo assim que alguém levantava a mão, requisitando sua presença.

— Quer um jornal, senhorita? — indagou Caetano, parecendo aliviado ao ver os meninos passarem direto.

— Eu já li o jornal, Caetano, agradeço.

Os gritos dos pequenos italianos vendedores de jornal fizeram com que ela se recordasse do último pretendente que conseguira fisgar seu interesse.

— Um pouco antes de vir para cá, eu ensinei português a um diplomata italiano — contou ela, virando-se para Gustavo. — Bem, ao menos tentei. Ele falava todas as palavras com o mesmo sotaque adorável desses meninos.

— Era um amigo do seu pai? — perguntou Gustavo.

— Papai o conhecia, mas ele era meu amigo. Era novo na missão italiana.

— E onde está essa pessoa?

— Precisou voltar ao país de origem para resolver questões de trabalho.

Gustavo franziu o cenho e levou um minuto ruminando aquela informação.

— Ele lhe escreveu — concluiu ele, de alguma forma.

Lina ergueu o olhar para ele, surpresa por seu palpite certeiro.

— Como sabe? Acredite ou não, recebi uma carta dele esta semana.

A bala de hortelã escorregou pela garganta de Gustavo, e ele tossiu uma vez.

— Então vai encontrá-lo em breve — disse.

— Não, ele está bem longe.

— Em algum momento não estará mais ocupado com o que foi resolver no país dele.

— Imagino que sim.

— Então virá encontrá-la.

— Não, não virá — disse Lina. — Mas gosto de trocar cartas, especialmente com pessoas que moram longe.

— Ele virá. A menos que você lhe diga não.

Lina enfim compreendeu o que Gustavo tinha entendido daquela conversa. Claro, jovens solteiras falando sobre o tempo que passaram com algum homem disponível e confirmando que receberam cartas faziam as pessoas pensarem que havia algum tipo de compromisso.

— Nós não estávamos comprometidos — disse ela.

— Eu sei. Se estivessem, ou ele estaria aqui, ou você não teria vindo.

— Teria sim. Vou com papai para onde ele for.

— Então o tal italiano também teria vindo. Ele não a deixaria sozinha por tanto tempo.

— Ah, não? — Lina sorriu.

— Eu jamais deixaria — disse Gustavo. Mas ele falava sério, não era sequer um flerte. — Duvido que um homem com quem tivesse um compromisso cometesse esse descuido.

Os lábios de Lina ficaram abertos por mais tempo do que ela gostaria, desarmada pelo que ele dissera. Logo recuperou seu jeito provocativo de responder:

— Bem, talvez ele seja descuidado. Estou aqui, não estou? E passeando com *você*.

Ao contrário dele, Lina sabia como flertar. Era tão entendida no assunto que conhecia os níveis de flerte. Pensava que seus dotes não funcionavam bem no Rio, mas estava enganada. Ou não percebia os estragos que estava causando.

Gustavo ainda achava que o diplomata italiano era descuidado. Se tivesse um pingo de inteligência e interesse em Lina, embarcaria no primeiro navio rumo ao Brasil.

Lina tirou um papel dobrado do bolso escondido de sua saia e citou pelo menos mais três lugares que queria conhecer na companhia de Gustavo. Ele visualizou o caminho como um mapa em sua mente e fez pequenos ajustes no percurso, indo por onde considerava mais seguro.

No fim, Caetano e ele sentaram-se num banco enquanto Lina admirava o Passeio Público. O rapazote já não o olhava mais de cara feia.

Horas mais tarde, Gustavo encontrou-se com Henrique, Miguel, Afonso e Bertinho no Largo do Machado.

— Pensei que só o veria em casa. Como foi o passeio? — indagou Henrique de imediato quando viu o primo. — Ela gostou do que viu?

Gustavo fez um relato resumido do dia que passara com Lina. Do jeito que conhecia o primo, Henrique já sabia que sua versão não traria nenhum detalhe suculento, apenas pontos importantes.

— Você passou horas servindo de guia e companhia para ela? — indagou Afonso em um tom de estranheza. Não se lembrava de já ter visto o amigo envolvido num passeio desse tipo. Mas talvez ninguém tivesse lhe pedido antes.

Gustavo assentiu. Não via problema naquilo, fora o que aceitara fazer. Estava concentrado em questões mais importantes, então informou:

— Carolina tem uma pessoa na Itália com quem se corresponde.

— Uma amiga? — perguntou Afonso.

— Um pretendente — esclareceu Gustavo.

— Ela está esperando por ele? — Henrique sentou-se direito e o encarou.

— Mas ele é doido? Ela está sozinha no Rio de Janeiro e ele dormindo na Itália? — intrometeu-se Bertinho.

— E solteira — lembrou Miguel. — Nem por cima do meu cadáver.

Gustavo já dissera aquilo para Carolina, então respondeu o que Henrique perguntou:

— Ela pensa que ele a esqueceu.

— Por quê?— quis saber Afonso. — Ele vai se casar com outra?

— Pelo que ela contou, não.

— Diabos. — Henrique cruzou os braços e se recostou na cadeira.

Afonso aproveitou e comentou:

— Essa é a mesma srta. Menezes que encontrou o corpo no casarão dos Soares?

— Como sabe disso? — indagou Henrique.

— Eu escrevi sobre os desdobramentos do caso para a edição de amanhã. A polícia nem imagina o que…

— O que você disse que fez? — exaltou-se Gustavo, surpreendendo todos os amigos na mesa. Vê-lo levantar a voz era um acontecimento.

Afonso sacou um caderninho do paletó, pigarreou e leu:

— O morto era um tal de Santana, metade brasileiro, metade espanhol. A família dele do lado de cá está intrigada. Os inimigos dele não são poucos, tinha credores daqui até o Andaraí. Só que também era um beberrão.

Acreditam que ele caiu no rio por conta própria. Interrogaram a família e ele estava bêbado como um gambá.

— Você enlouqueceu! — exclamou Gustavo, ainda de pé. — Deu o nome dela?

— Acalme-se! Eu sei fazer o meu trabalho! Não foi fácil apurar essa história!

Afonso ergueu os olhos e deixou o caderno cair, pois Henrique e Gustavo estavam com cara de que iriam esganá-lo, e Bertinho e Miguel estavam chocados demais para intervir.

9

Palácio Monroe

Quando Lina chegou, Josephine estava à sua espera no saguão, algo que não costumava fazer. Ocupou-se em desamarrar o chapéu de Lina enquanto informava:

— Dois cavalheiros estão na sala de visitas à sua espera. Se seu pai chegar do ministério e encontrá-los aqui, não acredito que será tão benevolente como costumava ser em Paris com os visitantes que acabavam com nossos biscoitos.

Com a vida social atribulada que tinha agora, o primeiro pensamento de Lina foi um tanto indecoroso. Entretanto, não se lembrava de ter iludido nenhum rapaz local a ponto de ele decidir aparecer em sua sala. Ela rumou para lá o mais rápido que o vestido de passeio permitiu, cheia de curiosidade, arrancando as luvas pelo caminho. Largou o par no chão quando viu quem a aguardava, tamanha foi a surpresa.

Ela jamais imaginou que aqueles dois decidiriam visitá-la.

Henrique já estava de pé, e Gustavo se levantou quando ela entrou. Parecia ser o último lugar onde ele gostaria de estar, mas, pela experiência de Lina, geralmente era a expressão dele em eventos.

O olhar de Lina percorreu os dois belos rapazes, que se tornavam seus novos companheiros favoritos. Eles se vestiram de acordo para a visita social: os ternos sob medida eram claros, modernos, perfeitos para um passeio diurno ou algum evento em um jardim dos casarões da cidade.

Era impossível não se distrair com a aparência atraente de ambos; estavam barbeados, penteados e, apesar de ainda não sentir, ela já se aproximara dos dois antes e podia imaginar o cheiro de sabão, espuma de barbear, linho e colônia masculina misturado à pele de cada um.

— Pensei que nenhum dos dois desejaria voltar a me ver — comentou Lina.

— Por que não? — Henrique não esperava por esse cumprimento.

— Bem, eu fiz ambos se jogarem em um rio e entrarem em contato com um cadáver. Depois usei sua boa vontade e companhia para explorar locais da cidade um tanto... fora do comum para uma jovem solteira como eu.

— Eu a convidei — lembrou Henrique.

— Eu aceitei — disse Gustavo.

— É justamente sobre o episódio do falecido que precisamos lhe falar. — Henrique cortou as sutilezas e foi direto ao ponto. — Já que todos nós estávamos presentes no incidente, achei melhor os três conversarmos. — Estava implícito que ele arrastara o primo até ali.

— Saiu no jornal, eu li esta manhã. Seu nome está limitado às iniciais — informou Gustavo.

— Ah! — surpreendeu-se Lina. Nem havia considerado essa parte. — É claro, os jornais. Como não pensei que essa história continuaria sendo noticiada?

— O problema é que o falecido, um tal de Santana, gerou certo interesse. E o fato de ter ido a uma festa num casarão no Cosme Velho e morrido por lá foi a cobertura do bolo — explicou Henrique.

— Pela quantidade de convidados que desceram ao jardim, aliada ao número de pessoas com quem a polícia pode ter conversado, não será difícil descobrir quem achou o corpo — disse Gustavo.

— E quem entrou na água comigo — observou Lina, por sua vez.

— Nós não nos importamos de sair no jornal — assegurou Gustavo.

— Preferiria que você não fosse importunada com esse tipo de coisa, mas agora é tarde — lamentou Henrique.

— Não se preocupem, não estou assustada. Se tocarem no assunto, fingirei que fiquei tão abalada que não consigo nem falar sobre isso.

Eles acreditavam nela — passaram tempo suficiente em sua companhia para notar o tamanho de sua desenvoltura social. Ainda assim, seria desagradável. A história correria além das casas, festas e salões que Lina frequentava e onde estava protegida.

— A polícia acredita que o homem caiu no rio de tão embriagado, mas ele não tinha boa índole. Pode ter relacionamentos complicados. Continua andando pela cidade só com aquele rapazote? — indagou Henrique.

— E assim continuarei — afirmou Lina. — Como estava na companhia do sr. Gustavo ontem, ainda não tive tempo de planejar outros passeios.

— Um esbarrão pode derrubá-lo — opinou Gustavo, franco.

— Os senhores não querem uns biscoitos? — perguntou Lina, gesticulando para o prato que parecia intocado e perfeitamente alinhado na mesinha junto aos copos de refresco. Ela nem imaginava que, para refrear a ansiedade, Gustavo passara o tempo de espera alinhando tudo que havia em cima da mesa.

— A senhorita deseja companhia para quando for explorar a cidade? — Henrique adotou o método do primo e foi mais direto do que apreciaria.

— Apenas para quando eu for explorar? Os senhores são dois, vou a muitos lugares. — Lina não só os testava como os provocava. Queria ver até onde ia sua oferta.

Gustavo cruzou os braços e franziu o cenho. Se acreditasse em destino, iria pessoalmente perguntar onde essa entidade estava com a cabeça quando colocou os dois no caminho daquela espoleta.

— Diversos desses locais não comportam a nossa presença. Façamos assim: qualquer lugar duvidoso, é só nos contatar — ofereceu Henrique.

— Ora essa, eu não sabia que aquela confeitaria era duvidosa. Minhas conhecidas falaram bem dela.

— Eu gosto de locais confiáveis também — disse Henrique. — Se aceitar minha companhia — completou.

— Verei o que há na minha agenda — assegurou ela, sem se comprometer.

Lina precisava considerar que aquela era uma proposta de natureza dúbia. Henrique estava prometendo acompanhá-la a locais adequados, enquanto deixava para o primo as incursões duvidosas. E aquela palavra era abrangente.

— Somos amigos, então? — Carolina ofereceu a mão nua, como se os três estivessem fechando um acordo.

Os dois rapazes se aproximaram, mas dessa vez até Henrique teve um momento de desconfiança e imobilidade.

— Amigos — afirmou ele finalmente, apertando a mão dela. Quando seus olhos se encontraram, trocaram um sorriso cúmplice.

Gustavo apenas observava, e seu olhar ficou preso na mão nua que Lina agora lhe oferecia. Ela aguardou, esperando que ele se decidisse por aceitá-la também, como fizera da outra vez.

— Está bem — confirmou Gustavo por fim, apertando-a com firmeza.

Lina abriu um sorriso enorme e Gustavo continuou com o olhar fixo nela, expressão que fazia com que ela o considerasse contrariado.

Os primos partiram sem tocar nos biscoitos, mas não sem antes prometer que iriam telefonar.

— Seu pai não vai gostar nada disso — avisou Josephine quando entrou na sala após a partida dos rapazes.

— De qual parte?

— De parte alguma.

— Vá conosco aos locais adequados — sugeriu Lina, sentando-se no sofá.

— Que proposta mais inadequada, Lina — riu a outra, acomodando-se ao lado da enteada.

De fato, o cônsul odiou tanto o fato de que Lina fora envolvida na notícia do falecido — mesmo que só com as iniciais — que exigiu falar com o encarregado das investigações. Não deixaria sua filha implicada em casos policiais ou mortes não resolvidas. Quanto aos rapazes que a ajudaram naquela noite, ele já havia dado um jeito de descobrir de quem se tratava. Os Sodré vinham de uma família que tinha história na capital e região, possuíram um baronato e ainda eram donos de uma fazenda pelos idos do Vale do Paraíba, estavam envolvidos com fábricas e investiam no crescente mercado de exportação e importação na América. Porém suas conexões não lhe serviam para as fofocas da vida social.

Inácio tinha feito o mesmo levantamento em relação a todos de quem a filha se aproximava. Ele sempre fazia isso.

— Não sei, querido. Vou averiguar — prometeu Josephine quando o marido pediu detalhes sobre a vida pessoal dos novos amigos de Lina. — Eles são jovens e solteiros, devem ter aprontado uma ou outra.

Pouco depois, Henrique reencontrou-se com Lina. Sozinho. Dessa vez, ela é quem estava acompanhada.

Estavam em um baile no Palácio Monroe, como preparação para a III Conferência Pan-Americana, que aconteceria em julho daquele ano. Os convidados queriam atestar que o palácio estava pronto para um evento daquele porte. O corpo diplomático do Brasil, liderado por Joaquim Nabuco, comprometera-se a manter uma boa relação entre os Estados americanos. E, quem sabe, conseguiriam criar algo a partir desse novo encontro.

A conferência fora tardiamente incluída nos motivos para o barão de Rio Branco, ministro das Relações Exteriores, convocar Inácio de Menezes de volta ao Brasil. E ele tinha um cargo de destaque na organização do evento. Inácio seria muito requisitado aquela noite e fizera questão de levar Josephine com ele.

Lina acompanhava o pai, mas Henrique notou que ela também estava acompanhada de outro homem. Eles chegaram juntos, o homem não saía do lado dela, puxava assunto e cumprimentava todos junto dela.

— Eu já conheço o embaixador argentino, fiz compras com a filha dele em Madri. — Lina estava cansada de cumprimentar tanta gente.

Como filha de um diplomata, ela entendia a importância de eles fazerem contatos, serem vistos e agradáveis e tocarem na política como se fosse uma pluma. Dito isso, não queria ser a companhia de Manoel por uma noite inteira. O rapaz que Margarida lhe apresentara na noite da inauguração do CopaMar se mostrava tão desinteressante agora quanto naquela ocasião.

Lina estava com calor. Todas as janelas estavam abertas, mas o vento era fraco. Ela sabia que havia locais mais frescos ali dentro, já havia memorizado o palácio. Usava saltos e um vestido formal, com um espartilho mais apertado do que vinha usando ultimamente. Deveria ter usado um vestido mais fresco, mas naquele meio suas escolhas de moda eram limitadas. Queria espaço.

— Não deixe de cumprimentar o secretário peruano, ele é rancoroso. Eu vou tomar um refresco — anunciou ela.

Manoel não podia pegar o braço de Lina para impedi-la, tampouco pretendia ignorar o secretário que estava de passagem pelo Brasil. Contudo, a última coisa que desejava era deixar Lina livre — ele levara semanas para conseguir ser o acompanhante dela no baile. Tivera de frequentar a temporada social pré-Carnaval só para conseguir encontrá-la, mas sempre havia outras pessoas em volta. Ele não era um desses homens com desenvoltura para flertes, achava desagradável ter de cortejar as moças.

Porém sabia que seria o melhor par para ela. Carolina, acostumada com a vida de um diplomata, ficaria feliz ao manter esse estilo de vida ao lado dele. Manoel chegaria a cônsul, representaria o Brasil em outros países e quem sabe fosse até embaixador, como o pai dela, que já ocupara ambos os cargos. E o status de tê-la como esposa seria um empurrão na carreira. Além de um prêmio particular: ela era linda, estudada, quem não o invejaria com uma anfitriã desse porte ao seu lado?

Henrique precisou fazer malabarismo para desaparecer da vista dos abutres que frequentavam o círculo de Vitoriana. Naquela última semana, a palavra *casamento* fora dita perto dele e para ele mais vezes do que durante toda a sua vida. Esse era o problema de passar tempo considerável com a família. Duas noites antes, ele descobrira que o jantar para o qual a mãe o convocara seria com Vitoriana e os familiares dos dois.

Foi quase como convidá-lo para seu próprio jantar de noivado. Henrique ficou esverdeado assim que entrou. Ainda por cima, não tinha o apoio de Gustavo. A mãe de Henrique não o queria por perto e o primo pagaria uma alta soma para não comparecer.

O drama seria infindável se esse noivado não se concretizasse. Rafaela passaria dias de cama, tio Custódio perderia as estribeiras e a marquesa arrastaria o nome dos Sodré pela lama da capital. Tudo porque Vitoriana decidira anunciar que o queria como noivo. Não faltavam pretendentes ricos e de famílias prestigiadas para ela, mas a moça queria aquele.

Tudo isso revirava a mente de Henrique quando finalmente avistou Lina, que parecia ter conseguido escapar de seu acompanhante. Como naquele instante estava sozinho, aproveitou para segui-la. No meio do caminho em direção ao jardim, ele a viu sorver um copo de refresco como se fosse um remédio para salvar sua vida e deixá-lo na bandeja do garçom. Henrique pegou outro copo ao passar por ele, seguindo Lina.

Quando a alcançou, ela tomava ar do lado de fora.

— Beba outro, é caju. — Henrique ofereceu o copo de refresco a ela.

Lina se sobressaltou, virando-se para ele.

— Minha madrasta me ensinou a não beber nada dado por homens que eu não tenha visto de onde veio — disse ela, depois de tomar um gole da bebida oferecida. — Mas o senhor não conseguiria me arrastar daqui nem se me dopasse, e por que iria querer me matar, não é mesmo?

— Sua madrasta é inteligente.

— Ela é vivida. Valorizo cada conselho dela.

Henrique assentiu, e uma coceira de inveja incomodou a garganta. Não tinha como viver naqueles termos com a mãe. Só conseguia acesso ao bom senso feminino através de tia Eugênia. Fora isso, Gustavo e os amigos eram sua fonte de conselhos.

— Sua madrasta a aconselhou a vir ao baile com aquele paspalho engomado? — perguntou Henrique.

Lina cobriu a boca com a mão para ninguém vê-la rindo.

— O senhor também está engomado. Todos estamos. É para a ocasião.

— Tenho certeza de que a goma que usaram nele é de melhor qualidade. Só assim para ser tão dura.

— Ou da pior — riu Lina. — Por que se importa com o meu acompanhante engomado?

— Sou um acompanhante melhor. Até para locais enfadonhos como este.

— Confesse que a música aqui está melhor do que naquele evento na Gávea.

— Sem comparação. Por falar nisso, por que nunca a vi dançando?

— Uso sapatos finos e saltos altos. Terríveis para dançar.

— Então não dança nunca? — questionou ele, gostando daquela troca fácil, como nenhuma outra conversa aquela noite.

— No inverno ou em locais frescos, com os sapatos corretos. Já reparou que todos saem da pista com a testa brilhando, o suor escorrendo pelo colo das damas, e as pobrezinhas sequer podem agarrar um leque e se abanar desesperadamente? Não ficaria bem. Precisam seguir o ritual de dar o braço ao cavalheiro, talvez para uma volta completa. Estamos no verão, meu senhor.

Foi a vez de Henrique rir. Era verdade, ele já havia passado por isso e reparado.

— Eu conheço um local fresco, um mirante onde venta até demais. Mas a paisagem é indescritível. Já viu a nossa cidade de cima? — perguntou ele.

Lina bebeu um longo gole do refresco e o deixou em suspensão.

— Estou aguardando que me convide. Gosta de convidar, diferente do seu primo. Aliás, não o vi por aqui hoje. Acredito que ele odiaria cada segundo desta festa.

— Tem razão, meu primo é uma pessoa reservada e tem gostos seletos em relação a onde socializa. — Henrique entortou a cabeça e um sorriso travesso nasceu em seu rosto. — Porém eu não sou assim.

— Então o senhor é extrovertido?

Ele assentiu, mas, pelo sorriso travesso, não era essa a palavra que estava em sua mente.

— Venha comigo. Em um dia ensolarado desta semana.

— Qualquer dia, então? — perguntou Lina. — Não tem chovido nada.

— Não quero aparecer outra vez na sua casa sem ser anunciado.

— Depois de amanhã — sugeriu ela.

— Tem de ser pela manhã.

— Acordarei às sete horas.

— E estará pronta às dez?

— Minha camareira trabalha rápido.

As combinações com Lina eram sempre fugazes, precisariam acertar os detalhes mais tarde. Henrique não se importava, moravam perto o bastante para facilitar tais questões.

Lina foi procurar o pai e a madrasta, sentindo-se menos acalorada. Pelo tempo que ela ficou longe, Manoel cumprimentou várias pessoas e, sem aguentar mais, foi atrás dela. Ao avistá-la com o sr. Sodré, que conhecia de vista — Henrique era famoso em seu círculo social —, contou no relógio os minutos que eles passaram conversando. Sentiu-se desprezado, ainda mais porque, quando se afastou, ela foi direto atrás do pai em vez de voltar ao seu encontro.

Ainda bem que o filho do barão já tinha uma noiva. Manoel duvidava de que ele tentaria se livrar do compromisso, mas estava demorando demais para pedir a mão de Vitoriana em casamento.

Para azar de Manoel e dos Sodré, Henrique só se lembrava do suposto noivado quando era obrigado. Fazia algumas semanas que seu principal interesse era descobrir o que atraía Lina e como poderia agradá-la, para garantir que se encontrassem outra vez.

10

Perfume no Chapéu do Sol

O coupé deixou Lina e Caetano na estação de trem do Cosme Velho, onde Henrique os aguardava. Algo que ela costumava dizer era que não precisava de companhia para sair de casa — já combinava no local ou, pelo menos, no meio do caminho.

— Caetano disse que lá onde vamos é muito alto, no pico de um morro — comentou ela ao ficar diante de Henrique, após os cumprimentos.

— O morro do Corcovado — confirmou ele.

Ela reparou na placa, nas pessoas que aguardavam e aceitou o braço que Henrique oferecera para subirem na locomotiva a vapor. Henrique sentou-se ao lado dela e não demorou para a subida iniciar. Depois que o trem saiu do meio da floresta, alcançaram a primeira ponte e Lina não apenas segurou, como apertou o dorso da mão dele ao sentir um sobressalto.

— É seguro, temos mais algumas guinadas pela frente — assegurou ele, sem mexer a mão, deixando que ela segurasse quanto quisesse.

Lina ficou tão maravilhada ao ver a cidade de cima e com a bela paisagem natural que a envolvia que mal falava, ignorando os outros trechos preocupantes do trajeto. A subida parecia interminável; em compensação, a paisagem ficava cada vez mais impressionante.

— Entendi por que tantas pessoas vêm de longe para ter o privilégio dessa vista — comentou ela.

— É mesmo muito belo. Tive a mesma reação na primeira vez que vim, e a admiração não diminui. — Ele alternava o olhar entre a paisagem e o sorriso maravilhado estampado no rosto dela.

Depois que o trem dobrou acima de um trecho do rio, Henrique se inclinou para perto e perguntou:

— Está vendo esse rio?

— Sim, parece extenso.

Escutaram o som de água vindo da cachoeira próxima e Lina voltou a se inclinar na direção da janela, tentando observar tudo.

— É o mesmo rio onde nos conhecemos — contou Henrique. — O Carioca.

Lina deu um pulo no assento e se virou para ele.

— O mesmo rio? Ele nasce aqui? — exclamou ela, mas, depois de encarar o rosto dele por um instante, voltou a observar a paisagem com interesse.

— E fornece água para muita gente. A água do chafariz no Largo da Carioca vem daqui.

— O chafariz aonde eu fui com o outro sr. Sodré? — brincou ela.

— Sim, onde quase foi carregada por uma horda de vendedores mirins.

— Então ele contou.

— Essa parte, sim.

Ele não perguntou sobre o pretendente italiano, mas a língua coçou. Queria até saber se o homem continuava a escrever para ela.

— E qual seu sabor preferido de bala? — questionou ela, provocativa.

— Chocolate.

— Experimentei essa, não tem um gosto fiel.

— Eu sei. Gosto tanto das balas daqueles meninotes quanto das balas caras das lojas no centro. São memórias afetivas.

Pararam na estação das Paineiras e dois homens desceram. Lina não apertou a mão dele dessa vez com o solavanco. O restante do percurso era tão belo que ela passou a segurar na beira da janela para conseguir ver tudo melhor.

— É aqui? — Ao ouvir o funcionário anunciar o Corcovado, ela olhou ao redor da estação em que o trem acabara de parar, ainda menor que aquela onde embarcaram.

— Vamos fazer uma pequena caminhada — disse Henrique.

Todos os passageiros desembarcaram ali, na base de pedra da estação. Depois de descerem do trem, seguiram por uma ladeira e vários degraus morro acima. Lina estava animada e usava sapatos confortáveis, o chapéu bem amarrado para ficar mais seguro. Gostava da sensação do vento batendo em sua face.

— Gostei daqui — disse ela, virando-se para ele no meio da escadaria.

— Ainda faltam uns degraus.

— É fresco, o ar é tão limpo, só tem cheiro de floresta e mar. — Ela segurou melhor no braço de Henrique para apoiar-se e abaixou o para-sol por um momento. — Nesta época do ano, o ar nem sempre é agradável em várias cidades que visitei.

— Fique no Brasil. Tem tantos locais com ar limpo e paisagens bonitas para visitar.

— E quem disse que eu vou embora?

— Nunca me contou se está gostando daqui. Está acostumada a viajar e se mudar.

— Nós não nos mudávamos mais desde que papai foi promovido a cônsul. Eu viajava por lazer.

— E veio ao Rio como lazer também?

— Nós trouxemos tudo que tínhamos, custou caro mudar para cá. Não creio que partiremos pelos próximos anos — contou Lina, dizendo a verdade, mas sem querer se comprometer a longo prazo.

Henrique ofereceu apoio pelos últimos degraus e, quando alcançaram a estrutura de ferro toda vazada em formato circular, ela o soltou e girou pela circunferência, apreciando cada ângulo da paisagem. O telhado abobadado, que dera o nome de Chapéu do Sol, proporcionava uma grande sombra, e Lina entregou o para-sol para Caetano segurar.

— Você já tinha subido aqui? — Henrique indagou ao rapaz, que segurava o para-sol com a ponta apoiada no chão, parecendo paralisado na entrada.

— Não, senhor, mas já tinha ouvido falar.

— Tem medo de altura?

— Não sei, é a primeira vez que vou mais alto que o terceiro andar de uma casa.

— Venha. — Henrique moveu a cabeça, indicando o interior.

Caetano o seguiu com o chapéu em uma mão e o para-sol na outra, parando a cada espaço entre as finas vigas de ferro fundido decoradas.

Desconfiado, ele não ficou tão à vontade no local quanto Lina, que parou na saída, do lado aposto ao que tinham entrado, e apontou.

— Também podemos ir lá? — indagou, a despeito de ver outros visitantes do lado de fora.

— Por que não? — Henrique se adiantou para acompanhá-la, com a impressão de que essa resposta seria um novo padrão em sua vida se continuasse a sair com Lina.

Do outro lado do Chapéu do Sol, havia uma passarela larga, construída junto à pedra e ladeada por uma mureta branca. O caminho de concreto levava a um ponto de observação ainda mais aberto e mais alto. Depois daquela construção, havia mais escadas, e o caminho continuava até a beira do morro. Havia poucas pessoas no ponto de observação e os dois pararam ali por alguns minutos. Caetano havia parado no início do caminho, como se pudesse correr de volta a qualquer momento. Ali fora já era demais para ele, podia ver o suficiente de dentro da estrutura.

— Onde é a região em que nós moramos? — perguntou Lina, segurando o chapéu.

Henrique tinha se perguntado a mesma coisa quando subira ali pela primeira vez e apontou para a região de Botafogo. Dali avistavam toda a enseada e boa parte do bairro, incluindo a rua de Lina e a orla onde ficava o casarão dos Sodré.

— E para que lado é o centro? Não conheço a cidade o suficiente para ter ideia de localização — disse ela, apreciando tudo que via, mas ainda perdida.

— Para aquele lado. — Henrique se virou, apontando. — Não é longe, mas não conseguimos ver daqui.

Lina atravessou o ponto de observação na direção que ele apontava, depois reparou no restante do caminho. Então virou para encarar Henrique, que não havia se mexido ainda.

— Vamos até o fim — chamou ela.

Henrique ofereceu o braço mais uma vez e ela aceitou. Não soltou até chegarem à beira da mureta, quando Lina apoiou uma das mãos ali e ajeitou o chapéu com a outra.

— Aqui venta bastante. Se fosse mais rápido chegar, acho que viria uma vez por semana me refrescar.

— Vai melhorar na mudança de estação, e com o tempo você vai se acostumar com o verão brasileiro — assegurou ele. — Já ouviu falar de Petrópolis?

— Sim, Margarida e as outras vivem a comentar como é agradável e como as mães arranjaram maridos ao passar os verões por lá. Dizem que eu deveria ir também, pois os bons partidos vão com suas famílias e tudo o mais. — Lina revirou os olhos só de se recordar da conversa.

— Eu não costumo ir para Petrópolis — avisou ele, franzindo o cenho.

— Não gosta?

— Sou ocupado.

— Mas agora está no topo do Corcovado comigo — lembrou ela, com graça na voz. Podia não ter conhecimento local, mas descobrira que a ida ao Chapéu do Sol era um entretenimento turístico.

— Sim, é todo o tempo livre que tenho no horário diurno.

Lina o olhou e Henrique a encarou de volta. Não queria ser inconveniente, mas não gostava daquela história de ela ir para Petrópolis encontrar bons partidos. Homens ocupados não tinham tempo para passar dias na serra. Talvez um fim de semana aqui e ali durante os meses mais quentes.

— E resolveu passá-lo comigo? — questionou ela.

— Sim, Carolina, é o que prefiro fazer.

A fita do chapéu de Lina parecia ter se apertado mais em seu pescoço, o vento empurrara para trás o acessório de aba larga, pesado de plumas, e seu penteado estava torto por baixo. Ela tentou puxar a fita para aliviar a sensação, pois sua respiração ficara errática com aquele comentário de Henrique.

— Permita-me — disse ele.

Antes que ela pudesse protestar, Henrique colocou o dedo por dentro da fita, no laço escondido que a camareira fizera para não criar volume.

Ao perceber que ele segurava a fita, Lina pendeu a cabeça e expôs o pescoço. Ela sentiu sua pulsação na ponta dos dedos dele, o momento demorando-se. Henrique desatou o nó e o chapéu ficou frouxo na cabeça dela. Depois ele se afastou outra vez, mas Lina ainda sentia os dedos roçando a pele nua de seu pescoço como se fossem uma queimadura.

— Não precisa amarrar de novo, ele não para de dançar. — Lina tirou o chapéu e o segurou. — Vou recolocar no trem.

Henrique admirou o vestido dela: a gola era de renda, com trama espaçada que deixava entrever a pele, e baixa o suficiente para deixar o pescoço à mostra. Ele havia percebido que ela gostava desses pequenos desvios, mas não sabia se era moda que ela trouxera do exterior ou gosto pessoal. Não conseguia olhar para nada além daquela gola.

— A outra vez que chegou tão perto de mim foi quando me carregou para fora daquele rio — comentou Lina.

— Eu consigo sentir o seu perfume, mesmo em meio a essa ventania — murmurou ele.

— Não sentiu naquela noite?

— Não, não foi possível.

— E lhe agrada?

— Não.

— Não? — exclamou ela, endireitando a cabeça.

— É fugaz demais. Vai desaparecer.

— Eu uso a quantidade adequada.

— Quero sentir seu perfume longe da ventania.

Henrique chegou tão perto que respirou sobre a renda do vestido, o ar quente das narinas e da boca aquecendo a pele dela. As sobrancelhas de Lina se elevaram e ela não conseguia mais se mexer. Ele roçou os lábios no tecido delicado da gola do vestido, muito de leve. Era ainda mais efêmero do que o cheiro dela.

O perfume não tinha valia se não fosse sentido com o tempero da pele dela, da quentura em que seu corpo transformava as notas daquela fragrância. Henrique poderia passar dias imaginando o cheiro, mas o toque da renda em seus lábios desapareceria. A vida cotidiana roubaria a sensação.

Quando ele roçou os lábios no pescoço dela, os fios soltos do penteado fizeram cócegas em seu nariz, como um lembrete do que fazia e onde estava. Ele se endireitou e olhou para a paisagem, enxergando apenas borrões verdes e azuis.

Lina sentiu a boca se encher de saliva, e só conseguiu engolir quando Henrique se afastou. Apertou a aba do chapéu e amassou algumas das plumas no topo, os ombros tremeram em resposta ao mais poderoso arrepio que já havia sentido, a ponto de seus mamilos se retesarem. Ela não sabia nem como se portar diante daquela reação tão brusca e violenta do próprio corpo. Ao contrário dele, conseguia enxergar a paisagem do alto do Corcovado, mas não ouvia nada. O vento que vinha zunindo em seus ouvidos tinha se calado e demorou a retornar.

Sem saber o que dizer para quebrar o silêncio, Lina se virou de repente e voltou pelo caminho de concreto. Henrique a alcançou antes das escadas e segurou sua mão.

— Perdoe-me — disse ele, mas prosseguiu com tanta rapidez que ela não poderia responder nem se quisesse. — Perdoe-me por tocá-la à vista de outras pessoas.

Lina ergueu o olhar para o topo dos degraus, onde ficava o ponto de observação. Não havia reparado que, de onde estavam, qualquer um podia vê-los. Ela subiu até o fim das escadarias. Não havia mais visitantes naquela parte; ou estavam na direção oposta, ou tinham voltado para o interior do Chapéu do Sol, ou comiam na área de piquenique.

— Por que eu o perdoaria? — questionou Lina, virando-se para Henrique, abaixo dela.

Ele não desviou o olhar incisivo do rosto de Lina.

— Eu não queria expor a senhorita.

— Eu quis dizer: por qual ofensa eu o perdoaria? — Um leve sorriso permeou seus lábios. — Ninguém nos viu.

11

O Lanas

À s dez horas da noite da sexta-feira, o Lanas estava cheio. Os fregueses de sempre ocupavam as mesas de sempre, e os garçons distribuíam chopes, pães, pastéis, cafés e linguiças. O falatório da clientela brigava com a leitura de versos dos poetas que apresentavam seus trabalhos. Alguns estudantes da república mais próxima faziam algazarra. As cocotes ficavam ao fundo, com seus acompanhantes endinheirados — diziam que aquela era a área nobre, até as cadeiras eram mais confortáveis.

O Lanas, afinal, era um café, mas também operava como cervejaria. E era o ponto de encontro de boêmios de todas as espécies. Não tinha o melhor café da cidade nem as cadeiras mais confortáveis, o menu não era extenso, mas era o rei do Largo do Machado. Era para lá que as personalidades conhecidas da capital iam para encerrar a noite.

Durante o dia, o público célebre era encontrado nas cafeterias e confeitarias do centro. À noite, compareciam aos seus compromissos em teatros, festas, trabalhos, jantares, musicais... e bebiam a última rodada naquelas mesas de mármore barato.

O Lanas era cercado de muitas lendas. A primeira era que o nome do café nascera de uma desilusão que o fundador tivera com uma moça chamada Lana, e que ele morrera chamando por ela. A outra lenda era comprovada: o local jamais fechava as portas. Da última vez que precisaram encerrar mais cedo devido a uma confusão, as portas se recusaram a colaborar de tão emperradas. Se perguntassem por aí, todos diriam que nunca viram as portas do Lanas lacradas.

— Com todo o respeito, homem, mas você enlouqueceu? — exclamou Henrique, que havia aparecido na porta do bar com tanta rapidez que derrubara a cadeira e as tulipas vazias na mesa.

— É o que ela queria fazer — respondeu Gustavo, do alto de sua lógica, por vezes irritante.

O rosto de Henrique estava vermelho, e Lina divertiu-se com o desespero do rapaz ao vê-la parada ali ao lado de Gustavo, avaliando a entrada do ambiente.

— Você sabe que horas são? — insistiu Henrique.

O primo tirou o relógio do bolso. Se fosse outra pessoa, seria deboche; vindo dele, era óbvio que levava aquela pergunta a sério.

— Dez e dois — informou.

— E o que está fazendo com ela a essa hora... *aqui*? — Henrique olhou em volta, como se fosse o local mais perigoso do mundo. Não falava alto, a ênfase estava nos tons que usava. Não queria ninguém ali escutando.

— Ela teria vindo com ou sem mim — rebateu Gustavo. — Acompanhada apenas desse rapaz que pesa menos que uma saca de açúcar.

— Eu estou ouvindo — reclamou Caetano.

Lina ignorou a consternação de Henrique, a cara de poucos amigos de Caetano e o ar de naturalidade de Gustavo. Ela queria conhecer o famoso Lanas, mas precisava ser no melhor horário. Não queria ir ali só para tomar um café no início da tarde. Queria aparecer à noite, quando o pessoal que descia no ponto final do bonde sentava para beber sua cerveja, os boêmios chegavam em grupos, os poetas discutiam de um lado e os escritores do outro, e os músicos alternavam-se no meio.

Contudo, *ela* não poderia ser vista ali em horário algum. A qualquer momento do dia provocaria um escândalo entre a boa sociedade, mas à noite o resultado poderia ser indescritível. Nada de bom acontecia pelos idos do Largo do Machado depois das dez.

— É pitoresco — opinou Lina, avançando pelo recinto, vestindo um de seus novos trajes cariocas: blusa de musselina verde e rendinhas, saia evasê de grenadine e tafetá. Em vez de uma de suas bolsas chiques, usava um cintinho de couro com itens pendurados em correntes curtas de prata, incluindo um espelho com tampa, um minúsculo vidro de perfume e um porta-moedas.

Era seu disfarce de moça solta, que poderia estar onde quisesse naquele horário. Porém não era dos melhores.

Os três se apressaram para rodeá-la. Não queriam que nenhum dos homens ali pensasse que era uma das moças usuais e tomasse liberdades. Elas sabiam lidar com aquele tipo de atenção. E às favas com tudo isso, eles simplesmente não queriam ninguém ali dentro perto dela.

— Tenho uma mesa. — Henrique a puxou para um lado.

Lina estava mais interessada em ver o balcão histórico, pois soubera que era uma peça reformada, após ter sido adquirida no leilão do Paço. Mas deixou que Henrique a levasse, olhando tudo ao redor.

— O que a moça vai querer? — perguntou o caixeiro no balcão, com um sorriso charmoso.

— Nada. — Gustavo lançou um olhar feio para ele.

— Vermute, tem? — indagou Lina.

— Mas é claro, qual tempero adoça seu paladar? — O caixeiro sorriu e indicou o cardápio com as opções. Ela deu uma olhada rápida, com jeito de quem já sabia do que gostava.

— Lírio. Use o mais doce que tiver, branco de preferência — decidiu.

— É o seu preferido, meu bem?

— Não.

O homem era horrendo, mas jogava sua rede para todas as moças que via no recinto. Algumas delas estavam a serviço, o problema é que não costumavam caber no bolso de um atendente. Mas ele podia tentar.

— Sirva dois — instruiu Gustavo, e ficou esperando no balcão. O sorriso do homem morreu.

Lina acompanhou Henrique até a mesa. Pela primeira vez ele não gostou do lugar cativo que tinha no Lanas com os amigos: do lado direito, próximo às portas, para tomar o ar noturno e não ficar em meio ao fumaceiro dos charutos. Também era fácil de sair quando uma confusão explodia. Mas, dessa vez, achou o lugar exposto demais.

— Quem é a sua amiga? — indagou Bertinho, antes que eles sequer se sentassem.

Se Lina estivesse vestida da mesma forma que no dia da confeitaria, ele não ficaria em dúvida. Mas não passava pela mente dos rapazes que uma mulher na posição dela poria os pés no Lanas.

— Cassilda Porciúncula — apresentou Henrique, antes que Lina fizesse as honras.

Ela riu, mas estendeu a mão, aceitando seu disfarce. Então se sentou na cadeira que Henrique lhe oferecia.

— E quem são vocês? — questionou Lina.

Rápido como sempre, Bertinho se pôs de pé para uma apresentação adequada.

— Alberto Amaral, Bertinho para os mais chegados. Seu servo e, caso precise, um dedicado advogado. — E fez uma mesura em direção ao tampo da mesa.

Lina achou o sorriso dele simpático e gostou da figura de primeira. Assim que ele se sentou, Miguel passou a mão pelo cabelo, endireitando-se, e disse:

— Miguel Guimarães, madame. Acredito que não precisará dos meus serviços, mas permita-me dizer que é um prazer poder admirá-la de perto — completou, dando a entender que a havia visto no outro dia.

— Menos charme, Miguelito! — implicou Bertinho.

Nem precisavam dizer a Lina que Miguel gostava de jogar charme por aí, parecia um comportamento natural para ele. Ela riu, enquanto os amigos reviravam os olhos.

— Com licença — pediu Zé, antes que o atrapalhassem. — José da Costa Coelho, sempre a seu dispor. Se me permite a indiscrição…

— Ela não permite — interferiu Henrique.

— Seus trajes são de um bom gosto único — continuou Zé, em um elogio sincero.

— Por que não disse logo que ia falar da roupa, Zé Coelho? — reclamou Miguel, expondo o apelido dele.

— Muito obrigada. Encomendei esta roupa especialmente para usar no Rio. — Lina abriu um sorriso satisfeito; não esperava ter seu gosto por moda elogiado logo no Lanas.

Assim, Zé foi mais um a conquistar a simpatia da moça. Lina achou todos eles interessantes, podia imaginar quanto se divertiam juntos nas atividades que tinham liberdade para aproveitar. Ela só testemunharia uma parte, mas pensou que, além de seus dois preferidos, a companhia dos amigos deles seria uma ótima adição.

No momento em que Miguel ia pegar a mão de Lina para beijar, Gustavo apareceu com os dois copos e se sentou no meio, impedindo-o.

— Aqui, lírio, doce.

— Do que é o seu? — indagou ela, vendo que ele trouxera uma dose própria.

— O mesmo. — Gustavo espantou Zé Coelho da cadeira e sentou-se ao lado dela.

Henrique, por sua vez, sentou-se à esquerda de Lina, virando-se levemente de lado para poder vigiar a rua.

— Então, sra. Cassilda... — Bertinho puxou assunto.

— Senhorita — corrigiu ela.

— Srta. Cassilda, é sua primeira vez aqui?

— Sim.

— Está apreciando, dona Porciúncula? — perguntou Zé Coelho, dando ênfase ao sobrenome. Estava evidente que os amigos sabiam que era mentira, mas entendiam. Seria uma piada interna.

— Até agora, achei tudo muito singular. — Ela abriu um sorriso.

Os outros se entreolharam e riram, mas não conheciam o gosto de Lina por explorações. E por aventuras, do contrário não estaria ali.

— Costuma beber vermute? — Gustavo ficou curioso com a escolha dela, rápida e específica.

— Meu preferido é o vermute italiano rosé. Aceito branco na falta dele.

Ele deu um gole — não seria sua bebida de escolha, mas sentiu vontade de conhecer o sabor que ela escolhera. Nunca tinha experimentado aquela combinação; sabia que seria doce demais.

— E a senhorita já foi à Itália? — perguntou Miguel, aproveitando a deixa.

— Sim, algumas vezes.

— Uma dama viajada. — Bertinho olhou para Henrique com um indício de provocação.

A cantoria começou do outro lado do Lanas, rivalizando com as discussões nas mesas. Lina se virou para olhar e lembrou-se de algo.

— Eu soube que você toca pandeiro — disse para Gustavo.

— Terrivelmente.

— Em um bloco?

— Era uma algazarra carnavalesca. Um sofrimento para os ouvidos.

— E mesmo assim quis participar — observou Lina.

— Entre estes mesmos aqui da mesa e outros das mesas próximas. Era um salseiro conhecido — contou ele.

Os rapazes das outras mesas, fofoqueiros como todos eram no Lanas, estavam interessados em saber quem era a moça nova. Tinham certeza de que nunca viram aquela beleza por ali, e por que estava sentada com aqueles tratantes? Não que fosse atípico: Henrique e Miguel eram como armadilhas ambulantes de jovens damas. Zé Coelho estava "aposentado", porque já tinha filhos suficientes. Bertinho era um tolo romântico. Afonso não estava presente, com suas cartas de admiradoras que chegavam todo dia ao jornal.

No entanto, era intrigante Gustavo chegar àquela hora com uma mulher. Ele não era sociável, os flertes das jovens que frequentavam o local não o afetavam, e não era ali que ele encontrava suas companhias femininas.

Lina voltou a atenção para a banda no lado oposto do bar.

— Eles sempre tocam aqui? — E se levantou.

Com o Carnaval à porta, os músicos tocavam modinhas animadas e dançantes. Desde que chegara ao país, Lina fora a outros tipos de concertos, achando tudo agradável, mas, para descobrir mais da cultura local, a companhia dos novos amigos parecia ser a solução.

— Não — disse Henrique. Não queria encorajá-la a frequentar o Lanas. Era uma das piores ideias que uma dama poderia ter.

— Tocam outros ritmos — admitiu Gustavo.

— Até parece, eles estão sempre por aqui. Ainda mais às sextas-feiras. Não é, rapazes? — contou Miguel.

Bertinho e Zé confirmaram, adorando infernizar Henrique, que se aprumou na cadeira, indignado.

Lina queria explorar mais, então se levantou da cadeira, passando com desenvoltura entre os clientes para ver a banda de perto. Ela gostou do ritmo e ficou por ali, sabendo que ao menos um de seus acompanhantes preferidos se juntaria a ela para aproveitar a música também. Divertiu-se quando Gustavo apareceu ao seu lado, e ambos ficaram observando os homens tocarem instrumentos de percussão, violões, cavaquinho e flauta.

Henrique olhou em volta em busca de Caetano; tinha se esquecido do rapaz e o encontrou espiando da porta mais próxima de Lina. Não satisfeita em ficar apenas olhando os músicos, ela começou a bater palmas com os outros e a se balançar no lugar, contou para uma moça que se chamava Cassilda e depois negou uma bebida que lhe ofereceram.

— Não preciso, obrigada — disse ela, indo até o balcão, apesar de poder voltar para pedir na mesa.

Assobios e chamados irromperam e logo depois Afonso encostou no balcão ao lado dela. Do jeito que estava cheio, ele sabia que sua cerveja demoraria a chegar à mesa.

— Chegou o nosso fofoqueiro de elite! — disseram alguns.

— Onde lhe pagaram para ir que só apareceu aqui a esta hora? — indagou um curioso.

Afonso estava acostumado com as piadinhas, mas algo mais importante chamou sua atenção.

— Srta. Menezes? — chamou baixo, em tom incrédulo.

Lina se virou e o encarou, reconhecendo-o como o jornalista que vira umas duas vezes em locais distintos. Era fácil lembrar, porque Afonso era bonito e usava o cabelo mais comprido do que ditava a moda, com as pontas escuras cobrindo o colarinho e emoldurando o rosto.

— Eu já vi o senhor antes — disse Lina, apoiando a mão no queixo.

— Está perdida? — Ele deu uma boa olhada nela, ainda incrédulo e procurando algum sinal de que ela se metera em problemas, uma barra rasgada, uma manga caída. Talvez tivesse sido assaltada e entrara ali em busca de ajuda. Mas a moça parecia intacta, e seus trajes eram diferentes do jeito que a vira vestida antes.

— Não.

— E como...

— Comigo, chegue para lá. — Gustavo surgiu e lançou um olhar sério para ele.

— Mas homem! — Afonso estava sem palavras. — E o seu primo sa...

— Sei. — Henrique encostou do outro lado e olhou feio para a confusão que se formava ali. As pessoas mais bêbadas eram justamente aquelas que mais gritavam no balcão.

Lina se virou para o atendente mais uma vez e ele lhe ofereceu uma especialidade da casa: cachaça da melhor.

— Você quer aparecer morto neste balcão? — Gustavo interpelou o caixeiro, sem nem escutar o que Afonso estava dizendo. Uma das táticas de certos cafajestes era dar cachaça às moças para elas ficarem de pileque e se interessarem mais facilmente por homens com quem não costumariam sair.

— Ela disse que nunca experimentou a nossa branquinha, eu só...

— Essa não é da boa, seu enganador. — Gustavo empurrou o copo de cachaça de volta.

— Eu não beberia isso, queria algo para me refrescar — interrompeu Lina.

Afonso de alguma forma deu a volta pelo outro lado e surgiu perto de Lina, oferecendo-lhe o braço.

— Chope refresca, e lá na mesa é mais arejado — disse ele.

— Passe fora daqui — disse Henrique, empurrando o braço oferecido.

— Esse moço eu já conheço, não tem problema. — Lina deixou o balcão sem sua bebida. — Ele não vai tentar me arrastar daqui, certo?

— Tentaria, se tivesse a chance. — Henrique olhou para o sorridente Afonso. Sabia todos os podres dele, o jornalista só não era mais namorador por falta de tempo.

Havia algo com que Afonso era mais comprometido do que mulheres: seu trabalho. Era um jornalista talentoso, escrevia para mais de uma publicação e estava empenhado em se sustentar sozinho. Sua família era de Aracaju e tinha uma vida confortável o suficiente para enviá-lo ao Rio para estudar e ajudá-lo financeiramente. Mas ele não queria ser sustentado, tinha um emprego e gostava de enviar o melhor do que produzia na capital para sua família ler.

— Não acredite nele, eu adoraria conversar e conhe... — Afonso se interrompeu quando viu os dois primos prometerem toda sorte de torturas só com o olhar. — Não foi a senhorita que encontrou o corpo no rio?

— Hoje o nome dela é Cassilda Porciúncula. Se tocar nesse assunto aqui dentro, ficará sem pescoço — avisou Henrique.

Antes que Afonso reagisse ao inédito evento de ser ameaçado pelos amigos, eles foram empurrados por uns bêbados, que tropeçaram e se desentenderam. As novas tulipas que tinham acabado de ser colocadas no balcão bambearam e uma virou, ensopando as mãos de Lina e os punhos de sua blusa.

Os clientes das mesas empurradas se levantaram, salvando copos e reclamando com os desordeiros, mas Lina só tinha olhos para sua roupa arruinada.

— Onde eu posso lavar as mãos no meio deste pandemônio? — indagou ao chegar à mesa acompanhada dos rapazes, lançando um olhar por cima do ombro para garantir que nenhuma outra confusão derrubaria mais bebida nela.

— Sexta-feira é um dia infernal aqui no Largo, Cassilda — brincou Bertinho, oferecendo a mão para ajudá-la a se sentar.

— Cerveja — lembrou ela.

— E eu adoro chope — respondeu ele, sorrindo.

— Sua barriga também, Alberto. Sossegue — caçoou Zé Coelho.

Gustavo tirou uma cadeira caída da frente e disse:

— Venha comigo, tem um lugar para se lavar.

O lugar possuía duas pias, uma minúscula na parte da frente e uma escondida lá atrás, próximo de onde as atrizes, cantoras e outras personalidades fechavam a noite com seus benfeitores — geralmente deputados, empresários, comendadores, senadores... Dependia de como andava a vida amorosa. Era assim o Lanas; atendia a todos e não saía da moda.

Gustavo abriu a torneira para Lina e ela desabotoou os punhos da blusa, lavando as beiras do tecido antes de torcer e dobrar. Voltou a esfregar os dorsos com os dedos, onde caíra mais cerveja. Ele esperou ao lado, observando atentamente o que ela fazia.

O plano de Gustavo não era esse. Ele pretendia tomar conta da porta daquele lugar aonde as pessoas iam se aliviar e de onde, em uma sexta-feira caótica como aquela, não seria difícil ver um casal saindo desarrumado. Já passava das onze, as "mesas boas" estavam ocupadas, e coupés despejavam mais cocotes acompanhadas, recém-saídas dos teatros.

— Acho que está limpo — disse ele.

— Será que o cheiro saiu? — questionou ela, sacudindo as mãos no ar.

Ele continuou acompanhando o que ela fazia, enquanto Lina erguia mais as mangas, até os cotovelos.

— Seu primo disse que posso chamá-lo pelo primeiro nome — disse ela, de súbito. — Achei que nós dois também já estivéssemos próximos, mas você nunca me disse para chamá-lo apenas de Gustavo.

O olhar dele voltou para o rosto dela de imediato.

— Pode me chamar do que quiser — concedeu.

— Não funciona assim.

— É claro que funciona.

— É uma regra social. Uma convenção — explicou ela.

Gustavo não esboçou reação. Lina não precisava seguir regra alguma com ele.

— Fiquei surpresa quando aceitou me trazer de última hora — disse ela, depois fez uma pausa, observando o rosto dele. — Pensei que não gostasse muito de mim.

— Gostar? — Ele franziu o cenho, confuso sobre o significado que ela concedera àquela palavra.

— Apreciar, sabe? Gostar da minha presença ou companhia. Não consigo descobrir.

— Eu aprecio — garantiu ele, honesto, porém abrupto.

— Está bem então, Gustavo — concordou ela, retornando ao assunto principal.

A resposta dele foi um aceno de cabeça.

— Lina — completou ela, dando permissão para que ele usasse seu apelido.

Um leve sorriso embelezou os lábios de Gustavo, mas ele agiu rápido quando ela esticou a mão em direção a uma toalha marrom pendurada perto dele.

— Não toque nisso — disse ele. — Nunca foi trocada, poucos panos neste país são mais sujos.

Lina riu, divertindo-se com a expressão de desgosto com que ele avaliava a toalha.

— Não é marrom à toa — prosseguiu ele, provocando outra risada nela.

Depois de tatear os bolsos, Gustavo encontrou o lenço e envolveu as mãos dela.

— Está limpo — assegurou.

Lina virou o lenço de linho branco e viu as iniciais dele bordadas, sentiu cheiro de folhas frescas. Secou as mãos e mostrou a ele, e Gustavo, num ímpeto, segurou uma delas e levou a palma até o nariz.

— Não cheira a cerveja, e agora não cheira mais a você também — disse ele. — Ou mesmo a vermute.

— Não derramei o vermute. — A voz dela mal saía.

Gustavo ainda mantinha a mão dela cativa, o polegar apertando sua palma. Lina não tinha certeza se seus pulmões iriam funcionar quando ele abaixou a cabeça outra vez e os lábios tocaram o pulso dela. Gustavo pausou, assimilando o contato. O toque provocou um arrepio nos pelos do braço dela, e ele pressionou a boca por inteiro. Beijou o pulso, sobre as veias azuladas, e pressionou por um momento, sentindo a pulsação acelerada nos lábios.

Lina sentiu a umidade suave da boca de Gustavo, também sentiu as pernas bambearem e tentou se lembrar se os sapatos que usava eram firmes, mas não conseguiu. Sua boca secou, o coração parecia tentar arrebentar o peito. Seu olhar estava preso no cabelo escuro e ondulado de Gustavo. Ele não rompeu o contato de uma vez, seus lábios se abriram e ele se afastou devagar, pausando quase imperceptivelmente, acostumando-se, do mesmo jeito que fez quando a beijou.

O olhar de Lina voou para os lábios cheios que haviam tocado seu pulso. Foi o ato mais íntimo que ela já experimentara. Mais íntimo do que se ele tivesse beijado seus lábios, e o efeito foi ainda mais intenso por ser Gustavo. Lina não teria imaginado nada parecido; ele a desarmava.

Gustavo se endireitou e observou Lina. Não adiantava tentar entender o que se apossara dele; a vontade fora incontrolável.

— Não se desculpe — pediu ela.

— Não faria isso — disse ele. — Não sou bom em mentir.

Lina continuou encarando-o, mas ele não devolveu o olhar. Quando a observava, era com sutileza. O silêncio dos dois, no entanto, era igual. A música, o falatório e as risadas não conseguiam penetrar a bolha que se formara em volta deles.

Lina libertou a mão, pois Gustavo não diminuíra o aperto em momento algum. Voltou para a mesa sem saber o caminho, mas não era difícil, só precisava seguir na direção das portas. Encontrou os rapazes e olhou para o relógio.

— Preciso partir, cavalheiros. Foi divertido, mas meus pais devem voltar logo — avisou.

— Você não falou nada sobre ter fugido de casa — disse Gustavo, atrás dela.

O sorriso travesso com que Lina se virou era prova de que ela gostava de causar problemas. Sabe-se lá como, os conhecidos das três mesas em volta dos rapazes já sabiam que aquela moça se chamava Cassilda.

— Volte sempre, querida Cassilda! — gritou um deles, acenando.

— Posso lhe escrever? — berrou outro, ao se levantar.

— Posso chamá-la de Cassi? — indagou um abusado qualquer.

— Todos vocês vão escoltar a Cassilda? — estranhou um fuxiqueiro assíduo.

Provavelmente nem desconfiavam de que era um nome falso, ao contrário dos amigos mais próximos de Henrique e Gustavo.

Gustavo se empertigou ao lado de Lina.

— Vou acompanhar a Cassilda e o garoto até em casa — avisou.

— Não sou um garoto, devo ter a sua idade — reclamou Caetano.

— Pois parece ter dez.

— Dez anos já é trapaça, meu senhor.

— Perdão, treze.

A concessão provocou um muxoxo do rapaz.

— Você vem? — perguntou Gustavo a Henrique.

— Sim — respondeu o primo. — Vão de bonde?

Gustavo assentiu.

— Pois vamos logo! — disse Bertinho, ainda sentado, e os outros iniciaram a comoção.

Assim, levantaram-se todos da mesa ao mesmo tempo para acompanhá-los. Bertinho, Miguel, Zé Coelho e Afonso foram atrás do trio até o ponto do bonde. Quando o veículo chegou, todos eles entraram, seguindo para Botafogo numa falação constante.

No momento em que o bonde já alcançava a beira-mar, Afonso se inclinou para a frente, enfiando o rosto no meio do assento que Lina e Gustavo dividiam lado a lado.

— Perdoe-me, senhorita, tentei fazer o meu trabalho sem comprometê-la — disse ele.

— Entendo, mas o senhor pode se desculpar descobrindo mais informações para mim — sugeriu ela. — Como ele vivia? Por que tinha inimigos? Bebeu tanto assim para afogar as mágoas ou os medos?

Gustavo perguntou-se por que Lina nutria interesse por aquele mistério.

— Prometo que contarei se descobrir — disse Afonso.

— Apesar de a polícia acreditar que ele caiu sozinho, ainda não dá para ter certeza — disse Gustavo.

— Mesmo que fosse uma trama de mistério e alguém tivesse armado a morte dele, quando o avistei já estava bem morto. Você mesmo afirmou — retorquiu Lina.

— Esperemos que o responsável seja o sr. Vinho, sempre causador de problemas — comentou Afonso.

— Deixe estar. Fica complicado, mesmo para o sr. Vinho, abordar uma moça que tem tantos cavalheiros prestativos para acompanhá-la — respondeu Lina, rindo um pouco.

— Eles não vão acompanhá-la — esclareceu Gustavo.

— Já tem dois acompanhantes a sua mercê, minha senhora — lembrou Henrique, sentado ao lado de Afonso no banco de trás, com o braço jogado no encosto.

— Três! — intrometeu-se Caetano, do fundo, causando risadas. — E eu gosto de dormir cedo!

Lina e Caetano ficaram na São Clemente e o bando de amigos voltou andando pela orla até o casarão dos Sodré, onde se aboletaram pela noite. Era cedo para os padrões deles, e nem mesmo Afonso trabalharia na manhã de sábado.

Quando foi dormir, Gustavo ainda pensou naquele impulso que o fez beijá-la, e na expressão de Lina quando seus olhos se encontraram.

12

Viciados em teatro

— Está bom assim? — perguntou Augusta, insegura sobre o penteado simples que fizera no cabelo de Lina.
— Está ótimo, Guta. Agradeço.

A empregada ficou olhando, em dúvida. Não fora contratada para auxiliar diretamente com as preparações das mulheres da casa. Mas a camareira, que viera do estrangeiro com Lina, gostara da curiosidade dela. Desde então, Augusta era sua assistente. Josephine gostava de se arrumar sozinha, então elas tinham menos trabalho. Contudo, Nanna, a camareira, fazia questão de arrumar Lina. Era seu trabalho desde que ela começara a frequentar eventos sociais.

— Está frouxo, vai se mover. Nossa dama não para com a cabeça quieta — disse Nanna, no português mais carregado de sotaque que poderia ser encontrado. — Segure assim. Tem de colocar pelo menos cinco grampos, não tenha pena, use os grampos enfeitados para este coque mais alto. Puxe os fios que vão cobrir o pescoço e enrole todos eles — explicava Nanna, enquanto suas mãos trabalhavam rápido.

Lina não prestava atenção no que diziam as empregadas, estava acostumada a ter o cabelo manuseado por um longo tempo. Seu olhar vagava, perdido no espelho. Ela tinha um problema enorme em sua vida. Ou melhor, um problema duplo.

O que se passava entre ela e os Sodré era mais do que um flerte. Geralmente ela não ligava muito para os rapazes com quem flertava em bailes e recepções, mas estava se apegando aos dois. E não era mais uma simples amizade, até porque não poderia ser amiga de rapazes solteiros. Não aos olhos da sociedade, ao menos. No Brasil, isso era ainda mais restrito.

Levou a mão até o pescoço, acima da gola do robe. Os dedos esfregaram o lugar onde Henrique havia respirado e o ponto em que os lábios dele encostaram. Quando abaixou a mão, passou o pulso sobre a boca, mas aquilo não se assemelhava em nada à lembrança que Gustavo marcara em sua mente. Queria reviver as sensações, por mais tempo se possível.

— Lina? Levante-se, vamos vesti-la — chamou Nanna, estalando os dedos para despertá-la dos devaneios.

Lina descobriu de forma inesperada quanto as pessoas da capital eram apaixonadas por teatro. Era aniversário de Silvinho Gouveia, e ele adorava socializar com artistas, tanto locais quanto estrangeiros. A família era endinheirada, com negócios que vinham da época da colônia, com fazendas de café e frutas. Porém foram todos morrendo e os herdeiros não queriam saber da vida rural.

Segundo Margarida, eram gente vulgar. Só andavam com pessoas de caráter duvidoso, e os convidados de suas festas eram um tipo indesejado. O consenso era de que em breve iriam falir, pois tinham vendido as fazendas para investir em outros negócios, que ninguém sabia a quantas andavam.

Foi por isso que Lina chamou Tina para acompanhá-la. As duas gostavam de teatro, e festas com "pessoas de caráter duvidoso" costumavam ser mais alegres. No convite, Silvinho oferecera um dia de peças teatrais, dança e bebida.

— Não sei por que ele convida aquela gente que não gosta dele — comentou Tina quando as duas atravessaram o casarão, que fora uma antiga chácara no Flamengo.

— Costume ou provocação, como saberemos? Ainda bem que não vieram.

De fato, até agora só tinham visto três pessoas conhecidas: Silvinho e seus pais.

O aniversariante apresentou as duas moças a dez pessoas de uma vez e elas não memorizaram nenhum dos nomes, mas reconheciam os rostos em meio às atividades. As apresentações não eram formais, nomes eram gritados acima da música alta, sobrenomes eram deixados de lado e apelidos eram repetidos.

— Venham! A primeira comédia do dia vai começar! — chamou um dos atores convidados.

Por motivos óbvios, Lina e Tina concordaram que não espalhariam que estiveram presentes naquele "antro artístico", como chamaram alguns. Contudo, Lina contara a certos alguéns — sem compromisso — qual seria sua aventura daquela semana, dizendo que já tinha a companhia da melhor amiga.

Foi uma bela aposta. Seus acompanhantes preferidos com certeza receberiam convites.

— De qual tipo de peça prefere participar? — indagou Henrique, ao passarem por um dos pequenos tablados espalhados pelo térreo da casa.

— Nenhuma — respondeu Gustavo.

— Surpreso eu estaria se você dissesse que ia entrar em uma comédia — brincou.

— Prefiro ópera. — Ele estava prestando atenção nas pessoas que se apresentavam no salão de música e nas risadas que vinham de lá.

— Você não suporta ópera, seu tratante. — Henrique riu. Ele era bobo e também a pessoa que mais testemunhava os picos de bom humor de Gustavo. Ficava feliz ao ver o primo tão relaxado, principalmente em um local tão cheio de estímulos como aquele.

No programa que fora colocado na entrada, estavam escritos os nomes das peças, a maioria de um único ato. Havia também espaços em branco para que os convidados escolhessem suas preferências — todos os que compareciam estavam convocados a participar. Outra escolha informal era a dos assentos para assistir às peças, pois usaram tudo que tinha na casa: cadeiras, bancos, sofás, namoradeiras e almofadas. Se faltasse lugar, que se espalhassem pelos tapetes.

Eles foram na direção do salão de música e das risadas que ecoavam de lá. Assim que entrou, Henrique identificou quem procurava.

Lina sorriu quando Henrique se sentou na cadeira ao lado dela. Em vez de falar logo de cara com ela, ele cruzou os braços e fixou o olhar nos atores sobre o tablado. Como se a atenção dele estivesse focada na peça, e não em ter Lina tão perto.

— Você conhece essa peça? — perguntou ele, em um sussurro.

— Nunca vi. É daqui?

— Sim, uma comédia rápida e popular.

De fato, tinha apenas um ato, arrancou muitas risadas e todos bateram palmas ao final.

Tina só percebeu que Henrique estava lá porque viu a amiga sussurrando com alguém, então se inclinou para ver de quem se tratava. Aquela pequena ardilosa não tinha lhe contado nada sobre seu flerte favorito ir ao mesmo evento que elas. Em defesa de Lina, ela só desconfiava de que Henrique e Gustavo pudessem aparecer — era isso que diria assim que sua amiga enfiasse o dedo em suas costelas e a provocasse.

— Desconfiei que você vinha — disse Lina.

— Se eu suportei o baile no Palácio Monroe, era difícil não comparecer ao aniversário de Silvinho. É de longe o melhor evento da agenda social do Rio de Janeiro — contou Henrique, dando uma volta, para então dizer: — E eu sabia que você estaria aqui.

A frase fez um sorriso tolo surgir na face de Lina, que ela prontamente tentou esconder, como se estivesse envergonhada. Henrique gostou daquilo. Tina tentou não rir da amiga. Como fora deixada no escuro, não sabia se deveria salvá-la de mostrar demais ou escapulir dali para que ficassem a sós.

— Fiquei curiosa, não poderia deixar de vir — disse Lina. — Até porque já fui ao teatro aqui.

— Quando? E em qual teatro? — perguntou ele, já pensando no pior, depois de encontrá-la no Lanas.

— Ao Lyrico. Acredita que estava em cartaz uma companhia francesa que eu já tinha assistido?

— Acredito. Foi com suas novas amigas? — Ele se lembrava do acompanhante todo engomado com quem a vira no Monroe.

— Sim, um grupo dos meus novos conhecidos.

Agora Henrique precisaria descobrir se aquele janota andava em meio aos "novos conhecidos" de Lina, e se se aproveitava disso para passar tempo na companhia dela. Henrique criara uma antipatia à primeira vista pelo homem.

— Já passei muito tempo em meio a peças francesas, era tudo que eu vivia — continuou Lina. — Queria assistir às montagens locais. Soube que existem outros teatros que as apresentam.

Se havia uma coisa em abundância na capital, eram os teatros. Vários deles, no entanto, eram duvidosos para uma jovem da posição dela frequentar. Porém, depois que Lina foi ao Lanas em uma sexta-feira à noite, Henrique reconheceu que não conseguiria demovê-la de nada. Se Lina quisesse ir, ela daria o seu jeito. Participar e ajudar no planejamento era mais negócio.

— Serei esfolado por incentivar essa ideia. Seu pai conhece gente do mundo todo para mandar esconder o meu corpo — brincou ele.

— Meu pai não é como a maioria dos pais. Se fosse, sequer teríamos nos conhecido. Há ao menos essa vantagem em ter sido criada por um homem do mundo.

Tina voltou a prestar atenção na conversa e bancou a amiga intrometida, julgando se o pretendente servia:

— O senhor é um "homem do mundo", sr. Sodré? — inquiriu.

— Não tanto quanto o pai de Lina, mas tenho minha cota de viagens e de ideias progressistas.

— Como deve ter, para merecer alguma atenção. — Tina adorou causar esse momento de constrangimento.

Os atores fizeram a chamada para a próxima peça, avisando que seria um drama a ser apresentado em outro ambiente. Antes de se afastar, Lina perguntou:

— O senhor veio sozinho?

— Não. — Ele negou com a cabeça e sorriu.

Não estava imaginando coisas, afinal. Henrique vira Lina e Gustavo interagindo no Lanas, e uma ideia que semanas atrás o fez sentir-se culpado e doido ressurgiu, permitindo que formulasse uma teoria. O fato de o seu primo ter se fechado quando ele tentou tocar no assunto só o deixava mais confiante. E igualmente apavorado.

— Então, com licença — disse ela. — Tenho mais alguém para cumprimentar.

Henrique aquiesceu, mas não tocou no assunto com Lina. Ainda não era a hora.

Gustavo estava segurando um copo entre as mãos, sentado em um banco, assistindo à peça no salão principal quando Lina veio ao seu encontro. Aquela apresentação tinha mais público, pois os atores eram profissionais. Ele estava concentrado e não a viu se aproximar — quando virou a cabeça, ela já estava ajeitando as saias e se sentando sobre o tapete junto às pernas dele, já que não havia mais lugares. Gustavo precisou olhar por um instante para assimilar aquela situação, fez menção de se levantar para ceder o banco a ela, mas Lina tocou sua perna e negou com a cabeça.

— Estou bem aqui — disse. — Fique.

Ele permaneceu no lugar, mas não conseguiu mais prestar atenção em uma palavra dita pelos atores. Sua cabeça alternava, virando-se para o tablado e para ela. O incômodo de estar em um banco enquanto Lina estava no tapete era comparável à vontade de aceitar o pedido dela e não se levantar no meio do espetáculo.

Além disso, ela o tocara com tanta naturalidade que ele só não deixou o copo cair pois estava bem firme entre as palmas. Mas esqueceu-se por completo de beber. Lina tirou o chapéu e Gustavo teve dificuldade para focar nos atores em vez de reparar nos grampos enfeitados e nas madeixas pretas.

Quando a peça terminou, Gustavo ficou de pé antes de todos e ofereceu ajuda para que Lina se levantasse. Ela aceitou e ele envolveu a mão dela outra vez, como no dia do Largo da Carioca. Também não soltou rapidamente, e Lina alisou a saia com a mão livre.

— Estou contente que tenha vindo — disse ela. —Você gosta de teatro?

— Eu prefiro vir aqui. Me sinto melhor — respondeu ele.

E não precisara ser convencido a comparecer. No meio da bagunça de convidados de Silvinho, Gustavo sentia-se invisível, como ele preferia. Era só mais uma entre todas aquelas pessoas, não tinha incômodo, não sentia que era observado. Chegava até a sentir-se bem-vindo. Era semelhante à sensação de ir ao Lanas.

— E quanto às peças? — perguntou ela. — De qual tipo gosta mais?

— Das que têm poucos personagens e poucas músicas.

— Faz sentido. Eu gostei de alguns musicais que vi no exterior, mas não imaginei que havia tantas pessoas apaixonadas por teatro e atuação aqui no Rio.

— Já tinha assistido a alguma peça encenada em português?

— Ah! — reagiu ela, sorrindo diante da pergunta. — Uma vez, em Lisboa. Mas não era bem como o que tenho vivenciado aqui. A cada dia percebo como há mais particularidades do que eu pensava no vocabulário local.

Ele assentiu, concordando.

— Um dia desses fui ver uma peça de uma companhia francesa no Teatro Lyrico, mas era uma que eu já tinha assistido — continuou ela.

— E gostou?

— Estou gostando mais daqui. — Ela deu uma olhada ao redor, procurando por Tina, e a viu envolvida em uma conversa animada com alguns dos atores da peça que tinha acabado de terminar. — Vou encontrar minha amiga, creio que ela está gostando um tanto demais daqui.

Gustavo acenou em concordância. Precisava de espaço outra vez — estar com Lina era sufocante, mas, assim que ela se foi, ele sentiu sua ausência. Afinal aceitara comparecer não só porque gostava do ambiente, mas porque sabia que ela estaria ali.

Silvinho, os pais e vários empregados rodaram pelos cômodos chamando os convidados para comerem e comemorarem com ele. A sala de jantar estava repleta de comida, mas não havia uma única cadeira. O tamanho do bolo era espantoso; precisava ser para que cada convidado recebesse um pedaço.

Uma peça curta foi encenada durante o lanche e cantaram parabéns para Silvinho no tablado. Ele aproveitou para dar um recado:

— A próxima é uma peça de vários atos! Sem nenhum artista, é a nossa vez de entreter! — avisou ele, em meio a palmas e gritos de incentivo.

Duas peças começaram quase ao mesmo tempo, e Lina seguiu o segundo grupo, com Silvinho à frente, animado, levando alguns livros castigados pelo manuseio.

— Vamos encenar *O noviço*! — anunciou o aniversariante. Era uma de suas peças brasileiras preferidas. — Eu sei que essa os senhores conhecem.

Finalmente algo em que Lina não se sentia excluída: essa era uma obra que ela conhecia bem. Quando Silvinho anunciou que precisava de candidatos, ela observou as damas se acanharem, darem risinhos sem graça e se encolherem para não serem chamadas.

— Eu sei algumas falas da Florência — ofereceu-se ela, colocando-se em pé.

Silvinho ficou tão feliz de poder começar que cometeu o absurdo ato de abraçá-la para arrastá-la ao tablado antes que ela mudasse de ideia. Os outros participantes já começaram a rir nesse momento, mas era o jeito dele: expansivo, alegre e carinhoso.

O noviço era uma comédia de Martins Pena. Para alguns, era a peça mais famosa do autor. O aniversariante se decidiu pelo papel de Ambrósio.

— Ele é um calhorda, mas eu sempre me divirto na pele dele — contou ao se posicionar no palco.

Na peça, Ambrósio era casado com Florência, uma viúva rica e ingênua, papel que Lina assumiu. Ambrósio era capaz de tudo para enganá-la e manter o dinheiro dela só para si. Os lugares do salão se encheram, e Lina observou os presentes. Gustavo sentara-se numa almofada sobre o tapete, bem na frente. Henrique estava numa cadeira do lado direito, próximo ao tablado. Tina chegou apressada e ficou surpresa quando viu a amiga em um dos papéis; conseguiu se sentar em uma das pontas de uma namoradeira, no centro da segunda fileira. Os pais de Silvinho, certamente entusiasmados para prestigiar o filho, estavam em um sofá na primeira fila.

Assim, começaram a encenação.

Ambrósio: O que pensa tua filha do nosso projeto?
Florência: O que pensa não sei eu, nem disso se me dá; quero eu — e basta. E é seu dever obedecer.
Ambrósio: Assim é; estimo que tenhas caráter enérgico.
Florência: Energia tenho eu.
Ambrósio: E atrativos, feiticeira…
Florência: Ai, amorzinho!

O público ria do jeito ingênuo com que Lina encarnou Florência e de como Silvinho adotava trejeitos de malandro e disfarçava pelas costas dela.

Florência: Se não fosse este homem com quem casei-me segunda vez, não teria agora quem zelasse com tanto desinteresse a minha fortuna. É uma bela pessoa... Rodeia-me de cuidados e carinhos. Ora, digam lá que uma mulher não deve casar-se segunda vez... Se eu soubesse que havia de ser sempre tão feliz, casar-me-ia cinquenta.

Lina foi à frente do tablado, com um dos livros empoeirados na mão, lendo a fala em olhadelas furtivas. O monólogo era longo demais para lembrar-se sem treinar. Então, depararam-se com outro problema: precisavam de um candidato para fazer Carlos, o noviço e personagem que dava nome à peça.

— Eu o vi soprando falas para ela, Sodré. Todos imaginam Carlos como um bonitão de hábito. Não atrapalhe minha peça, pegue um livro e nos ajude — convocou Silvinho, saindo do personagem e provocando risadas.

Carlos era descrito como inteligente, forte, rápido e um encrenqueiro que virou de cabeça para baixo a vida dos padres do seminário.

— Vou aceitar como um agrado para você — concedeu Henrique, cínico. De fato ele havia soprado algumas falas para Lina, assim ela não precisaria procurar o ponto em que havia parado.

— Sei — comentou Silvinho, causando mais risos.

Emília, filha de Florência e par de Carlos, entraria também em cena, e não foi difícil para Lina convencer Tina a parar de se fingir de tímida e subir ao palco para interpretar aquele papel.

Carlos: Fugi do convento, e aí vêm eles atrás de mim.
Emília: Fugiste? E por que motivo?
Carlos: Por que motivo? Pois faltam motivos para se fugir de um convento? O último foi o jejum em que vivo há sete dias... Vê como tenho esta barriga, vai a sumir-se. Desde sexta-feira passada que não mastigo pedaço que valha a pena.
Emília: Coitado!
Carlos: Hoje, já não podendo, questionei com o D. Abade. Palavras puxam palavras; dize tu, direi eu, e por fim de contas arrumei-lhe uma cabeçada, que o atirei por esses ares.

Quando Henrique falou que fugiu do convento, o público irrompeu em gargalhadas. A maior piada era imaginá-lo num convento — alguém gritou que sequer o deixariam entrar em um. Ele mostrou a barriga inexistente, mas esforçou-se e o público interagiu ainda mais.

Carlos: Tu, freira? Também te perseguem?
Emília: E meu padrasto ameaça-me.
Carlos: Emília, aos cinco anos estava eu órfão, e tua mãe, minha tia, foi nomeada por meu pai sua testamenteira e minha tutora. Contigo cresci nesta casa e à amizade de criança seguiu-se inclinação mais forte... Eu te amei, Emília, e tu também me amaste.
Emília: Carlos!

O público não sabia que os intérpretes já se conheciam. Quando Henrique segurou a mão de Tina e se declarou com uma verdade cômica, rendeu muitos aplausos. Tina gritou o nome do personagem com exagero, divertindo a todos. Na peça, Ambrósio tramara planos para se livrar dos herdeiros e gastar sozinho o dinheiro de Florência. Carlos foi obrigado a ser noviço, Emília teria de se tornar freira e até o pobre Juca, uma criança, teria destino semelhante.

A animação dos convidados com a peça conhecida e o bom desempenho dos atores principiantes atraiu mais gente da festa, e logo não havia lugar nem no tapete: alguns se amontoaram de pé atrás dos assentos e outros ocuparam o chão de madeira. Para manter o ritmo da peça, Silvinho deu mais folhas perdidas do livro a Lina e ela encarnou a personagem de nome Rosa. Aquilo fez que contracenasse com Henrique, mas longe de ser um interesse romântico para o personagem dele. Lina interpretou a reviravolta da peça com vontade; recordava-se bem das falas dessa parte.

Carlos: Com quem tenho o prazer de falar?
Rosa: Eu, Reverendíssimo Senhor, sou uma pobre mulher. Ai, estou muito cansada...
Carlos: Pois sente-se, senhora.
Rosa: Eu chamo-me Rosa. Há uma hora que cheguei do Ceará no vapor Paquete do Norte.

Lina olhou para Gustavo e sorriu. Talvez ele se lembrasse de que contara a ela que era de Pernambuco e viera de lá em um vapor. E ela dissera que sabia onde ficava, também tinha conhecimento de que o Ceará era na mesma região. Ele entendeu, lembrava-se da conversa. Porém estava absorto na performance dela, prestava atenção em cada sílaba que movimentava seus lábios, cada pequeno movimento de seu corpo. A única reação dele eram a respiração regular e as piscadas dos olhos.

A peça continuou e Lina se dirigiu a Henrique com um brilho travesso no olhar que não pertencia à cena. Era apenas a ironia que ela pensava ser a única a enxergar.

> Rosa: Então é parente de meu homem?
> Carlos: De seu homem?
> Rosa: Sim, senhor.
> Carlos: E quem é seu homem?
> Rosa: Sr. Ambrósio Nunes.
> Carlos: O sr. Ambrósio Nunes...!
> Rosa: Somos casados há oito anos.

O público reagia às revelações de Rosa como se não conhecesse a peça. Lina tinha pedido chapéus emprestados e ao menos para isso choveram candidatos; ela colocava um chapéu diferente para cada personagem que interpretava, divertindo-se.

> Rosa: Eu digo a Vossa Reverendíssima. Sou filha do Ceará. Tinha eu meus quinze anos quando lá apareceu, vindo do Maranhão, o sr. Ambrósio. Foi morar na nossa vizinhança. Vossa Reverendíssima bem sabe o que são vizinhanças... Eu o via todos os dias, ele também via-me; eu gostei, ele gostou e nos casamos.

Henrique encarnava um bom Carlos — assim como ele, causaria problemas num convento —, mas Lina o distraía. Por um lado era culpa dele, por ver estrelas toda vez que olhava para ela. Contudo Lina já era instigante em seu normal; assumindo papéis e provocando-o com falas ambíguas, era impossível manter a seriedade.

A peça seguiu, até que, para fugir do mestre dos noviços, que caçava Carlos para enfurná-lo no seminário mais uma vez, ele decide trocar de roupa com Rosa. Num improviso, Henrique e Lina trocaram de chapéus. Os dedos de Lina roçaram nos de Henrique de leve, e foi como se uma centelha acendesse em seu corpo.

Ela virou-se para trás enquanto cada um voltava para o seu lado do palco, lançando um último olhar para ele. Quando arrumaram dois convidados na plateia para encenar o momento em que Rosa era levada ao seminário no lugar de Carlos, o público irrompeu em aplausos, divertindo-se.

Começou o segundo ato, a outra peça tinha terminado na sala ao lado e pareceu que de repente uma nova leva de convidados entrou no salão, que, apesar de grande, ficou apertado. Os espectadores faziam coro às falas ditas pelos personagens. Precisaram pedir a um dos rapazes na frente da plateia que interpretasse Juca, o menino. Ele ficou de joelhos e falou em uma entonação de criança, causando uma galhofa que destoava daquela parte da peça.

Henrique e Silvinho ficaram um bom tempo em cena, o que deu a Lina a oportunidade de descansar e beber o refresco que alguém lhe entregou. Mas logo ela voltou com um novo chapéu, para confrontar Ambrósio sobre Rosa. Silvinho deu o seu melhor como um patife sedutor:

Ambrósio: Estes raios brilhantes e aveludados de teus olhos ofuscam o seu olhar acanhado e esgateado. Estes negros e finos cabelos varrem da minha ideia as suas emaranhadas melenas cor de fogo. Esta mãozinha torneada, este colo gentil, esta cintura flexível e delicada fazem-me esquecer os grosseiros encantos desta mulher que...

Silvinho atracou-se com a mão de Lina, beijando-a com entusiasmo. A plateia incentivou o ato e soltou uivos. Henrique olhou para o aniversariante como se realmente fosse Carlos e quisesse acabar com a raça dele, e Gustavo agarrou um dos livros, pois sua memória chegou a falhar, mas sentiu desgosto quando constatou que o anfitrião não desviara uma palavra sequer do que estava escrito no texto.

Silvinho, por sua vez, não estava se aproveitando da peça para flertar com Lina — era mais provável ele flertar com Henrique, mas seus personagens eram inimigos. O divertido aniversariante era casado havia cinco anos, tinha dois filhos, e a esposa e ele se divertiam imensamente em viagens e eventos. Porém o segredo deles não era tão secreto assim. Tinham um acordo: gostavam um do outro, mas também viam outras pessoas.

— Não posso fazer duas personagens na mesma cena — declarou Lina, tirando o chapéu e lançando um olhar para a plateia. — Preciso de outra mulher.

Sílvia, a mãe de Silvinho, levantou-se e subiu no tablado.

— Dê-me aqui o papel de viúva iludida. Combina mais comigo — brincou.

E demonstrou inesperada desenvoltura nesse momento da vida de Florência, em que acabara de descobrir ter sido enganada. Logo depois, convenceu o marido a fazer o papel de mestre dos noviços, e o semblante soturno dele provocou mais risadas do que os diálogos.

O terceiro e último ato era o auge da peça, e todos os personagens principais se encontrariam em cena. Novos personagens apareciam por poucas páginas e Henrique desceu do tablado para pedir ao primo que fizesse uma daquelas participações especiais.

— Vamos, você sabe as falas. Venha participar. — E ofereceu a mão e o apoio implícito.

Gustavo acabou indo — achava mais fácil concordar logo do que fazer a peça parar e ter todos os presentes prestando atenção nele do mesmo jeito. Seu papel era o de José, o criado. Depois colocou um chapéu e virou Jorge, o vizinho endinheirado que ia atrás do ladrão com os meirinhos. Finalmente Ambrósio tinha sido desmascarado e sofreria as consequências. Silvinho estava afoito para gritar e fingir sofrimento enquanto apanhava de Rosa e Florência. Era sua parte favorita.

Rosa: Ambas fomos traídas pelo mesmo homem, ambas servimos de degrau à sua ambição. E porventura somos disso culpadas?
Florência: Não.
Rosa: Quando lhe dei eu a minha mão, poderia prever que ele seria um traidor? E vós, senhora, quando lhe destes a vossa, que vos uníeis a um infame?
Florência: Oh, não!
Rosa: E nós, suas desgraçadas vítimas, nos odiaremos mutuamente, em vez de ligarmo-nos, para de comum acordo perseguirmos o traidor?

Florência: Senhora, nem eu, nem vós temos culpa do que se tem passado. Quisera viver longe de vós; vossa presença aviva meus desgostos, porém farei um esforço — aceito o vosso oferecimento — unamo-nos e mostraremos ao monstro o que podem duas fracas mulheres quando se querem vingar.

Arranjaram uma capa escura e Silvinho sentou-se no chão, deixando apenas a cabeça de fora, para encenar o momento em que Ambrósio ficava preso no armário e levava uma surra de Florência e Rosa.

Ambrósio: Escuta-me, Rosinha, enquanto aquele diabo está lá dentro: tu és a minha cara mulher; tira-me daqui que eu te prometo...
Rosa: Promessas tuas? Queres que eu acredite nelas?
Ambrósio: Mas eu juro que desta vez...
Rosa: Juras? E tu tens fé em Deus para jurares?
Ambrósio: Rosinha de minha vida, olha que...
Florência: (Levantando um pau de vassoura e dando-lhe na cabeça) Toma, maroto!

Alguém arrumara uma bengala para Sílvia fingir bater no próprio filho. A plateia ria tanto que alguns se entortavam, outros seguravam a barriga e batiam na perna. Ali não era proibido que as damas rissem como desejassem, e algumas perderam o ar de tanto gargalhar. Lina relutava em manter-se no papel sem rir também.

Rosa: Não acho também um pau...
Florência: Grita, grita, que eu já chorei muito. Mas agora hei-de arrebentar-te esta cabeça. Bota essa cara sem vergonha.
Rosa: (Pegando o travesseiro da cama) Isto serve?

Arranjaram uma almofada e deram a Lina, que castigou a cabeça de Silvinho, sabendo que não iria doer.

Ambrósio: Ai, que morro!
Rosa: Toma lá!
Ambrósio: Diabos!

Rosa: Chegou a nossa vez.
Florência: Verás como se vingam duas mulheres...
Rosa: Traídas...
Florência: Enganadas...
Rosa: Por um tratante...

Tina entrou em cena como Emília para ver o padrasto levando a sova. Logo Gustavo apareceu como Jorge e puxou o rapaz que atuara como Juca para servir de guarda que levaria Ambrósio preso. Um primo do aniversariante fez o papel de um dos guardas que levavam Carlos arrastado depois de ele também apanhar. O tablado encheu-se de gente. Eles trocavam páginas entre si e sopravam falas uns para os outros. Os meirinhos saíram carregando Silvinho enrolado na capa, como se levassem embora o armário. A plateia, aos risos, ficou toda em pé para aplaudir.

— Foi a melhor peça dos convidados desde que começamos essa tradição! — comemorou Silvinho, depois de se livrar da capa. — Um brinde!

Tanta gente demorou-se a debandar de vez, espalhando-se pela sala de jantar para beber, enchendo os toaletes e o jardim. O casarão mantinha parte do grande espaço verde que pertencera à chácara.

Lina pegou um segundo copo de refresco e saiu para espantar o calor. Lá fora ventava, e ela virou o rosto corado na direção da brisa. Depois do encerramento da peça, perdera Tina de vista. Imaginava que ela tivesse ido brindar com champanhe.

Porém, quando voltou o olhar para a porta, viu Gustavo sair e ficou observando-o. Já que estava sozinha, ela aguardou, esperando que ele fosse lhe fazer companhia.

13

Você já foi beijada?

Para decepção de Lina, Gustavo apenas a olhou de longe e entrou na casa. Pouco depois, retornou com o primo. Daquela distância, Lina só pôde imaginar que Gustavo indicou onde ela estava, pois Henrique olhou na sua direção sem disfarçar. Então, segurou o braço de Gustavo e disse algo.

Lina afogou a frustração em refresco de caju e afastou-se ainda mais. Talvez nenhum dos dois desejasse passar tempo com ela e tivessem algo mais interessante para fazer na festa. Ela seguiu pelo caminho principal do jardim e parou quando viu a construção branca com vigas de ferro e telhado marrom, enfeitada por plantas e flores. Seria uma descoberta agradável ver um caramanchão no Brasil; ainda não tinha visto nenhum nos jardins que visitara. Por vezes havia construções que chamavam por esse nome, mas eram diferentes dos caramanchões que Lina via na Europa.

— Lina — chamou Gustavo atrás dela e, quando ela se virou, ele parou, como se tivesse se apressado para chegar ali.

Lina franziu o cenho. Gustavo e Henrique pareciam ter corrido para alcançá-la. Gustavo ficou imóvel, mas Henrique prosseguiu e se inclinou, lançando um olhar intrigado para o caminho que ela iria tomar.

— Sua atuação foi brilhante — disse Gustavo.

— Obrigada, a sua também.

— Não, eu só disse umas falas. Você alternou entre personagens de forma notável. Já atuou antes?

Ela sorriu; a expressão de Gustavo parecia tão sincera ao elogiá-la.

— Estudei em um colégio onde teatro era uma das diversões — contou.

— Faz sentido. — Ele também olhou na direção do caminho. — Estava indo para lá?

— Tem um caramanchão! — exclamou ela. — Eu adoro essas construções de jardim. — E retomou o percurso.

Henrique se apressou e conseguiu passar na frente dela.

— Deixe eu averiguar... — pediu.

— Por quê?

— É o jardim de Silvinho — Gustavo falou, como se fosse explicação suficiente.

— Nunca se sabe o que vai encontrar pelos cantos e construções deste jardim em dias de festa. — Havia riso na voz de Henrique ao dizer isso. Ele deu uma volta ao redor e depois parou diante deles outra vez, avisando: — Está vazio.

Lina compreendeu o que eles tentavam contar. Não era o único jardim com locais secretos que já frequentara. Nunca tinha visto nada explícito, mas já escutara histórias e encontrara pessoas saindo escondidas — e acompanhadas — de locais reservados.

— Venham, então! Vamos ver — disse ela, puxando a manga de Gustavo.

Quando chegaram ao outro extremo da construção, Lina encontrou como que um meio caramanchão. O lado que dava para ver do caminho era fechado, mas o lado oposto era aberto. O teto era completo, para proteger de sol e chuva, mas quem se sentasse ali receberia vento fresco enquanto observava os leitos de rosas e a pequena fonte.

— É lindo e uma ótima ideia — disse ela, subindo no piso de mármore do caramanchão. — Ficaria quente demais se fosse fechado, como nas cidades frias.

Gustavo e Henrique olharam de relance as almofadas jogadas no banco acolchoado, duas das quais tinham ido parar no chão. Sequer estava ventando para isso. Lina não era a primeira pessoa daquela festa a descobrir a bela construção. Henrique sentiu vontade de rir e cobriu a boca, ao passo que Gustavo olhou em volta, esperando não ter espantado ninguém. Lina ajeitou uma das almofadas e se sentou, deixando o copo de refresco no chão para admirar melhor as flores.

— Vocês não precisam ficar aí como duas gárgulas. Ninguém vai pular sem roupas dos arbustos. Ao menos não nessa direção — disse ela, sorrindo, satisfeita em perturbá-los com a ideia. — Se estavam aqui, já foram longe.

Henrique entrou, sentando-se à esquerda dela, e olhou a paisagem.

— Vocês não teriam descido ao jardim se eu não tivesse enveredado por esse caminho fora de vista, não é? — perguntou Lina.

— Nós viríamos — assegurou Henrique. — Meu primo estava ansioso para lhe dizer como sua atuação o envolveu. — E se inclinou para dar uma olhada em Gustavo.

Lina também olhou para ele por um instante, ainda parado na entrada, depois virou-se para Henrique outra vez.

— Você foi ótimo como o noviço. Também já atuou antes?

— Só por diversão, em eventos parecidos. Era mais comum na época da faculdade.

— Há uns dois anos, então? — questionou Lina.

— Mais para três — disse Henrique. — Nós cursamos a faculdade juntos.

— No mesmo ano?

— É que meu primo é inteligente e já entrou no colégio para estudar no meu ano.

— E você é quantos anos mais velho?

— Quase dois anos, certo? — E voltou a olhar para Gustavo.

— Um ano e nove meses — confirmou o primo.

— E que idade têm agora?

Henrique não disse nada, o que obrigou Gustavo a falar primeiro:

— Tenho vinte e cinco.

— E você vinte e sete, então? — questionou Lina, virando o rosto para ver Henrique.

— Por aí — assentiu ele.

Lina escutou os passos de Gustavo. Achava que ele não entraria, mas, fosse lá qual sua batalha interna, acabou sentando-se do seu lado direito. Mais perto do que ela estava esperando.

— Quando completará vinte e dois? — quis saber Gustavo.

— Quem lhe contou minha idade?

— Ele. — Indicou o primo com o dedão.

— Escutei no Palácio Monroe: a filha do cônsul tem vinte e um anos — contou Henrique.

— No Carnaval — anunciou Lina. — Faltam poucos dias.

— Vai oferecer uma festa? — perguntou Henrique.

— Vocês iriam?

— Sim — disseram os dois em uníssono.

Aquilo quase a fez rir, mas voltou ao assunto.

— Creio que não vou fazer festa alguma — disse. — Prefiro comemorar em meio às atividades do meu primeiro Carnaval.

Lina voltou a olhar para a frente, sem conseguir conter o nervosismo que tentava esconder. Estava sozinha, sentada entre os dois homens, com o coração pulando no peito, descompassado.

Remexeu as mãos nervosamente sobre a saia do vestido de festa, sem conseguir pensar em outro assunto para conversar, o que só piorou tudo, pois dava para ver sua inquietação. Então Henrique cobriu a mão esquerda de Lina e a apertou, impedindo os movimentos repetidos, tentando apaziguá-la. As sobrancelhas dela se ergueram e Henrique lançou um olhar de soslaio para ela. Lina voltou a olhar para a frente, ruborizada e deslumbrada.

Em um arroubo, ela aproveitou que Gustavo tinha se sentado tão próximo e pegou a mão dele. Um leve sorriso brilhou no rosto dela quando ele não se desvencilhou. Assim, ficou com as mãos de ambos presas entre as suas, apoiadas no colo.

Agora sim seu coração explodia, a saliva secou e ela precisou atentar-se à própria respiração.

— Você já foi beijada, Lina? — Henrique perguntou baixinho.

Os lábios dela se abriram de leve: apenas as narinas não davam conta da quantidade de ar de que precisava.

— Faria diferença? — questionou quando encontrou as palavras.

— Eu não me perdoaria se a afugentasse — disse Henrique.

— Não vou me assustar.

Lina apertou as mãos deles e ambos sentiram a pressão contínua, pois ela não as soltou.

— Com nenhum dos dois? — Gustavo perguntou do outro lado, e, só de escutar a voz dele naquele tom mais íntimo, Lina estremeceu.

— Não. — Ela balançou a cabeça.

Os dois chegaram mais perto dela, e Lina engoliu a saliva como se fosse a última de sua vida. Seu corpo tensionou de anseio e ela fechou os olhos quando Gustavo respirou próximo ao seu rosto. Dessa vez, Henrique estava do lado oposto ao que tinha roçado em seu pescoço no Chapéu do Sol, e parecia querer deixar uma marca completa, pois não resistiu a fazer o mesmo agora, daquele lado.

O vestido de festa não era decotado como os trajes que usaria à noite, mas também não cobria seu pescoço. Gustavo encostou os lábios na bochecha de Lina e Henrique roçou com a boca a pele sensível do pescoço, até a garganta. Lina não sabia para qual lado pender a cabeça, então deixou que caísse para trás, proporcionando mais espaço aos dois.

Ali, entre eles, o corpo de Lina foi envolto pelo calor conjunto, mas não era como sofrer em um dia quente; assemelhava-se mais a uma febre prazerosa. Gustavo deslizou os lábios no rosto dela e a resposta foi imediata: ela virou a cabeça e ele cobriu a boca de Lina com a sua. A leve pressão inicial fez as mãos dela tremerem, e Gustavo mexeu os lábios, completando o beijo. Ele não se afastou e a beijou com vontade.

Foi quando a situação saiu dos trilhos.

Gustavo a beijou por mais tempo do que Lina jamais teria imaginado; ela relaxou e deixou que se aprofundasse. Ele a consumiu, como se tivesse contido a fome a cada minuto que estivera com ela desde que a conhecera. O corpo dela reagiu com excitação e esquecimento — só aquele momento existia. Os três se pressionaram mais um no outro, sem perceber ou se importar com o que ocorria em volta. Henrique soltou a mão de Lina e a puxou pela cintura, curvando-a na direção dele. Lina já tinha perdido o fôlego, mas não queria abrir os olhos.

Nesse instante, eles se alternaram. A cabeça dela apoiou-se no ombro de Henrique, ele a segurou pelo queixo e a beijou como alguém que se recusava a ver um limite. Lina abriu mais a boca e Henrique a experimentou com a língua. O corpo dela pulsava ao mesmo tempo em que se abandonara entre os dois, presa ali por suas bocas e mãos. Gustavo segurou o braço direito de Lina contra seu peitoral e a mordiscou na base do pescoço enquanto ela era beijada por Henrique, depois lambeu, como um pedido de desculpas. Lina tinha certeza de que, se estivesse de olhos abertos, veria o mundo inteiro girar.

Henrique demorou a liberar a boca de Lina e, quando aconteceu, ela suspirou e pensou que seus músculos jamais voltariam a lhe obedecer. Ficaria como gelatina. Os braços nem lhe pertenciam mais, cada um tomara conta de um lado. O corpo estava pousado contra Henrique enquanto Gustavo se inclinava sobre ela, tão perto que era como se os três fossem um só. Lina apertou as coxas. Nenhum dos dois tentara mexer em suas saias, mas seu sexo pulsava como se a tivessem acariciado intimamente.

O espartilho parecia que ia explodir, de tanto que apertava seu peito. Não o achara incômodo em nenhum momento até estar nos braços deles. Os seios formigavam, pressionados sob a maldita peça.

Gustavo se afastou primeiro. pois era a única forma de liberarem Lina. Os dois a ajeitaram no banco, as costas dela voltaram ao encosto. Lina umedeceu os lábios, sensíveis e doloridos, e, quando passou a língua ali, pequenos choques se espalharam por todo o seu corpo.

Estava perdida.

— Ainda tem refresco? — murmurou, o olhar preso no jardim, mas tudo que via era um borrão.

Não percebeu qual dos dois lhe ofereceu o copo, apenas sorveu até a última gota. Só então notou que Gustavo e Henrique prestavam atenção nela, estudando suas reações, sem se afastar. O estrago estava feito, para os três.

— Sente-se bem? — indagou Gustavo.

A consciência ganhou a batalha em meio às reações e Lina conseguiu dizer, já com a voz recuperada:

— Não fui afugentada.

14

O cordel do empecilho

— Por onde você andou? Tem meia hora que a estou procurando. — Tina cruzou os braços assim que viu Lina.
— Fui conhecer o jardim — respondeu ela, tentando desconversar.
— Está tudo bem? — Tina observou o rosto corado da amiga e estranhou seu comportamento afobado.
— Estou ótima — disse Lina, segurando o braço da amiga e puxando-a para perto. — Vamos nos despedir? A hora está ficando avançada.

Embora tenha dito que não foi afugentada, quando Lina ficou em pé estava com um sorriso estranho, e saiu do caramanchão dizendo que precisava encontrar-se com Tina. Era verdade. Só não mudava o fato de que ela fugira.

Gustavo e Henrique partiram uns quinze minutos depois dela, mais por culpa de Henrique, que, até chegarem à saída, cumprimentou meia festa e prometeu presença em dois aniversários, um baile de Carnaval, uma peça de teatro e um sarau. Se ele apareceria, era outra história. Gustavo não prometeu nada a ninguém, e seu curto meneio de cabeça foi repetido algumas vezes. Era uma tática usual dos dois — Henrique era um ótimo escudo social para o primo.

Assim que entraram no coupé e este partiu rumo ao centro, Henrique manteve o olhar fixo em Gustavo. Ainda estava claro o suficiente para conseguirem enxergar um ao outro.

— Pare de me encarar com essa expressão, você sempre a usa quando pensa que tem razão — resmungou Gustavo.

— Mas eu estava certo, não estava? — rebateu Henrique.

— Você não expôs teoria alguma para tê-la confirmado.

— Você está interessado nela! — animou-se Henrique.

Embora o primo fosse a pessoa que melhor o entendia, Gustavo gostaria de não tocar naquele assunto, pois ainda era muito confuso para ele. Sensações inéditas o retraíam. Ao mesmo tempo, aprendia a conviver com os outros e amadurecia quando enfrentava momentos como aquele.

— E você a beijou — continuou Henrique, num misto de felicidade e provocação.

— *Nós* a beijamos — lembrou.

— Admito meu passado de imoralidade...

— Passado? — interrompeu Gustavo, incrédulo.

— Sim, eu me emendei. Admito tudo. — E voltou a encarar Gustavo com seriedade. — Eu estive com você desde a sua primeira vez com uma moça.

— Você não estava presente na situação em si.

— Tem razão. Eu estava em outro cômodo, com outra moça. Estou querendo dizer que, se eu não vi nem ouvi, ainda assim soube de seus interesses femininos.

— Está fazendo piada?

— Estou dizendo que você não beija ninguém sem propósito. Uma vez até me disse que beijos eram mais invasivos do que sexo.

— Mais íntimos — justificou Gustavo. — Invasivo é outra questão.

Henrique assentiu, como se aquilo provasse seu ponto. Gustavo estava tão interessado em Lina que a beijou na primeira oportunidade. Talvez nem percebesse que *interesse* era uma palavra rasa para descrever o que sentia por ela. Porém seu primo cruzou os braços e se fechou.

— Não serei um adversário para você — avisou Gustavo, por fim.

As palavras mal deixaram sua boca e ele sentiu a culpa por esconder algo importante. Seu vocabulário era extenso. Ele demorara para começar a falar, mas quando chegou ao Rio já se comunicava perfeitamente. Estudou com afinco para conseguir se expressar, até aprendeu mais de um idioma, e mesmo assim não sabia pôr em palavras o que vinha sentindo por Lina. Precisava de um tempo sozinho com seus pensamentos para encontrar uma explicação lógica para aquilo tudo.

— Eu jamais seria seu adversário, homem. — Henrique usou o tom leve de quem achava aquilo óbvio e balançou a cabeça.

Contudo, deixou Gustavo em paz pelo restante do caminho.

Lina não voltou ao Lanas, tampouco enviou bilhetes contando aonde iria ou telefonou convidando para algum passeio inadequado. Aquela atitude deixou os dois preocupados, cada um à sua maneira. Ela permitira que a beijassem e agora não os queria mais?

Henrique estava certo e acabou por afugentá-la?

— Eu toquei nela — confessou Gustavo a Bertinho e Zé Coelho, depois de os amigos não pararem de importuná-lo sobre Lina.

Nenhum dos dois remava, mas gostavam de ir com os Sodré aproveitar o mar. A praia do Flamengo estava vazia quando os quatro saíram da água, mas já havia alguns outros remadores cortando a superfície em direção à enseada de Botafogo. Era tão cedo que o sol ainda lançava uma quentura gostosa sobre eles, em vez de escaldá-los.

— Em qual lugar? — perguntou Bertinho, pendurando uma toalha no pescoço.

Zé ajudou Henrique a guardar a canoa junto das outras.

— No pulso. Ela abriu os punhos da blusa para lavar as mãos e eu toquei nela. — Gustavo carregou os remos e foi na frente.

— Não é a primeira vez que toca numa mulher, homem. Recomponha--se — disse Zé, seguindo-o.

Henrique seguia atrás com um sorrisinho de quem entendia o problema e achava-o divertido.

— Escrevi para a dama, queria saber como está passando. Vamos torcer para o mensageiro ter deixado uma resposta na primeira hora da manhã, pois até ontem havia apenas silêncio — comentou, escondendo o desapontamento com bom humor.

Não queria demonstrar preocupação, mas e se o coração de Gustavo estivesse a ponto de ser quebrado? Era a primeira vez que se encontrava em perigo.

— Vocês assustaram a moça, não foi? Confessem. — Zé ainda pingava; ele gostava de se secar ao sol.

— Ela precisa de espaço, faz só alguns dias que a festa aconteceu — apaziguou Henrique.

Gustavo disse que precisava ir ao escritório no centro e encontraria os amigos mais tarde. Passou em casa para se trocar, teve com Emílio, seu secretário, no trabalho, resolveu o que havia em sua lista de coisas a fazer e, em vez do local de sempre, seguiu para a Livraria Quaresma.

Sabia onde encontrar Lina, caso ela estivesse mantendo suas preferências. Durante os últimos dias, ele matutara sobre algumas questões. Ainda não sabia explicar o motivo de Lina lhe causar reações tão diferentes. Era só olhar para ela, pensar nela, respirar perto dela, ouvir sua voz que o controle que aprendera, a forma que se condicionara a agir, desaparecia por completo.

Estava fixado. Era assim que chamava quando ficava preso em algo de forma obsessiva. Além do mais, havia outra questão complicada. E se ela sumisse da vida dos dois? Gustavo nem sabia definir o que estava experimentando nesse turbilhão de sensações, problemas e sentimentos adversos. Porém acreditava que Henrique estava apaixonado por Lina. Gustavo crescera aprendendo através da vivência do primo. Mas, entre todos os seus casos, paixonites, encontros de uma semana ou uma noite, Gustavo ainda não fora levado a considerar que o primo se apaixonara.

E, pelo que aprendera com os livros, músicas, peças e as experiências dos amigos, apaixonar-se podia ser o céu e o inferno na vida de uma pessoa.

Era por isso que precisava estudar mais. Leria sobre o que se considerava ser a definição de amor romântico. Esperava que a leitura o ajudasse a entender os sinais que demonstrava e assim não precisaria conversar com outros sobre o assunto. Seu plano só não era perfeito porque entrou na Livraria Quaresma com outro objetivo.

E, claro, lá estava ela.

— Gosta de ler romances? — Lina perguntou, aproximando-se das estantes que Gustavo encarava.

— Que tipo de romances? — Ele acompanhou quando ela parou ao seu lado e analisou a prateleira cheia.

— Ora, romances românticos — disse ela, como se fosse óbvio.

— Não, não leio nada desse tipo.

— Não gosta?

— Não sei. Apenas nunca li nada do gênero.

— Então vou lhe indicar um — disse ela. — O problema é que os livros brasileiros que li até agora não se encaixam no que tenho em mente, terá de ler algo estrangeiro.

— Não me importo.

— E se for escrito por uma mulher? — testou ela, observando a reação dele.

— Qual a diferença?

— Eu prefiro ler romances românticos escritos por mulheres. Sabia que até pouco tempo atrás elas precisavam assumir nomes masculinos para publicar? E mesmo assim recebiam uma ninharia. Algumas sequer recebiam pelo seu trabalho.

— Não sabia. Me parece injusto. Se uma pessoa escreve uma obra, merece um pagamento por ela.

— Concordo.

— No entanto...

Ela se virou e estreitou o olhar para ele, pronta para ouvi-lo, como muitos outros, estragar tudo que dissera antes. Gustavo tinha voltado a observar os livros.

— Os pagamentos a mulheres são precários em todas as áreas e lugares, não é um defeito apenas brasileiro — completou ele. — Mulheres jamais recebem bem. Já presenciei pessoas tentando pagar menos a costureiras, bordadeiras, sapateiras e outras mais, por itens feitos por elas.

— Sim, é um defeito comum no mundo. Ao menos em todos os países em que estive. — Ela sorriu, aliviada ao constatar que pensavam de forma parecida, e colocou alguns livros nas mãos dele, tendo escolhido duas autoras inglesas para ele começar. — Leia estes.

— Se eu ler, também posso lhe falar sobre algo que li? — indagou Gustavo.

— Escolha um livro agora, de algum autor brasileiro. Levarei para ler.

— Não tem em livraria.

— Então me diga onde conseguir — propôs Lina.

Gustavo assentiu, pagou pelos livros, mandando entregar em seu escritório, e por fim saiu da livraria na companhia de Lina. O infalível Caetano seguia alguns passos atrás. Caminharam por um pedaço da Rua São José até o Largo da Carioca, onde estiveram no primeiro passeio juntos. Gustavo não puxou conversa, mas seguiu junto a ela. Lina ficou ocupada com seu passatempo preferido: olhar as lojas e as pessoas. Não entraram em meio ao rebuliço do Largo, seguiram juntos pela Avenida Treze de Maio até o lado que dava para as ruas da Assembleia e Gonçalves Dias.

Gustavo sabia exatamente aonde queria ir, e pararam junto a um idoso alto e negro que oferecia seus produtos a quem passava. Era uma figura conhecida no ponto, e sempre se encontravam clássicos em suas mãos.

— Pois não, sinhô — cumprimentou o homem. — Pode escolher, sinhá!

Gustavo escolheu alguns cordéis e entregou umas moedas ao homem. Quando tirou o dinheiro, algumas folhas verdes e quebradas escaparam de seu bolso, e Lina olhou, intrigada.

— Deus lhe pague! — agradeceu o vendedor.

Os dois se afastaram e Gustavo entregou os livretos a ela. Lina analisou o material e leu os nomes: alguns traziam aventuras da princesa Magalona, outros falavam sobre folclore brasileiro e um tal de João de Galais.

— Nunca vi nada disso — admitiu ela, ao abrir e folhear cada um.

— São cordéis, populares aqui. Espero que ache interessante.

— Não tenho dúvida. Obrigada.

Gustavo não sabia como introduzir um assunto importante, voltas e sutilezas não eram o forte da sua sociabilidade. Porém ele não queria parecer grosso, menos ainda com Lina.

— Meu primo lhe escreveu — disse, abrindo mão de rodeios.

— Sim, para saber como eu estava passando.

— Está bem?

— Não pareço bem? — Apesar da usual confiança, ela soou duvidosa ao indagar.

O olhar de Gustavo focou em detalhes de Lina: o rosto corado, a pele de aspecto macio, os olhos brilhantes, os lábios úmidos… Ele se viu incapaz de analisá-la com uma visão profissional. Ela usava um chapéu adorável, com um laço na lateral, e tinha um broche preso no pequeno decote quadrado do vestido azul. Era um festival de distrações, que o prenderiam por horas.

— Parece ótima. — Ele pausou. — Não quer explorar mais da cidade?

— Quero sim. Deve haver tanto para ver.

— Sem companhia?

— Não fui a nenhum lugar novo. Estive num evento que tenho certeza de que você odiaria. E aproveitei para passar mais tempo com Tina e uma nova amiga, Virginie. Já conheceu as duas em ocasiões distintas.

Gustavo assentia com o olhar desfocado, o semblante sério, enquanto registrava as informações.

— E você, o que fez nos últimos dias? — perguntou ela, rapidamente.

— A agenda semanal de sempre: trabalho, meus locais favoritos, remo, leitura e tempo com os amigos.

Ele percebeu que tinha conseguido dar voltas no assunto. Era incômodo, mas também uma boa evolução.

— Eu não serei um empecilho, Lina — disse Gustavo de repente, depois de uma pausa. — Não é isso que desejo.

— Empecilho? — A confusão dominou o rosto dela.

— Meu primo tem uma habilidade para lidar com os próprios sentimentos que eu não possuo. Ele entende o que sente e sei que ele nutre sentimentos por você. Seria terrível para mim se um de vocês dois acabasse se magoando — disse ele. — Não saberia como me comportar.

Gustavo precisava pensar um pouco. Levou a mão ao cabelo na nuca, o chapéu saiu do lugar e ele o ajeitou.

— Eu não quero que ele fique magoado, e você não seria um empecilho para nada — garantiu ela.

Gustavo enfiou uma das mãos no bolso e remexeu ali. Não achou que teria uma das conversas mais difíceis de sua vida na beira do Largo da Carioca. De qualquer forma, jamais imaginara que encontraria alguém como Lina. Não deveria adquirir um novo tipo de ansiedade aos vinte e cinco anos.

— Empecilho — repetiu ele, balançando a cabeça.

— Gustavo? — chamou Lina, porque ele pareceu perder o foco de um jeito que ela ainda não havia presenciado. Ele não estava paralisado; pelo contrário, a mão se movia no bolso, o olhar corria pelo chão e sua expressão se alterava sem parar. — Você está bem?

— Caju — murmurou ele, mas não foi direcionado a Lina.

Ela avançou e pegou a mão de Gustavo, preocupada com a reação atípica dele e afetada por sua aflição silenciosa. Quando a apertou, ele pareceu voltar a si e o olhar se fixou nela. Foi breve, mas era o sinal de que seu foco estava de volta.

— Caju? — indagou ela, confusa.

Ele engoliu a saliva e respirou fundo. O olhar varreu o chão enquanto ele retomava sua linha de pensamento. Lina aguardou em silêncio, temendo interferir.

— Como eu disse, vê-la triste seria terrível — continuou ele, como se não tivesse interrompido o assunto. — Também acredito que seria melhor ser sincera se nossa amizade não for mais de seu interesse.

O aperto na mão dele arrefeceu de leve. Lina continuou a observá-lo, mesmo que não recebesse o mesmo escrutínio. A pergunta que ela fez a seguir quase foi engolida pelos sons dos bondes, dos gritos dos vendedores, das patas dos cavalos na rua e das vozes das pessoas que pegavam água no chafariz.

— Não gostou de me beijar?

A reação de Gustavo foi visceral o bastante para ficar evidente no rosto e no corpo dele. Seu olhar ficou preso nos lábios dela. Estava a uma respiração de beijá-la outra vez.

— Eu entendo se... — A voz dela funcionava tanto quanto o toque para ancorá-lo à realidade.

— Gostei demais — respondeu ele. — Mais do que deveria. Ou poderia. Diria que adorei.

— Então me beijaria de novo?

— Não, não. Eu não posso. — Ele balançou a cabeça, forçando-se a perceber o que acontecia ao redor. Precisava recordar-se de onde estava.

— Então você não gostou — rebateu Lina.

— Não é verdade.

Ela soltou a mão dele e apertou os cordéis junto ao peito.

— Meu bonde chegou — disse, dando um passo atrás. — Agora já sei voltar para Botafogo.

Lina se apressou e Caetano correu atrás dela, então os dois embarcaram no bonde em meio às oferendas dos baleiros. Gustavo viu a confusão do Largo como um borrão e continuou imóvel ali durante vários minutos. Ao recuperar o foco, olhou o relógio e resolveu caminhar para o escritório. Quando chegasse, sua mente estaria estável outra vez.

Ao menos, era o que ele esperava.

15

Regatas e rapazes

— A onde Lina foi dessa vez? — indagou Inácio, ao ver o lugar vazio na mesa do café. Era domingo, ele se dera ao luxo de dormir um pouco mais e não encontrou a filha.

— Saiu de bicicleta, daqui a pouco retornará. Sabe que ela não pode ir longe — respondeu Josephine enquanto espalhava geleia em uma torrada.

— Sozinha?

— Com o menino Caetano.

— Ele é adulto, meu bem.

— Eu o acho um rapaz tão adorável, e o irmãozinho dele também. — Ela sorriu e deu uma mordida no pão.

— Tem razão. Quero arranjar um segurança de verdade para Lina, apesar dos protestos dela.

— E se desfazer do menino? — Josephine estava pronta para intervir.

— Não, podem ficar os dois. Também gosto dele.

Inácio continuava sem conhecer o grau de proximidade entre Lina e os rapazes Sodré. Para ele, o que havia apurado era suficiente. A história da morte no Ano-Novo estava enterrada. Não houvera desdobramentos na investigação e a polícia passara a considerar o óbvio: o homem caíra de bêbado, e o resto era fofoca sobre a vida desgovernada que levara.

— Quero que ela me acompanhe mais tarde — declarou Inácio. — Não que eu esteja interessado em arrumar um marido para ela.

— Mas não se opõe mais.
— Nunca me opus.
— Inácio, querido, quem está tentando enganar?
— Bem... Passe o presunto, por favor. Acho que agora vejo o assunto com outros olhos. E os candidatos a pretendentes de Lina não me deixam em paz, afinal ela já está com vinte e um anos. Manoel é particularmente insistente, e trabalhar no mesmo prédio que eu ajuda em sua causa. Não para de elogiá-la e de tentar me impressionar.

Josephine tomou um gole de café com leite e baixou a xícara devagar.
— Querido, tenho uma péssima notícia. Lina não gasta um instante do dia dela se lembrando da existência desse rapaz.

A mente de Lina estava ocupada com as novidades da nova cidade, os eventos aos quais iria e aqueles dos quais pretendia fugir. As conversas com sua melhor amiga, as fofocas e inconsistências que escutava e presenciava quando estava acompanhada de Maga. As novas músicas que escutara, novos autores que descobrira, as peças que ainda desejava assistir. Sem mencionar as cartas que recebia e que pretendia escrever.

O Carnaval também estava chegando, e ela queria aproveitar a festa pela primeira vez em sua vida. Encomendara três fantasias, com direito a acessórios, que ainda estavam nas mãos das costureiras. Quando poderia estrear sua roupa de banho em uma praia local?

E o que faria com o fato de estar interessada em dois homens ao mesmo tempo, e ter começado a se relacionar intimamente com ambos? Não estava trocando de namorado a torto e a direito. Saía com os dois. Beijos eram considerados um alto grau de intimidade. Ela beijara ambos. E queria beijar de novo.

Aquela era sua maior preocupação. Tentava pensar em todo o resto, porém olhava um vestido, lembrava-se de como Henrique a tocara por cima da gola de renda e não conseguia mais ver nada rendado sem se recordar dele. Experimentava a fantasia de Carnaval e seu olhar corria para o pulso desnudo, onde Gustavo a beijara, acabando com sua paz.

E os jardins? Não queria mais frequentar jardim algum. Via um leito de flores e não só sua mente, mas o corpo inteiro era acometido pela lembrança do que fizera diante de um conjunto de flores e uma fonte. Por sorte, caramanchões como o do jardim de Silvinho eram raros.

— Eu não imaginei que haveria tanta gente. — Lina olhou surpresa para a quantidade de pessoas que tinham tomado a orla de Botafogo.

— Eu tentei lhe avisar que era caótico — disse Caetano, esbaforido em sua bicicleta.

Ela tinha visto o anúncio da regata pré-Carnaval que seria realizada na enseada de Botafogo, como um marco inaugural do "novo Carnaval" da cidade, que naquele ano contaria com locais adicionais de desfile, entre outras modificações feitas pelo prefeito Pereira Passos. E, como novata na cidade, Lina não sabia como as pessoas adoravam aquele tipo de entretenimento e compareciam em peso.

O que Lina sabia era que os Sodré eram remadores. E, sem dúvida, participariam de algum páreo da regata. Ela queria vê-los em seu elemento. Assim, subiu na bicicleta outra vez e atravessou a rua, entrando em meio ao tumulto. Chegou junto ao murinho da Avenida Beira-Mar no instante em que se escutou o tiro que anunciava a partida de um dos páreos. Havia tanta gente que ela demorou a conseguir um espaço para espiar, e torcia para que não fosse a vez de Henrique e Gustavo.

— Vamos para o fim, na direção do Flamengo. Daquele lado tem menos gente — disse Caetano depois que a alcançou.

— Mas onde é a chegada?

— Na São Clemente. Poderá vê-los na largada — apontou o rapaz.

Lina concordou, montando mais uma vez na bicicleta e partindo entre as pessoas. Tanto as ruas quanto o mar estavam lotados. Havia gente de todo tipo e lugar, a popularidade do evento chamava o público da cidade toda, com bondes e barcas saindo em horários especiais para atender à demanda. E, pelo que ouvia, o público já chegava com a torcida pronta e gritava incentivos para seus preferidos.

Uma variedade de veículos ocupava a rua e o entorno: carruagens, caleches, coupés e tilburys estavam estacionados por ali. A sorte de Lina era que o público, curioso com seu moderno "cavalo de ferro", abria caminho para deixá-la passar e poder observar o acontecimento atípico que era uma jovem sobre uma bicicleta.

Perto do trajeto das canoas, o mar estava apinhado de barcos cheios de espectadores. Ao olhar para as lanchas, não era difícil identificar onde estavam os donos dos veículos estacionados na região. Trajavam roupas de festa e sentavam-se nos barcos, sendo servidos de comida, bebida e música, enquanto assistiam aos páreos.

Sem dúvida, a competição nas águas da enseada de Botafogo era um entretenimento como Lina jamais presenciara.

— São eles! — exclamou ela, com o olhar fixo no mar. — Não são?

Porém Caetano ainda não a alcançara para responder. Lina olhou em volta e aproximou-se de uma das moças que estavam na beira, balançando um lenço e soltando gritos de incentivo.

— Aqueles rapazes, quem são? — indagou.

— Botafogo, não é, Elvira? — perguntou a moça para outra ao seu lado.

— Sim! E o Cajuense! Aquele é o meu noivo! — apontou a jovem, animada.

— O terceiro é o Internacional — disse um senhor prestativo ali do lado, observando como se fosse um sério apreciador do esporte.

Lina ouviu o tiro de largada e viu os rapazes começarem a remar, seis em cada canoa outrigger, que possuía um flutuador lateral para que os remadores pudessem ir o mais rápido possível sem se preocupar com a questão da estabilidade. Eles foram tão rápidos que Lina mal piscava, fascinada. O público gritava, reclamava e comemorava conforme as canoas brigavam pela primeira posição.

Ela descobriu que deveria torcer pelo time de remadores com o nome do bairro onde morava, pois Gustavo e Henrique defendiam uma das canoas deles. Eles partiram da Marquês de Abrantes, mas a chegada era só na São Clemente, a rua de onde ela acabara de sair. Tentou se inclinar para ter certeza de quem seria o vitorioso, mas apenas ouviu o público que estava na chegada gritar, comemorando e batendo palmas. Tinha sido uma disputa acirrada.

— Eles ganharam? — indagou Lina.

— Acho que o meu noivo ganhou! — gritou a moça e saiu correndo.

— Você viu? — Lina se virou e olhou para Caetano, em busca de alguém que pudesse explicar.

— Madame… — Ele abriu as mãos, deixando evidente que era baixo demais para ter visto alguma coisa do seu local de observação.

— Foi o Botafogo, estou dizendo — falou o senhor, convicto. — Os rapazes são ótimos na chegada, sempre aceleram nos últimos metros.

Dito isso, ele anotou o resultado em um caderninho. Passado um tempo, mais canoas se alinharam para o próximo páreo. Lina observou, decidida a compreender melhor o esporte. Nas conversas com Gustavo e Henrique, descobrira que eles começaram a remar no colégio. Depois de ver o tamanho da comoção que os páreos causavam na orla, teve vontade de saber mais.

— Eu sei onde os rapazes param — disse Caetano. — Eles não circulam pelo pavilhão lotado nesses trajes, então acabam parando na praia da Saudade ou no Flamengo.

Caetano apontou a direção e Lina puxou a bicicleta até conseguir subir e seguir caminho. Dessa vez, preferiu o pedaço mais longe da orla para ir mais rápido. Passou por diversas moças com trajes feitos especialmente para assistir às regatas: eram branco e azuis, com motivos náuticos. Decidiu que encomendaria um vestido para regatas, para a próxima vez que fosse a um desses eventos. Seria divertido. Por fim, chegou ao local onde os rapazes paravam as canoas e caíam na água.

Talvez os Sodré nem estivessem por lá, mas foi só rodar por alguns minutos que logo avistou Henrique. Ele usava o uniforme justo, composto de camiseta e calção curto, com que os remadores entravam na água, e seu cabelo molhado brilhava sob o sol. Lina decidiu naquele exato momento que iria embora, nunca mais voltaria àquele local.

Se as coisas continuassem escalando, teria de ir embora do país.

Para piorar, Henrique a avistou de longe. Quando se deu conta, ele já estava virado na sua direção, de costas para o mar. Sentiu-se um tanto culpada; ultimamente até seus sonhos eram perturbados por aquele maldito homem lindo e carismático. Mas tinha sido tão breve no bilhete que escrevera em resposta ao dele, ficara nervosa só de receber notícias de Henrique. Pensando bem, sua resposta devia ter soado seca.

Lina sequer teve coragem de compartilhar com Tina, a pessoa que conhecia todos os seus segredos, a experiência íntima e sensual que vivera. Como contaria isso à amiga? *Escute, eu me encaixei entre os Sodré. Sim, esses mesmos, os primos bonitões e elegantes. Ah, pois escute bem: eu senti como ambos estão em plena forma física. Porque beijei os dois ao mesmo tempo. Não! Foi um de cada lado, minha boca é pequena demais. Foi um de cada vez. Eles me apertaram entre si. Bem apertado. Não, por favor, não ria nem desmaie. Preciso de ajuda, não sei o que fazer agora.*

Sim, estava decidido. Ela precisaria contar para Tina. Assim que possível. Precisava que alguém colocasse juízo em sua cabeça. Tanto fazia se risse, acusando-a de beijar os dois homens, fugir e deixá-los a ver navios. Eles eram dois, ela era uma só, estava em desvantagem. Merecia o benefício da dúvida e da fuga.

— A senhorita veio pedalando da São Clemente até aqui? — indagou Henrique assim que se aproximou dela.

— Claro, é um ótimo passeio.

— Além de tudo é atlética. — Ele sorriu e levou a mão até a testa, protegendo os olhos do sol.

— Diga, vocês venceram? Eu vi as canoas saindo!

— É mesmo? — Henrique sorriu, parecendo contente. — Sim, o Cajuense deu trabalho até o fim, mas passamos primeiro!

— Isso é ótimo!

Lina quase largou a bicicleta para parabenizá-lo, mas apertou o guidão ao lembrar que estavam em público e ele estava molhado e trajando roupas menores. Compreendeu então o motivo de não circularem pelo Pavilhão de Regatas em meio às senhoras de família que estariam lá assistindo aos páreos e aos rapazes.

— Onde está aquele rapaz franzino que a acompanha? — indagou Henrique, olhando em volta. — Não me diga que ainda está correndo para alcançá-la.

— Ele se perdeu.

— Duvido.

— Na verdade fui eu que o despistei. Deve aparecer a qualquer momento.

De fato, logo depois Caetano surgiu esbaforido, mais por nervosismo que por cansaço. Os Menezes trouxeram três bicicletas da Europa, e ele teve de aprender a guiar uma para acompanhá-la. Ainda não conseguia ir rápido.

— Graças a Deus a senhorita veio para o lugar certo. Como eu voltaria sozinho? — soltou Caetano, disfarçando a reclamação.

— Acalme-se, Caetano. Tome aqui, vá comprar um refresco para nós. — Lina tirou umas moedinhas da pequena bolsa presa em seu cinto e deu a ele.

Henrique olhou para trás, mas não viu Gustavo — ele tinha ficado na água com os outros remadores. Então aproveitou para falar com Lina sem o risco de o primo escutar.

— O meu primo é um ótimo remador, é seu esporte preferido — disse. — Ele gosta mais de remar do que eu.

— Ah, que ótima notícia — respondeu ela, sem jeito. — Eu devia ter imaginado, o remo desenvolve bem os músculos, não? Acredito que é preciso muito esforço corporal para remar. Nunca experimentei.

Lina fazia de tudo para manter o olhar no rosto de Henrique e não reparar em seu físico bem torneado exposto por aquela roupa justa e molhada. Era muita pele e músculo à mostra para moças que não estavam acostumadas a ver aquilo. O frenesi era justificado.

— Sim, é um esporte que exige preparo físico. Mas é prazeroso. Moças podem remar também, sabia? Há pouco tempo, até fizeram uma competição entre elas. Se for de seu interesse e seu pai permitir...

— Eu já sei nadar, até poderia remar. Seria interessante — concordou ela. — Mas eu gosto mesmo é de jogar tênis. O senhor joga?

— Isso eu não sei jogar, mas não me importaria em aprender.

Lina mexeu no chapéu e levou a bicicleta para a sombra da árvore mais próxima. Viu algumas moças passando e fingindo que não tinham ido até ali espiar os rapazes do remo. Eram bem como o jornal os descrevia quando alardeava os resultados das regatas: sadios e vigorosos.

Henrique olhou em volta e a acompanhou, mantendo um olho nela e o outro na praia. Resolveu ser franco enquanto tinha tempo. Não achava que o primo apareceria ali, pelo contrário. Mas não podia ser visto sozinho e naqueles trajes em uma conversa com Lina sem causar estranheza.

— A senhorita pretende ver o meu primo novamente? — questionou ele, surpreendendo-a com a franqueza que era mais costumeira de Gustavo.

— Sim.

— Pois tem nos evitado nos últimos dias — rebateu Henrique.

— Nós apenas nos desencontramos — justificou-se Lina, sem querer confessar que ainda não sabia como agir depois do ocorrido.

— Independentemente dos desencontros, acredito que já recebeu informações e escutou certos comentários sobre o meu primo.

— Sobre vocês dois — admitiu ela.

— Conheço a natureza deles — disse Henrique, mas não parecia incomodado. — Espero que tenham lhe dito que Gustavo e eu crescemos juntos e eu o amo como a um irmão.

— Dá para notar. — Ela sorriu, contente com o sentimento nas palavras dele.

— A despeito de tudo que dizem sobre Gustavo, ele é a pessoa mais extraordinária que conhecerá. Sim, ele tem um jeito peculiar de pensar e agir. É algo só dele. Não acredite se disserem o contrário. O caráter dele é indiscutível, e ele pode até negar, mas seu coração é bondoso.

Lina continuou olhando para Henrique. O sentimento em suas palavras e em sua expressão havia mudado — ele não estava só elogiando o primo, estava defendendo-o com firmeza e emoção. A lembrança do dia em que encontrara brevemente Gustavo na livraria voltou à sua mente. Houve um momento em que ele flutuara para longe, e ela já havia notado outras particularidades em seu modo de ser.

— Eu acredito — disse Lina. — Mas por que está me dizendo tudo isso agora?

— Porque, modéstia à parte, sou a pessoa que mais o conhece neste mundo. E acabei conhecendo a senhorita também.

— Eu gostei de conhecer vocês dois — confessou Lina, deixando a fala livre para interpretações. — Sou sincera ao dizer que são as pessoas que mais gostei de conhecer nesta cidade.

Henrique sorriu, perturbado por se abrir, incomodado por ter aquela conversa pela primeira vez na vida. Sentia-se ao mesmo tempo protetor e desleal com o primo. E dividido, porque, não importava o assunto que precisasse tratar com Lina, ela fazia seu pulso acelerar, sua garganta secar, as palavras faltavam enquanto seu peito martelava. E era tão instantâneo que ele nem conseguia lutar para impedir a tragédia.

Estivera pensando em como iniciaria o assunto, e, ao se virar, lá estava Lina numa bicicleta, com mais um de seus figurinos arrojados e um grande chapéu de palha, agindo como a maior força de atração da existência dele. Nem sabia que isso existia até ter de lidar com ela. Ninguém deveria ser atraído assim por outra pessoa, já havia lido sobre o mal que amores arrebatadores podiam causar. Os médicos, em seus artigos para revistas e jornais, mandavam evitar. Poetas criavam versos para avisar sobre os finais trágicos.

E ele estava ali para impedir que isso acontecesse. Não a ele, no entanto.

— Então, por favor, não magoe o Gustavo — concluiu ele, por fim. — Brinque comigo. Faça uma pipa com o meu coração e solte ao vento. Faça-me girar em volta do seu dedo como um pião. Mas seja sincera com ele.

Henrique jamais diria a Lina que talvez Gustavo nem percebesse que ela estava fazendo tudo isso, ou que poderia ser tarde demais quando ele notasse. O próprio Henrique soube logo de início que ela era um terremoto devastador. O curioso era que ela mesma não parecia notar o estrago que fazia.

— Eu não vou causar mal a nenhum dos dois — foi a resposta natural que deixou os lábios de Lina, antes que ela pudesse pensar nas entrelinhas. Ela precisava ir logo embora dali, recompor seus pensamentos.

— Fiquei feliz em encontrá-la hoje, Lina. — Henrique tocou seus dedos, e só então ela percebeu quanto estivera apertando o guidão da bicicleta.

Ela engoliu um suspiro. Estava confusa e, apesar disso, um toque dele já a transformava na maior tola da praia.

— Parabéns pela vitória. Parabenize Gustavo por mim. — Lina ergueu o olhar para ele, já não precisava se forçar a manter o olhar no rosto de Henrique. Ele era um problema por completo. — Gostei da sua barba assim. Arrumou-se para vencer.

— Molhada, você quer dizer? — Henrique passou a mão pelo rosto e um leve sorriso satisfeito o iluminou. Ele havia aparado a barba, sem raspar tudo, o que valorizou o formato de seu maxilar. Não estava esperando que ela gostasse, menos ainda que falasse.

— Nesse estilo — elogiou, sincera.

— Vou usar assim para encontrá-la — prometeu ele.

Lina engoliu a saliva, perturbada com a conversa, pois soava semelhante ao que Gustavo tentara lhe dizer. Não sabia quando e como o encontraria novamente. Se tivesse um pingo de juízo, seria na regata em homenagem ao Dia de São Nunca. Lina olhou em volta em busca de Caetano: ele já havia comprado os refrescos, mas ficou de longe, observando a conversa. Quando ela o chamou, ele correu para lhe entregar o copo.

— Refresco de pitanga, senhorita. Vai adorar. — Caetano olhou para Henrique e avisou: — Não trouxe para o senhor, terá de ir até lá.

Lina riu e Henrique soltou uma gargalhada, dissipando a tensão entre eles. A função de Caetano não era gostar dos homens que se aproximavam de Lina, mas o contrário. Porém, secretamente, ele simpatizava com aqueles dois com quem a senhorita resolvera fazer amizade para ser rebelde. Caetano temia o momento em que o pai dela e o engomadinho que trabalhava com ele e vivia a rondar Lina descobririam suas traquinagens. Bem, ele que não iria contar.

Ao menos Lina sabia o que esperar do rapazote.

Ao contrário daqueles dois outros rapazes, por quem se interessava cada vez mais.

16

Pessoas horríveis

Inácio levou Lina e Josephine a um baile. Apesar do horário avançado, toda vez que ele saía com o carro, acabava juntando curiosos para observar e até acompanhar o percurso. A maioria das pessoas nunca tinha visto um carro como aquele e, dependendo de quem fosse, sequer tinha visto um único carro na vida. Ele trouxera um Mercedes Simplex para o Rio e já tinha vindo gente até de São Paulo para ver o carro. Inácio ainda não tivera tempo de visitar a cidade, mas São Paulo possuía mais entusiastas automobilísticos do que a capital, e ele adoraria poder trocar ideias com outros que compartilhavam do seu interesse.

— Não sei se devo acenar ou cumprimentar. Ainda não conheço bem os vizinhos — comentou Josephine, tentando reconhecer alguém.

O carro era só mais um elemento da chegada espalhafatosa do cônsul à cidade. A mudança fora enviada separadamente, em diversos navios. Os jornais falaram sobre as caixas intermináveis que chegavam ao porto; a sociedade fofocou sobre seus pertences, e as opiniões se dividiam entre achar normal, já que era a mudança de uma vida, e críticas duras à extravagância desnecessária dos cargos altos do governo. Lina teve de ouvir que só o seu guarda-roupa havia chegado em dois navios. No começo ela dizia que tinha sido mais fácil trazer suas roupas com as da madrasta e do pai, porque, mesmo que não fossem usar, as peças de inverno eram volumosas e por isso fora necessário repartir a carga em duas remessas. Depois passou a sorrir e brincar que, na verdade, tinham sido três navios.

Para piorar, havia a histórica reforma do palacete onde moravam. As modernidades instaladas geraram artigos de jornais, ocupando jornalistas até de fora da capital, e as rodas de madames não se esqueceram tão facilmente do assunto.

Os trabalhadores locais, no entanto, tinham outros interesses. Achavam tudo bonito, voltavam para casa e contavam sobre o que tinham visto, mas o que importava era o salário. Formou-se fila na porta do palacete na busca por emprego. Antes de a família chegar ao Rio, o secretário de Inácio já havia contratado dez pessoas. Foi assim que Caetano se tornou o protetor de Lina. A prima do rapaz era uma das arrumadeiras, o pai era um dos jardineiros e também faz-tudo, a irmã era assistente na cozinha, e a vizinha, uma das lavadeiras.

— Então, imagino que não nutra interesse algum por esse rapaz — disse Inácio, sem se dar o trabalho de fazer rodeios com a filha.

Estava rondando para saber a opinião dela sobre Manoel. O pai jamais a obrigaria a se casar — tinha sobrevivido à terrível experiência de ver a filha única começar a sair para bailes sem ele.

Lina já fora cortejada de todas as formas, por homens de idiomas e países diferentes. E ainda não demonstrara interesse em se casar, para alívio do pai. Só que agora, perto de ela completar vinte e dois anos, Inácio precisava admitir que estava na hora de deixá-la seguir a vida.

Não que ele quisesse obrigá-la de alguma forma. Tinha posses; se sua adorada filha desejasse passar a vida viajando e voltando para visitá-lo, forneceria os meios de bom grado. Lina poderia ser como aquela jovem riquíssima que ele conhecera em Paris, Eufrásia Teixeira Leite. Seria inevitável que a filha tivesse seus romances. Pelo que sabia, Eufrásia tivera um longo envolvimento com Joaquim Nabuco, que Inácio não só encontrara em Londres, mas com quem trabalhara. Contudo, eram águas passadas.

Adoraria ter netos para mimar e preferiria que Lina se arranjasse com alguém que a fizesse feliz.

— Não o acha um tanto… monótono? — respondeu Lina do banco traseiro. — Por vezes enfadonho. Ele poderia se esforçar mais para me entreter.

Inácio riu — isso certamente Manoel não conseguiria. O rapaz era morno e aborrecido. Precisava ver mais do mundo, talvez a experiência o tornasse mais arrojado. Afinal ele queria ser um diplomata de carreira. O cônsul acreditava que pessoas mais proativas e ousadas se dariam melhor em uma missão como essa. Ainda mais naquele momento em que o Brasil queria mostrar outra face no exterior, provar que era senhor de si e que se afastara do passado de colônia dependente de Portugal, a despeito das influências francesas na moda e na cultura e dos acordos com a Inglaterra.

Ainda assim, aquele era o grande momento de libertação brasileira, uma guinada para a modernidade. Inácio queria acreditar em um futuro próspero.

— Não temos nada em comum. Sim, é um bom partido, veste-se bem, penteia-se e barbeia-se com cuidado. Tem uma carreira promissora. Não estou me desfazendo dele, é só que... — Lina suspirou. — O senhor me acostumou mal.

— A culpa é minha por você ser assim seletiva?

— Não tenho interesse no dinheiro dele, então às favas com a grande carreira a que Manoel aspira, seus contatos na sociedade ou quanto ficaria bem para nós que eu me relacionasse com alguém como ele.

O pai considerou aquilo por um instante.

— Seria bom para mostrar que estamos fincando raízes — argumentou. — E que eu casei minha filha com um diplomata brasileiro, em vez de algum estrangeiro. Assim, escolhi dar prestígio a um dos nossos — recitou ele. Conhecia as fofocas e ouvira as insinuações. Um cônsul com uma bela e jovem filha solteira era uma figura assediada.

— Não estou interessada em nenhum estrangeiro.

— Está interessada em algum brasileiro? — perguntou o pai, mais incisivo.

— Não exatamente — ela desconversou.

Como era o único automóvel na rua, ele se permitiu virar para trás e examinar o rosto da filha por um instante.

— Eu sei que dois rapazes foram à nossa casa — disse por fim, voltando sua atenção ao caminho. — Já sei seus nomes, onde moram, com que trabalham, no que se formaram, se estão devendo na praça, se têm filhos...

— O senhor não muda — disse Lina, o riso evidente na voz.

— Não. Jamais mudarei. Entenderá se tiver filhos. Qual dos dois é de seu interesse?

Os dois.
— Nenhum. São os rapazes que me tiraram do rio na festa de Ano-Novo.
— Eu sei.
— Somos amigos.
— Pois sim.
— Tenho muito apreço por ambos.
— Veja bem o que está fazendo. A próxima fama será de indecisa.
— Não seria a pior.
— Tenha pena do meu coração, filha.
— Claro, pai. — Ela apertou de leve o ombro dele enquanto o carro entrava pelos portões do casarão.

Enquanto Lina evitava tanto Henrique quanto Gustavo, diversos acontecimentos perturbaram a vida dos Sodré. No caso de Henrique, foi um dos motivos de ter desaparecido dos eventos sociais. Gustavo era mais prático nesse quesito, mas se ausentara da capital por dois dias para resolver negócios nas fábricas Sodré. A família deles gostava de ignorar — por vezes Henrique pensava que eles apagaram isso da mente — mas ele e o primo eram sócios.

Os pais dos dois mantiveram tudo separado quase a vida toda. O barão tinha suas fontes de renda; o irmão entrou para a carreira militar e foi desse modo que enxergou áreas que precisavam de investimento local.

Quando o barão morreu e Henrique herdou tanto os benefícios quanto os problemas, descobriu que o pai e o tio haviam secretamente investido juntos. Ao fazer negócios com o irmão, era como se Joaquim, o pai de Gustavo, comprasse de si mesmo a um preço mais baixo, e assim ainda gerava lucro para o negócio. O problema era que o querido barão deixara dívidas. E Rafaela Sodré, Custódio e alguns familiares mais distantes não perdoavam Henrique por vender fazendas e algumas terras para quitar aquele déficit e não contar onde investira o restante do dinheiro.

Mas que restante?

A família não sabia que ao longo de anos, depois do falecimento de Joaquim, Henrique comprara partes das principais empresas do primo, até ter o suficiente para poder votar e tirar sócios menos toleráveis do caminho. Era por isso que Henrique estava cansado de dizer aos membros desagradáveis da família que Gustavo não precisava de um vintém deles. E que Joaquim não deixara dívidas para o filho, tampouco fazendas mal administradas, que consumiam mais dinheiro que pragas numa plantação. E nem uma família esbanjadora, que acreditava ser dele, como herdeiro do barão, o dever de bancar a imagem dos Sodré.

A família materna de Gustavo pouco se importava com a renda dele, apesar de vários deles terem escolhido trabalhar para os Sodré. Ou melhor, para o ramo *Vieira* Sodré, pois, com exceção de Henrique, detestavam os *Ferreira* Sodré.

Quando Lina chegou à festa, a primeira pessoa que encontrou, para sua infelicidade, foi a desagradável prima de Maga.

— Carolina, até que enfim. Pensei que tinha nos deixado e voltado para a Europa — disse Jacinta ao vê-la, estendendo as mãos enluvadas para ela.

— Seria uma fuga e tanto. E não vai acontecer. — Lina sorriu. Quando não estava fazendo comentários venenosos, Jacinta era suportável.

A mulher havia chegado cedo porque o marido fazia questão. Assim que viu Lina, não desgrudou dela, enquanto esperavam Maga com os pais.

— Queridas, esta noite promete. — Maga lançou um olhar por cima do ombro ao aparecer para cumprimentá-las.

Lá estava Bruno Dias, o grande interesse de Maga. Por algum motivo que Lina desconhecia, a amiga pensava que havia se aproximado dele. Foi mais uma situação que deixou Lina confusa, pois, se estivesse no lugar dela, jamais daria um minuto de atenção a Bruno. O rapaz não se esforçava, não pegava nenhuma deixa de Margarida, nunca tinha flertado com ela. Além de passar o tempo borboleteando em volta de outras jovens.

— Não acha que falta um pouco de ação da parte dele? Um certo ar de interesse? — opinou Lina, depois que as três cumprimentaram a família Dias.

— Não... O que espera que ele faça? — retorquiu Maga. — Ele é tímido. Vai se aproximar mais quando for propício.

— Foi você que perguntou o que achamos dele. — Lina virou-se para Jacinta. — Foi assim que se interessou pelo seu marido?

— Mais ou menos. Meu marido frequentava minha casa. Nossos pais são sócios. Tivemos mais oportunidades, creio que é isso que está faltando para eles.

— Como? Se ele não move uma palha para obter oportunidades? — Lina tentava ser a voz da razão.

Ela não achava que Maga deveria tomar a iniciativa, pois já tinha notado que não era da sua personalidade. Queria apenas que ela enxergasse a realidade: o sr. Dias não estava interessado nela.

— Não seja apressada, Lina. Você não entende como as coisas funcionam por aqui. Não são como as liberdades e libertinagens dos locais com os quais você estava acostumada — respondeu Maga, irritada.

— Qual é a libertinagem de tomar um café com alguém? Pois nem para isso ele a convidou.

Lina cruzou os braços, rabugenta. Não era a primeira vez que Margarida fazia insinuações, como se tivesse sido criada em uma moralidade superior e mais adequada. Lina não desejava mais ser vexada para alimentar o ego de Maga.

— Queridas, parem. Vocês apenas têm visões diferentes da corte. Não há mal nisso. — Jacinta apaziguou e apertou o braço da prima. — Maga, não íamos apresentar Lina a outra amiga nossa? Acho que as duas terão visões até parecidas. É capaz de você perder sua nova companhia.

— Não fique irritada comigo, é só uma cobrança que coloquei na minha cabeça, sabe? Temos muito tempo. — Maga enganchou o braço no de Lina. — E não vou perdê-la para ninguém. Vamos!

Lina acompanhou as duas. Esperava que a tal amiga delas tivesse ideias mais modernas. Estava aberta a conhecer pessoas novas, pois Tina e Virginie não eram convidadas para aquele tipo de evento, e acabava sempre na companhia de Maga, Jacinta e pessoas relacionadas às duas.

A princípio, Lina não reconheceu ninguém do pequeno grupo ao qual estava sendo apresentada, até as primas puxarem de lado uma jovem elegante e cheia de joias.

— Essa é Vitoriana Pizarro, sobrinha da marquesa de Lakefield — apresentou Jacinta.

— E esta é minha querida nova amiga, Carolina de Menezes, a filha do cônsul — disse Maga.

As duas fizeram as devidas mesuras de jovens educadas.

— Ah! Então você é a filha do embaixador que é assunto na cidade, e que anda tão ocupado que ainda não teve tempo de jantar com mortais como nós — brincou Vitoriana.

Lina ficou em dúvida se aquilo era uma alfinetada ou apenas um reconhecimento da situação — talvez fosse costume dela fazer observações desnecessárias. Percebeu que Vitoriana era dessas que davam importância demais a títulos e chamavam seu pai pelo cargo mais alto que já ocupara, não pelo mais longevo e recente.

— Também já ouvi falar muito de você — Lina cumprimentou, certa de que seu sorriso estava amarelo como ouro.

Finalmente conhecia a mulher que pairava na vida de Henrique. Sempre que ele era mencionado em meio à sociedade, ela era citada em algum momento. E Vitoriana parecia tomar providências para que isso acontecesse. Lina pensaria ser uma armadilha, se houvesse a possibilidade de as amigas saberem de seu envolvimento com Henrique. Mas, a menos que tivessem colocado um espião em seu encalço, não era possível.

— Está gostando de morar aqui? Depois de tantos anos fora, deve ter sido um choque. — Vitoriana puxou conversa.

— Estou apreciando. Tenho muitas descobertas a fazer.

— Nós, eu em especial, temos levado Carol aos locais de importância. Também lhe apresentamos as pessoas com relevância na cidade — explicou Maga, juntando as mãos enluvadas, como se aquilo fosse notícia de suma importância.

Lina olhou em volta, ávida por sair daquela conversa, e viu o pai. Murmurou uma desculpa e escapuliu sem se oferecer para apresentá-lo. Juntou-se aos pais para o bufê — estava acostumada a suportar as conversas de Inácio com seus contatos por horas. Lançou olhares de esguelha para as outras e percebeu que Margarida se sentara com os pais, acompanhada de Jacinta, do marido desta e de umas pessoas que não reconhecia. Vitoriana estava em outra mesa com as mulheres que Lina vira no seu grupo e... aqueles eram os tios de Henrique?

Foram os anfitriões que determinaram os lugares dos convidados. Não fora espontâneo, e sim de acordo com relacionamentos.

Depois da sobremesa, Margarida arrastou Lina para interagir com outros conhecidos seus — e dessa vez Bruno Dias estava no grupo. Mais uma vez, foi educado e até divertido, mas não gastou um segundo a mais de atenção com Maga. Lina tinha experiência com Gustavo, ainda não tivera a chance de perguntar sobre aquilo, mas notara que ele raramente prendia o olhar no seu. Porém ela sentia quando ele a olhava, já o pegara observando-a, podia sentir sua atenção. Era diferente do que acontecia entre Bruno e Margarida.

Foram ao encontro de Jacinta, que estava ocupada acalmando a importante Vitoriana, junto de uma das primas da moça.

— Pare com isso, minha querida, não se altere assim — pediu Jacinta, segurando a mão dela.

Estavam perto das janelas no segundo andar, e de longe poderia parecer só um grupo de jovens damas tomando ar.

— Não sei por que ele me trata com tanta indiferença. Era para estar comigo, me cobrindo de atenções e deixando todos verem que se importa comigo. Onde esteve que só chegou no meio do jantar? — alterou-se Vitoriana.

— Em algum compromisso de negócios, tenho certeza — mentiu a prima.

— Ou com aqueles amigos desclassificados. Não me importo com suas aventuras pela rua, mas aqui *eu* sou prioridade. Disseram que ele deixaria essas tolices sem importância para trás, que só importava o fato de que eu logo seria sua esposa — lamentou-se Vitoriana. — Mas faz tempo que terminou a faculdade e continua um boêmio sem limites.

Lina se virou para a janela e fingiu não entender que falavam de Henrique. Não queria envolvimento naquilo. Margarida se apressou a assumir um espaço junto a Vitoriana.

— Por que você não chama a atenção dele? Pague na mesma moeda — sugeriu Jacinta.

— Com esses parvos que andam atrás de mim?

— Com o *outro* Sodré — disse a mulher.

Um arrepio percorreu a espinha de Lina e ela se virou lentamente, esperando ter ouvido errado. Porém Margarida assentiu, concordando com a prima.

— Não precisa querer nada com ele, pode usá-lo só para fazer ciúme e rapidinho o outro vai se emendar. Não vai querer perder para o primo desfavorecido — sugeriu a prima de Vitoriana, cujo nome Lina não lembrava mais.

— Ele é um pouco mais escurinho e um tanto esquivo — opinou Jacinta. — Devem ter percebido como é arredio, devia se esforçar para agradar mais se um dia quiser arrumar uma boa esposa.

— Mas é solteiro, espadaúdo e rico. Se considerado como pretendente, é uma verdadeira ameaça — concordou Maga.

Lina nem percebeu quando entrou no meio delas e falou em um tom mordaz, que não estava planejando antes de abrir a boca:

— Ele não é desfavorecido. É uma pessoa incrível. Tem sentimentos, qualidades e diversas moças de olho nele. E quem disse que ele está interessado na suposta pretendente do primo?

— Você não conhece a história? — indagou a prima de Vitoriana, virando-se para Lina. — É uma mancha na família o irmão do falecido barão ter se casado com uma negra de uma província longínqua. Mas o importante é que o Sodré que Vitoriana quer continua solteiro. E esse é o problema.

Antes que Lina precisasse se conter para não esganar aquela mulher detestável, Vitoriana se desvencilhou do grupo e bufou, virando para a janela e sorvendo o ar profundamente.

— Mesmo se eu pensasse em cometer esse disparate, o primo dele me ignora e logo planeja deixar não só a cidade, mas também o país. Precisa cuidar dos negócios. Prefiro assim. Ele vai e Henrique fica. — Vitoriana lançou um olhar afiado a Lina. — Henrique Sodré não é meu *suposto pretendente*. Ele é meu *noivo*. Minha tia já arranjou tudo com a família dele. Henrique só está sendo rebelde.

Lina finalmente entendeu o que havia desencadeado aquela crise. Ela escutou o que a outra disse, mas não olhava mais para Vitoriana. Henrique estava lá, no canto oposto do salão, com a mãe ao lado falando sem parar e movendo as mãos, como se suplicasse. Ele estava com a vestimenta formal adequada para a noite, mas Lina não o vira chegar para o jantar.

Henrique parecia ignorar o que a mãe dizia, segurando um copo vazio com o semblante sério e o olhar fixo em Lina, quando os olhos dela encontraram os dele.

Por um instante, tudo era silêncio.

Ele estava *noivo*.

Desde quando? E quando planejava dizer alguma coisa para ela?

Henrique parecia suplicar algo a Lina também, só com o olhar. Daquela distância, qualquer comunicação era impossível.

Porém Lina deu as costas para ele, libertando-se.

Talvez Henrique não estivesse olhando para ela. Afinal ela estava ao lado de Vitoriana.

Talvez ele estivesse observando o que a *noiva* estava fazendo.

As outras continuavam a falar, mas Lina não escutava mais nada. Além de agora saber do noivado de Henrique, descobrira que Gustavo se ausentaria da cidade. E nada dava àquelas megeras o direito de falar dele daquela forma.

— Vocês são pessoas horríveis — disse Lina, virando-se, e as outras se calaram imediatamente. — A mancha na família Sodré é o fato de serem intolerantes e hipócritas. Assim como vocês.

E bateu em retirada, deixando Margarida e as outras chocadas e confusas.

17

Você tem uma noiva!

Assim que Lina saiu a passos apressados pelo meio dos convidados, Henrique se afastou da mãe para ir atrás dela. Saiu em disparada quando percebeu que ela não parou junto aos pais. Precisou procurá-la — aquela mulher impossível andava rápido mesmo em um vestido de festa e saltos. Quando ele perguntou, o empregado disse que ela descera as escadas, e Henrique só a encontrou do lado de fora.

— Lina! — chamou Henrique, correndo atrás dela. — Pare! Por favor, pare!

Quando a alcançou, ele a segurou pelo braço e ela se virou. Fumegava de raiva; não aguentaria ficar nem mais um minuto naquele ambiente.

— Deixe-me — vociferou ela, puxando o braço.

— Não pode sair pela rua sozinha, no meio da noite, e ainda vestida com um pedido de sequestro — disse ele, aflito só por imaginar.

O vestido e os acessórios que Lina usava valiam uma fortuna. Ela não podia ser precificada para ele, mas valeria milhares de réis para outros.

— Não vou ficar pela rua.

— Ande pelo jardim inteiro se isso ajudar a acalmá-la, mas volte comigo.

— Vou pegar um bonde para casa. — Ela se virou na direção da rua. Tinha visto o trilho do bonde; não devia demorar tanto assim para passar um.

— No dia em que meu cadáver estiver embaixo de sete palmos! — reagiu Henrique, ciente de que bondes não protegiam moça alguma. Muito pelo contrário. Seria mais fácil agarrá-la e carregá-la para longe.

Lina tentou se soltar, mas dessa vez Henrique não cedeu. De longe, parecia que ele fazia exatamente o que temia: sequestrava uma dama no meio da rua. Mas nem que tivesse de carregá-la sobre o ombro — era preferível não ser cavalheiro por alguns minutos.

— Seu bruto! — reclamou Lina quando ele a ergueu do chão.

— Sua inconsequente! — devolveu ele.

A vantagem de Henrique era ter chegado tarde: seu coupé de frente redonda estava parado próximo à entrada, pois não havia mais lugar no estacionamento.

— Patrão? — O cocheiro correu e abriu a porta, claramente confuso ao vê-lo carregando uma moça num vestido chique enquanto ela se remexia e reclamava.

— Solte os cavalos — instruiu Henrique.

— Meu sapato! — berrou Lina quando um dos enfeitados sapatos de salto caiu na frente da portinha.

Henrique abaixou-se, recuperou o sapato e entrou no coupé, ordenando ao cocheiro que seguisse para Botafogo.

— Quer ir para casa, tudo bem. Vou levá-la — informou Henrique, irritado.

Lina cruzou os braços e virou o rosto, parecendo querer ignorar a existência dele. Henrique girou o sapato e se abaixou, enfiando a mão por baixo da saia dela e capturando seu pé.

— Dê-me aqui esse sapato — ralhou ela, tentando puxar a perna de volta.

Henrique não lhe deu ouvidos, apertou o tornozelo de Lina e encaixou o sapato, ajeitando-o para entrar no pé sem machucar. Não devia ser dos mais confortáveis, pois parecia apertado. Lina franziu o cenho, irritada o suficiente para ignorar que ele estava segurando seu tornozelo na altura das próprias coxas e, com certeza, podia ver as barras de sua anágua. Como se agarrar sua perna não bastasse.

Depois do sapato encaixado, em vez de soltá-la, Henrique envolveu o tornozelo dela com a mão esquerda e, com a direita, segurou um pouco mais acima. Lina não podia ver claramente o olhar dele, mas podia sentir a intensidade. Encarou-o com um misto de raiva e nervosismo. Será que não passava pela cabeça dele que era o primeiro homem a tocar sua perna?

— O que aqueles abutres disseram para você? — indagou ele.

Ignorando a pergunta, ela se remexeu, puxou a alça da minúscula bolsa enfeitada que tinha presa ao antebraço e tirou de lá um espelho, que abriu e passou a verificar o estrago no penteado, sem encontrar o olhar dele.

— Você não está enxergando nada, Lina — disse Henrique, impaciente. — Está escuro.

— Estou pensando.

Ele conseguiu se calar por um minuto, então disse:

— Agora que já pensou, pode me contar por que saiu tão irritada do meio dos abutres?

Ela não queria contar o que disseram sobre Gustavo. Pelo que já conhecia dele, Henrique tomaria o insulto como pessoal. Com toda a razão. Mas, se ele fosse tomar satisfação, não haveria nem dúvida de quem lhe contara. Daquele grupo, Lina era a única novata.

— Sua *noiva* planeja lhe fazer ciúmes. — Ela guardou o espelho de forma brusca.

— Não tenho uma noiva.

— Não foi o que eu e o resto da sociedade soubemos. — A bolsinha fechou com um clique tão alto que o som foi ouvido acima do barulho do coupé.

— Não importa o que escutaram, não tenho uma noiva — insistiu Henrique. — E esse não pode ter sido o motivo de sua saída intempestiva.

Lina se irritou ainda mais com o comentário, inclinou-se, bateu nas mãos dele e puxou a perna para si. Dessa vez, ele soltou. Ela ajeitou as saias e ergueu o olhar.

— Falaram mal de Gustavo — disse por fim, com um muxoxo. — Não gostei do que ouvi.

— O que disseram sobre ele dessa vez? — perguntou ele, tentando conter a própria raiva.

Lina franziu o cenho, demorando-se. Nem conseguia repetir o insulto, pois percebeu que afetaria Henrique.

— Fizeram pouco da pessoa dele — disse ela, por fim.

Henrique percebeu que ela não estava lhe dizendo toda a verdade, contudo estava acostumado; já escutara de tudo quando se tratava de Gustavo.

Respondera, arranjara inimizades e, quando era imaturo e mais exaltado, estragara a cara de alguns homens. Como não tocaria em mulheres, mesmo que fossem abutres, com elas acabava sendo apenas desrespeitoso. Mas ele amadurecera, passara a compreender melhor o funcionamento da sociedade e das veias escravocratas das quais todos eles eram resultado. Nunca havia mentido para Gustavo sobre os motivos das brigas que arrumava, mas preferia não repetir tudo que escutava.

O fato de a sociedade carioca rejeitar Gustavo era um dos motivos de o primo gostar de criar laços com empreendedores de outros estados e países. Não é que o preconceito não existisse, mas a relação tornava-se unicamente profissional. Não convivia com eles, não precisava criar laços sociais, não devia favor ao parente de alguém. Nenhum contato tinha um familiar que não aceitava que fizessem negócio usando o nome da família. Essas coisas eram a base para os negócios na capital.

O coupé diminuiu a velocidade ao se aproximar do palacete dos Menezes.

— Você não avisou aos seus pais que iria embora — constatou Henrique.

Ele a observara desde o instante em que chegara à festa e, pelo pouco que a perdera de vista, sabia que Lina não teria tido tempo de convencer o pai a permitir sua partida. *Sozinha.*

O que só provava que Henrique estava louco. Porém dos males o menor. A alternativa era arrastá-la de volta para o casarão e gerar uma cena que exporia os dois. Deixá-la ir embora sozinha era inconcebível, e segurá-la enquanto mandava avisar Inácio certamente atrairia atenção indesejada. A única opção viável era acompanhá-la, porque ela faria o que havia prometido. Como Lina não enxergava a rebelião que causava na vida de Henrique desde o primeiro encontro deles?

Por seu lado, Lina não demonstrava preocupação, pois o dardejou com o olhar ao dizer:

— Você não apareceu naquele lugar por minha causa, não é?

Henrique fixou o olhar nela. Queria poder segurá-la outra vez para garantir que conseguiriam conversar, mas temia que Lina se lançasse pela porta do coupé ao menor sinal de irritação. Então, ele confessou:

— Desde que a conheci, é a primeira vez que vou a um desses malditos eventos sem a intenção, até mesmo a esperança, de vê-la.

— Eu sou uma rebeldia sua?

— Claro que é. Como chegaria perto de você sem me rebelar contra o bom senso ou qualquer noção do que é apropriado? Acabei de roubá-la de um baile! Mas você é a *minha* rebeldia. Não é nada do que elas dizem.

Lina balançou a cabeça, revoltada consigo, com ele, com aquelas mulheres, com aquela situação absurda. Talvez não devesse se importar tanto, mas era incontrolável. Só teve certeza de que jamais conseguiria seguir os conselhos de Margarida sobre como se portar. *Seja mais contida, não demonstre, não deixe seus sentimentos transparecerem. Jamais aborde um homem, não pega bem. E confrontá-lo? Sem um anel no dedo? Imperdoável.*

Pois Margarida que fosse catar coquinho na praia. Lina se abaixou, arrancou os sapatos, que pareciam ter diminuído dois números, e abriu a porta do coupé. Quando pulou na calçada, já estava só de meias.

— Eu o beijei! Permiti que me beijasse! — Ela apontou com o sapato para dentro do veículo. — E você me diz essas coisas que deveria dizer para a sua *noiva*! — Então atirou o sapato, que bateu no fundo do banco enquanto Henrique se encolhia.

O porteiro destrancou o portão do palacete e Lina marchou direto para a entrada da casa. Henrique pulou do coupé com a intenção de negar que tivesse beijado Lina apenas por rebeldia, de expor quanto aquilo era absurdo, mas deu um susto no pobre porteiro ao passar e segui-la. Afinal, já perdera todo o bom senso.

Henrique alcançou Lina assim que ela abriu a porta da casa.

— Você quer que eu me case com ela? — indagou ele, alto demais.

— E desde quando o que eu quero faz diferença na vida alheia?

— Eu não vou me casar com Vitoriana. É você que eu quero. O que você deseja faz toda a diferença do mundo para mim.

Em um único impulso, Henrique a colocou para dentro e bateu a porta, depois a encostou ali. Ele segurou seu rosto e a beijou contra a madeira. Estava ansiando por ela desde que chegara — propositalmente atrasado — e a vira na festa. Quis arrastá-la do meio dos abutres e beijá-la no primeiro vão escondido que encontrasse. Não tinha escutado uma palavra da ladainha que a mãe rezara em seu ouvido, e agora não se importava se alguém dentro da casa o visse ali.

Ainda mantinha o rosto de Lina cativo entre as mãos, em um beijo sôfrego e desesperado. Uma expressão física do quanto a desejava e da ira que a situação lhe causava. Era a gota d'água. Lina era só um anseio, não pertencia a ele. As mãos de Henrique desceram para o pescoço dela, envolveram e a mantiveram no lugar enquanto seus corpos se encaixavam. Ele pressionou os lábios nos dela com mais força, cobiçando mais, respondendo cegamente à ameaça de perder o que mais queria.

Os braços de Lina deslizaram da cintura de Henrique. Havia se segurado a ele por instinto e surpresa, depois por desejo. Cedera ao beijo dele, não podia descrever de outro jeito, ele a havia arrebatado. Seu pico de irritação havia derretido entre a força do corpo dele e a porta. Nem sabia mais por que tinha ficado tão irada; seu apetite por ele era mais forte. Aquilo era tão perigoso, não costumava mudar de ideia e de sentimentos com essa facilidade. Era a primeira vez que experimentava uma atração tão poderosa.

— Srta. Lina? — chamou Caetano dos fundos da casa, então eles ouviram passos e a magia do momento se desfez.

Henrique parou de beijá-la, mas não se afastou de imediato. Lina escondeu o rosto no peito dele, em meio à sua camisa, à barra do colete e às lapelas do paletó. Sentiu o cheiro dele marcá-la, para nunca mais esquecer a sensação do seu beijo. Empurrou o peito rijo e se afastou antes que fosse pior.

— Vá embora, por favor, apenas vá. — Lina abaixou-se para recuperar o sapato que ficara no chão, pronta para entrar propriamente.

Henrique sentiu uma ardência no peito antes de se virar para ir embora. Não sabia se era seu coração remendando com a esperança do beijo retribuído, ou se partindo de vez com aquela última rejeição.

Nesse momento, Caetano entrou no saguão e observou o sr. Sodré ir embora. Foi quando seu temor se tornou realidade: ouviu o barulho inconfundível do famoso carro do cônsul. Depressa, ele se escondeu atrás de uma porta, escutou Inácio e Josephine entrarem apressados e se esgueirou para perto. Precisava se manter informado.

Um tempo depois, o cônsul escutou da esposa uma história sobre Lina ter se desentendido com suas novas amigas, ter se sentido mal e pedido uma carona no coupé de uma conhecida. Se acreditou, Caetano não soube.

Na quinta-feira antes do Carnaval, Gustavo convidou Henrique para almoçar no hotel com ele e mais dois parceiros de negócios que tinham vindo de São Paulo. A verdade era que Gustavo odiava mudanças, planejava o máximo possível e acabava adiando qualquer alteração drástica — como a necessidade de ficar fora da capital por mais tempo do que as breves viagens que ele costumava organizar passo a passo.

Se encarasse a realidade, precisaria morar em cidades diferentes por curtos períodos, e sua lógica e planejamento lhe diziam que teria de visitar outros países. Algo que se assemelhava com o que o pai fazia, em menor escala. Joaquim Sodré passava tanto tempo indo e vindo que deixara o filho vulnerável depois da morte da mãe. Não tivera tempo de aprender a lidar com Gustavo, ensiná-lo e entender seu jeito de reagir ao mundo. Ainda assim, compreendia o filho mais do que os parentes que ficavam com ele na ausência do pai.

Joaquim também não aceitara que os Vieira levassem Gustavo de volta para o Recife. Se a mãe do menino não estava lá, não via propósito nisso. Porém os parentes maternos conviveram com Gustavo desde o nascimento, e essa opção teria sido infinitamente melhor. Gustavo era adulto e independente, não tinha filhos, seus meios-irmãos eram bem cuidados pela mãe. Poderia viajar a seu bel-prazer. No fundo, algo mais o incomodava, não apenas sua aversão a mudanças. Não odiava o pai, mas só compreendeu que era ressentimento anos mais tarde.

Não queria desonrar a memória do pai, tampouco queria se assemelhar a ele.

— Mas que diabos. — Gustavo se inclinou e recuperou um sapato no canto do coupé.

Os dois estavam a caminho no coupé de Henrique, que levava também Emílio Rodrigues, o secretário pessoal de Gustavo. Ainda tinha mais esta: se deixasse a capital, o rapaz teria que ir junto. Por mais que Gustavo fosse organizado e tivesse se condicionado à disciplina e à constância, Emílio era indispensável. O secretário pensava em todos os pormenores e colocava os projetos em andamento.

Os três olharam o sapato de salto que Gustavo mostrou e Henrique só cobriu os olhos com uma das mãos.

— Não pergunte nada agora — resmungou.

No entanto, Gustavo ficou encucado com a peça: girou-a nas mãos, examinou a altura do salto, sentiu o cetim dourado, reparou no tamanho do pé que caberia ali e nas pedrinhas minúsculas que rodeavam o enfeite no bico. Depois, leu a marca bordada na palmilha. Não via sapatos como aquele desfilando pelas ruas no dia a dia.

— Esse sapato pertence a Lina — concluiu, depois de sua análise.

— Sim — admitiu Henrique.

— Onde está o outro?

— Em algum lugar na casa dela.

O silêncio durou um minuto inteiro enquanto Gustavo continuava a estudar o sapato.

— Não, eu não arranquei o sapato dela aqui dentro — disse Henrique, como se procurasse justificar. — Ela o atirou em mim.

— O que você fez a ela? — Gustavo perguntou, olhando para Henrique pela primeira vez desde que encontrara o calçado.

Emílio permanecia calado, alternando o olhar entre os primos e o sapato. Ele sabia quem era Lina, ou melhor, Carolina de Menezes. Sabia que os dois haviam feito amizade com ela, conhecia a livraria que a moça gostava de frequentar, porque seu chefe ia até lá só para vê-la. Nem que fosse de longe. E conhecia a história do defunto boiando no rio Carioca.

— Não fiz nada — disse Henrique.

— Ela não jogaria o sapato sem motivo.

— Não, eu fiz algo. Digo, não diretamente. Fui àquele maldito jantar, e ela também. Assim como os abutres, nossos familiares e o teatro de horrores completo.

Gustavo só olhava para ele, o sapato entre as mãos.

— Quando cheguei, ela já estava com as amigas detestáveis. E com os abutres. Minha mãe foi correndo me importunar. E pode imaginar o que Lina escutou entre elas. Agora ela pensa que estou noivo e mesmo assim a beijei e falei o que não devia.

As sobrancelhas de Emílio foram parar na beira do chapéu. Não estava preparado para aquilo, sua mente sequer tinha espaço para explicar aquela confusão. Ficou até em dúvida se falavam da mesma moça.

— Mas é o que todos pensam — argumentou Gustavo.

— Não graças a mim. Sei o que disseram a Lina, porque ela perguntou se estar com ela era uma *rebeldia* da minha parte.

Dessa vez, Gustavo assentiu. Conhecia aquele argumento. Deixou o sapato ao seu lado no banco e cruzou os braços. Seguiram em silêncio por alguns minutos, vendo a paisagem passar em um borrão. Emílio nem se atreveu a repassar os assuntos a serem tratados, como geralmente fazia.

— Você não está sendo rebelde o suficiente — Gustavo disse de repente.

Henrique e Emílio fixaram o olhar nele.

— Se não fosse rebelde, como gostam de acusar que sou, teria aceitado cada tentativa de interferência na minha vida.

— Faça pior. — Gustavo lançou um olhar grave ao primo. — Podemos bancar. *Eu* banco, no caso. Se perder acordos ou acesso a determinadas pessoas, posso recuperar o que for. Sei que você não se importa com o baque social.

Henrique levou um momento lendo as entrelinhas. Geralmente o primo dizia tudo às claras, sem malícia ou intenções ocultas. Dessa vez, suas poucas frases resumiam várias possibilidades.

— Não sei se é tão simples — disse Henrique, como se também medisse o que o primo falava.

— É simples. Às favas com a marquesa e os amigos dela. Você não depende deles; é meu sócio, não sócio deles.

— Ainda sou parceiro ou detenho uma parcela de negócios comuns da parte da herança que não vendi.

— Desfaça, vamos valer mais. — Gustavo olhou para Emílio. — Estou certo, não? Em números, já valemos mais que diversos dos negócios deles. São eles que estão perdendo dinheiro, e alguns ainda precisam se preocupar com o preço da saca de café. Vamos expandir em poucos anos. Temos o suficiente para viver bem pelo resto da vida, e pela vida dos filhos e netos que você terá.

Emílio demorou para responder, e, quando se pronunciou, foi gaguejando de leve:

— Está certo. Juntos, vocês valem mais. Vamos precisar de mais contatos externos, participação em mais empresas, menos importação e mais produção interna, como já está planejado. Nesse ritmo, seremos invencíveis, cavalheiros — disse ele, depois brincou: — Espero um aumento de salário condizente a cada ano.

— Eu lhe darei — assegurou seu chefe, sem entender que não era um pedido sério.

Gustavo virou o rosto e prendeu o olhar no lindo sapato de Lina, revirando-o pensativo nas mãos.

— Enquanto eu me esforço para não ser o que sempre me acusaram de ser... — disse, e acrescentou para o primo: — Faça o contrário, seja exatamente o que dizem que você é.

18

Entro o Carnaval!

Na sexta-feira, o clima de Carnaval já se espalhava pelas ruas, mesmo que as pessoas ainda trabalhassem. Gustavo saiu do escritório, tomou café com Afonso e Miguel, passou no barbeiro e despachou Emílio para casa mais cedo. Planejava ir nadar, mas, primeiro, entrou na Livraria Quaresma.

Ele não era cínico o bastante para dizer que seus pés o forçaram a entrar na livraria. Porém não havia sido algo planejado. Não queria que Lina testemunhasse outro de seus "episódios de desfoque", como ele chamava. No entanto, seu cérebro estava dividido em dois — uma parte sabia que deveria se afastar, a outra comandava seus membros e, quando dava por si, tinha chegado a um lugar onde sabia que a encontraria.

— Faz algum tempo que não o vejo — cumprimentou Lina, ao parar diante de Gustavo.

— Mudei meu itinerário por causa do trabalho — respondeu ele. Não era mentira, mas ele tentara evitá-la, ao menos o máximo que conseguia.

— Soube que esteve fora da cidade — comentou ela, jogando verde para ver se ele deixava escapar a história de que partiria de vez.

— Foi um compromisso breve. — Gustavo não mordeu isca alguma.

— E voltou a esta livraria? — questionou ela. — Está atrás de livros românticos outra vez?

— Não, eu não costumo comprar nesta livraria. Vou sempre à Garnier.

— Tem muito burburinho por lá, escritores famosos e tudo o mais. Acaba sendo terrível para investigar novos livros. Aqui a variedade dos livros de minha preferência é maior.

— Concordo. Gosto de observar os autores e escutar as conversas literárias.

— Não seriam discussões literárias? — disse ela, em tom de brincadeira.

— Eles se exaltam com facilidade.

— Também.

— Aqui não há muito disso, então por que vem?

— Não tenho outro motivo para vir aqui além de observá-la escolher livros e vagar entre os corredores com revistas nas mãos.

Lina entreabriu os lábios, mas nada saiu. Um calor subiu pelo pescoço e coloriu suas bochechas; na falta de palavras, disfarçou um sorriso tolo. Como Gustavo podia falar aquilo de forma tão franca, com uma sinceridade cristalina? Era como se, na visão dele, fosse a informação mais óbvia do mundo e não houvesse problema em contá-la.

— Não sei como responder, sr. Sodré.

— Acontece comigo muitas vezes — disse ele.

Ela assentiu e se virou; odiava ficar sem palavras, era um acontecimento inusitado o bastante para deixá-la sem reação. Nem mesmo uma resposta espirituosa passou por sua mente. Era esse efeito que Gustavo lhe causava.

— Henrique contou que vocês se encontraram em um baile — comentou ele.

Os ombros de Lina se encolheram ao escutá-lo citar aquele episódio infeliz. Esperava que Henrique não tivesse contado tudo, especialmente a parte sobre a indelicadeza das pessoas. Mas havia algo que ela tinha certeza de que os dois sabiam, e reuniu coragem para se virar de novo para ele.

— Sim, eu o vi lá. E sabe quem também encontrei? A *noiva* dele.

Gustavo não reagiu como Lina esperava. Só franziu o cenho e declarou com naturalidade:

— Ele não tem uma noiva.

— Tem certeza disso?

— Absoluta.

Ela o encarou, avaliando sua sinceridade, mas ele não devolveu o olhar. É claro que Gustavo protegeria o primo; ao mesmo tempo, Lina não conseguia imaginá-lo mentindo sobre algo tão sério. Para piorar, ele não era do tipo que continuava um assunto só para manter a conversa. Ela teria que obrigá-lo a falar se quisesse saber mais. Mas recusava-se a se mostrar tão preocupada. Se Gustavo não iria contar nada sobre ir embora e negaria o noivado de Henrique, não seria ela que insistiria.

— Tina, você está por aqui? — indagou ela, afastando-se. — Encontrou as revistas que queria?

Vicentina saiu de um dos corredores cheia de revistas e livros nos braços, e Lina se virou ao mesmo tempo, indo de encontro à amiga. As revistas caíram e as duas se abaixaram para pegar, vendo as botinas de couro e o par de calças de Gustavo antes que ele se juntasse a elas.

— Tina, lembra-se do sr. Gustavo Sodré? — indagou Lina, enquanto os três ainda estavam abaixados.

— Claro. Estava ensopado na primeira vez que o vi, tinha acabado de arrastar um cadáver para a margem do rio. Da última vez, dividimos o palco na festa de Silvinho.

— Inesquecível — disse Lina. — Lembra-se da minha melhor amiga, sr. Sodré? Vicentina Souza de Assunção — anunciou ela, atendendo a preferência da amiga em relação ao sobrenome da mãe, que fazia questão de usar.

Os três ficaram de pé, Tina com as revistas e Gustavo ainda segurando os livros.

— Souza de Assunção. Eu me recordo. Prazer encontrá-la novamente. — Ele meneou a cabeça.

— Em boa saúde — completou Tina. Esse era um dos complementos dessa frase. — Sou eu que deveria perguntar da sua saúde depois de entrar naquele rio, mas parece estar em ótima forma.

— Estou saudável, obrigado.

— Ele não só rema como também nada muito bem, por isso foi fácil encarar o rio — contou Lina, animada.

— Geralmente prefiro entrar em água limpa, em horário diurno — informou Gustavo.

As duas pareceram se divertir com a resposta e Gustavo sorriu. Não era esse o intuito, mas, se agradou, ele ficava contente.

— Vou encontrar uns amigos na outra livraria que frequento. Até mais ver, senhoritas. — Ele devolveu os livros, meneou a cabeça de seu jeito típico e partiu em meio às estantes.

Lina havia entendido as entrelinhas do que Gustavo dissera: ele estava indo para a Garnier. Tentou não sorrir ainda mais ao se dar conta da referência, como se fosse um segredo partilhado entre os dois. Tina se inclinou um pouco para perto da amiga.

— Tem encontrado bastante com ele e o primo nos eventos? — indagou enquanto mexia na ponta de uma das revistas.

Lina havia contado à amiga sobre alguns desses encontros, e as duas até riram quando ela falou do dia em que pegou o bonde e caminhou pelo centro. Porém estava reunindo coragem para contar sobre o beijo que dera nos dois no caramanchão.

— Acabei de comentar com o sr. Sodré que não o via fazia alguns dias — disse Lina.

— Você acha que ele se interessaria por mim?

— Está interessada nele?

Lina tentou fazer a pergunta em tom neutro, mas um medo tomou seu coração de repente, como se o chão sumisse debaixo de seus pés.

— Ainda não me interessei por ninguém, mas ele é bonito e elegante. E é mais como eu.

— Como assim? Têm gostos em comum? Vocês mal se conhecem.

Lina tentou não soar confusa ou irritada diante daquele comentário.

— Não, sua tola. — Tina sorriu. — Olhe para mim. Minha pele é mais escura que a dele. Sou preta demais para essas pessoas da boa sociedade. Ninguém deseja que um de seus filhos se case comigo. E também não me interesso por nenhum deles. Imagine a vida infernal que levaria. Gosto demais da minha considerável liberdade. — Ela virou o rosto e juntou as revistas aos livros.

— Compreendo... E são todos uns tolos e cegos, que não combinam com a sua personalidade.

A questão era que Lina amava tanto a amiga que não enxergava sua cor antes das outras características, e, por vezes, aquilo impedia que lesse as situações como realmente eram. Tudo que importava era que Tina era brilhante, o que Lina sabia desde quando estudavam juntas. O pai era um senador branco, casado, que a despachara para estudar na Europa na esperança de que não voltasse mais. Porém Lina não poderia estar mais feliz pela amiga também ter escolhido voltar.

Tina amava a mãe, que era muito parecida com ela. Agora, Lina só pensava em como a amiga fora corajosa de voltar e lembrou-se do que falaram de Gustavo. A primeira coisa que citavam sobre ele era o fato de ser mestiço. Nada sobre seu caráter, sua inteligência, sua profissão, seus gostos ou sua personalidade. Com Tina, era ainda pior.

Desde sempre, descreviam para as moças as vantagens de um casamento com um rapaz compatível. Diziam que assim as pessoas poderiam se identificar, encontrar semelhanças em suas histórias e ter o melhor conforto um no outro. Daí nasceria atração — ou ao menos era o que prometiam. Os jovens criavam problemas com seu interesse por uniões nascidas do amor, e a sociedade tentava convencê-los de que amor era idealizado e paixão era algo secundário. Lina sentiu o coração apertar pelos dois, por motivos completamente diferentes.

— Você quer conhecê-lo melhor? — perguntou Lina, baixinho.

— Talvez. Se ele quiser me conhecer, no caso. Pode ser que eu não seja a pretendente ideal para os planos dele.

— Impossível — rebateu Lina. — Você é inteligente, leal, destemida, estudou nos melhores colégios, fala três idiomas. Qualquer um seria um tolo de...

Tina riu, lisonjeada com a defesa ferrenha da melhor amiga.

— As coisas não funcionam assim, boba. — Ela transferiu metade do peso para os braços de Lina. — Nunca funcionaram. Para eles, o melhor que mestiços podem fazer para ganhar status é se casar com brancos de boas famílias que os aceitem. Assim, os filhos podem escapar de passar por muito do que nós enfrentamos. Não é o que estou buscando para mim. Gostaria de conhecer alguém que se encante por mim, e só me dedicarei a uma pessoa por quem eu possa desenvolver sentimentos.

E caía por terra a possibilidade de um casamento compatível, se Tina ainda estava sonhando em se apaixonar e ser correspondida. Como Lina ajudaria nisso, se o próprio coração parecia entrelaçado ao de Gustavo?

— Você fala com tanta naturalidade. Acho que preciso aprender a equilibrar o romantismo com a razão — suspirou Lina, vendo suas ilusões estilhaçarem.

— Porque é como funciona o mundo, e não vai mudar tão cedo. — Tina bateu nela com a lateral do braço. — Mas não desista ainda. Qual o problema de ser romântica? Eu disse que quero conhecer alguém que *se encante por mim*. E que entenda um pouco da vida da forma como eu entendo. Vamos continuar românticas e seletivas. Se nada der certo, voltamos juntas para Paris. Como solteironas irresponsáveis!

Lina riu, imaginando quantas poderiam aprontar. Contudo, tentaria aproximar Tina e Gustavo. Não só como conhecidos. Lina precisava arranjar algum juízo. De que adiantava ficar com os olhos brilhando e o coração palpitando por dois homens?

As fantasias de Carnaval foram entregues e Lina mal podia esperar para usá-las. Uma das máscaras era uma mistura de duas outras que ela trouxera da Europa e mandara reformar, e havia também uma inteiramente nova, só para o desfile do corso. Essa era justamente a mais simples, feita para segurar por uma haste enfeitada, porque o objetivo de sair no corso não era se esconder, e sim aparecer.

— Estamos prontos, acho que seremos acompanhados até lá — anunciou Inácio.

Era o primeiro Carnaval com os desfiles na recém-terminada Avenida Central. O prefeito havia aproveitado o encontro com Inácio no Palácio Monroe para elogiar seu carro, o que gerou um convite para participar no desfile. Afinal, o cônsul havia se tornado popular, e seria bom mostrar como estava comprometido em participar de um dos mais importantes eventos da capital federal.

Os Menezes saíram fantasiados, e o Mercedes Simplex de Inácio estava com a capota abaixada, todo enfeitado com flores e fitas. Quando saíram do palacete já havia gente na rua acenando, pois o evento tinha horário marcado. Ao chegar ao centro, uma fila de veículos enfeitados se preparava para o desfile. A maioria eram carruagens luxuosas, cheias de pessoas que tomariam parte no evento.

De onde estava, Lina avistou mais dois carros. Posicionaram o Mercedes logo no início, representando a novidade — era o primeiro daquele modelo na cidade e também o carro mais moderno. Josephine havia planejado os enfeites e caprichara em tornar o veículo num arremedo de carro alegórico.

Os Menezes eram apenas três, e, mesmo na companhia do *chauffer*, era pouco para um desfile. Assim, Lina convidou Tina e Virginie, para desgosto de suas novas conhecidas, que não viam as duas com bons olhos. Não importava, estavam lindas. Assim como Josephine, que, por outra razão, também era esnobada por muitos do novo círculo social.

— Acenem! — disse Virginie, animada.

Antes de conhecer Lina, jamais a convidariam para o desfile do corso. Era onde ficavam as pessoas que a desprezavam porque sua mãe fora uma concubina. Quando o pai ficou viúvo, não achou que a amante de longa data estava à altura de sua posição social e aspirações políticas. Era parecido com a experiência de Tina, cada caso com os próprios agravantes.

Depois de se indispor com Vitoriana e sua trupe, Lina se mantivera afastada, pois não queria encontrar a *noiva* de Henrique. Não tinha dúvidas de que a família do senador não a perdoaria pela afronta de colocar Tina em tamanho destaque no desfile, depois do esforço que fizeram para abafar o caso dele com a sra. Souza e o escandaloso fato de ele ter registrado a filha ilegítima. Além disso, Maga, Jacinta e outras de seu círculo falariam por dias ao ver as companhias que ela escolhera para colocar no carro que abria o corso de 1906.

A multidão se reunira para assistir ao desfile de veículos. Para serem vistas, as três, além de Josephine, ficaram sentadas sobre o encosto do banco de trás, diante da capota dobrada. Inácio estava no banco da frente, ao lado do motorista.

Como esperado, o carro atraía atenção e elas acenavam, alegres. Se existisse um concurso, ganhariam como as mais simpáticas do corso. Ou as mais desfrutáveis, como diriam certas figuras invejosas. Os chapéus estavam repletos de flores e plumas coloridas, e Lina batia palmas enquanto escutava a música de fundo.

Infelizmente, devido à aglomeração, Lina não avistou nem Gustavo nem Henrique. Talvez fosse para o seu próprio bem. Era bom não se preocupar com os afetos e desafetos do coração, ao menos por um tempo.

Quando o carro dos Menezes passou no desfile, o grupo de Gustavo e Henrique entrou em polvorosa. Bertinho acenou, chamando "Cassilda! Cassilda!", e levou uma cotovelada de Henrique. Miguel e Zé gritaram em apoio, mas eram muitos berros e barulho. Um dos motivos para Gustavo preferir ver de longe, mas ele se juntara aos outros só para ver Lina passar.

— Ah! É a moça que você vai ver na livraria — comentou Emílio. — Bonito, muito bonito. O carro e as damas fantasiadas.

Assim que o carro passou, Gustavo saiu do meio da multidão. Descobriu um motivo para gostar da festança na Avenida Central: muito espaço. O centro da cidade não era seu local preferido nessa época, mas, se quisesse acompanhar os amigos, era inevitável passar por onde o cerne do Carnaval acontecia.

Umas duas horas após o fim do corso, quando Henrique estava com os amigos na Cervejaria da Guarda — o ponto final de foliões, de onde costumava sair um bloco de frequentadores —, uma figura conhecida entrou, esbaforida. Era Caetano. Ele bateu nas costas de Henrique, que pensou terem empurrado uma cadeira contra ele, pois acertou bem no cóccix.

— Está perdido? — indagou Henrique, confuso, ao pôr os olhos no rapaz.

— Estou! Serei morto! Destroçado! Serei jogado do cais! Nunca nadei!

— Mas que diabos, garoto. O que ela fez agora?

É claro que existia um único motivo para o rapaz estar naquele estado. A arteira fazia outra vez das suas artes. Caetano explicou de forma nada resumida e em meio a pausas para recuperar o ar: Lina tinha entrado em um baile e não o deixaram entrar junto.

— Foi por causa da amiga, a srta. Vicentina, que estava lá!

Ele gesticulava e estava tão pálido que chamou a atenção dos amigos de Henrique, os quais se aglomeraram ao redor dele.

— Mas ela não pode ir ao baile do Lyrico? — intrometeu-se Miguel, pensando no baile de teatro mais propício para uma dama solteira comparecer após o corso.

— É um baile aqui! No teatro-concerto! Sabem, o teatro reformado — disse Caetano mais baixo, como se estivesse a ponto de proferir um impropério. — Aquele na Dantas, perto do Passeio.

As sobrancelhas dos rapazes se elevaram. Sabiam qual era, já haviam estado lá em um Carnaval. Henrique olhou para o relógio e agarrou Caetano pelo cangote, deixando a cervejaria. Era sabido que, depois de determinado horário, o baile do teatro perto do Passeio virava uma orgia. Não era para os recatados, e os fracos de coração jamais seriam encontrados por lá após as dez da noite.

A sorte era que ainda não anoitecera, mas a imoralidade começava pouco depois do fim do corso, assim os comerciantes bem de vida, políticos, ricos donos de palacetes e outros patronos teriam tempo de chegar. Entravam discretamente pela portinha na lateral do corredor estreito entre o teatro e um sobrado onde moravam várias das moças. As filhas do pecado, como eram chamadas no período carnavalesco. Eram profissionais.

Henrique saiu da cervejaria e foi direto para o café que ficava na frente. Apesar de dizer-se um café, era a bebida menos pedida ali no Carnaval. Ele entrou, determinado a encontrar uma pessoa em específico, e logo a avistou.

— Venha comigo, explico no caminho. — Henrique puxou Gustavo, sem nem se dar o trabalho de cumprimentar o primo outra vez, já saindo de volta para a rua.

Emílio correu atrás deles — tinha sido convencido a sair de Vila Isabel para festejar, não ficaria para trás. E Bertinho, fofoqueiro que era, não perderia aquilo por nada. Miguel também se juntou ao grupo.

— Você permitiu que ela fosse para lá? — Gustavo puxou Caetano quando Henrique lhe esclareceu o ocorrido, e acabou ajudando o rapazote a acompanhá-los em meio à rua apinhada de foliões.

— E eu tinha escolha? — reclamou o guarda de Lina. — Maldita hora que fui contar sobre o baile. Por outro lado, ela jamais me perdoaria se algo acontecesse com sua melhor amiga.

Enquanto atravessavam a parte de cima da Rua Senador Dantas, Caetano explicou outra vez a história. Tina fora atraída para o baile por um dos anúncios pretensamente inocentes que glamorizavam um forrobodó cheio de dança e apresentações musicais. Ela deixara a companhia de Lina e fora acompanhada de uma prima e uma amiga. Lina continuaria com o pai e conhecidos do corso, porque Inácio compareceria a um baile de Carnaval.

Então Caetano contou a Lina a verdade sobre o que acontecia no tal baile. Algo que só era segredo para novatos na cidade e para moças que eram mantidas na ignorância sobre a existência desse tipo de imoralidade. Devia ser o caso da prima e da amiga que levaram Vicentina para lá. Nenhuma mulher que se preocupasse com sua reputação poderia ser vista na mesma calçada. E Lina decidira na mesma hora ir atrás da amiga.

Quando o grupo chegou na entrada, havia um porteiro.

— Você voltou? — disse o homem, assim que viu Caetano. — Eu já lhe disse que não aceitamos crianças.

— Ele é adulto. Fique com o troco — disse Gustavo, enfiando uma nota de cinco mil réis na mão do porteiro.

Com a mão cheia do valor dos ingressos e da gorjeta, o porteiro pouco se importou de o grupo entrar. Tiveram de se acostumar com a iluminação baixa dos picos de gás, e havia um espetáculo de dança no pequeno palco, com jovens em fantasias sensuais que seguiam passos ensaiados ao som de tangos dengosos. As luzes mais fortes estavam sobre elas. Era impossível enxergar os cantos ou as figuras fumando nas mesas, acompanhadas de jovens mulheres fantasiadas que não desejavam ser expostas.

— Procurem — disse Henrique.

— O rapazinho está acenando — avisou Emílio, um instante depois.

Caetano pulava para ser visto; aparentemente ele havia encontrado Lina. Ela tinha enganchado o braço no de Tina e a segurava, enquanto a outra puxava a prima, mas nenhuma delas parecia apavorada.

Caetano foi na frente, e Henrique o seguiu de perto.

— Caetano? — Lina exclamou primeiro. — Deixaram que entrasse?

— Muito bonito a senhorita me largar lá fora. — Ele colocou as mãos na cintura.

— Eu avisei que não ia demorar.

Por fim, ao erguer o olhar, Lina sobressaltou-se ao se deparar com o grupo que a esperava em meio à penumbra. Henrique estava aliviado demais ao vê-la parecendo segura para começar a repassar o mesmo sermão do qual Caetano se encarregara.

— Demorou tanto que deu tempo de buscar ajuda para tirá-las deste antro — reclamou Caetano e olhou em volta. Quase podia enxergar sua lápide, se o pai dela sequer sonhasse que aquilo havia acontecido.

— Lina! — chamou Tina.

Emílio prontificou-se a ajudar Tina e a tal prima, e só então eles perceberam que elas puxavam outra moça pela mão, tirando-a de perto de uma cortina. Essa, no caso, exibia uma expressão de choque no rosto.

— Os senhores por aqui — saudou Lina. — São frequentadores? — Não dava para ver bem, mas a expressão dela era sacana.

— Não — respondeu Gustavo.

— Mas conheço o suficiente do lugar para saber que precisamos partir agora — avisou Henrique, olhando em volta com preocupação.

— Só porque algumas moças estão com fantasias provocativas balançando o traseiro no palco? — provocou Lina, naquele tom de troça que tinha sempre.

Na opinião de Henrique, as moças no palco eram o menor dos problemas.

— A pobrezinha está abalada — disse Tina, olhando para a moça que as acompanhava.

— Tem umas coisas do outro lado daquela cortina, e não é uma apresentação de dança — contou a amiga, pálida.

— Mamãe e titia vão nos matar! — avisou a prima de Tina.

— Elas não precisam saber — disse Lina.

— Se sairmos daqui agora — decidiu Gustavo, envolvendo a mão de Lina como já havia feito antes.

Henrique observou aquele gesto, com os olhos atentos, e deixou Gustavo e as moças passarem na frente em direção à saída, fechando o grupo junto de Caetano.

Quando voltaram à luz do dia, continuaram andando até estar longe da porta do teatro.

— Vocês estão bem? — indagou Henrique, quando por fim estavam a uma distância segura.

— Alguém me bolinou — reclamou a prima de Tina.

— Alguém puxou a minha saia quando passei atrás de você — disse Lina, virando-se para Tina.

— Sim, quase fui levada para trás daquela cortina enquanto tentava tirar essa desmiolada — Tina protestou, virando-se para a prima.

A prima e a amiga estavam sendo amparadas por Emílio, com uma em cada braço.

— Eu estava resgatando essa aqui. — Apontou a prima de Tina. — Ela ficou paralisada.

— Do mais puro choque! — dramatizou a moça.

Caetano já tinha recuperado a cor, entrou no meio do grupo e chamou atenção.

— Vamos, por tudo que é sagrado. Pelo amor do meu emprego e da minha vida — pediu ele a Lina. — Estão todas salvas agora. Vamos para o baile encontrar seu pai e a sra. Josephine.

Henrique contou as cabeças, para ver se ninguém ficara para trás, e notou que o grupo estava desfalcado. Ou melhor...

— Bertinho e Miguel voltaram para a cervejaria?

— Eles estavam assistindo ao show quando saímos — avisou Gustavo.

Henrique praguejou baixinho, mas não havia jeito. Encontraram uma carruagem de aluguel, e ele fez sinal para que parasse. As moças começaram a se espremer dentro dela, seguidas de Caetano. Lina ficou por último.

Antes que ela subisse, no entanto, Henrique a segurou pelo pulso. Lina virou-se para ele, observando o lugar em que os dedos de Henrique se fecharam em volta da pele dela. Seu olhar era quente e intenso, e Henrique a encarou.

— Da próxima vez, você pode, por favor, pedir ajuda? — disse baixinho.

Ela estava próxima demais dele, considerando que estavam em público, ainda que fosse Carnaval. Henrique lembrou que, da última vez que estiveram perto assim, os dois tinham se beijado. Ainda se recordava do gosto dos lábios dela nos seus.

— Prometo. — Ela sorriu, mas o jeito como proferiu essa palavra dizia que faria o contrário.

Henrique a soltou. Lina subiu na carruagem e fechou a porta, e elas partiram. Ele respirou fundo, virando-se para os dois homens que o acompanhavam na calçada.

Emílio foi o primeiro a se pronunciar, segurando em um braço de cada primo e indagando com urgência:

— Aquela moça com as flores amarelas na fantasia é amiga íntima da dama por quem vocês dois arrastam um bonde?

Henrique estava exausto demais para negar aquela declaração tão óbvia.

— Sim — confirmou ele.

— Qual o nome dela?

— Tina — disse Henrique.

— Vicentina Souza de Assunção — corrigiu Gustavo.

— Vocês vão ou não para o baile dos ricaços? É o mesmo para onde sua dama favorita vai? Olhem que ela pode encontrar algum pretendente por lá — provocou Emílio, caso eles precisassem de incentivo.

Henrique e Gustavo trocaram um olhar. Já tinham se perdido dos outros, e o único compromisso do dia era aproveitar o Carnaval.

— Vamos — disse Henrique.

— Tem alguma vestimenta formal que me sirva? — Emílio ficou animado.

Os dois deram uma olhada nele, como se fosse a primeira vez que reparavam nesses detalhes. Emílio tinha uma constituição física mais próxima à de Henrique, não em medidas exatas, porque era mais esguio, mas em altura e peso. Um terno dele serviria.

— Tenho algumas, estão limpas e passadas — disse Henrique.

— Então vou ao baile!

— Você gosta de bailes? — indagou Gustavo, parecendo surpreso.

— Eu adoro dançar o maxixe, homem! E aquela dama se parece com as rainhas com quem minha mãe sempre disse que eu me casaria.

— Sua mãe? — perguntou Henrique, fazendo troça com a animação do outro rapaz.

— É um elogio. — Emílio se virou para Gustavo. — Se ela me der confiança, precisarei de um bom aumento. Só de olhar para ela, sei que será caro mantê-la no padrão a que está acostumada.

Henrique riu, porque Emílio estava se adiantando um bocado. Mas Gustavo assentiu, como sempre levando tudo ao pé da letra.

19

Um baile de chances

Quando Gustavo, Henrique e Emílio chegaram ao baile, já ia bastante adiantado. A pista de dança seguia animada, o bufê havia sido reposto. Serviam champanhe, cerveja e refrescos. Encontrar Lina foi fácil como ver uma vela no escuro. Pelo menos era o que alegariam certos cavalheiros, mas o amigo deles estava ocupado em achar a amiga dela.

O baile era de mascarados, os participantes se divertiam adivinhando e perguntando uns aos outros: *Você me conhece?*

Quando um cavalheiro se aproximou de Lina para fazer a pergunta, ela nem precisou pensar duas vezes.

— Conheço! — Lina riu. Não havia a possibilidade de não reconhecer um de seus preferidos. — É injusto, nem pude perguntar.

— Não é possível não reconhecê-la — respondeu Gustavo.

Henrique estava atrás dele, e claro que Lina o reconheceu. Trocaram de roupa depois do encontro poucas horas antes, mas ainda era óbvio.

— Nós já chegamos há algum tempo e não dançamos ainda — disse Lina. — Vocês não se animam? Tina gosta mais de dançar do que eu.

Ela tentou se dirigir a Gustavo e ao mesmo tempo não ser tão direta, como se aquilo fosse uma sugestão.

— Não é algo que aprecio — respondeu ele.

Outra pessoa aproveitou a deixa e deu um passo à frente; sabia que seu chefe e amigo não havia respondido aquilo para deixar o caminho livre. Era uma chance verdadeira.

— Emílio Rodrigues — apresentou-se o homem e fez uma mesura. — Sou secretário pessoal dos Sodré. Em especial do sr. Gustavo, mas também impeço que a agenda do sr. Henrique saia do prumo. Preciso de pés ágeis para dar conta desses dois.

O jeito como ele disse isso fez as duas acharem graça. Tina também se apresentou, ignorando que Emílio tinha ido até ali especialmente para vê-la outra vez.

— Se a senhorita quiser dançar, eu danço — disse Emílio, oferecendo o braço para Tina.

— O senhor gosta de dançar? — perguntou ela.

— Não exatamente as danças oferecidas num baile como este, mas é Carnaval. Sei festejar. — O sorriso convidativo no rosto dele era brilhante.

Tina assentiu e se aproximou. Emílio não coube em si de felicidade; era sua chance de conhecê-la. Os dois se afastaram ao som de uma polca animada e Lina acompanhou o casal com um olhar surpreso.

— Você não devia ter vindo — disse Gustavo de repente, virando-se para o primo.

— Não gosta mais de mim? — brincou Henrique.

O primo o segurou pelos ombros e o virou na direção do motivo. Não sabia se estavam com má sorte ou atraindo abutres por outra razão. Vitoriana tinha um grupo grande de asseclas, entre amigas e familiares, que a seguiam e bajulavam. Uma das missões do grupo era reclamar de Henrique, tomar conta da vida dele, fofocar sobre ele e espalhar que ele e a moça estavam comprometidos.

Henrique se virou de costas rapidamente e ajeitou a máscara no rosto — era um modelo estreito, que só cobria os olhos e parte da testa.

— Vão reconhecê-lo pelo cabelo e por estar perto de mim — avisou Gustavo.

Lina deu uma olhada no que tinha causado a reação deles e ficou irritada ao ver o grupinho de Vitoriana, porque, depois do episódio em que fugira da festa, tinha descoberto algo desagradável. O ciúme que sentira por Henrique ter uma noiva era mais forte que o insulto por pensar que ele a beijara enquanto estava secretamente comprometido.

Ela olhou de novo e percebeu que Henrique a observava. Desde aquela noite, eles não tinham mais conversado. E, mesmo de máscara, dava para notar que ele a olhava do jeito intenso que fizera na festa.

— Amanhã vou assistir aos ranchos — comentou Lina.

Dois pares de olhos se fixaram nela, parecendo esquecer o drama anterior. Aquilo encheu o peito de Lina com uma sensação que se assemelhava ao triunfo.

— Na rua? — indagou Henrique, ignorando que ela mal tinha falado com ele desde a outra noite.

— Onde mais?

— Pode ver de cima, é seguro — sugeriu Gustavo.

— Mas a avenida nova é tão larga — alegou ela.

— Que horas? — indagou Gustavo, prático.

— Estarei fantasiada, terão de me descobrir por lá.

Depois dessa declaração, Lina virou-se para o baile. As músicas ali não eram as mesmas que se escutavam pelas ruas, mas estava animado.

— Vou encontrar alguém para dançar — anunciou ela.

— Você não dança, odeia ficar suada — lembrou Gustavo, palavra a palavra, o que ela já dissera antes.

— Ah, é Carnaval! — Lina deu de ombros e olhou em volta. Não tinha ninguém com quem quisesse dançar ali perto, e a falta de interesse não era apenas por estarem mascarados.

Lina foi se afastando em direção ao aglomerado de dançarinos. Os primos trocaram um olhar. Gustavo se aproximou dela, e Henrique se afastou para não chamar a atenção das asseclas de Vitoriana. Enquanto isso, Lina seguia com a saia balançando ao som da polca tocada pela orquestra. Surpreendeu-se quando Gustavo apareceu ao seu lado e declarou com seriedade:

— Você é uma espoleta.

Lina cobriu a boca, mas não foi rápida o suficiente: o pedaço de uma risada ainda rodopiou em volta deles. Gustavo foi tão direto na declaração que ela não conseguiu se conter.

— É uma acusação?

— Uma constatação. — Ele ofereceu o braço. — Vamos dançar.

— Não precisa fazer algo que não gosta — concedeu ela.

— Eu sei dançar, foi fácil aprender.

— Mas não gosta.

— Você não quer dançar comigo?

— Quero.

Gustavo assentiu e a levou para a pista, segurou sua mão e a rodopiou, então seguiu o ritmo da música. Ele falara a verdade: sabia dançar, conhecia os movimentos, podia conduzir. Não mentiria dizendo que gostava, mas talvez gostasse de dançar com *ela*.

— Você devia dançar mais, faz tão bem — elogiou ela, ofegante e acalorada.

Gustavo a levou para perto de uma janela para se recuperar depois do agito. Lina puxou um leque do bolso escondido e se abanou avidamente. De onde estava, ela conseguia observar os convidados. Embora Vitoriana tivesse comparecido, Lina não viu Margarida e considerou que ela dissera a verdade ao declarar que a sobrinha da marquesa era mais arrojada. Contudo, Lina só se lembrou desse comentário porque tinha certeza de que o rapaz de máscara verde e brilhante por quem passara durante a dança era ninguém mais, ninguém menos que Bruno Dias. Aquela era a segunda vez que ela o avistava naquele dia — tinha visto o rapaz no teatro aonde fora resgatar Tina. Será que Maga fazia ideia das atividades carnavalescas de seu interesse romântico?

— Gostei de dançar com você — disse Gustavo, fazendo-a se virar em sua direção.

— Confesse que também prefere não suar ao dançar no verão.

— Estou mais habituado ao calor.

— Não sei se algum dia me habituarei.

— Não sou a primeira escolha de dança de ninguém nestes salões, e também não me sinto atraído a convidar ninguém normalmente.

As sobrancelhas dela se elevaram, e Lina observou mais uma vez a forma desapaixonada como ele dizia algo que tinha tantas camadas de significado.

— Se eu gostasse de dançar neste calor, você seria a minha escolha — disse ela. — Pode dançar comigo no inverno.

— Verá que no outono o clima já se torna mais ameno e a cidade fica mais bonita. Não vai conseguir tirar seus vestidos de inverno do armário, mas terá mais opções.

— No outono, então.

Lina desviou o olhar, apesar de Gustavo não a encarar. Não sabia se ainda o veria no outono. Talvez ele já tivesse partido, se ela fosse acreditar nos boatos.

Henrique encontrou Caetano fumando do lado de fora, e o rapazote levou um susto quando o mascarado parou ao seu lado.

— Ah, é o senhor — disse assim que Henrique empurrou a máscara para o cabelo. — Ela ainda está lá dentro. Perderam-se?

— Hoje não. Amanhã, provavelmente. Ela vai assistir aos ranchos. — Henrique procurou as notas nos bolsos.

— Nem me fale. — Caetano deu uma tragada. Era início de Carnaval e já estava cansado pelos próximos dias.

— Avise quando chegar, estarei na frente da obra do teatro. — Henrique passou o dinheiro para ele.

— Não seria mais fácil e barato ficar prostrado na frente do palacete? Henrique o encarou, sério.

— Sim, sim, eu sei — disse Caetano. — Seria esquisito, e um cavalheiro como o senhor não se prestaria a esse papel. Melhor para mim. — E embolsou o dinheiro.

Antes que Henrique se fosse, Caetano se apressou em expulsar a fumaça do cotoco de cigarro que lhe restava. Com aquele dinheiro, poderia comprar uns bons charutos sem desfalcar seu salário.

— Mas olha, vou aceitar só porque é o senhor e eu simpatizo. Não é o primeiro a me oferecer dinheiro para relatar os passos dela.

Henrique virou-se para ele tão rápido que Caetano recuou um passo.

— Quem lhe ofereceu dinheiro para saber dela? — indagou, tentando conter a fúria repentina que o tomara.

— O moço do ministério, que visita o pai dela às vezes. Creio que é uma desculpa para vê-la. E ele não queria saber de um evento em particular. Queria mais... — Caetano descartou a guimba e a apagou no chão com o sapato. — Mas eu sou leal aos Menezes. Vou contar a você porque é Carnaval e preciso de ajuda. Além disso, o senhor ofereceu mais dinheiro por uma informação do que aquele muquirana queria me pagar por semana. É mole? Quer cortejar a filha do cônsul e ser avarento? Só nos sonhos dele.

Henrique deixou que Caetano tagarelasse. Sabia de quem o rapaz estava falando: o engomadinho que ele vira no baile do Palácio Monroe.

— Ela costuma se encontrar com esse homem? — perguntou Henrique.

182

— Só se for através do pai. Nunca vi dama mais escorregadia, por isso o janota queria me pagar. — Caetano abriu um sorriso matreiro. — E por esse mesmo motivo o senhor também acabou de me dar a maior gorjeta que já recebi na vida.

20

Rancho e romance

No fim da manhã de segunda-feira, a marchinha de um dos ranchos já ecoava pela Avenida Central e Henrique estava parado na frente da obra do Teatro Municipal. Bertinho deveria ter sido sua companhia, mas estava ocupado flertando com uma jovem fantasiada de colombina. Pouco depois, uma figura bateu na cintura de Henrique — usava uma máscara cheia de papéis coloridos e estava acompanhada por um menino ainda menor, que trajava uma roupa idêntica.

— Ela chegou — avisou Caetano, levantando a máscara para que Henrique pudesse reconhecê-lo.

— Quem é essa criança? — Henrique olhou com curiosidade para o menino que o imitara, erguendo a máscara.

— Meu irmão, Bento. — Caetano bateu no ombro do menor e indicou Henrique. — Ele que pagou pelo seu calção novo.

— Agradecido, patrão! — Bento tirou o pequeno chapéu.

— Onde ela está? — Henrique alternou o olhar entre os irmãos. — E como você vai tomar conta dessa criança?

— Ele é meu ajudante! Tomar conta da senhorita no Carnaval é trabalho para dois. Ela não fica o tempo todo com os senhores — disse Caetano.

— Leve essa criança para casa e me diga onde ela está — ordenou Henrique.

— Não sou criança, tenho quinze anos! — reagiu o menor, a despeito de parecer ter dez.

— Está bem ali. — Caetano apontou. — Mas vai ter de reconhecê-la!

Os irmãos saíram correndo e Henrique os seguiu. Parecia um desafio, mas encontrar Lina foi fácil — bastou bater os olhos que a identificou. Naquela manhã, ela estava com outra máscara, usava uma saia com fitas coloridas e uma blusa com renda amarela sobre o colo e mangas no padrão de fitas da saia. O chapéu exibia as mesmas cores das fitas e, em vez de flores, tinha folhas brilhantes. O cabelo havia sido trançado em um penteado que cobria a nuca, e as fitas de cetim lhe caíam pelas costas.

— Carolina — cumprimentou Henrique, ao parar ao seu lado.

Lina parou e deu uma olhada no visual de Henrique. Ele usava uma camisa azul com um colete verde-escuro e calça branca. Estava sem chapéu, e uma máscara azul estava pendurada em seu pescoço, fazendo as vezes de gravata. O som da marchinha se aproximava e os dois precisavam falar em um tom mais alto.

— Você está fantasiado? — perguntou Lina.

— São as cores do bloco de mais tarde.

— Que bloco?

— Teimosos do Catete.

— Imagino que seja formado por todos os seus amigos boêmios que frequentam o Lanas.

— Decerto.

— E não me convidou para o seu bloco?

Henrique manteve o olhar no dela. A intensidade de sua expressão não condizia com o assunto. Ele balançou a cabeça e olhou para a avenida, mas o rancho ainda não os alcançara.

— Não, passei um dia pensando que não a veria outra vez.

Lina também olhou para a frente. A avenida não estava vazia, foliões atravessavam, tentando arrumar bons lugares para assistir ao desfile. Um grupo de pessoas com a tradicional fantasia do velho dançava no meio, segurando as cabeças enormes que usavam, representando o idoso narigudo. Parecia até uma abertura para a entrada dos ranchos.

— Também pensei nisso — disse Lina, por fim.

Henrique não sabia se deveria ficar esperançoso ou arrasado.

— Mudou de ideia? — perguntou ele.

— Por que você mentiria? — Lina voltou a encará-lo.

— Não mentiria.

— De qualquer forma, sua vida pessoal não é assunto meu. — Dessa vez, Lina voltou o olhar para os velhos dançarinos. Apesar da máscara, seu instinto era esconder a expressão, para não se denunciar.

Henrique franziu o cenho. Na outra noite, ela havia reagido de forma contrária ao que declarava agora.

— Se prefere assim — concedeu ele.

Lina cruzou os braços e prestou atenção no rancho, nos foliões que corriam para sair da frente do cortejo. Não, não preferia assim. Mas era assunto dele, e ela precisava começar a recolher os pedaços de seu juízo. Concentrou-se na música e nas pessoas fantasiadas que passavam na frente dos dois.

Assistiram dali a dois ranchos, admirando as fantasias, balançando ao som cadenciado das marchas. Viram o rei e a rainha de cada associação passar, trazendo as fileiras do desfile, com os mestres organizando os dançarinos. O que Lina mais gostou foram os casais de porta-estandarte e mestre-sala, com fantasias bonitas, balançando com orgulho o estandarte de cada rancho.

— Gustavo não gosta de assistir? Ontem ele veio ver o corso, não foi? — indagou Lina na breve pausa para o próximo rancho, que já se fazia ouvir na ponta da avenida.

— Sim, mas ele não aprecia ficar próximo do som das bandas. Prefere ver de longe ou de cima.

— Ele comentou algo sobre isso.

— Aqui tem sacadas, quer ver de lá? Vai gostar.

— Eu adoraria.

Os dois saíram da beira da avenida e Caetano e o irmão os seguiram. Bertinho tinha sido engolido no meio de tanta gente, mas sabia onde encontrá-los se quisesse. Henrique bateu em uma porta que dava para um corredor estreito e uma escada. Assim que subiram, Lina entendeu onde estava.

Como diversas das construções da nova avenida, o segundo andar não estava terminado. Em teoria estava pronto, mas não parecia haver função determinada para o grande cômodo. Havia cadeiras, uma mesa com refrescos, e cerca de dez pessoas circulavam pelas duas sacadas do prédio.

Bento correu para uma varanda, animado para ver os ranchos de cima pela primeira vez, e Caetano foi atrás dele. Henrique havia deixado Lina ir na frente, como uma travessura. Contudo, assim como não funcionou com ele, também não enganou Gustavo. Ele saiu da sacada assim que avistou a moça.

— Você está aqui. Pensei que não o veria hoje — disse Lina, oferecendo a mão para Gustavo.

Ele olhou brevemente para sua mão, analisando o gesto dela. Dependendo do dia, recusava-se a apertar a mão das pessoas; um curto menear de cabeça era tudo de que precisava. Não tinha costume de pegar na mão sequer de mulheres, mesmo quando lhe ofereciam. A não ser quando iam para a cama, quando a intenção já era essa desde o início. Mas era Lina, nada daquilo importava — ele pegou sua mão e apertou. Deslizou o olhar por ela, absorvendo os detalhes de sua fantasia.

— Prefiro assistir daqui — respondeu ele.

— Henrique me contou, mas não disse que você estaria presente.

O primo passou por eles com um sorrisinho e saiu para a sacada; não sabia qual dos ranchos desfilava, mas estava animado para ver. Gustavo ainda não tinha soltado a mão de Lina, e seu olhar estava preso nos detalhes da blusa dela.

— Está bonita — disse ele.

— Obrigada. — Ela sorriu.

— Está sempre bonita — corrigiu-se. Seu olhar foi para a máscara dela: reparou na fita colorida que a prendia ao rosto. A frente era desenhada à mão, com as mesmas cores da saia, e pedrinhas brancas faziam o contorno.

— Essa fantasia condiz mais com a sua personalidade.

— A fantasia de ontem era padronizada, precisava de luxo, não de cor.

Ele assentiu e prestou atenção no som da música.

— Venha comigo. — Gustavo a puxou pela mão e só soltou quando ela passou para a sacada.

Havia umas cinco pessoas assistindo à folia, mas Henrique saiu da beira da grade e Gustavo posicionou Lina no espaço que ficou livre. Ela apoiou as mãos ali e se inclinou para ver o rancho. Henrique voltou a ficar perto dela, com Gustavo do seu outro lado, exatamente como tinham ficado naquele dia sob o caramanchão.

Lina só reclamou de sede depois de ver cinco ranchos passarem, e decidiu entrar para tomar um refresco.

— Isso aqui é uma festa? — perguntou a Gustavo, que a acompanhava. Não deixou de notar que Henrique tinha ficado para trás. Seria o esperado — ele estava lá para assistir aos ranchos. Contudo, depois da conversa de antes, Lina ficou com um gosto amargo na boca. Nenhum dos dois havia sido rude, mas ela tinha a sensação de que algo entre eles azedara. Outra vez. Era essa a sensação de se desentender com um rapaz de quem gostava?

— Só alugaram para o Carnaval, como fazem no Ouvidor — disse Gustavo.

Ela bebeu o refresco, contente em descobrir mais um detalhe que não imaginava.

— Vocês se desentenderam? — indagou ele.

— É perceptível assim?

— Não, eu apenas conheço bem meu primo.

Lina tomou outro gole do refresco.

— Já lhe disse que ele não tem uma noiva — falou Gustavo.

— Ele sabe que você o defende assim? — perguntou ela, com uma ponta de irritação. — Foi também o que fez aquele dia que nos encontramos na livraria.

— Não, não nessa questão.

— E você sabe quanto ele o defende?

— Isso eu sei. Mas não sabia que você tinha conhecimento disso.

— Ele me pediu para não magoar você. — Lina bebeu um pequeno gole, tomando um momento para pensar. — Eu já magoei você sem perceber?

— Não.

Gustavo não percebeu que poderia tê-la tranquilizado um pouco mais, porém era verdade, nunca fora magoado por ela. Como poderia ter sido? Até o momento, tudo que ela tinha feito fora existir a sua volta. Se ela perguntasse se o deixava confuso, então a resposta seria sim. Nervoso? Certamente. Atraído? Muito. Excitado? Demais, acontecia só de pensar nela. Amedrontado? Infelizmente sim. Não tinha medo dela, mas do que sentia por causa dela.

Como podia uma única pessoa causar tanto estrago nas emoções dele? Parecia que tinha se esquecido de aprender uma seção inteira da vida. Onde observaria informações sobre aquilo? A quem perguntaria? Os livros não ajudavam, nem quando entendia as nuances daquelas histórias românticas. Na maior parte do tempo, as mensagens eram dúbias. Isso o frustrava.

Então lá estava ela na frente dele outra vez. E Gustavo voltava a se sentir um tonto..

Henrique se aproximou deles naquele instante.

— É o último rancho — avisou, apontando o polegar na direção das sacadas. Pelo som, o cortejo já passava na frente do prédio.

Assim que Lina o viu, deu-se conta de algo. Voltou a olhar para Gustavo.

— Você também participa do bloco do Catete! Foi lá que viram você cheio de confete no cabelo!

— Quem me viu? — Gustavo até parou de encher o copo de refresco.

— Sim, ele toca na banda — confirmou Henrique.

— Eu lhe contei, foi assim que soube que você toca pandeiro — esclareceu Lina.

— Não toco bem — disse Gustavo.

— E você disse que era um salseiro conhecido. São as pessoas que conhece do Lanas — concluiu Lina.

— Nossa pequena banda não tem o poder das bandas dos ranchos — disse Gustavo.

— Levem-me. — A sugestão no tom dela foi insinuante.

Parecia que Lina tinha acabado de despejar óleo quente em cima de ambos, tamanha a imobilidade e a surpresa. Ela esperou, divertindo-se. Os primos não se moviam e não conseguiam olhar para mais nada. Gustavo queria saber se o cérebro de Henrique também tinha entrado em curto-circuito, e as imagens mais diversas pulavam em sua mente contra a vontade, por causa de uma palavra inocente.

Henrique teve vontade de perguntar a ele se havia uma bola subindo e descendo pelo seu corpo: batia em sua cabeça e pulsava, passava pelos membros e eles formigavam, descia para os pés e os paralisava.

— Tenho mais algum tempo — disse ela, olhando para o relógio.

Gustavo fixou o olhar no relógio dela e franziu o cenho. Como não tinha visto aquilo? Era um relógio caro, escondido sob a renda da manga. E estava no pulso esquerdo, mas ela havia lhe oferecido a mão direita. Ela sempre tinha algo escondido, e geralmente era um convite ao assalto. Não tinha o que fazer para protegê-la, só se a revistasse toda vez que a visse. O que implicava tocar nela.

— Vamos levá-la — disse Gustavo, de repente.

— Só não é tão bonito quanto os ranchos e o corso — contou Henrique.

— Não me importo — disse Lina.

— Tudo bem, Cassilda — brincou Henrique.

— Seu bloco é só para homens?

— Você não vai entrar no bloco — eles disseram ao mesmo tempo.

— Ora essa. O bloco sai apenas hoje?

— Amanhã também — respondeu Gustavo.

— Talvez eu assista. Como Cassilda. — Lina mexeu na máscara e a abaixou, precisando de um descanso. — É seguro tirá-la aqui?

Eles olharam em volta; conheciam as pessoas presentes porque faziam parte do grupo que alugara o espaço para assistir ao Carnaval. Também havia gente que frequentava os dois mundos e poderia identificá-la fora dali.

— Que tal ali? — apontou Gustavo.

A parede que dividia o grande salão ficava depois da escada, e foi para onde seguiram. Gustavo sabia que do outro lado havia três cômodos: um vazio, outro com mantimentos e um terceiro para as damas se aliviarem. Homens tinham que descer e ir ao lavatório nos fundos, se quisessem tirar a água do joelho.

Lina entrou e foi até a janela, deixou o refresco no parapeito e desamarrou a máscara. Das três que encomendara, achou essa a mais desconfortável, e não poderia ficar sem ela, a menos que passasse o Carnaval em bailes particulares.

Gustavo ficou observando-a da porta. Perdeu mais tempo do que gostaria nisso, e só voltou a si quando ela se virou de costas para a janela e o olhou. Henrique se recostou junto à escada e olhava os sapatos verde-escuros.

— Entre aqui. Entre aqui agora — disse Gustavo de repente para o primo.

Parecendo surpreso, Henrique se aproximou.

— E pare com isso. Eu fico perto da escada olhando os meus sapatos, não você — ralhou Gustavo.

— Nem você. — Henrique fechou a porta antes que ele pensasse em sair.

— Depende dos sapatos. — Gustavo olhou para Lina e, dito e feito, descobriu mais um item nela que poderia observar por horas. Um adorável par de sapatos enfeitados com pedrinhas iguais às da máscara, que aparecia inteiro, pois, para não sujar as fantasias, ela escolhera seguir a arrojada moda de usar saias alguns dedos mais curtas e sem cauda.

Quando os dois pararam na frente dela, Lina absorveu a visão de seus rostos sob a iluminação diurna. Tinha descoberto, para sua aflição, que gostava de cada semelhança e diferença que havia entre os primos. Sentiu uma vontade inexplicável de desenhar com os dedos os traços bem-feitos do maxilar e do queixo deles.

— Eu acho que é melhor não ver mais blocos com os dois — murmurou Lina.

— É o que deseja? — indagou Gustavo.

— Não.

— Então por quê?

Ela balançou a cabeça e as mãos se apertaram no parapeito às suas costas. O olhar foi para o rosto de Henrique e o peito dele se comprimiu, como se tivesse prendido a respiração.

— Eu entendi que prefere que não seja da sua conta, mas não vou me casar com outra — disse ele. — Muito menos com a sobrinha da marquesa.

Foi impossível para ele chegar tão perto e fingir que não tinha o que desejava à sua frente. Num arroubo, beijou os lábios de Lina. Ela mal teve tempo de reagir e levou os dedos aos lábios quando ele se afastou.

— Eu gosto do tempo que passamos juntos. Nós três... Não me arrependi do que aconteceu no caramanchão — disse ela.

Henrique parou e se virou para Lina, pensando que talvez ela fosse capaz de adivinhar coisas. Gustavo nem piscou, considerando a possibilidade de ter exposto o que não devia. Porque os dois pensavam que ela havia se arrependido do que acontecera. E nada mais fora igual desde então, pois ambos estavam tateando ao redor dela. Henrique ainda achava que havia piorado tudo na noite em que a beijara na casa dela.

— Isso vai machucá-la. — Gustavo soltou o laço da máscara que tinha ficado presa no pescoço dela.

Lina acompanhou a máscara ser colocada no parapeito ao lado do refresco e, quando ergueu o olhar, Henrique havia retornado para junto dela. Sentiu o coração disparar, ficou mais ansiosa dessa vez, porque aqueles dois homens irresistíveis estavam à sua frente. No caramanchão, ela ficara olhando de maneira difusa para as flores e não se atrevera a focar em mais nada.

Dessa vez, ela observou o rosto dos dois. Assim que a tocaram, Lina fechou os olhos e deixou a cabeça pender para trás. Cada um beijou um lado de seu pescoço e Lina soltou um suspiro, sem saber o que fazer, para qual lado virar ou como lidar com as reações de seu corpo.

Henrique subiu o beijo, roçando os lábios por baixo de seu maxilar até alcançar o rosto, e foi instintivo para Lina virar a cabeça para que ele a beijasse nos lábios. Ficou ainda mais dividida entre sensações quando Gustavo ultrapassou a renda da blusa e beijou-a exatamente na curva do pescoço. Lina se arrepiou e gemeu contra os lábios de Henrique.

Os dois a agarraram, como se o gemido dela fosse um estopim. Lina sentiu o aperto das mãos nas costas, na cintura, mas não abriu os olhos, não sabia quem a tocava e onde. Não *queria* saber. Recuperou o fôlego, e os rapazes fizeram o mesmo que no dia do caramanchão, cada um movimentando os braços ao seu bel-prazer. Gustavo tinha colocado o braço esquerdo sobre o ombro de Lina e, quando ela se virou um pouco, ele ergueu a cabeça e a beijou. Ela chegou a oscilar com a intensidade das sensações, mas Henrique a segurava, e o calor do corpo dele era ao mesmo tempo um alento e uma tormenta.

Eles só escutaram a porta abrir porque o som alto da música do outro lado invadiu o cômodo. A sala não tinha tranca e era preciso passar por ali para acessar os outros dois espaços. Gustavo virou Lina para ele, apertando-a pela cintura para que não se movesse. Ela segurou em sua camisa e escondeu o rosto em seu peito. Henrique ajeitou-se contra as costas dela e a ocultou com o corpo. Lina prendeu a respiração, aguardando o momento do flagra.

Porém não aconteceu. Eles ficaram ali até estarem sozinhos outra vez. Gustavo encaixou a máscara no rosto de Lina e Henrique a amarrou por trás. Foi um trabalho tão rápido que, ao descerem as escadas, só o copo de refresco esquecido provava que os três estiveram ali.

21

A rainha do bloco

Lina, Gustavo e Henrique tomaram o bonde e se perderam de Caetano e do irmão dele, Bento — ou ao menos era o que pensavam. Porém, esperto como era, ele conseguiu encontrar Bertinho, que pegou Miguel no caminho, e os quatro apareceram no Lanas meia hora depois.

— A senhorita quer causar o meu afogamento — dramatizou Caetano, ao se deparar com ela.

O irmão dele só assentia, ocupado demais comendo duas empadas que tinha acabado de ganhar.

— Ninguém vai jogá-lo na água, Caetano. Não se faz mais isso. — Lina apertou o ombro dele, confortando-o.

— Eu não sei nadar — lembrou ele.

— Tome aqui, acalme-se. — Ela lhe passou a cerveja que tinha comprado.

— Eu gosto de cerveja também — disse Bento.

— Não gosta não. Ele toma refresco — interveio o irmão mais velho.

Bento ganhou o refresco e ficaram os dois de olho em Lina, enquanto o bloco se concentrava ali na região. Era formado pelos mesmos rapazes que ela vira na noite que estivera no Lanas, além de muitos outros frequentadores e os seguidores que acompanhariam a festança.

— Cassilda voltou! — cumprimentou um deles, que passava por ali.

Lina riu, virando-se para os acompanhantes. Nem Henrique e muito menos Gustavo eram fãs da ideia de Lina sair no bloco com todos os degenerados que eles conheciam. Haviam estudado com vários dos presentes e conheciam as piores histórias. Não queriam nenhum deles perto dela.

Mas, para azar deles, um daqueles malditos gabirus apontou:

— Não temos uma rainha do bloco! Como pode aqueles palermas dos piratas terem mais de uma e nós não termos nenhuma — lamentou, revoltado, referindo-se a um bloco rival.

Aquela declaração recebeu apoio. Geralmente, no entanto, as moças que eram destaque tinham a reputação duvidosa. Desde quando damas da boa sociedade apareciam em blocos? Elas só eram vistas no desfile do corso e em bailes particulares. No máximo em sacadas, assistindo ao desfile das sociedades carnavalescas.

Lina nunca tinha chegado perto de um bloco carnavalesco, mas a Cassilda não via problema nisso. Por isso ela fingiu:

— Acho que vou aceitar, se o bloco for à minha altura. Os senhores sabem tocar?

— Os melhores instrumentos — responderam, voltando-se para ela com animação.

Um mar de respostas de duplo sentido e barulho de tambores se seguiu. Lina viu Gustavo cobrir os olhos com a mão enquanto Henrique balançava a cabeça. Ignorou os dois.

— Posso acompanhar por um tempo — disse ela.

Caetano teve de subir numa cadeira para ser visto e ouvido.

— Senhorita, eu não sei nadar! — berrou ele.

— Venha, venha comigo — disse Lina, oferecendo a mão.

Ele pulou da cadeira e puxou Bento, que ainda estava com uma empada na mão. No começo, ficou cada um preso a uma mão dela, e Lina divertiu-se ao ver que afastavam aqueles que tentavam se aproximar. Caetano olhava feio para todos que chegavam perto, e Bento chutou umas três canelas.

Foi como Gustavo descrevera para ela: uma barulheira conhecida. Porém, em meio às marchas cadenciadas, entoaram também quadrilhas animadas e composições de Chiquinha Gonzaga que se espalharam nos Carnavais anteriores. Deram a volta e passaram pelo Lanas outra vez, e Lina já estava morrendo de calor. Deixou que o bloco prosseguisse e entrou no bar com um intuito certeiro.

— Um chope! — disse ela, colocando a moeda no balcão. Olhou para o caixeiro e disse: — Chope. Está aí uma palavra que eu nunca disse antes.

— Tampouco consumiu, não é, benzinho? — Sorriu o caixeiro, o mesmo homem que a atendera da outra vez.

Lina bebeu e ele observou, sem fazer graça, porque deve ter avistado seus dois acompanhantes por perto. Depois de um gole, ela devolveu a bebida.

— E então? — A curiosidade dele venceu.

— É péssimo, amargo — declarou ela. — Prefiro champanhe.

O homem virou para o gerente e gritou:

— Ô, Gambá, traz um champanhe para a rainha do bloco!

Não faltava champanhe no Lanas, que era abastecida para a hora dos clientes discretos e suas acompanhantes, que ocupavam o "salão interno". Lina tinha bebido meia taça quando se virou e viu que seus dois acompanhantes favoritos estavam ali com ela. Não disse nada, só continuou bebendo.

Lina sabia que estava perdida. Beijá-los só deixava tudo mais complicado.

Queria parar? Não.

Precisava parar? Sim.

O mais rápido possível.

Depois do Carnaval, então? As comemorações terminariam no dia seguinte. Poderia fazer como vários dos foliões: parar com suas loucuras carnavalescas e enterrá-las na Quarta-Feira de Cinzas. Lina deixou a taça vazia no balcão. Tinha encontrado um menino vendendo limões de cheiro e comprara alguns para se divertir. Eram esferas de cera, geralmente recheadas de perfume, talco e água. Durante o Carnaval era comum a brincadeira de jogar os limões uns nos outros, mas ela acabaria levando os seus para casa, já que não tivera coragem de acertar ninguém.

— Meu pai já deve ter retornado. Preciso ir, ou este será meu último dia de Carnaval — disse, desviando o olhar.

Não estava mentindo. Inácio tinha ido a um baile com Josephine, e Lina dissera que iria com Tina a um entrudo da família dela.

No dia seguinte, Lina nem precisaria ocultar seu verdadeiro paradeiro. Inácio havia permitido que assistisse às sociedades carnavalescas, mas fora o pai quem decidira como seria. Ela não tinha certeza se veria Henrique e Gustavo no último dia de Carnaval, por isso não queria nem olhar para eles mais. Como conseguiria sufocar a relação que tinha com os dois?

Estava exausta. Não sabia que Carnaval cansava tanto.

Mal tinham saído do Lanas, ainda em meio aos restos animados do Teimosos do Catete, quando um grupo de mascarados passou pelos três. Estavam com fantasias de dominó, palhaço e diabinhos vermelhos. Por causa das proibições e regras que a polícia divulgava antes do Carnaval, se os guardas vissem um grupo como aquele, era capaz de seus membros terminarem na cadeia.

No caminho de ida até o Lanas, Lina vira alguns guardas agarrando mascarados que ficavam pregando peças e insultando as pessoas. Um dos guardas caíra no chão enquanto agarrava a corneta por onde um homem mascarado gritava insultos e contava segredos sujos de pessoas da região. Os foliões em volta se dividiam entre rir, fugir e reclamar.

Dessa vez, um dos mascarados derrubou o chapéu de Caetano, outro bateu com o ombro em Henrique e pareceu que o conhecia, o que era provável. Outro quase derrubou Bertinho, e um deles perturbou Gustavo, que apenas o ignorou e prosseguiu.

— Seu esquisito metido a barão! — gritou o desconhecido e repetiu partes da frase de insulto.

Gustavo nem parecia ouvi-lo, o semblante não se alterou, ele olhava para a frente como se nada estivesse acontecendo. O homem parecia um mosquito atrás dele, repetindo insultos. Henrique olhou feio para o folião, reparou no primo e viu que ele não reagiu. Em geral, Gustavo preferia que ele não se envolvesse, pois o que o irritaria seria ver Henrique envolvido em alguma briga.

Lina, no entanto, recusava-se a ficar inerte, vendo tudo colorido por ódio. Arremessou um dos limões de cheiro, que estourou bem no meio da máscara branca do homem, e ele parou, estático de surpresa. O cheiro de flor se espalhou no ar, a despeito da situação.

— Seu palerma! — gritou ela. — Volte aqui e verá só!

E jogou outro limão. Sua pontaria era boa, pois esse estourou ao bater no peito do homem, encharcando a frente da fantasia. Caetano agarrou o braço de Lina, com verdadeiro receio de ela ir bater no mascarado, agora que seus limões tinham acabado. O homem se recuperou e avançou na direção dela enquanto outros do bloco tentavam segurá-lo, mas ele continuou, mesmo quando ela já tinha se virado, querendo ir embora logo dali.

No instante seguinte, escutaram um grito e um baque. Lina soltou o braço de Caetano, girando no lugar. O mascarado jazia no chão, com a cara nas pedras do calçamento. Aconteceu tão rápido que até quem estava olhando a cena não saberia explicar.

O que ocorreu foi que ele havia estendido a mão na direção de Lina quando se aproximou, e Gustavo o derrubou de cara no chão. Então se levantou e estava pronto para continuar, como se nada tivesse acontecido.

Gustavo pouco se importava de ser insultado, ainda mais por um qualquer em meio ao Carnaval; tinha passado dessa fase.

Mas o imbecil não podia tocar em Lina.

Bertinho não perdeu tempo: pulou em cima do homem e arrancou sua máscara. Por causa do teor dos insultos, ele não fora o único a desconfiar de que era alguém conhecido.

— Mas que vergonha, Barreto! — gritou ele, reconhecendo o tratante, apesar de o homem ainda estar de barriga no chão. — Vou contar para todo mundo no Lanas! Você que não ouse aparecer por lá!

A confusão foi engolida pelos foliões, tanto os que estavam no bloco quanto os que estavam só de passagem. O barulho foi embora, pois eles dobraram para Laranjeiras.

Lina achou curioso que Gustavo tinha se tornado ainda menos reativo do que antes. Falavam em volta dele e o rapaz parecia não escutar nada, não olhava para nenhum dos presentes. Ainda os seguia, andava normalmente, mas não interagia mais. Era como se tivesse se desligado do momento atual.

Lina ficou levemente preocupada e foi ter com ele.

— Sinto muito, fiquei com raiva — disse ela, tentando esconder quanto os insultos a deixaram com ódio. — Aquele homem era ridículo, não tinha o direito de insultá-lo. Mas eu não queria que tivesse precisado derrubá-lo. Por mais que ele merecesse algo pior.

Gustavo assentiu. Havia escutado, só não deixava transparecer.

— Você está bem? — Lina segurou a lateral da mão dele.

Ele virou o rosto para ela assim que sentiu o toque, mas o olhar parecia disperso.

— Nós perdemos tempo, você vai chegar tarde.

Lina aceitou a mudança de assunto e seguiu:

— Sim, e agora meus pés doem. Mal posso esperar para chegar e entrar na água quente. Nem mesmo o calor me fará dispensar a água aquecida.

Gustavo concordou e o olhar voltou a focar, como se ela tivesse não só lhe dado algo para pensar, mas também para agir. Lina torceu para que esse fosse o efeito mais desejado.

— Onde Caetano mandou seu coupé parar? — perguntou Gustavo.

— Como sabe que ele faz isso?

— Eu sei. Ele é bom no que faz.

— Muito obrigado, chefia. Está lá na Alencar — intrometeu-se Caetano, surgindo atrás de Lina.

— Vamos até lá — decidiu Gustavo, e olhou para os outros do grupo. — Vejo-os depois.

Lina acenou para os outros e o acompanhou. Não foram andando. Ela não disse que estava com os pés doendo? Em época de Carnaval, o bonde era mais incerto em seus pontos e prosseguia devagar. Gustavo aproveitou o próximo bonde que cortaria a praça e entraram os dois, seguidos de Caetano e Bento. Lina o deixou em paz, mas, nos olhares que roubava, tinha a impressão de que, quanto mais se afastavam do barulho, mais sereno ficava o semblante de Gustavo.

Desceram no ponto da Praça José de Alencar, e Caetano correu para acordar o cocheiro. Bento e o irmão pularam para o assento da frente, ao lado do homem.

Antes de entrar no coupé, Lina se deteve e observou Gustavo. Não queria deixá-lo sozinho. Não achava que algo aconteceria com ele, e Gustavo não parecia abalado, de fato continuava sereno. Lina sabia que ele era capaz de ir aonde preferisse. Mesmo assim, não desejava se afastar dele, ainda não.

— Por que não vem comigo? Eu o deixarei em casa — prometeu ela, segurando novamente a mão dele.

Gustavo voltou o olhar para as mãos unidas.

— Ou o deixarei onde preferir daqui em diante. Mas se quiser voltar...

— Eu a deixarei em casa. Depois seguirei para a minha.

— O coupé pode levá-lo de volta — assegurou ela. Não importava o caminho que seguissem dali, passariam primeiro na casa dele.

— Gosto de caminhar perto do mar, o som das ondas é inconstante e, ainda assim, ininterrupto.

Lina concordou. Não era a primeira vez que ele mencionava que gostava de caminhar, e ela sabia do apreço que ele tinha pela proximidade com o mar. O coupé partiu assim que eles entraram. Lina se ajeitou ao lado de Gustavo, enganchou o braço no seu e deitou a cabeça em seu ombro. Ele a observou por um instante, depois disse:

— Use sapatos confortáveis amanhã, especialmente se esses apertam seus dedos. É ruim, pode causar lesões e até perda de unha. Descanse-os. Vi o sapato que você perdeu, tenho certeza de que prende a circulação e causa inchaço.

— Está bem, dout... — Ela ia provocá-lo, afinal ele cursara medicina e tivera a coragem de trocar de curso no meio, mas então se deu conta do que ele tinha acabado de falar. — Você viu o meu sapato perdido?

— Sim. Está comigo.

— Com você? — Ela ergueu a cabeça e encarou o perfil dele, já que ele olhava para baixo, como se repreendesse os sapatos que ela usava.

— Achei no nosso veículo. Guardei.

— Vai me devolver?

— Não, só quando descansar seus pés. Ele é apertado.

Lina inclinou a cabeça e riu. Não dava sequer para discutir com ele. O tom de Gustavo era assertivo, e o pior é que estava certo. Depois de uma hora de uso, o tal sapato parecia ter encolhido.

— Fui enganada por esse par, prometia conforto. Vou deixá-lo de molho por um tempo.

Em um arroubo de ousadia, Lina ajeitou as saias e apoiou as pernas sobre o joelho dele. Só depois voltou a recostar a cabeça.

Gustavo ficou com o olhar preso no tecido leve da saia dela espalhado sobre o seu colo. Toda vez que a encontrava, Lina fazia novas memórias ficarem gravadas a fogo, rodando em sua mente. Sua memória não era fotográfica, mas certos acontecimentos, momentos e até instantes jamais se apagavam. Lina acabaria roubando o espaço de tudo que ele arquivara por anos.

O coupé parou na frente da casa dos Menezes. Caetano e Bento desceram e esperaram no portão.

Lina tinha cochilado no ombro de Gustavo, então ele esticou o braço e esfregou o polegar na bochecha dela, até vê-la despertar. A primeira reação dela foi olhar para ele e sorrir, então moveu-se, apoiou os pés no chão e ajeitou a saia.

— Obrigada pela companhia — disse ela.

Antes que ele pudesse responder, Lina se inclinou e o beijou nos lábios. Foi breve o suficiente para ser suave, e ela o tocou no rosto com a ponta dos dedos. Depois fugiu, arrastando-se no banco para abrir a porta. Sentia-se atraída e igualmente hipócrita.

Lina havia dito que ajudaria Tina a conhecer Gustavo melhor e prometera a si mesma que aquilo era necessário. Mas gostava de ambos. Seu lado racional dizia que conseguiria ficar contente ao ver Gustavo e Tina mais próximos, mas, no momento, aquilo não era verdade. Quem sabe, se acontecesse, a realidade a obrigasse a aceitar.

O sorriso de despedida de Lina não foi nada além de um lamento. Mas então ela se surpreendeu, porque ele estava olhando diretamente para ela. Havia percebido que Gustavo só fazia isso por breves momentos, e não apenas com ela. Desde que notara tal coisa, começara a reparar e o vira olhando nos olhos do primo, encarando Bertinho e até Afonso. Um olhar fixo, especialmente quando estava concentrado em um argumento. Contudo, não reservava isso para ela.

No instante seguinte, antes que Lina pudesse sair do coupé, Gustavo a beijou de novo. Ele a segurou por baixo das tranças do cabelo e se dedicou a beijá-la com sofreguidão, como uma vingança por queimar tantas memórias na mente dele. Esse fogo foi ele que provocou, e seria pior se não tivesse reagido. Sua mente iria espiralar em possibilidades e seu corpo em necessidade. O desejo de tocá-la de novo ficaria enjaulado nele, arranhando seu autocontrole. Precisava dele intacto, era parte do que o mantinha bem.

Lina não era a única a pensar que tinha de parar. Gustavo não conseguia decidir se ela era a melhor coisa que lhe acontecera ou se destruiria tudo que ele construíra para ter uma existência plena. Era a primeira vez que ele insistia em ficar perto de algo que o perturbava. Ela não lhe fazia mal, mas ele desmoronava por causa dela.

Gustavo sentiu quando ela puxou seu colete e parou. Interrompeu o beijo do mesmo jeito abrupto que começara. Lina abaixou a cabeça, com os olhos ainda fechados, a respiração ofegante, e se amparou nele para se ajeitar, porque estava apoiada na lateral do coupé.

— Vou descansar os pés — balbuciou ela, atrapalhada, antes de sair apressada.

Lina correu para dentro de casa sem olhar para trás.

O coupé partiu e Gustavo não se deu conta. Ficou imóvel, no mesmo lugar onde a tinha beijado, com os lábios formigando e o olhar perdido. Só percebeu quando o veículo já estava na saída da São Clemente. Pediu para descer e atravessou para a orla.

22

O baile da Linda

Os carros alegóricos das sociedades carnavalescas ocupavam pela primeira vez a Avenida Central. Estavam mais bonitos e criativos do que nunca, e também maiores, para combinar com o novo local de desfile.

Dessa vez, Gustavo e Henrique tinham a companhia dos amigos mais próximos. Depois de festejar em demasia, sentiam um misto de cansaço e animação com o último dia de folia.

— Afonso disse que conseguiu um lugar privilegiado perto de um pessoal importante. Ele vai escrever uma crônica sobre o desfile para o jornal — contou Bertinho, cumprindo seu papel principal no grupo, que era o de disseminar informações.

— Pensei que nós fôssemos "um pessoal importante" — brincou Henrique ao sair para a sacada.

— E desde quando boêmio é gente? — zombou Miguel.

Eles conseguiram ocupar a mesma sacada do dia anterior. Henrique veio para o lado de Gustavo, que já estava com os antebraços apoiados na balaustrada, observando atentamente os detalhes dos carros alegóricos puxados por tração animal e as fantasias luxuosas dos participantes. Havia certa arruaça atrás deles e na sacada ao lado, com pessoas batendo palmas ao som da banda.

Olhando de cima, a rua estava tão ou até mais cheia que no dia anterior. A terça-feira das grandes sociedades conseguia atrair a população em massa, estrangeiros curiosos e até a elite local, que enchia as sacadas dos prédios.

— Qual é essa? — indagou Miguel, depois de voltar acompanhado de uma cerveja.

— Democratas.

Ele apontou para Afonso, que estava sentado ao lado de quatro senhoras em vestidos brancos cheios de rendas, com chapéus aprumados. O prédio em que Afonso estava ficava do lado oposto da rua e alguns metros para a esquerda, onde as sacadas eram mais largas e fundas. Enquanto o jornalista acenava, Gustavo achou que estava alucinando. Ele bateu no braço do primo, até que Henrique olhasse para onde estava apontando.

— Na direção do meu dedo, na sacada ao lado de Afonso. Com a máscara colorida e o cabelo sobre os ombros — indicou.

Os dois deviam estar amaldiçoados, porque enxergavam a mulher que atormentava a existência de ambos com uma facilidade indescritível. Não estavam imaginando — era ela.

Lina estava de pé admirando o desfile, com as mãos apoiadas na grade de ferro. De longe, parecia usar uma fantasia mais simples do que a que usara no dia anterior. O tecido tinha cores suaves, mas seu cabelo estava cheio de flores. Além disso, não usava chapéu, e sim uma espécie de diadema.

O cônsul estava sentado perto dela, e a mulher de cabelo claro ao lado dele, com um chapéu de plumas azuis, devia ser Josephine. Eles viram algo se mexer junto à saia de Lina e reconheceram Bento, que, baixinho como era, apoiava o queixo no topo da grade.

Foi quando eles perceberam que Lina estava acenando para a multidão.

Abaixo, foliões faziam homenagens e chamavam sua atenção. Alguns acharam que ela fazia parte do espetáculo. Geralmente as moças bonitas e fantasiadas estavam nas alegorias, mas quem sabia o que poderia haver de novidade no Carnaval da nova avenida?

— Mas que diabos. — Henrique cruzou os braços, pasmo com a atenção que Lina recebia, mesmo com o desfile acontecendo.

— Como ela vai sair dali? — Gustavo se preocupava com questões práticas. A menos que o prédio tivesse outra saída, ele já a imaginava virando uma atração para os foliões.

Gustavo continuou debruçado na grade, alternando o olhar entre os carros alegóricos e o lugar onde Lina estava, como se ela fosse cair a qualquer momento e ser engolida pela multidão. Henrique continuou ao lado dele, mas logo depois desapareceu. Gustavo só percebeu quando o primo retornou, já na entrada da próxima grande sociedade.

— Qual é essa? — perguntou Henrique.

— Não sei, já devem ser os Fenicianos. — Gustavo não tinha conseguido prestar verdadeira atenção aos carros que passavam.

— Eu sei por onde ela vai sair — comunicou Henrique.

Gustavo se endireitou e encarou o primo, sem nem precisar perguntar. Apostava que, enquanto ele ficara vigiando dali, Henrique tinha descido, atravessado a rua e começado a investigar. Eles formavam uma ótima dupla — dividiam-se para dar conta de tarefas usando suas características mais fortes. Faziam isso desde sempre, e Gustavo jamais imaginara que um dia fariam uso desses truques por causa de uma mulher. Sequer tinham o costume de bancar os alcoviteiros um para outro. Henrique não precisava daquele serviço, e de nada adiantava com Gustavo. Tudo que acontecia nesse quesito era natural, ou influenciado por umas doses de álcool. Só que hoje os dois estavam mais lúcidos do que recomendariam para o último dia de Carnaval. Até Gustavo, que preferia não comprometer seus sentidos com álcool, normalmente consumia uns chopes a mais em homenagem ao Momo.

— Aquele prédio é maior, a loja está pronta. Tem outra saída, que passa por trás da construção à esquerda e sai na Assembleia — explicou Henrique, citando o nome da rua. — Está fechado, tem até um guarda na frente. Ninguém vai entrar lá.

O plano era ver os Tenentes do Diabo passarem, pois seria o retorno de uma das sociedades carnavalescas mais adoradas, depois de ter pedido falência. E haviam prometido um desfile memorável. Só que passaria depois da Fenicianos, e a atenção dos dois estava comprometida.

Lina saiu da sacada por um momento com a madrasta. Inácio continuou ali, conversando com um bigodudo que os primos não conheciam.

O público foi à loucura acompanhando o retorno triunfal dos Tenentes do Diabo ao desfile de Carnaval. Provavelmente seguiriam o desfile até a nova sede. Lina apareceu com flores nos braços. Gustavo imaginou que não era parte de sua fantasia, e sim um presente. Ela jogou uma por uma no desfile e buscou mais para continuar. Onde diabos tinham arranjado flores para lhe dar?

— Vamos atrás deles! — Bertinho tinha recuperado a energia depois de alguns chopes e puxou os amigos para seguirem o cortejo de foliões que tomava a avenida.

A ideia de descer no meio daquele pandemônio não agradava Gustavo, por mais que a banda já fosse longe. Mesmo assim, ele se viu descendo atrás dos amigos pela escada estreita. Sabe-se lá para onde Bertinho e Miguel foram, não importava, sabiam o ponto de reencontro. Porém Henrique e Gustavo acabaram do outro lado da rua, perto da bela construção de três andares. A linda mascarada estava no segundo andar e atirava flores para os foliões que acenavam, gritavam e se empurravam para pegar os delicados presentes que se desfaziam em pétalas.

Eles viram alguns dos foliões guardando flores capturadas em bolsos internos de paletós e fantasias, como se fossem manter à guisa de lembrança daquele memorável Carnaval de 1906.

O andar térreo de todos os prédios estava fechado, e os dois se afastaram até a beira da rua. Lina se debruçou quando as flores acabaram e sorriu. Avistou os dois e trocaram um olhar de reconhecimento. Henrique e Gustavo não vestiam a farda do bloco dos Teimosos como no dia anterior, e dava para ver o verde na camisa de ambos e na faixa do chapéu de Gustavo.

Lina acenou, mas as pessoas que olhavam para cima acenaram de volta, e Henrique e Gustavo ficaram sem saber se ela estava cumprimentando os dois. Então, Lina deixou a sacada. Os primos se separaram, pois nunca sabiam o que esperar de sua espoleta preferida, e combinaram um sinal caso a encontrassem. Gustavo foi até a esquina da Rua da Assembleia, e foi por onde Lina saiu. Quando ela deixou o prédio e olhou em volta, Gustavo nem conseguiu fazer o sinal que deveria.

Não importava que houvesse um burburinho em volta e toda sorte de distrações. Era a visão mais impressionante que ele já testemunhara.

Por sorte, Henrique não precisou do sinal e apareceu prontamente ao lado de Gustavo, batendo no ombro dele. Juntos, os dois se aproximaram e um sorriso se abriu no rosto de Lina assim que pararam diante dela.

— Pensei que não conseguiria vê-los hoje — cumprimentou ela.

— Nós a vimos de longe, distribuindo flores e roubando atenção do desfile — disse Henrique.

— Não tenho mais flores, atirei todas — comentou ela.

Antes que um dos dois pudesse perguntar de onde saíram aquelas flores, Lina remexeu no alto da cabeça. O cabelo dela parecia estar todo solto, mas havia tranças no topo que ajudavam a manter o diadema no lugar, e foi de onde ela tirou duas presilhas pequenas em forma de flor.

— Fiquem com estas. — Ela ergueu os punhos, oferecendo uma para cada um, com as palmas viradas para baixo e as presilhas escondidas.

Os dois avançaram para receber o presente ao mesmo tempo, e Lina só liberou as presilhas quando sentiu que suas pequenas mãos descansavam sobre as palmas deles. E assim, em uma brincadeira que durou segundos, acabou com ambos segurando as mãos dela e roçando os dedos nos seus para ganhar o que ela oferecia.

Henrique colocou o enfeite de flor na lapela, mas Gustavo guardou no bolso, assim tinha menos chance de perder. As presilhas eram joias de cabelo, e Lina não pensaria em entregá-las a mais ninguém.

— Você está linda — disse Gustavo, ainda intrigado e ocupado em observar os detalhes da fantasia que ela usava.

Um leve sorriso esticou os lábios de Lina, mas ele continuou, rápido:

— Sempre está… A fantasia é apenas um adorno.

O sorriso dela foi crescendo mais a cada palavra dele; seus lábios estavam apertados, segurando o contentamento e o embaraço. Estava havia horas sendo observada, escutando elogios e acenando para desconhecidos. Mas era só encontrar com Gustavo e Henrique, perceber a forma como a olhavam e receber um simples cumprimento que uma onda de acanhamento a dominava.

— Não está fantasiada assim só para vir acenar para foliões deslumbrados — observou Henrique.

Lina riu e balançou a cabeça; "deslumbrados" era um pouco demais na sua opinião.

— Vou a um baile especial.

— Seus pais vão? — Gustavo recuperou o foco em um instante.

— Ah, sim. Mas papai não tem paciência para ficar muito tempo nesse tipo de evento. Então eu fico com um acompanhante, porque minha madrasta é uma eterna apaixonada e adora partir com seu querido.

— Não pode ficar só com aqueles miúdos. É Carnaval — disse Henrique, parecendo preocupado.

— Onde é? — indagou Gustavo, atendo-se ao que importava.

— Na Glória. Uma dessas madames com ideias europeias sobre Carnaval oferecerá um grande evento. Disse que quer misturar os Carnavais. — Lina entortou a boca, dando a entender que nem sabia o que a mulher pretendia.

Henrique olhou em volta — não só podia imaginar como estava presenciando ali mesmo a comoção que Lina era capaz de causar.

— E você estará fantasiada como um pecado carnavalesco? — perguntou ele.

Lina se divertiu. Eles eram adoráveis, provavelmente era por esse motivo que ela gostava de perturbar suas ideias. Dava para perceber que eles ficavam mexidos com sua atitude, nenhum dos dois fazia questão de esconder, no máximo tentavam se camuflar atrás de perguntas indiretas. O intuito era preservar o pouco de orgulho próprio que lhes sobrava.

— Linda me pediu para ser a rainha do Carnaval no baile dela. — Deu uma batidinha na lateral do acessório que usava no rosto. — É claro que é um baile de máscaras — avisou, com um sorrisinho faceiro.

Naquele instante, os pais de Lina apareceram na porta lateral com outros convidados e Lina deu uma rápida olhada para trás antes de dizer:

— Pelo menos não fui impedida de me divertir no último dia de Carnaval, não é?

E lá foi ela, encontrar os pais e os "dois miúdos". Caetano olhava em volta como se fosse um segurança perigoso, mas Bento não desgrudava das saias dela, o que o fazia se parecer ainda mais com um menino de dez anos.

— Ela é impossível — comentou Gustavo, tirando a flor do bolso e examinando. O enfeite dele era rosa, com um pente fino atrás para se prender ao cabelo. O centro era feito de alguma gema.

Ele arrancou a flor amarela da lapela de Henrique e a enfiou no bolso do primo. Nem por decreto chegaria intacta se eles fossem cortar pelo meio dos foliões. Antes de guardá-la, Gustavo reparou na flor com o mesmo sorriso com que tinha encarado a sua. E nem percebeu que Henrique o observava com uma expressão contente, simplesmente por vê-lo com aquele sorriso bobo e raro no rosto. Já tinha visto o primo sorrir assim?

— Que lugar é esse para onde ela vai? — indagou Gustavo, voltando a si por fim, parando de sorrir.

— Achei que não perguntaria — disse Henrique. — Venha!

Eles cortaram pelo meio das pessoas. Nesse intervalo, o público da Avenida Central se dispersara, e não foi tão difícil vencer a distância até o ponto do bonde.

— Responda rápido — propôs Henrique, virando-se para o primo enquanto o próximo bonde se aproximava. — Prefere ir ao bloco dos Teimosos, com aquele bando de cabrunco feio, que toca mal e que vemos o ano todo, para depois chegar ao baile da Caverna dos Tenentes e se envolver em imoralidades para manchar ainda mais a nossa reputação... Ou prefere ir atrás da nossa rainha do Carnaval?

Gustavo franziu o cenho, escutando a pergunta enquanto o bonde parava atrás dele.

— Mas que pergunta mais sem propósito, homem. — E pulou para dentro do bonde.

Henrique riu, seguindo Gustavo sem perder um segundo. Se a resposta não fosse exatamente aquela, ia sentir como se tivesse apagado uma vida de convivência com o primo.

— Ainda não conversamos sobre algo importante — disse Henrique. — *Lina, você e eu.*

— Há o que conversar? — Gustavo só o olhou de soslaio.

— Sim, se isso não terminar em uma brincadeira de Carnaval.

Gustavo concordou, mas não disse nada. Ao menos teria tempo para organizar seus pensamentos e emoções antes de entrar naquele assunto. Ou não. Era perturbador estar em uma situação tão íntima e não ter controle de nada... Quando pensava em histórico e probabilidade, o cenário não era promissor. Contudo, como conseguiria calcular qualquer coisa, se Lina era um elemento surpresa?

Já estavam chegando na José de Alencar quando Gustavo estranhou o trajeto que faziam, de tão distraído que estava.

— Ela disse que ia para a Glória.

— Sim, aquela tolinha. Ali não é a Glória, é Laranjeiras. — Henrique riu, divertindo-se com a pista falsa. Podia jurar que ela adoraria dar uma volta neles de propósito.

Gustavo se sobressaltou.

— Ela mentiu? — questionou ele.

— Ela ainda não conhece a cidade, menos ainda os bairros.

Quando chegaram à Praça São Salvador, era possível ouvir a banda tocando lá da rua, mas até o vizinho mais próximo do casarão estava convidado para o baile. Somente quando viu a mulher vestida com uma fantasia luxuosa Gustavo soube de quem se tratava. Henrique entendera quando Lina disse que Linda lhe pedira para ser a rainha do baile.

Ermelinda "Linda" Feitosa, uma das mulheres mais ricas e importantes do país, elegera Lina como a rainha do seu baile. Ela gostava de fazer essas coisas, intrigas a divertiam. Seu dinheiro e seus contatos ajudavam a protegê-la quando seus segredos vazavam e viravam escândalos murmurados pela sociedade.

E ela nunca chegava no começo de suas festas. Não era chique. Mas mandava o marido antes, para recepcionar os convidados. Ele era seu acessório, servia aos seus propósitos. Ermelinda preferia chegar acompanhada do jovem amante da vez. Dava alguma desculpa sobre o rapaz: primo, parente, pupilo, secretário pessoal... A lista era longa.

Ela tinha três filhos com o primeiro marido, já falecido, que estudavam fora do país. E adorava viajar para visitá-los. Sem o atual marido.

Com seu gosto apurado por jovens atraentes, a primeira coisa que Ermelinda viu foi os Sodré junto à grade preta do jardim. E fora exatamente por isso que Henrique havia parado naquele ponto e mantivera o paletó aberto, as mãos nos bolsos, ciente de que atraía olhares femininos com sua mistura de elegância, robustez e rebeldia. Às vezes era preciso recorrer a medidas drásticas.

Henrique não pediu que Gustavo participasse do plano para entrarem na festa — sabia que o primo não tinha interesse em encantar ninguém para conseguir o que desejava. Gustavo encostou na grade, cruzou os braços e deixou o chapéu sombrear seus olhos. Esqueceu de seus ombros largos, bíceps trabalhados pela natação e pelo remo e corpo esguio e rijo. Era difícil não apreciar o modo como as roupas sob medida abraçavam sua figura máscula.

O plano surtiu efeito. Logo a dona da festa em pessoa apareceu para cumprimentá-los.

— Vocês resolveram dar a graça no meu baile? Se for algum plano romântico para paquerar as minhas convidadas, gostaria de participar. — Ermelinda parou junto aos dois, o tom de voz surpreso.

— Não — disse Henrique, desencostando-se. — Você não me convidou, Linda.

Ela riu e negou com a cabeça, adotando uma postura charmosa.

— Vocês dois não têm vergonha? — Ela olhou bem para Gustavo. — Você então, meu querido rapaz, não veio nenhuma vez antes.

— Peço perdão. — Gustavo tocou o chapéu quando fez a leve mesura, alheio ao efeito que causava.

— Ele virá, eu garanto — mentiu Henrique.

— Eu convidei todos os Sodré, seu tratante — informou Ermelinda.

— Meus familiares? A senhora quer ter a festa arruinada? — indagou Henrique.

Ermelinda riu ainda mais — adorava que ele não disfarçasse seu desprazer com os parentes.

— Eles não virão, são enfadonhos. — Ela deu de ombros. A anfitriã era seletiva nos convites que aceitava, mas sabia de todas as fofocas. Estava ciente de que o garboso filho do barão estava rejeitando a mimada sobrinha da marquesa. E ela havia convidado Vitoriana e suas amigas. Imaginara que Henrique não apareceria.

Só que havia uma fofoca inédita, que fugia ao conhecimento dela: o encantamento explícito dos indóceis Sodré pela cativante filha do cônsul.

Se Ermelinda soubesse disso, não resistiria a armar um encontro entre todos os personagens desse imbróglio.

— Vocês terão que dançar comigo — avisou ela, esquecendo o amante e oferecendo os braços para Gustavo e Henrique.

Os dois entraram de braços dados com a anfitriã, e não precisaram apresentar convite algum ou protagonizar a embaraçosa cena de pedir a um empregado para chamá-la. Só era preciso um pouco de sorte, um tanto de malandragem e um bocado de boa aparência.

Tudo isso por causa daquela maldita espevitada, pensava Henrique.

23

Olhe para mim

Assim que entrou no baile, bem acompanhada por dois jovens rapazes bonitões, Ermelinda seguiu direto para o meio do salão. Ela queria ser vista — não fazia sentido dar um baile esplendoroso e não se tornar um dos principais assuntos.

Desvencilhou-se de Gustavo e Henrique e, sem saber, chamou o motivo para seus dois acompanhantes estarem presentes.

— Quanta discórdia já causou, meu bem? — perguntou ela, segurando a mão de Lina, enquanto os primos, ainda por perto, só tinham olhos para a rainha do baile.

— Talvez eu a decepcione nesse quesito. Ou não conheço, ou não me importo com essas pessoas — respondeu Lina, fazendo um agrado à Ermelinda.

— Só de respirar nesta fantasia, já é suficiente para isso, meu bem — assegurou a mulher, com um olhar de puro contentamento.

Talvez Lina devesse se preocupar por ser parte da teia de assuntos de Ermelinda. Tinha certeza de que Margarida não aprovaria, por mais que Lina avistasse algumas das amigas dela por ali, com fantasias caras e tão comuns quanto as máscaras de uma única cor. Porém Lina achara a anfitriã interessante, e, na segunda vez que se encontraram, Ermelinda declarou quanto tinha ouvido falar sobre a senhorita recém-chegada da Europa e como adoraria que Lina aceitasse a honra de ser a rainha do seu baile.

— Vamos, não vou deixar que me enrole. Minha primeira dança será com você — disse Ermelinda, dando novamente o braço a Henrique. Então se virou para Gustavo: — Não se acanhe, sr. Sodré. Minha rainha vai dançar com você. Não é, querida?

O olhar de Ermelinda era de malícia; adoraria ver a expressão de certas pessoas quando presenciassem a filha do cônsul dançando com Gustavo Sodré.

Ermelinda encarou os dois rapazes, que pareciam não olhar para nada na festa além da rainha do baile. A anfitriã escolhia rainhas que brilhariam em sua festa, mas tinha autoconfiança suficiente para saber que era a estrela. Era como ser a dona do teatro e contratar uma atriz principal que fosse encher a casa.

Lina estava com um sorriso travesso quando passou para o lado de Gustavo e lhe ofereceu a mão para irem dançar. Gustavo não via mais ninguém, só escutava a música e acompanhava os passos. Em geral, dançar não lhe causava sensações, no máximo calor. Porém ele nunca tinha dançado com uma mulher que fazia sua pele formigar ao menor contato.

E jamais tivera a urgência de beijar sua parceira de dança a cada vez que os passos os aproximavam.

A anfitriã não se decepcionou. Se ela queria dançar, Henrique era uma boa escolha. Ele foi animado, divertido e espelhou a ousadia dela. Ermelinda se abanou com a máscara, contente de saber que comentariam por dias o fato de que ela havia dançado com Henrique Sodré.

O rapaz estava no meio de um escândalo e agia como se não fosse da sua preocupação. A marquesa iria odiá-la ainda mais. Ermelinda riu quando ele a girou e puxou para os braços dele, fazendo a saia amarela de sua fantasia rodar.

Não importava o que achassem — ao fim aplaudiram, só porque era Ermelinda e a rainha escolhida do ano. O motivo de estarem acompanhadas dos Sodré era um mistério, mas os quatro deixaram a pista e o baile seguiu como planejado, o que significava que Inácio ficou por apenas uma hora e logo avisou que iria embora.

— Não posso ir embora tão cedo, seria uma desfeita — disse Lina quando o pai foi ter com ela. — Já que me permitiu comparecer, deixe-me cumprir meu papel. Vou ficar com Virginie, que está acompanhada. Caetano e Bento voltarão comigo. Enviem o coupé para me esperar. Por favor, papai.

O cônsul dá liberdade demais à filha. Ele a criou mal. Isso que dá tê-la criado com a concubina francesa. A educação da menina pode ser europeia, mas não condiz com nossos costumes. Ele jamais deveria ter permitido que ela aceitasse o convite ou usasse esse tipo de fantasia. Essas e outras frases do mesmo teor rondavam pelo baile, e certamente ganhariam força pela sociedade.

Virginie estava acompanhada da irmã, filha de outro pai, do período em que o deputado havia se separado de sua mãe. Porém o maldito voltou e a mãe de Virginie gostava mais dele que do novo companheiro. Como agrado, ele também proporcionava tudo para a menina, que estava em idade de debutar.

— Sua máscara está amassada, foi a dança enérgica? — provocou Lina, apontando para Henrique quando os dois se afastaram da pista depois da primeira dança.

— Estava no meu bolso, no bloco ninguém notaria.

— Ia para o bloco?

— Sim, antes de encontrá-la e descobrir para onde ia.

— Eu não disse para onde estava indo.

— E nós estamos em Laranjeiras, não na Glória.

— Ora, Laranjeiras não é só aquela rua ao lado da igreja e o bairro que sobe para o Corcovado?

— Não, é um pouco maior do que isso. Onde pegamos o trem para o Corcovado já é o Cosme Velho.

Lina bufou, ainda frustrada por continuar perdida na cidade. Explorar era uma aventura e uma transgressão. Seria mais fácil se tivesse um mapa.

— Ir ao Corcovado foi um dos meus passeios preferidos, não só aqui, mas em toda a minha vida — contou ela.

— Fico feliz em saber. — Henrique mudou o peso de um pé para o outro, sentindo um contentamento estranho crescer em seu peito. — Posso levá-la quando quiser.

— Vamos sim. — Lina deu aquele sorriso que fazia os rapazes terem certeza de que estavam sendo enrolados.

Em meio a breves conversas, Lina continuou seu dever como rainha do baile. Foi convidada para dançar inúmeras vezes e aceitou algumas. Foi paparicada, ouviu os mais diversos flertes e até pedidos para que retirasse a máscara. Dizer que aquilo tudo era um desgosto para seus acompanhantes seria um eufemismo. Estava mais para um desespero mudo.

Gustavo não escondia o desprazer com toda aquela atenção, e chegou à conclusão de que nunca havia treinado aquela reação. Deixou pelo menos dois corajosos sem graça ao ouvir os flertes terríveis que tentavam aplicar. Henrique parecia uma alma leve, até dançou outra vez enquanto Lina também estava na pista. Saiu ao mesmo tempo, quanta coincidência. Ainda mais quando resolveu dançar com a jovem irmã de Virginie e a devolveu no mesmo lugar para onde Lina foi.

— Aqui, para se refrescar — disse ele, entregando um refresco ao seu par e ficando com outro.

A garota agradeceu, mas Henrique sequer escutou, virando-se com uma rapidez inesperada e segurando a mão do homem que havia devolvido Lina.

— Não precisa tocar nela. Por que diabos quer tocar nela? — O semblante grave de Henrique não combinava com seu tom baixo, mas cortante.

Ele pegou o homem a meio caminho de encostar os dedos na parte desnuda do ombro de Lina.

— Não é isso, eu... — balbuciou o homem, consternado. — A máscara, eu só queria ver se...

— Veja com os olhos. — Henrique empurrou a mão dele. — Ou melhor, desapareça daqui.

— O que é isso, Sodré? Eu só fiquei curioso, só...

Pouco importava para Henrique se os dois se conheciam. Por que o sujeito estava com a mão a um palmo de encostar no corpo de Lina sem permissão? O homem não continuou a frase, nunca tinha visto aquela expressão no rosto do outro. Os dois não eram amigos, mas encontravam-se em eventos havia anos.

Virginie colocou a mão na boca para disfarçar o riso ao ver o jeito apressado com que o homem se afastou. Ela não sabia o que estava acontecendo entre Lina e os dois Sodré, mas a interação entre eles era curiosa. Ficou com a pulga atrás da orelha, sem conseguir desvendar por qual dos dois sua nova amiga nutria interesse.

— Para você — disse Henrique, entregando o outro copo de refresco a Lina.

— Não sei se devo agradecê-lo ou admoestá-lo. — Ela aceitou o refresco e o observou por cima do copo.

— Pode fazer os dois. — Pela expressão de Henrique, não se arrependia do comportamento.

Lina olhou em volta em busca do outro teimoso, que momentos antes estivera ao redor dela, protegendo-a das liberdades de outros homens. O refresco quase caiu de sua mão quando viu que Gustavo estava preso em uma armadilha. Ermelinda permanecia ao lado dele, animada e tagarela. Ele só movia a cabeça, alternando-se entre ela e as mulheres com quem estavam conversando: Vitoriana e seu séquito.

E a "noiva" de Henrique tinha acabado de dispensar as amigas e permanecera somente com Gustavo e Ermelinda. Na hora, Lina se lembrou da conversa dos abutres no jantar.

— Segure o meu refresco — disse ela, devolvendo o copo a Henrique, e partiu naquela direção.

Nem raciocinava enquanto vencia os metros que os separavam, e entrou entre Gustavo e Ermelinda para encarar Vitoriana. Não ficava tão visível debaixo da máscara, mas seu olhar era uma ameaça anunciada.

— Sei que já conhece minha rainha do Carnaval, mas já se encontraram hoje? — indagou Ermelinda, alheia à tensão que se instaurou com a chegada de Lina.

— Não, ainda não conversei com ela, com tanta gente a sua volta — respondeu Vitoriana, e seu olhar desceu pela fantasia colorida de Lina, cheia de detalhes em transparência nos braços e no colo.

Por causa das máscaras, não dava para ver o olhar de julgamento no rosto dela nem a expressão hostil de Lina. Se aquela mulher ou uma de suas amigas ousasse ser desagradável com Gustavo, iriam se ver com ela.

— Eu não imaginei que viria — comentou Lina.

— Foi uma surpresa para mim também. Surpresa agradável, claro — emendou Ermelinda.

Henrique apareceu atrás do grupo, e a anfitriã mal conseguiu esconder o gosto que sentiu naquele momento. Ermelinda sabia que Vitoriana já tinha concluído que, se Gustavo Sodré estava presente, Henrique Sodré também estaria. Esteve imaginando como provocar o encontro dos dois e presenciar a cena, mas acabou sendo oferecido de bandeja.

Já que ninguém se moveu, Henrique precisou parar ao lado de Vitoriana para entrar no pequeno círculo de conversa. Ele a olhou e cumprimentou:

— Srta. Pizarro — disse, meneando a cabeça.

A máscara de Vitoriana era um acessório delicado que ela segurava no lugar por uma haste enfeitada, e foi abaixada com a chegada de Henrique. Pelo olhar ressentido de Vitoriana e a forma como balançou a cabeça, dava para ver que achava um absurdo ele se dirigir a ela daquele jeito formal. De fato, sua expressão denunciava tudo: enxergava-se como uma noiva esnobada. Ao fundo, dava para ver suas amigas voltando para perto, como se precisassem defender sua líder daquele encontro tão temido.

Mas não era ela que vivia a reclamar que o "noivo" não ia ao seu encontro em locais públicos e que aquilo era um desrespeito da parte dele?

Lina franziu o cenho por trás da máscara e alternou o olhar entre Vitoriana e Henrique. A hostilidade e a preocupação que a fizeram marchar até ali se transformaram em uma bola de ciúme, que subia por sua garganta. Abençoada a máscara, que cobria a parte superior de seu rosto, do contrário duvidava de que conseguiria disfarçar.

— Eu não o esperava aqui. Achei que estivesse pelo centro da cidade com seu primo — disse Vitoriana, olhando com reprovação entre Henrique e Gustavo. A forma como ela pronunciou a localização dava a entender em quais tipos de diversões imorais imaginava que Henrique estaria participando se não estivesse ali.

— Mudança de ares — resumiu ele.

Ermelinda não cabia em si, sequer conseguia fingir que não observava os dois, atenta.

— Meus queridos, por que não aproveitam esse encontro no meu baile e dão a graça de sua presença na pista de dança? — sugeriu ela. — Os convidados vão adorar ver um belo *casal* dançando uma modinha.

A máscara também escondeu a expressão azeda de Henrique. A situação era complicada. Ele não queria se casar com Vitoriana e preferia não interagir com a moça. Porém, ao contrário do que ela espalhava, não queria humilhá-la, ainda mais na frente de alguém como Ermelinda.

— Nós podemos dar uma volta no salão? Eu prefiro. — Vitoriana abriu o leque e se abanou.

Ora, ora, mais alguém ali usava a tática do calor para se livrar de danças. No caso de Vitoriana, preferia passar um tempo sozinha com Henrique a ficar presa no meio das danças animadas que Ermelinda escolhera para o baile.

Aquela velhaca, pensou Lina, ao ver Henrique oferecer o braço e sair para dar uma volta com a *noiva*.

— Está se divertindo, meu bem? Espero que esteja gostando do meu baile. Estou achando adorável, e você é uma rainha linda e cativante — elogiou Ermelinda, satisfeita, enquanto alternava o olhar entre Lina e o casal que se afastava.

— Sim, é uma experiência que jamais esquecerei. — Lina sorriu. A mulher não conseguia ver que não havia sinceridade em seu olhar.

Antes, estava se divertindo. Agora estava com ódio.

Já podia imaginar os convidados falando de como viram os *noivos* juntinhos. Os pombinhos no Carnaval, tão bonitos com suas máscaras, no baile particular mais famoso da sociedade carioca. Era tudo que Vitoriana queria, seu "relacionamento" comprovado pela visão dos outros. Lina sabia que também era mimada, seu pai lhe proporcionava tudo que estava ao alcance, mas ela jamais sonharia em querer uma pessoa, declarar que era sua e decidir que o chamaria de noivo até que o fato se concretizasse, de tal forma que nenhuma outra moça com o mínimo conhecimento sobre a elite carioca tivesse coragem de investir em Henrique Sodré.

— Vou buscar outro refresco. — Lina decidiu se afastar antes que Ermelinda notasse que algo estava errado.

Então ela agarrou a manga de Gustavo e o puxou, como se existisse a chance de ele ficar para trás. Não foram pegar refresco nenhum — Lina preferiu deixar o salão de baile e seguir pelo corredor de vigas e janelas francesas. Todas as janelas pareciam pequenas sacadas, e ali era o melhor lugar para tomar um ar.

— Nenhuma delas teve coragem de ser desagradável com você na frente de Linda, certo? — Lina parou de andar antes de chegar às janelas e olhou para Gustavo.

Ao contrário dos outros, sempre que podia ele empurrava a máscara para o cabelo, e ela pôde analisar sua expressão neutra.

— Elas não falam nada para mim. Pensando bem, pouco falam. Esperam Vitoriana dizer o que acha importante — respondeu ele.

Lina continuou não gostando daquela história, mas, àquela altura, reconhecia que nada mudaria sua visão sobre aqueles abutres.

— Se Vitoriana tentar se aproximar de você, saiba que é com más intenções.

— Não gosto de nenhuma daquelas pessoas. Não teriam como se aproximar de mim.

— Ótimo.

Lina se virou, aliviada por aquela pequena boa notícia. Gustavo era uma das pessoas mais sinceras que ela conhecia. Pensando bem, nunca tinha conhecido outro rapaz com capacidade de se expressar com tanta franqueza, sem insultar ou soar malicioso. E, por vezes, ele era tão lógico e simples que surpreendia.

Lina saiu para o espaço aberto da galeria e respirou fundo, aproveitando a brisa do anoitecer e o cheiro carregado das plantas, flores e frutas que emanava do grande jardim da casa. Empurrou a parte solta do cabelo, dando espaço para seu pescoço receber o vento. Percebeu quando Gustavo parou ao seu lado e ergueu o rosto, entregando-se ao mesmo deleite.

— Por que está preocupada com elas? — inquiriu ele. — O interesse delas não é em mim.

— Elas são maldosas, não gosto de gente assim. Com Maga eu consigo lidar, e até Jacinta, aquela cobra, ainda é manejável. Mas as outras são piores.

— Tem algum outro motivo, ou é por causa de Henrique?

— Tem, sim. Não concordo com nada do que dizem ou pensam. — Lina olhou para baixo. — Também é por causa dele — confessou. — Mas não é da minha conta, é um assunto pessoal de Henrique. Eu disse isso a ele.

Gustavo riu, e Lina ergueu os olhos, surpresa com aquele som inesperado.

— Você disse a ele que o fato de ele se casar não é assunto seu? — indagou ele.

— Sim, porque não é — insistiu ela.

Gustavo reprimiu outra risada. Agora entendia por que Henrique tinha ficado tão cabisbaixo, quase não entrara no cômodo em que ela estava no desfile dos ranchos e depois não quis conversar. Ela o banhou com o balde da água mais fria da cidade.

— Ele não vai se casar — disse Gustavo.

Lina manteve o olhar nele e, já que estava se confessando, decidiu ser direta:

— Você está se preparando para partir da cidade?

— Não.

— E quanto ao seu trabalho?

— Às vezes viajo por alguns dias.

Gustavo não disse que sua resistência à ideia de se mudar ou passar meses fora da cidade era vista como um problema, pois partia do seu incômodo com grandes mudanças. Se fosse algo pequeno, a adaptação era mais fácil.

No entanto, deixar o Rio de vez trazia de volta um dos grandes traumas da sua vida: a mudança definitiva do Recife para a capital. Naquela época, ele tinha a mãe, e mesmo assim foi difícil. Quando se habituou ao novo ambiente, ela morreu. Não pôde voltar para sua cidade e precisou ir morar em outra casa, com pessoas que não o compreendiam e desprezavam sua existência. Havia Henrique, mas ele também era criança e não tinha poder.

Foi o período mais sombrio de sua vida e, talvez por isso, as suas memórias da época estavam embotadas.

Os dois só conseguiram se mudar da casa quando Henrique completou dezoito anos. Agora Gustavo era adulto e independente, mas em que isso era diferente de deixar seu porto seguro mais uma vez? No Rio estavam as poucas pessoas em quem confiava, os raros amigos que conseguira fazer, a casa onde sentia paz, as ruas que memorizara, os locais onde se sentia bem-vindo.

E, pior, deixaria a mulher que roubava seus pensamentos e revirava suas ideias quanto a sentimentos e sensações. Era como se Lina tivesse aberto as portas de um pedaço da vida que Gustavo nunca sequer imaginara. O instinto lhe pedia para fugir, mas a atração que Lina exercia era poderosa.

Desde que ela empurrara o cabelo para trás do ombro, Gustavo estava lutando para se fixar no jardim, na brisa, até no barulho que vinha do salão. Mas voltava a olhar os cachos escuros e ainda perfeitos, que a essa altura já tinham se enrolado uns nos outros. Ele pegou um deles entre os dedos, mantendo-o na palma da mão, e olhou intrigado, reparando até no brilho que tinha sob a luz.

Lina pensou que ele estava olhando para sua fantasia, então se lembrou do que ele dissera mais cedo.

— Você achou minha fantasia bonita? — comentou ela, arrancando-o de seu mundo.

— Eu disse que *você* é bonita — disse ele, soltando o cacho.

— Pensei que não me achasse atraente.

— É a pessoa mais atraente que eu já conheci.

— Você mal olha para mim.

— Porque é a pessoa mais atraente que eu já conheci.

— Há tantas mulheres lindas à nossa volta.

— Elas não me atraem. Você me atrai. Não quero assustá-la, então não a encaro.

— Por que eu me assustaria? Eu o vejo conversar com os outros, e você olha para eles.

— Eles são eles. Para você, eu olho do jeito errado.

— Quem lhe disse isso?

— Todos. Todos que sabem... Henrique não fala nada, mas ele é como um despertador, consegue me tirar de minhas fixações com um toque. Não posso depender dele, então aprendi a evitar tudo que me levasse por esse caminho.

Lina se virou para ele e pediu:

— Olhe para mim.

O olhar de Gustavo se moveu tão lentamente que ela pensou que ele se recusaria, o que não faria sentido com o que ele estava dizendo.

— Olhe agora — disse ela. — Ou não lhe darei mais chances de me olhar furtivamente, como sei que faz.

Dessa vez, o olhar dele voou para o rosto dela. Gustavo não fazia ideia de que ela percebia aquilo.

— Por favor, não faça isso — pediu ele.

Lina puxou o laço da própria máscara e soltou, deixando-a cair do rosto.

— Gosto quando olha para mim — disse ela. — Mas seu olhar só passa por mim, nunca se demora.

O olhar de Gustavo percorreu o rosto dela, guardando os detalhes, analisando, desenhando as minúcias em sua mente. Como explicaria a ela a sensação que tinha? Gustavo tinha medo de perder o controle do seu foco. E nada, em toda a sua vida, fora capaz de prender o foco dele como Lina fazia.

— Gosto de olhar para você — disse ele, por fim.

— Então não me evite, por vezes me sinto preterida. — Ela abaixou o olhar e remexeu na bolsinha que estava pendurada em seu antebraço.

Não era isso que ele esperava ouvir. Se ele a fazia se sentir assim, precisaria aprender outra forma de controle que atendesse ao incômodo que sentia também. Sentia-se esquisito com aquela fixação, mas era inaceitável que a magoasse.

Foi outro teste de resistência pelo qual não esperava vê-la tirar um lenço da bolsa minúscula e dar batidinhas no rosto, onde a máscara antes cobria. Lina até fechou os olhos quando se virou, encostando o lenço na pele algumas vezes. Em vez de guardar o lenço na bolsa, ela o ofereceu a ele. Gustavo não pensou nada ao pegá-lo, até ouvir:

— Foi lavado, mas esqueci de trazer outro — disse ela.

Então ele reconheceu o bordado de suas iniciais. A memória invadiu sua mente — o dia em que ela lavara as mãos no Lanas e ele não sabia dizer o que o acometera para segurar o braço dela e beijar seu pulso daquele jeito. Mesmo se fosse o tipo de pessoa que conta suas intimidades, como explicaria que ficou noites sem dormir porque sentiu a pele dela pela primeira vez? E que a pulsação de Lina formigara em seus lábios durante dias?

— Prefiro que fique com você. — Ele desviou o olhar, exatamente como tinha acabado de dizer que não faria.

Lina não recusou. Ela não queria devolver o lenço a ele, mas não conseguiu expor o acessório surrupiado sem falar nada quanto a isso. Agora sim era seu.

— Amarre para mim — pediu ela.

Lina virou de costas para ele, segurando a máscara junto ao rosto. Gustavo puxou as fitas para prender o acessório. Estava tão concentrado que não viu quando Henrique apareceu no corredor francês.

E ele vinha sozinho.

24

Pecados carnavalescos

Henrique estava sem a máscara, e deu uma olhada para trás antes de se aproximar de Gustavo e Lina. Já havia se livrado de sua companhia havia alguns minutos e imediatamente escapara do salão. Não precisou procurá-los, pois tinha visto para qual lado foram ao saírem.

— Está livre? — indagou Gustavo, ao ver que ele se aproximava.

— Sim — confirmou Henrique.

Lina virou o rosto para não olhar para ele, mas a expressão de Henrique era de diversão.

— Ela o ludibriou. Não é verdade que não se importa se você se casar — relatou Gustavo, muito sério.

— Seu fuxiqueiro! — Lina virou rápido, puxou a bolsa do pulso e bateu no braço dele.

A expressão de Henrique evoluiu para um sorriso aberto. Gustavo mal sentiu a bolsada e ergueu a sobrancelha em uma cômica expressão de travessura.

— Não quero mais saber de vocês dois! Deixem-me! — Lina deu um passo para longe, virou de costas para eles e cruzou os braços.

O silêncio se estendeu. Os dedos dela tamborilavam no próprio braço. Achou estranho, pois a música não chegava ali com altura suficiente para camuflar o som dos passos de Henrique e Gustavo se afastando sobre o piso de pedra.

Mais de um minuto se passou e Lina arriscou olhar sobre o ombro, mas a máscara ocultava sua visão periférica, então precisou se dar por vencida e virar de vez. Encontrou dois pares de olhos castanhos presos nela. Gustavo enfiou as mãos nos bolsos, com expressão de desconfiança. Por outro lado, Henrique pendera a cabeça para o lado e a observava, esperando o que Lina inventaria a seguir.

— Era para vocês terem partido. Virei de costas para lhes dar privacidade. Quando alguém se vira, é uma dispensa — avisou ela, e a máscara a impedia de expressar sua revolta por inteiro.

— Ah, era para isso? — Gustavo cruzou os braços e assentiu, como se acabasse de fazer uma descoberta incrível.

— Você está sendo sarcástico? — perguntou Lina, estranhando, então ficou desconfiada.

— Não? — respondeu ele, e um de seus olhos se contraiu mais do que o outro.

— Está, sim! — acusou ela.

Henrique fez um sinal de positivo para o primo e elogiou:

— O tom foi perfeito.

Foi a vez de Gustavo se divertir, e ele assentiu, satisfeito.

Já que os dois não se mexeram, Lina se virou e partiu pelo corredor francês, porém seguiu na direção contrária à entrada do salão. Andou até avistar um espaço reservado, de arquitetura francesa e decoração art nouveau. Antes que pudesse prosseguir, uma voz a impediu.

— Esse é outro plano para nos dispensar? — Pela forma como a voz de Gustavo ecoou pelo espaço atrás dela, Lina percebeu que nenhum dos dois a tinha seguido.

Lina parou de andar. Não queria dispensar ninguém. Se as coisas acontecessem como o planejado e ela usasse a Quarta-Feira de Cinzas como o pontapé inicial para recuperar o juízo, não iria mais vê-los. Não passaria o tempo em momentos preciosos com cada um nem voltaria a cometer a sandice de se encaixar entre os dois.

Aquilo não fazia bem a nenhum dos três. Em breve algo ruim aconteceria. Talvez até uma tragédia.

Como boa inconsequente que era, Lina se virou, puxou o laço da máscara e a abaixou. Teria sido menos doloroso se não tivesse encontrado os dois no último dia de Carnaval. Conseguia fingir que nada estava acontecendo quando seus encontros eram espaçados. Depois de três dias passados ao lado dos Sodré, era incapaz de ignorar os sentimentos que provocavam nela. Resolveria aquele assunto de uma vez por todas.

Gustavo e Henrique acompanharam com os olhos cada passo que Lina deu até parar junto deles, chegando tão perto que bastava um sussurro para que a ouvissem.

— Eu disse que não sabia se nos encontraríamos hoje. Odeio admitir que teria sido melhor se não fosse o caso. — Ela olhou para a máscara que segurava. — Não seremos mais vistos juntos.

— Vai sair do país, Lina? — indagou Henrique.

Ela negou com a cabeça, odiando-o por fazer com que ela tivesse vontade de rir.

— Você disse "vistos juntos"? — Gustavo perguntou, sem entender.

— Não creio que servimos para ser seu segredinho — opinou Henrique.

— Eu estragaria tudo. Falta discrição na minha natureza.

— Não minto bem — lembrou Gustavo. — E disfarço mal.

Lina riu baixo. Estava de volta ao Brasil fazia tão pouco tempo, e aquela poderia ser sua única solução. Ir embora outra vez. Um oceano entre eles faria com que se esquecesse de como era estar entre os dois?

— Então eu minto e disfarço por nós três — disse ela, baixinho, e atraiu os dois para mais perto, tão naturalmente quanto se os puxasse por fios invisíveis. — Nós somos um segredo.

Lina encostou o rosto no ombro de Gustavo no mesmo instante em que puxou o outro pela lapela. Henrique grudou o nariz nos cabelos de Lina, inspirando o cheiro com vontade suficiente para esquecer onde estavam, esquecer que poderiam ser vistos por qualquer um que entrasse por aquele corredor. Mesmo que ela estivesse de máscara, não adiantaria nada — as roupas a tornavam reconhecível como a rainha da festa. Ainda por cima, estava sendo contraditória. Não seriam mais vistos juntos, ou ela mentiria e fingiria para guardar esse segredo?

Para sorte deles, Gustavo era o mais lúcido do trio. Ele ergueu o rosto de Lina, verificou a expressão dela e pegou a máscara para recolocá-la. Não queria mais ouvir sobre o "segredo" que guardavam, e, não importava quanto a quisesse, ali estavam tão expostos quanto um solitário carro alegórico no meio da Avenida Central. Lina não tentou impedi-lo, deixando que se aproximasse.

— Como vai me beijar com uma máscara tão grande? — perguntou ela, quando ele estava prestes a encaixá-la no lugar.

A máscara simplesmente escorregou do rosto de Lina e ficou na palma de Gustavo. Os dedos dela permaneciam enroscados na lapela de Henrique, mantendo-o junto a si. Mesmo que os dois conseguissem escondê-la entre seus corpos, com os ombros largos e a altura considerável, naquela noite isso não faria diferença.

Lina virou o rosto para Henrique e seus lábios roçaram a testa dela. Era como se fogos de artifício estourassem nos olhos dele. O desejo o cegou, e os ouvidos zuniam.

— Lina, por favor — pediu Henrique, com receio de cometer a loucura de ceder à vontade de tocá-la.

Lina enfiou a outra mão pela lapela de Gustavo e olhou para trás, verificando se não havia ninguém antes de levá-los para aquele espaço que avistara antes. Os dois não sabiam o que ela planejava, mas a seguiriam não importava para onde.

O espaço que Lina encontrara era um nicho, que tinha o objetivo de ser bonito e expor os objetos importados de Ermelinda. A janela ao fundo era de vitral, e no meio do espaço havia uma mesa dourada que parecia feita de ouro, posicionada sob um foco de luz. A base da mesa tinha um formato em Z, e em cima dela havia um vaso pintado à mão cheio de flores roxas chamativas. Dos dois lados do nicho, painéis de madeira cobriam as paredes até a metade.

Lina passou pela mesa; não havia espaço para os três entrarem de uma vez, mas caberiam ali se continuassem próximos. Não era problema para eles. Gustavo se aproximou pelo lado esquerdo da mesa e Lina não desviou o olhar, testando se ele sustentaria, e, quando foi correspondida, abriu um sorriso e o beijou.

Henrique assistiu ao beijo, hipnotizado. Quando estavam com Lina, tudo era intenso e cercado da sensação de perigo; não havia tempo para pensar em nada além dela. A expressão que ele tinha no rosto era a mais tola possível quando a viu segurar no paletó de Gustavo e paralisá-lo com um beijo. Gustavo retribuiu, entregue, ciente apenas da boca de Lina contra a sua.

— Muito melhor sem a máscara — murmurou ela.

Depois que ela se afastou de Gustavo, voltou o olhar para Henrique, que se encaixara no nicho pelo outro lado. Lina e ele estavam numa espécie de atrito — mesmo depois de alguns beijos de Carnaval e de passar algum tempo juntos na folia, nada daquilo tinha resolvido a situação dos dois. De fato, tinha piorado. Lina o levara até ali, e agora mostrava sua teimosia ao encará-lo em desafio. Henrique aceitou — não existia mais salvação para ele.

— Você abalou meus dias como nada mais poderia — disse ele, segurando-a pelo rosto com um afeto que não a preparou para seu beijo feroz, oferecido com intento, em um misto de punição e alívio.

Lina raramente abria os olhos no segundo após ser beijada, até porque seus beijos costumavam ser compartilhados entre os dois homens que ela adorava. Henrique a levou para trás, com o aperto excitante e suave no pescoço dela, e Lina ansiou que Gustavo viesse ao encontro dos dois. Ela deu outro passo para trás, sem saber bem para onde ia, e então encontrou o conforto quente do corpo de Gustavo em suas costas.

Esconderam-se no nicho para ter um tempo juntos, e nunca estiveram tão em risco. O espaço não escondia nada. Bastava que alguém passasse ali para flagrá-los.

Foi a primeira vez que Lina sentiu os dois tão famintos, respirando contra seu rosto, arranhando-a com a barba, mordiscando seu queixo e alternando os beijos em sua boca. Eles a tocavam no rosto, no pescoço, seguravam seu queixo e a viravam para beijá-la. Lina estava sobrecarregada de sensações.

Gustavo mordiscou sua orelha, e Lina atirou a cabeça para trás, perdida naquele momento. Eles a abraçaram e beijaram como se estivessem em um esconderijo impossível de ser encontrado. Enquanto beijava Henrique, Gustavo envolvia o pescoço dela com a mão, e, quando a boca de Lina passava a pertencer a ele, sentia os lábios de Henrique afundando pela gola de sua blusa até o botão aberto.

Odiava a blusa que até então fora sua nova peça preferida, e que agora colava na pele. Era só um adorno de gaze, o vestido por baixo não tinha mangas e o tecido leve mostrava suas formas. Lina se remexia entre eles, ganhando confiança depois de tê-los beijado duas vezes antes. Entendeu que, não importava o que fizesse, os dois encontrariam um jeito de se encaixar a ela. Não precisava saber como a sintonia entre eles era tão instintiva, só adorava aquela sensação.

Lina se virou para Gustavo e passou os braços pelos ombros dele, beijando-o sob o efeito do desejo que dominava seu corpo. As mãos dela subiram para o pescoço dele, os dedos eriçaram os cabelos pretos da nuca e entraram entre as mechas grossas. Gustavo apertou o quadril dela, puxando-a contra sua ereção, e Lina se viu inclinada para a frente, com o controle do beijo roubado.

— Adoro sua boca — disse ela, traçando os lábios úmidos e cheios, com o olhar preso neles.

Gustavo mordeu os dedos dela, inclinou-se e mordiscou sua boca, lutando para conter o desejo que sentia.

Henrique ergueu os cabelos de Lina — consumido demais para se atentar a cachos ou penteados — e beijou a pele da nuca. Lina derreteu-se, e o beijo com Gustavo foi interrompido, levando-a a encostar a testa na dele. Henrique piorou tudo ao apalpar seu corpo, buscando suas formas. As carícias não a acalmavam e, em vez de soltar seu cabelo, Henrique chupou a pele exposta, sentindo o gosto salgado da transpiração que se espalhava pelo corpo dela.

Foi a primeira vez que as saias dela foram tratadas como obstáculo e remexidas entre eles. Eram duas saias, mas eram finas, e a anágua que usava por baixo era curta. Lina sentia o tecido colado nas pernas, e as mãos dos dois o esfregavam sobre suas coxas, aumentando sua sensibilidade. Ela se virou outra vez, segurando Henrique pelas lapelas para beijá-lo, depois as mãos deslizaram pelo peitoral dele, entraram por dentro do paletó aberto e sentiram o contorno dos músculos. Lina se sentiu ousada ao acariciá-lo desse jeito. Ela pendeu a cabeça para o lado, oferecendo os lábios como se estivessem desocupados por um segundo sequer.

— Adoro seus beijos — murmurou ela, respirando na boca de Henrique e recebendo mais um beijo quente.

Lina ficou na ponta dos pés e, por mais que a encobrissem entre os dois, sentiu que ainda não era próximo o suficiente. Por vezes, teve certeza de que sequer tocava o chão. Atrás dela, Gustavo desceu as mãos pelo seu torso — o espartilho curto a cobria, mas não impedia que sentisse aquele toque. Seus mamilos doíam no confinamento do tecido apertado, escondidos sob três camadas, tão sensíveis que seu corpo reagiu em um sobressalto quando os dedos dele esfregaram os picos. A roupa não permitia ver, mas Gustavo podia sentir na pressão de seus dedos quanto ela estava excitada.

As pernas de Lina perderam a força, e ela não sabia se conseguiria ficar de pé sem apoio. Henrique a segurou pela coxa, agarrando-a junto com a saia e encaixando uma perna entre as dela. Ele a apertou tanto que Lina sentiu a ereção dele contra seu ventre. Henrique se mexeu e ela recebeu apoio, alívio e tormenta. Gustavo se encaixou então contra o traseiro dela, estimulando-a a perseguir o prazer que estava sentindo. O gemido que deixou a garganta de Lina foi longo e engatilhou a resposta de ambos.

— Venha mais perto, assim — sussurrou Henrique, pegando-a pelo quadril e encaixando-a do jeito certo.

Nada poderia deixá-la mais instável e excitada, disso Lina tinha certeza. Não sentia o chão sob seus pés, não escutava nada além das respirações dos dois com quem compartilhava aquele momento íntimo. Tudo que sentia eram seus corpos, encaixados no dela como se tivessem sido feitos sob medida um para o outro. Toda vez que Henrique a puxava pelo quadril e a movia sobre sua coxa, o prazer disparava pelo corpo de Lina, intenso, como uma onda de choques que subiam pelo seu ventre. Lina nunca tinha experimentado aquele limiar de prazer e lutava contra o receio de se entregar.

— Vá no meu ritmo, um pouco mais — disse Gustavo junto ao ouvido dela, provocando um arrepio e um gemido.

Ele a encorajou, empurrando-a no mesmo ritmo, causando mais atrito entre eles e naquele botão de nervos que pulsava sem parar. Lina tateou com o braço para trás, como se fosse puxar Gustavo, e ele desabotoou o punho da blusa dela, mordeu seu pulso, beijou sua mão e só então deixou que ela se segurasse em seu pescoço.

O prazer estourou no corpo de Lina sem aviso, como a rolha que explode de uma garrafa de champanhe quando todos pensavam que ela sairia com suavidade. Tinha adorado ficar presa naquele tormento prazeroso, mas, no intervalo de um suspiro, desabou num precipício. Arrepiou-se inteira, perdeu a voz, e só soube que ainda estava respirando porque ofegava repetidas vezes. Não tinha controle sobre os braços ou pernas, mas Henrique e Gustavo a mantinham segura, e Lina abandonou-se nos braços dos dois, perdida, com a mente em branco.

Após a explosão, eles a acariciaram com suavidade. Lina fechou os olhos, então não viu como eles a admiravam, tão fascinados que não conseguiam deixar de tocar nela. Gustavo sentiu segurança suficiente para observá-la com toda a fixação que vivia a esconder. Poder fazer isso, entregar-se a essa pequena necessidade pessoal, era sua nova indulgência favorita.

Lina estava com a cabeça jogada para trás, os lábios úmidos e inchados dos beijos ardentes apontavam para o teto, os olhos permaneciam fechados e o semblante, relaxado. Seu rosto pendeu para o lado direito e Henrique encostou os lábios na testa dela, roçando o nariz e seguindo um caminho sem rumo, tão concentrado em absorver o cheiro de Lina e se deleitar no contato entre eles que o mundo inteiro poderia desaparecer e ele não iria se importar.

Era seu jeito de ter uma fixação, e Gustavo ficou olhando para os dois sem nem piscar. Foi um instante de perfeição.

25

As cinzas do Carnaval

Lina abriu os olhos, aos poucos voltando à realidade. Acabara de se perder na maior inconsequência de sua vida. E também a melhor que já experimentara.

Preciso ir, pensou ela. Se ficasse mais um pouco, cairia de novo no pecado e sofreria as consequências. Ergueu as mãos e cobriu a boca de Gustavo e a de Henrique, antes que dissessem algo. No estágio em que estava, ficaria excitada de novo só de escutar suas vozes. Gustavo segurou a mão dela e roçou os dedos nos lábios, e Henrique depositou um beijo no centro da palma.

Eles já eram um problema na vida dela apenas por existir. Queria ir embora acompanhada pelos dois, para descobrir como o prazer poderia se desabrochar em seus corpos.

— Eu perdi a hora. Tenho certeza que perdi! — Lina deu um passo para a frente, tão instável que precisou se apoiar na mesa dourada.

Henrique segurou seu braço, mantendo-a estável. Lina avistou a máscara que Gustavo havia deixado na mesa e a pegou, reposicionando-a no rosto. Passou pela lateral da mesa e se virou para olhá-los de uma distância segura. Não se lembrava de ter desarrumado tanto o cabelo dos dois. Em que momento fez isso?

— Vou fugir! Não tentem me impedir! Deixem-me fugir! — disse ela, desesperada, saindo na frente pelo corredor.

Seu percurso foi interceptado por Bento, que gritou assim que viu os três:
— Achei! Aqui em cima!
Caetano apareceu da saída que levava ao jardim e correu direto até eles.
— Pensei que estávamos ficando amigos, mas vocês continuam querendo que me joguem do porto! — reclamou ele, voltando um olhar acusatório para os rapazes.
— Eu já disse que ninguém vai jogar você de lugar nenhum. Vamos. — Lina colocou a mão no ombro de Caetano e ofereceu a outra para Bento, como se ele fosse uma criança.
— Se eu ensinar você a nadar, vai parar de ser dramático? — indagou Gustavo, um pouco mais atrás.
— Experimente contar ao cônsul que sua querida filha sum... — já dizia Caetano, respondendo a Lina, mas, ao ouvir a oferta de Gustavo, girou no lugar. — O senhor faria isso? Eu aprenderia a flutuar na água e a me mover sem afundar?
— É isso que as pessoas fazem quando nadam. — A expressão de Gustavo não parecia combinar com sua boa ação.
— Eu quero! Preciso ter um meio de me salvar! — Caetano abriu um sorriso.
Como disse que faria, Lina fugiu do baile com seus acompanhantes, levando também Virginie e a irmã.
Os Sodré não tinham paz interior o bastante para se recolher no último dia de Carnaval e foram encontrar os amigos no Lanas. Foi onde Henrique bebeu alguns chopes, na "péssima" companhia do quarteto de sempre, e Gustavo tomou a saideira do Carnaval — os dois ainda pensando naqueles beijos trocados no esconderijo.

Dias depois, Caetano apareceu animado, pois o sr. Sodré cumpriu a promessa e avisou que iria encontrá-lo na praia da Saudade. Quando voltou para casa, o rapaz já sabia boiar. Ele não contou a Lina que morreu de medo de entrar no mar, nem que os companheiros de remo de Gustavo foram malvados e o carregaram para a água. Porém contou o motivo para o outro sr. Sodré não ter comparecido à sua aula.

Um dia depois disso, Lina estava aprontando de novo. Não satisfeita em fazer o que disse que não faria, ainda levou consigo uma cúmplice.

— É aqui? Bonito, espaçoso e bem cuidado. Não era isso que eu tinha em mente para dois supostos boêmios tão malfalados — comentou Tina ao passar pelo portão do casarão dos Sodré.

— Pelo que soube, eles compraram a casa e reformaram há anos, bem antes de sonharmos em voltar para o Brasil. Ficou fechada enquanto eles estudavam fora.

— Como você sabe? — inquiriu Tina. — Perguntou ao acamado?

— Fofoca, claro. Margarida e as amigas dela sabem de tudo. Chamam este belo casarão de arquitetura neoclássica de *antro* — informou Lina, e as duas riram.

Elas não precisaram bater — um rapaz abriu a porta e recebeu chapéus e sombrinhas. Lina tinha saído com Tina e, como eram cúmplices, nem precisou pedir para a amiga acompanhá-la e encobri-la.

— Pensei que estava fazendo uma piada. — Gustavo aguardava na sala e não esperou que se aproximassem para falar. Estava ocupado observando o vestido que Lina usava naquela tarde, a cor nas maçãs de seu rosto, o penteado informal e cada movimento que fazia.

Ela o deixava desarmado, sem saber o que esperar. Observá-la era a única forma de se preparar para o que viria.

— Você disse que eu podia aparecer — lembrou ela. — Quando mandei o bilhete, você respondeu que eu seria bem-vinda.

— Sim, só não acreditei que viria.

— Bonita casa — elogiou Tina, como se para lembrar-lhes que estava ali.

— Obrigado, seja bem-vinda. — Gustavo continuava olhando para Lina. — Ele está acordado.

— Pode me esperar um momento, Tina?

Gustavo alternou o olhar entre as duas e repassou o que era esperado de um bom anfitrião. Ele estava terrivelmente enferrujado; as únicas visitas que recebiam eram os amigos, e estes eram tão íntimos que sabiam chegar sozinhos à cozinha da casa.

— A senhorita gostaria de um café? — perguntou Gustavo, por fim.

— Adoraria. — Tina sorriu.

Lina foi subindo a escada e lançou um olhar torto por cima do ombro para Tina, mas logo não conseguiu mais vê-los. Precisava da amiga para encobrir aquele desvio de percurso, mas não se esquecera de que Tina tinha dito que gostaria de "conhecer" Gustavo. E nem que prometera a si mesma não ficar no caminho dos dois, se desejassem ter algo a mais.

Deixar Tina sozinha na sala com Gustavo já era mais ajuda do que Lina conseguia suportar. Ela seguiu pelo corredor com o coração apertado, sentindo-se uma traidora egoísta.

— Obrigado por avisar, João — disse Henrique quando o empregado que as recebera deixou o quarto e segurou a porta aberta para Lina entrar.

Ela entrou, temerosa do que encontraria, mas Henrique estava recostado na cama, usando um robe colorido por cima de uma camisa e coberto por uma colcha da cintura para baixo. Ela ficou aliviada ao ver seu aspecto — estava um tanto pálido e abatido, mas não parecia tão enfermo.

— Já está ficando bom ou está fingindo? — inquiriu Lina ao se aproximar.

— Fingindo. Assim que você sair vou desmaiar.

Lina chegou mais perto. As cortinas estavam abertas e havia luz suficiente para inspecionar o doente. Ela ajeitou a saia e se sentou na cadeira posicionada ao lado da cama. Então, foi a vez de Henrique observá-la, e, para seu contentamento e azar, ela continuava impressionante.

— Não me despreza mais? — A curiosidade não acobertava o motivo verdadeiro para a pergunta, e nenhum dos dois conseguiria disfarçar.

— Não beijo homens que desprezo, senhor — atiçou ela, reprimindo um sorriso.

— Era Carnaval.

— E no Carnaval não há limites ou consequências?

— Fingimos que não. Por quatro dias.

Eles compartilharam um sorriso, com o segredo do que fizeram pairando no ar.

— Tire as luvas — pediu Henrique. — Estou fraco demais para arrancá-las.

— Pensei que estivesse melhor — disse Lina, fazendo o que ele pedia.

Henrique sentiu um prazer secreto ao assisti-la retirar as luvas. Lina ofereceu a mão nua e ele pegou sem hesitar, acariciou o dorso com o polegar, o carinho como um conforto pessoal.

— Estou sendo patético, vou acabar lhe passando resfriado — disse ele, soltando a mão dela a contragosto.

— Espero que fique bom logo, tenho certeza de que está sendo bem cuidado.

— Tenho um médico pessoal e rabugento que não posso contrariar — brincou Henrique.

— Acredito que ele seria um ótimo médico.

— Não posso concordar mais. Talvez, depois que resolver o que acha necessário nos negócios, ele volte e termine os estudos. Sem dúvida é capaz.

— Falta muito? — indagou ela, curiosa.

— Não, só mais dois anos.

— Mas você cursou o que desejava, certo?

— Também não foi nenhuma paixão, e sim uma escolha lógica. Tenho negócios para cuidar, planos para concretizar, e o curso de direito era o que oferecia os conhecimentos necessários para satisfazer minhas necessidades.

— E então vocês dois acabaram no mesmo curso.

— No último ano, sim.

— Mas você acabou de dizer que faltava pouco quando Gustavo trocou de curso.

— Sim. Ele estudou, avançou rápido e convenceu os professores individualmente. Ele é um desgraçado inteligente e decidido; quando cisma com algo, nada o tira do foco. Não conte a ele que eu falei isso, ele não gosta — pediu Henrique, em tom de confidência. Para ele era algo louvável, mas Gustavo sentia que o fazia destoar e que só acabava por provar como ele era estranho.

— Não vou contar, juro — prometeu Lina. — Eu não cursei faculdade, nem sei como funciona o avanço do curso. Frequentei bons colégios, recebi aulas de papai e de tutores, mas não deixei minha casa para esse tipo de estudo superior — contou.

Henrique assentiu. Ele conhecia uma mulher que havia estudado medicina com Gustavo. Para poder fazer isso, levava uma vida que ninguém da alta sociedade ou mesmo os conservadores de outras camadas sociais aprovariam. Ela encontrara mãos amigas justamente entre os boêmios, que desprezavam convenções sociais. Boa parte deles eram estudantes, músicos, poetas, comerciantes, jornalistas. Nem tudo eram flores, mas naquele meio era mais fácil encontrar progressistas e pessoas que não se importavam com como outros levavam a vida.

— Você gostaria? — indagou ele.

— Acredito que faria algo relacionado a idiomas, pois gosto de aprendê-los. Talvez um dia consiga estudar sobre as relações entre os países. Esta jovem república vai precisar bastante disso.

— Ouvi dizer que é poliglota.

— Falam de mim pelas minhas costas? — divertiu-se Lina.

— Você é a filha do cônsul mais famoso da capital, o único que foi convocado de volta para atender aos planos do Rio Branco. Não tenho facilidade para aprender idiomas, então me concentrei em compreender o espanhol, já que fazemos negócios além da fronteira. Luto até hoje com o inglês, é uma língua que não faz sentido algum. Fonético ou gramático.

Lina precisou resistir ao impulso de dizer que poderia dar aulas para ele. Era boa em ensinar idiomas, mas lembrou que sequer deveria ter ido visitá-lo, muito menos poderia passar horas a sós com ele, mesmo sob o pretexto de estudos.

— Inglês é bem simples, sabe? Muito mais que o português. No momento estou me habituando ao *nosso* português. Tem tantas expressões que eu nunca tinha escutado. — Lina sorriu. A conversa era agradável. — Também falo espanhol e italiano. Francês, claro. Entendo alemão, mas minha pronúncia não é tão boa.

— Meu Deus, Lina. Estava tentando seguir a carreira do seu pai?

— De certo modo, ser filha de um diplomata que a leva para eventos, viagens, jantares e até alguns encontros importantes é o mesmo que trabalhar com ele. Como cônsul, papai sempre precisou lidar com pessoas, frente a frente, sabe? Ajudá-lo me fez adquirir desenvoltura social para tratar com pessoas de origens diversas.

— Eu entendo que ele não atua mais como cônsul, mas isso eliminou sua participação no trabalho que ele faz?

Lina olhou para as mãos e calçou as luvas, depois voltou seu olhar para Henrique.

— Não permitem que mulheres sejam diplomatas. E, para minha surpresa, aqui no Brasil há uma resistência maior a uma mulher sequer compreender sobre diplomacia, ainda mais uma mulher jovem e solteira — contou ela. — Nos círculos que frequento, fui instruída a não demonstrar conhecimento sobre assuntos que divergem de minha natureza feminina. Minha presença é mais como um adereço. Não sou útil, a não ser nos eventos frequentados por comitivas internacionais. Juro que entendo melhor como funciona um consulado e até uma embaixada do que muitos dos homens do ministério, que têm uma visão limitada do mundo e de suas relações.

Aquela era uma confissão que Lina não fizera a mais ninguém. Era algo que ela gostaria de ser e fazer, mas um futuro que não se abria para ela.

— Eu acredito — respondeu Henrique, parecendo entender a dor de Lina. — Sinto muito. Seu pai sabe como se sente?

— Sabe... Não há muito que ele possa fazer além de me agradar deixando que eu participe sempre que possível e compartilhando questões do seu trabalho. — Lina sorriu, mas não chegou aos olhos. — É por isso que posso explorar a cidade e passar horas fora de casa. Ele permite essas coisas para me recompensar. Papai ainda me leva aos encontros com missões internacionais ou a eventos interessantes. Claro que eu ouvia certas propostas. Só que aqui... como posso explicar? Parece que sou um troféu a ser disputado e negociado, como num acordo diplomático. Virei um símbolo, e não uma participante.

Henrique tinha até esquecido o mal-estar. Ele se endireitou na cama e prestou atenção no que ela dizia, mas especialmente na forma como se expressava. Esse assunto a deixava triste, estava escrito em cada movimento e trejeito de seu corpo.

— Lina, há algo que eu possa fazer por você? — indagou ele, deixando que seu temor vencesse ao ver aquela tristeza. — Não conheço nenhum assunto nesse mundo do qual você vem. Porém, se me disser algo que eu possa fazer por você, farei sem hesitar.

Ela negou com a cabeça e desviou o olhar.

— Não, estou descobrindo outras ocupações — disse. — E papai me deixa ler os documentos com ele, dividimos jornais, discutimos o que lemos e ele pede minha opinião. Minha madrasta também é opinativa e informada. E não adiantaria partir e voltar aos locais onde morávamos antes. Todos me enxergavam como uma extensão do meu pai porque ele estava presente. Sem ele, a situação seria idêntica à que vivo agora. Espero que eu ainda esteja viva para acompanhar o dia em que mulheres serão diplomatas. — Lina abriu um sorriso; essa perspectiva a animava.

Henrique sentiu uma pontada de culpa por ficar aliviado ao saber que ela não iria embora em busca do que gostava de fazer. Ainda assim, era uma chateação vê-la desanimada com suas possibilidades, porque mudar isso era algo que estava fora do alcance dele.

— Vou deixá-lo. Seu médico disse que você precisa repousar. — Lina seguiu para a porta. — Até mais ver, sr. Sodré. Estimo melhoras.

Quando chegou ao térreo, Lina não encontrou o que esperava. A tensão deixou seus ombros, mas, em vez disso, sentiu um aperto confuso no peito. Gustavo estava sentado perto da janela e lia o jornal, enquanto Tina estava no sofá junto de Emílio, o secretário de Gustavo, que lhe fazia sala. Os dois estavam conversando com entusiasmo enquanto tomavam café.

O mesmo rapaz que a acompanhara até o quarto estava parado junto à janela, prestando atenção no jornal que Gustavo lia com a voz em volume baixo para não incomodar a conversa próxima. Assim que Lina entrou na sala, os homens ficaram de pé e Emílio a cumprimentou.

— Obrigada por nos receber — disse Lina, aceitando seus pertences de volta.

Por um instante, voltou o olhar para Gustavo, com receio de se denunciar.

— É sempre bem-vinda — garantiu ele.

Lina levou mais segundos do que o necessário assentindo para aquela gentileza, pois ele tinha olhado diretamente para ela ao fazer aquela declaração. Não a olhou de relance ou se fixou em outro ponto sem ser nos olhos dela — olhou-a diretamente, firme e sem desvios. E Lina quase ficou ali, perdida naquele olhar.

26

Arapuca familiar

Assim que recuperou a saúde, Henrique deu um ultimato à família: ele não se casaria com Vitoriana. Como esperado, a declaração gerou uma sequência de reações.

No jantar seguinte na casa de Rafaela Sodré, Gustavo foi visitar a família paterna — aceitou comparecer como apoio ao primo. Não gostava de conflitos; contudo, enquanto Henrique era sua barreira social, Gustavo era a proteção à natureza gentil do primo. Na opinião de Gustavo, Henrique era benevolente demais com os familiares — preferia ignorá-los e se afastar a confrontá-los diretamente.

Desde que Henrique havia concluído que eles não poderiam obrigá-lo a nada, tratou de seguir a vida como sempre. Funcionou por um tempo, mas também alimentou a presunção dos familiares. Ninguém os confrontava, e, enquanto a indiferença funcionava com a maioria das pessoas, para outros não era suficiente.

— Você sabe que o jantar é apenas para pressioná-lo. Sua mãe percebeu que dessa vez nenhuma chantagem fez efeito e chamou o resto da família para ajudar na causa — apontou Gustavo assim que desceram do coupé.

— Eu decidi que vou resolver isso de uma vez por todas. Não importa o que ela ameace fazer, se vai desmaiar ou ficar dias de cama ou usar qualquer outro truque. Nada do que fizerem vai me dissuadir. Já me cansei.

Os primos foram recebidos na casa da família Sodré, a mesma onde Henrique crescera e onde Gustavo fora morar aos onze anos. Nenhum dos dois gostava de passar o tempo lá, cada um por seus próprios motivos ou traumas. O casarão ficava na quadra dos antigos barões de café, onde outras casas já tinham sido vendidas, demolidas e reformadas, até mesmo aquelas que ainda pertenciam aos donos originais. A casa dos Sodré era bonita, a única propriedade sem dívidas que o barão deixara. Ele a mantivera bem cuidada e fizera uma reforma em vida. Henrique só precisou bancar uma melhoria na fachada.

Mal sabiam os familiares que Henrique só se importava em manter a casa em bom estado porque, assim que a mãe falecesse, iria vendê-la. Ofertas não faltavam.

— Eles chegaram, pode parar com a amolação — avisou tia Eugênia assim que Henrique e Gustavo passaram sob o arco da sala.

Nenhum dos dois achou que ela estaria presente. Eugênia era irmã do falecido barão, não dependia de ajuda financeira dos sobrinhos e, no geral, preferia ficar recolhida em sua casa no Cosme Velho, passando os verões em Petrópolis ou ocupada com uma das viagens que gostava de fazer. Os familiares diziam que ela era difícil e a acusavam de ser excêntrica, pois nunca gostara de participar de eventos sociais e não aceitara se casar. Ao menos continuava com a mesma acompanhante desde jovem, a srta. Joana, que ainda comparecia à maior parte dos eventos e lugares junto de Eugênia e também morava com ela.

Ouviram o remexer de saias e em seguida os saltos no piso, e então Rafaela Sodré e a cunhada, Maria, entraram, seguidas de Custódio Botelho, irmão da baronesa. Ela correu para o filho e o abraçou, lamentando-se e reclamando da demora. Os três ignoraram Gustavo, mas Eugênia o cumprimentou e inspecionou sua fisionomia atentamente, feliz em vê-lo. Ela era a única parente paterna que ele visitava por vontade própria. Os dois trocaram algumas palavras em murmúrios, indiferentes ao drama que se desenrolava ao lado.

— Gustavo, você veio dessa vez. Ainda bem que lembrou que tem família. Espero que nos ajude a resolver essa questão familiar tão importante — disse Rafaela, cravando os olhos no sobrinho.

A forma como ela adorava falar sobre a família foi o ponto inicial para Gustavo aprender o que era hipocrisia.

— A senhora parece estar em ótima saúde, fico contente — respondeu ele.

Rafaela fez uma carranca ao ouvir aquilo e se afastou. Havia um motivo curioso para a mãe de Henrique não gostar que Gustavo cursasse medicina: ele poderia enxergar o que havia por trás de sua suposta saúde debilitada. Assim, ela jamais aceitava que Gustavo chegasse perto dela, mas como poderia impedir isso se estivesse desmaiada ou tão fraca que talvez morresse a qualquer momento? Não que Gustavo quisesse encostar naquela mulher.

A campainha tocou. Alguns dos presentes não esperavam ter mais convidados para o jantar, pois esses encontros eram restritos à família, justamente para tratarem de assuntos sensíveis em particular, e às vezes acusações, insultos e segredos eram jogados pela sala no calor do momento.

No entanto, quem passou pela porta não foi um membro da família, e sim a marquesa de Lakefield, tia de Vitoriana, acompanhada de uma prima. Ela cumprimentou todos, seca, e a prima manteve o nariz empinado. Parecia que estavam tratando com pessoas muito abaixo do status delas na sociedade, e não com uma família de igual posição.

— Pensei que era a nossa reunião familiar. Se soubesse que convidados eram bem-vindos, teria trazido Joana para me impedir de me exaltar — comentou Eugênia, fuzilando com os olhos a cunhada e os dois agregados.

Quando as desavenças estouravam, Eugênia gostava de lembrar a Rafaela que sua opinião tinha mais peso que a dos dois Botelho juntos. Eles eram apenas família estendida do lado da baronesa. Os Sodré de verdade que sobraram eram ela, Henrique e Gustavo. Até mesmo os outros parentes de sangue ainda vivos tinham sobrenomes diferentes. Era evidente que os outros odiavam ser lembrados desse fato, especialmente por Eugênia não incluir Rafaela e sempre incluir Gustavo, já que ele era filho de seu irmão caçula.

A marquesa pouco se importou com o atrito entre Rafaela e Eugênia. Depois do breve cumprimento, avançou na direção de Henrique e avisou:

— Se você humilhar a minha sobrinha, se fizer pouco-caso da minha família, eu vou arruiná-lo. Não terei pena da sua mãe, dos seus tios ou de qualquer um dos sanguessugas que dependem do seu bom senso.

Assim que viu a marquesa entrar — ou seja, percebeu que a própria família tinha lhe armado uma emboscada —, Henrique se preparou para o próximo ataque.

— A senhora pretende me roubar? — Ele abaixou o olhar para ela, tão frio quanto a câmara de gelo contendo o sorvete que seria servido de sobremesa.

— Estou cansada da sua imaturidade, irresponsabilidade e da imoralidade em que vive. Minha sobrinha releva todas as suas transgressões. Já basta — acusou a marquesa, irritada pela falta de reação da parte dele.

— Pelo que acabou de descrever, eu seria um péssimo marido.

— Será — decretou ela. — E, se não formalizar o nosso acordo e não anunciar o noivado em breve, nunca mais vai fechar um negócio que seja nesta cidade.

Eugênia marchou até Rafaela sem dizer nada, pressionando-a silenciosamente a se mexer e proteger o filho, em vez de deixar aquela mulher ameaçá-lo. Uma atitude inútil, já que a marquesa era a carta triunfal de Rafaela para ver se a posição e a autoridade da mulher enfiavam juízo na cabeça de Henrique.

— Ele não precisa — disse Gustavo, indo contra seus instintos e entrando no conflito, não só com palavras, mas também fisicamente, colocando-se ao lado de Henrique.

— Não se meta nesse assunto. Pensei que você tivesse mais juízo do que ele, mas se mostrou outra decepção! — A marquesa virou-se rapidamente para Gustavo.

A dama não via nele o mesmo valor de marido potencial que via em Henrique, e não permitiria que a sobrinha levasse um mestiço para a família. Porém, pela ironia das circunstâncias, reconhecia a posição que tinha como filho legítimo de Joaquim Sodré.

— Chega! Chega! — revoltou-se Eugênia, ultrapassando Custódio, que tentou impedi-la. — A senhora veio jantar ou insultar meus sobrinhos? Eles são adultos e têm meios próprios. — Ela se dirigiu a todos ali reunidos. — Por que ainda acreditam que vão conseguir encurralá-los?

— Você certamente não entende nada de negócios, já que é uma herdeira mimada que só dá mau exemplo para os sobrinhos — acusou Custódio, que se achava o homem de negócios da família e tinha certeza de que seria diretamente afetado pela desavença com a marquesa.

Ali o caldo entornou de vez, pois Eugênia se recusou a recuar. Rafaela caiu no sofá e foi acudida por Maria, que chamava Eugênia de insensível. Custódio tentava dominar a situação, mas a marquesa não se preocupou com nenhum ali além de Henrique. Ela se virou para o rapaz, acusando-o, dizendo que era um rebelde sem coração, sem consideração e se utilizando de uma série de termos que Vitoriana costumava usar. A marquesa chegou a dizer algo que tinha ouvido da boca da própria sobrinha:

— E desde quando casamento impede homens, especialmente desavergonhados, de continuar com suas aventuras?

Bem, a marquesa já havia sido casada três vezes, falava do alto de sua experiência. Nunca tentara iludir a sobrinha, também havia se casado com quem escolhera, e, se Vitoriana queria o filho do barão, era o que teria. Não fazia sentido Henrique se recusar ao matrimônio, pois onde mais encontraria uma esposa de melhor posição? Ou com tantos contatos e status como Vitoriana?

A marquesa era da opinião de que Vitoriana poderia achar marido de posição superior, inclusive fora do país, assim como ela fizera. Poderiam pagar para que passasse uma temporada na Inglaterra caçando um marido. O problema era a humilhação diante da alta sociedade brasileira. Todos saberiam que haviam sido preteridas por aquele rapaz imprudente.

— Basta, todos vocês — rosnou Henrique, com um princípio de dor de cabeça. — Faça o que desejar, senhora. Mas lembre-se de que eu jamais pedi a sua sobrinha em casamento. Eu nem sequer a cortejei. É assim que me defenderei.

Gustavo cortou os argumentos, colocando-se entre Henrique e a marquesa.

— Vocês já abusaram da natureza generosa e pacífica do meu primo por tempo demais. Se ele fosse metade do que dizem por aí, sua sobrinha já teria sido despachada. — Gustavo se virou para os tios. — E vocês não receberiam um vintém sequer vindo dele.

— Quem é você para se dirigir a mim com essa falta de respeito? — esbravejou a marquesa. — É só um primo, filho do irmão do barão, fruto de uma inconsequência sem tamanho. Agora vejo que um dos motivos para Henrique não se endireitar é a sua influência. São inconsequentes como o seu pai!

Nenhum dos dois teria como saber, mas não estavam enfrentando nem metade do que Joaquim precisara vencer quando avisou que se casaria com Paula Vieira, uma desconhecida, de alguma família de uma província no Nordeste do país. Uma mulher negra. E a verdade é que a família não concordaria mesmo se ela fosse filha de um brasileiro rico e branco com uma rainha negra. Uma pessoa negra carregar o nome da família era inaceitável para eles. Todos os filhos que os barões e seus familiares infligiram em suas antigas escravizadas sempre foram ilegítimos.

Assim, Joaquim foi embora para o Recife, mesmo que a família de Paula — os Vieira — também fosse contra o matrimônio. Não importava se ele tinha posses e uma família de nome na capital. Os Vieira possuíam seus meios — eram comerciantes e podiam manter Paula. Por fim, acabaram respeitando a vontade dela e os dois se casaram no Recife. Os Sodré souberam da união através de uma carta. Naquela época, mais familiares estavam vivos e queriam que o barão encontrasse um jeito de anular aquele casamento. Ele se recusara a interferir, mas a relação com o irmão ainda assim era de estranhamento e distância.

— Está certa, ele é minha melhor influência. Sem ele, eu não teria chegado aonde estou agora. Em plena condição de fazer o que desejo e não temer suas ameaças — sibilou Henrique, finalmente se deixando levar pela hostilidade que sentia ferver no sangue.

— Vamos embora. — Gustavo o puxou pelo braço, afastando-o da mulher, mas, antes de partir, parou diante da marquesa e disse no tom polido e assertivo que usava nos negócios: — A senhora está correta, eu sou apenas o primo. E, na qualidade de familiar, informo que Henrique não se casará com a sua sobrinha. Eu sei. *Ele me garantiu.*

Gustavo saiu, dando sua participação naquele conflito por encerrada. Estava irritado, pois conflitos como aquele o desestabilizavam, e sua tolerância era baixa para esse tipo de situação. Precisava caminhar um pouco, para longe daquela gente. Ao sair, ele escutou o choro da tia, os insultos da marquesa, os gritos de Custódio, as acusações voando sobre Henrique.

Ao contrário do que gostavam de argumentar para persuadir os mais novos a se casarem, os Sodré não estavam acabando. Vários deles estavam espalhados por aí, só não carregavam o sobrenome ou o reconhecimento. Além daqueles que estavam unidos a outro ramo familiar pelo casamento, também havia os filhos de escravizadas e de prostitutas. Seus ancestrais não registravam nem mesmo os filhos das amantes brancas. Considerando há quanto tempo os Sodré existiam, aqueles descendentes já teriam formado suas próprias famílias e morrido, e a geração atual sequer imaginaria que pudessem encontrar algum parente.

Levou mais uns cinco minutos para Henrique entrar no coupé e sentar ao lado de Gustavo, que o aguardava.

— Obrigado — disse ele.

— Por nada — respondeu Gustavo, já mais calmo. — Mas cumpra com sua palavra, eu disse ao abutre que você *garantiu*.

— Eu garanti.

— Não, você só afirmou.

— Então garanto agora.

Fizeram uma tentativa de abafar o fracasso do noivado. Vitoriana já andava sumida, com exceção do baile de Carnaval, onde as coisas não correram como ela desejava. Porém as pessoas repararam que, em suas próximas aparições na sociedade, a moça não contava mais vantagem sobre o filho do barão de Valença pertencer a ela. O Carnaval foi quase como uma data limite para a formalização do casal — como se Henrique Sodré precisasse daquela última folia antes de se comprometer. Não seria o primeiro nem o último a fazer isso.

Depois que nenhum anúncio oficial foi realizado, os boatos sobre o noivado desmanchado se espalharam. Sempre era um contratempo desagradável quando a expectativa do compromisso não se firmava, especialmente para as damas solteiras, mas era uma ocorrência costumeira. O motivo mais comum para esses desmanches era a incompatibilidade.

No entanto, um noivado desfeito era um pesadelo na vida social de uma jovem. Era um assunto a ser comentado e lembrado para sempre. Nesse caso, não haveria maledicências sobre uma possível intimidade entre os noivos, e sim o oposto. Também não eram poucas as pessoas que se regozijariam em citar quanto Vitoriana fora esnobada.

Para alguém como Vitoriana, aquilo era a morte. Preferia que insinuassem que havia ficado íntima demais do noivo a afirmarem que fora desprezada.

Henrique recebeu olhares tortos e foi acusado de ser insensível. Amigas e familiares da marquesa o maldiziam pelas costas, mas por sorte o rapaz preferia não frequentar os mesmos ambientes que essa gente. Percebeu também que a história havia ido tão longe que repetir que jamais havia firmado um noivado com Vitoriana só pioraria a situação. Assim, acabou como o vilão da história, o filho rebelde de um barão esquecido. Aquele que partiu o coração da sobrinha da marquesa e que agora era odiado pela família. E malvisto entre seus pares.

27

A dama não quer mais

Em um de seus esforços para se manter ocupada e ativa, Lina convenceu Tina a jogar tênis com ela. Elas descobriram que ainda não era um esporte apreciado pelo público feminino no Rio, mas conseguiram um espaço gramado para jogar, onde o senador mandou delimitar uma quadra e posicionar a rede. A nova tática do pai de Tina, agora que ela havia deixado claro que não iria embora do país, era agradá-la para que ela continuasse discreta e longe das vistas, para assim não prejudicar sua estratégia política.

Tina e Lina saíram do gramado suadas, contentes, cansadas, com os fios de cabelo grudando no pescoço e na testa e considerando marcar outra partida apenas quando o verão terminasse. As duas estavam conversando sobre as mudanças na vida de Tina, e sobre uma tia que iria embora do Rio para morar com o novo companheiro.

— E sua prima, o que pensa de tudo isso? — indagou Lina enquanto as duas saíam da quadra.

— Está acostumada, titia sempre foi assim. Não adianta tentar impedi-la — contou Tina.

As duas pararam para se refrescar e Lina aproveitou para ajeitar a trança que se soltara atrás do chapéu.

— Ai, deixe-me ver isso aqui! — Tina a virou e ajeitou a trança com dedos ágeis.

— Eu aprendi a trançar — reclamou Lina, rindo da determinação da amiga.

Tina respondeu com um muxoxo de quem já a socorrera várias vezes, e não só com tranças. Lina não conseguia refazer o penteado sem o auxílio do espelho.

— Você me contou sobre Margarida e aquela prima venenosa. Até sobre aquelas horrorosas que chama de abutres. Mas e quanto ao sr. Rebelde? — questionou Tina. — Não tem falado dele.

Lina achou graça do apelido que Tina dera para Henrique. Ele não era rebelde, era um doce. Tudo bem, *doce* era um exagero, mas ela o achava encantador. Era por isso que não falava nada sobre ele.

— Nós duas o vimos no Carnaval, lembra? — disse Lina, desconversando. — Quando entramos naquele teatro imoral.

— E não tivemos tempo de ver nada que já não vimos em Paris. — Ela riu.

— Achei melhor não comentar, mas eu vi uma pessoa lá dentro. O sr. Bruno Dias, por quem Margarida tem tanto apreço. Ele estava tão entretido com uma das moças que nem nos notou.

Tina puxou o chapéu de Lina para trás, arrumando-o e provocando-a ao mesmo tempo. As duas confabularam sobre o impacto que essa notícia teria em Maga, mas Lina afirmou que não diria nada à outra.

— Sabe quem eu vi esses dias? O sr. Sodré, aquele que gosta de livros — contou Tina. — Já que ele está sempre pelo centro e conhece bem a região, sugeri um café.

— Você o convidou?

— Sim, não podia deixar tudo nas suas costas — disse Tina, com um sorriso indulgente.

— E ele aceitou… — Lina apertou o cabo da raquete, apreensiva.

— Sim, fomos a uma confeitaria que ele gosta. Não foi a Colombo, esqueci qual era o nome.

Lina nem conseguia dizer nada. Gustavo levara Tina a uma confeitaria de que ele gostava? Qual seria? Lina queria morder a raquete para engolir a onda de ciúme que a corroía por dentro.

— Ele não fala muito, mas é direto e esclarecido em suas ideias. Eu o achei inteligente. Entendi melhor por que você se deu bem com ele — elogiou Tina.

Lina assentiu. O enjoo não permitia que ela dissesse coisa alguma; tinha certeza de que um buraco se abriria a seus pés. Elas seguiram rumo à saída e Lina nem prestou atenção aonde estavam indo enquanto ouvia o que Tina contava.

— Ele levou o secretário, Emílio. E o homem conversou tudo que o sr. Sodré não falou. — Tina deu uma risadinha. — Emílio é divertido e jeitoso. Acredito que por isso são amigos, parecem opostos.

— Só passei um tempo com o secretário naquele dia do baile de Carnaval — disse Lina, forçando-se a interagir com a amiga. — Ele parece ser simpático e eficiente.

— Acredito que é, o sr. Sodré reafirmou que nada funcionaria sem ele. Imagine só.

— Imagino. — Lina percebeu que não estava respondendo de acordo, então resolveu que iria se entusiasmar. — Pretende tomar mais cafés com o sr. Sodré?

— Talvez, deixei em aberto para que ele me convidasse. Ou quem sabe eu tome um lanche com o sr. Rodrigues, já que ele é o conversador.

— Quem é esse?

— O secretário, Lina. — Tina a encarou, estranhando sua falta de atenção.

— Ah, claro! Não sei onde está minha cabeça, eu me esqueci do sobrenome do sr. Emílio.

— E ele atende aos meus requisitos iniciais.

— O sr. Sodré? — Era uma pergunta, mas saiu mais como exclamação. Antes, Tina estava curiosa quanto a Gustavo, e agora soava como se tivesse descoberto o que precisava saber.

— O sr. Rodrigues — respondeu ela, com certa impaciência.

— Está em dúvida entre os dois?

O pânico ameaçou cortar a respiração de Lina, pois lembrou-se da situação em que se encontrava. No entanto, ela não estava em dúvida entre dois homens, o que era muito pior.

— Sabe que temos essa característica em comum. — Tina deu uma batidinha com o braço no de Lina, como costumava fazer de brincadeira. — Prefiro rapazes que demonstram profundo interesse em mim. E se empenham pela minha atenção. O sr. Sodré não se mostrou particularmente interessado nesse ponto.

— Ele é discreto, tem um jeito peculiar. Talvez não tenha percebido, mas ele se importa.

Lina já sentia o gosto amargo da culpa por esconder de Tina o verdadeiro envolvimento que tinha com os dois Sodré. Não queria enganá-la. Gustavo tinha um jeito único de agir, era provável que Tina não notasse um interesse inicial dele, se houvesse um.

De início, ela também havia pensado que Gustavo não corresponderia à sua tentativa de se aproximar, então flertou com ele e concluiu que ele não gostava dela. Mesmo depois de se aproximarem, por vezes ficava em dúvida. Até chegou a perguntar o motivo de ele não olhar para ela. E veja só até onde acabaram indo… Ele a surpreendia constantemente.

— Pode ser, mas… sou conversadeira, você sabe. Ele não é, e a longo prazo não sei como seria uma relação como essa. Acho que fiquei atraída pela aparência dele. — Tina riu e cobriu a boca. — Deve ter notado como ele é vistoso… Eu notei! Mas não me atraio só por beleza, e você já reparou como Emílio também é belo? Sua discrição nos obriga a prestar atenção nele.

— Não, eu…

— Eu sei, você nem lembrava o sobrenome do homem. — Tina balançou a cabeça com um sorriso nos lábios. — Deve estar ocupada demais reparando na beleza arrebatadora do maior rebelde dos salões brasileiros. A fofoca já chegou até mim, viu? Até minha família materna, que não se envolve com essa gente, acompanhou tudo pelas colunas de fofocas, como se fosse uma noveleta. Agora minhas primas querem ver se o tal filho do barão é tão bonito quanto dizem, se ele parece perigoso, se isso e aquilo.

— Tina revirou os olhos.

— Meu Deus. — Isso foi tudo que Lina conseguiu dizer; ainda sentia a respiração presa.

— Era só o que faltava. E ele nem faz o tipo delas, mas a fofoca é mais forte.

— Sua prima não o viu naquele dia?

— E quem você acha que está contando vantagem e enchendo a cabeça das outras?

Quando foram embora da quadra de tênis, Lina quase não escutou o que Tina disse durante o trajeto na carruagem vitória que pertencia à amiga. Mesmo sem saber, Tina havia aberto os olhos de Lina para o tamanho do problema amoroso que ela estava vivendo. Henrique estava livre, enquanto Gustavo tomava café com sua melhor amiga. E ela não podia sentir nada sobre isso. Envolvera-se com os dois, mas eles poderiam fazer o que quisessem da vida. Considerou, pela primeira vez, que aquele tempo todo Henrique e Gustavo estavam fazendo justamente isso: flertando, saindo em encontros, apaixonando-se, dizendo coisas bonitas para jovens de seu apreço e até beijando outras mulheres.

Lina sentiu-se uma hipócrita, pois lembrava-se de Vitoriana dizendo que não se importava com os casos de Henrique pela rua, desde que ele se comprometesse somente com ela. Lina conhecia histórias demais sobre o comportamento masculino. Se já testemunhara o que eram capazes de fazer quando casados, nem poderia descrever as liberdades de que gozavam na solteirice. Acreditava que os dois tinham suas aventuras e odiava pensar nisso. Porém imaginá-los gostando de outra, desenvolvendo sentimentos e intimidade... era como se morresse um pouco por dentro.

Não foi só Tina que notou uma mudança — os rapazes do Lanas perguntaram por onde andava a rainha do bloco. Fazia dias que não escutavam os amigos falarem dela. Para surpresa de todos, foi Afonso quem citou Lina, ao contar que a polícia tinha fechado o caso do corpo no rio Carioca e declarado a morte como acidental. Segundo a fonte do jornalista, houvera certa pressão do cônsul para encerrar logo aquele assunto, já que as poucas provas encontradas apontavam para esse desfecho.

— Já me perguntaram sobre Cassilda várias vezes — disse Bertinho. — Por onde ela anda?

— Ela se afastou — resumiu Henrique.

— Cumpriu todas as aventuras que pretendia?

— Não sei.

Henrique trocou um olhar com Gustavo, que tinha se sentado e se ocupado com a comida. Os amigos não estranhavam quando sua participação era silenciosa. A verdade era que Lina tinha se afastado de ambos depois daquela última visita ao enfermo. Queriam descobrir se foram brinquedos nas mãos dela desde o início, ou se foram sumariamente dispensados. Era uma diferença crucial.

No meio da semana, Lina foi almoçar no CopaMar com Josephine. Estava feliz, pois a madrasta finalmente encontrara aliadas. Ela era boa em ignorar o que diziam por suas costas, mas fora quem mais perdera ao mudar de país. Seus amigos, os locais que conhecia... A história de sua vida ficara toda na França. Através do marido, conhecera as esposas de outros diplomatas, elas foram receptivas e agora até trocavam visitas. Porém Lina e as amigas conseguiram lhe arranjar outras aliadas declaradas.

— Foi uma ótima ideia apresentá-las, podem ser o trio de mães renegadas — brincou Virginie à mesa.

Josephine havia sido apresentada a Fernande, mãe de Virginie. Ela já conhecia Dalia, mãe de Tina, mas só estreitaram laços um tempo depois da chegada dos Menezes ao Brasil.

Enquanto as três mães conversavam, Lina viu Ermelinda sentada a uma das mesas à frente, ao lado das janelas com vista para o mar. Ela fez um movimento e Lina entendeu que era um convite para se aproximar. Achou estranho, mas a mulher repetiu outra vez, o olhar fixo em Lina.

— Podem me dar licença um segundo? — disse ela, afastando a cadeira. — Vou cumprimentar uma conhecida.

Intrigada, Lina foi até a mesa de Ermelinda, que logo mandou seu acompanhante dar uma volta. O rapaz era diferente do outro que a acompanhara no baile de Carnaval.

— Sente-se um segundo, meu bem — disse Ermelinda. — Não a vejo desde o baile.

— Foi um baile incrível. Gostei de participar. — Lina sentou-se na cadeira que o acompanhante deixou vaga.

— Estou carregando isso na bolsa há dias, na esperança de encontrá-la. Sabia que uma hora aconteceria.

Ermelinda remexeu na bolsa e pegou um saquinho de joia. De lá, tirou um brinco que Lina reconheceu de imediato — aquele que ela usara no dia do baile.

Ela só percebeu que sumira depois que já estava em casa. Tinha esperança de que tivesse sido no meio da pista de dança ou na saída da festa, mas, ao ver a expressão presunçosa de Ermelinda, soube que devia ter perdido em um canto mais... inusitado.

Lina respirou fundo, sabendo que só tinha duas opções.

— Com qual dos Sodré você esteve naquele vão decorado? — indagou a dona da festa.

Não adiantava se fazer de desentendida ou tentar ludibriar aquela mulher. Ermelinda só perderia o respeito por ela.

— Faz diferença? — retorquiu Lina.

— Nos dois casos causaria um escândalo. A diferença seria a proporção. — Ela colocou o brinco na palma da mão que Lina estendeu.

— Fica a questão. — Lina fechou a mão ao redor do brinco, então o guardou antes que alguém visse. — Agradeço por devolver. Gosto dele.

— Admiro seu bom gosto. Nos dois casos.

Lina meneou a cabeça para agradecer e fez menção de se levantar, mas a outra a impediu, mudando de assunto:

— Ouvi um burburinho sobre o fim do noivado que nunca existiu. Você tem algo a ver com isso?

— Nesse caso, não sei do que está falando.

— Muito bem. Eu a aconselharia a fingir ignorância. Seu segredo está seguro comigo, desde que me convide caso exista um futuro para a sua… traquinagem.

— Obrigada. Gostei da senhora — respondeu Lina com um sorriso.

— Já disse isso?

— Acho que não, mas gostei de ouvir.

Lina voltou para sua mesa, sorrindo para passar a impressão de que estava tudo bem. Ela teria de acreditar que Ermelinda não contaria nada, como prometera. De qualquer forma, seria a palavra da mulher contra a de Lina. E por que teria devolvido o brinco se quisesse delatar suas possíveis transgressões?

Quando soube que Lina planejava ir pedalar na enseada, Caetano agarrou a bicicleta e a seguiu com entusiasmo. Agora que aprendera a nadar, ver o mar não o deixava mais nervoso. Lina passou pelo Pavilhão de Regatas na ida, que estava vazio naquele horário, já que não era dia de competição. Ao pedalar junto à mureta à beira-mar, ela parou para descansar e observou vários barcos na água com rapazes remando. Nem tentou ver se seus "antigos preferidos" estavam entre eles.

Na volta, Lina entrou no imponente Pavilhão de Regatas, mais uma das intervenções do prefeito no litoral de Botafogo. No dia da regata, ela havia comprado um postal com uma linda pintura do pavilhão e descobrira que era a primeira instalação fixa de esportes náuticos inaugurada no país.

Depois de ir buscar um refresco para ela e Caetano, Lina admirou a paisagem e as escadas que levavam às três torres que, em dias de regatas, abrigavam os juízes e os convidados de honra. O pavilhão era construído em ferro e madeira e dispunha de luz elétrica para iluminar os entretenimentos noturnos que oferecia. Sua arquitetura era eclética e o espaço era todo aberto, recebendo o vento do mar e atraindo frequentadores nos dias quentes.

Apesar de oferecer duas arquibancadas no térreo e ficar lotado nos dias de regatas, o público que frequentava o lugar era seleto — o povo assistia aos páreos da mureta da orla. Dentro do pavilhão havia bufê, bares, uma casa de chá frequentada por damas da sociedade e coretos para bandas. Em alguns dias barcos partiam do pavilhão para excursões pela baía de Guanabara, e os remadores podiam ser vistos durante seus treinos.

Assim que terminou o suco, Caetano correu para a plataforma à beira da água. Lina aproveitou que o local estava vazio e saiu em direção ao oceano, e foi como conjurar seus pensamentos. Gustavo estava na escada que dava para o mar, e, pela movimentação dos outros rapazes, o barco em que ele estivera remando tinha acabado de parar.

Rapazes com pouca roupa passaram por Lina e ela sequer os viu. Sua única reação foi abaixar e se sentar, com o refresco esquecido em uma das mãos. Não adiantou de nada, pois Gustavo já a havia notado fazia muito tempo. Os olhos dela deslizavam de um lado para o outro, sem saber onde se fixar: nos braços, no rosto, nos bíceps dele, que se retesavam enquanto ele torcia uma toalha. Usava o uniforme que ela sempre via de longe nos remadores e que vira de perto quando conversara com Henrique no dia das provas, mas naquele dia ao menos tinha a paisagem e a movimentação ao redor para fingir que não estava encarando.

Encarar era indelicado? Ela seria criticada se a vissem ali? Gustavo se aproximou e ela voltou o olhar para o refresco que tinha na mão, para não olhar a bermuda molhada e os músculos das coxas dele se movendo da forma mais natural, porque, oras, ele estava caminhando. Era isso que músculos faziam, as mulheres só não reparavam. Menos ainda de tão perto. Ou melhor... reparavam sim, se fossem assistir às regatas.

Lina agora compreendia o motivo de todas as regatas reunirem um mar de torcedoras. Desde que fora construído, ir ao Pavilhão de Regatas de Botafogo era considerado uma atividade elegante, mas talvez houvesse um motivo menos refinado por trás daquele apoio. Lina ergueu o olhar, e foi pior que tirar sua atenção dos músculos bem formados do corpo dele. Fez uma descoberta que a deixou mais embasbacada do que partes do corpo masculino que nunca via. Gustavo a surpreendeu ao se abaixar diante dela, apoiando um dos joelhos no chão.

— Você tem cachos — observou Lina, fascinada com a descoberta, e ergueu a mão.

Gustavo abaixou mais a cabeça e permitiu o toque. Lina moveu os dedos entre os cachos escuros e úmidos do mar, acariciando a textura. Gustavo estava sempre penteado, com o cabelo bem curto ou usando chapéu. Ela já havia notado as várias ondas na parte de cima de seu cabelo, domadas por pomada masculina. Gostava delas, mas adorou os cachos. Ele fechou os olhos, relaxando sob o toque dela.

— Você gosta...? — Às vezes ela ficava em dúvida se deveria tocá-lo. Sentiu o peito se contrair enquanto o observava.

Lutando contra a vontade de permanecer ali, bem perto dela, Gustavo moveu a cabeça, porque não tinham privacidade no pavilhão.

— Gosto quando *você* me toca — esclareceu ele.

Um calor de contentamento se espalhou pelo corpo de Lina e ela sentiu um arroubo de vergonha. Sabia que não corava com facilidade, mas a quentura que subiu pelo seu pescoço a fez se imaginar da cor de um tomate.

— Gostei dos seus cachos, mas eles ficam escondidos.

— Sou adulto, preciso pentear o cabelo para parecer apresentável.

— Mas não precisa esconder. Você nem gosta daqueles bailes aonde os homens vão tão penteados que devem comprar todo o estoque de cera de barba e pomada de cabelo da cidade.

— Não se preocupe, tenho horário no barbeiro amanhã, vou aparar o cabelo.

Lina olhou com pena para os cachos escuros que mal conhecia e já perderia. Não pretendia perguntar o que o levara a espaçar as visitas ao barbeiro. A ideia era não voltar a se interessar pelos pormenores da vida dos Sodré. Era uma tarefa difícil, mas não tinha outra opção. De qualquer forma, não poderia perder o que não era seu. Ela esperava que alguma sortuda adorasse tanto aqueles cachos que o convencesse a mantê-los livres, nem que fosse na intimidade do casal.

Intimidade.

— Preciso ir. — Lina se levantou, e só então se lembrou do refresco.

Gustavo sentiu aquela sensação familiar que passara a perturbá-lo quando se tratava de Lina. A última vez que sentira algo semelhante foi quando seu pai morreu. Lina entrou na parte coberta do pavilhão e deixou o copo com o refresco pela metade. Gustavo não costumava andar por ali em roupas de remo, mesmo quando estava vazio, mas foi impossível não segui-la para dentro.

— Depois do barbeiro, vou à confeitaria. A srta. Vicentina disse que estará lá de novo, às duas da tarde. Você irá? Nunca mais acompanhou sua amiga até o centro.

— De novo? — O coração de Lina mergulhou no estômago.

— Sim, como na semana passada — informou ele, sem entender por que ela reagia daquela forma.

Lina estava a ponto de ter o primeiro mal súbito de sua vida, e sequer poderia culpar o clima quente.

— Não posso.

Gustavo deu um passo para mais perto, observando-a virar o rosto.

— Por que alterou seu cronograma? Não o conheço por inteiro, mas, pelas informações que tenho e os comentários da sua amiga, você está seguindo outra agenda.

Lina não conseguia pensar em mentiras. Só em culpa e em maneiras de sufocar o ciúme que sentia. Tina dissera que poderia se encontrar com Gustavo de novo, mas não dera certeza. Pelo jeito que Gustavo falou, eles tinham se visto algumas vezes. *De novo e de novo.* Quantas vezes?

— Descobri novas atividades e tenho uma amiga nova. — Lina foi até onde deixara sua bicicleta e a montou, apoiando o pé no pedal, sem olhar para ele. — Preciso ir, ainda estou sendo monitorada.

Gustavo não gostou do jeito que ela disse aquilo, e ficou incomodado mais uma vez por não conseguir ler o tom dela. Ficava sem rumo, sentia-se em desvantagem quando conversava com Lina. Ele a observou se afastar e viu Caetano passar correndo, montar na bicicleta e tentar alcançá-la.

Depois que precisara passar uns dias em repouso, Henrique tinha voltado a nadar e a ir ao clube para se exercitar, mas sua agenda estava apertada. Ao contrário do que diziam na sociedade, especialmente agora que se tornara um vilão, a principal ocupação dele não era a rebeldia e seu passatempo não era a imoralidade. Por isso, Gustavo só o encontrou à noite, quando os dois foram jantar em casa.

— Está se sentindo bem? — Gustavo o analisou criticamente enquanto esperava que o primo terminasse de se vestir.

— Já faz dias que não sinto nada, e você atestou que não tenho febre. Estou bem, juro. — Henrique seguiu na frente, abotoando a camisa.

— Estou pronto para falar daquele assunto.

Dessa vez, Henrique foi pego desprevenido.

— Qual deles? — indagou, surpreso.

— Você disse que precisávamos conversar sobre algo importante. *Lina, você e eu.*

As sobrancelhas de Henrique se elevaram. Ele pensou que Gustavo continuaria adiando ou até mesmo negando que aquilo era uma questão.

— Eu a vi hoje cedo — contou Gustavo.

— Falou com ela?

— Sim, na enseada. Ela estava com a bicicleta e aquele miúdo a seguindo. Gustavo resumiu a conversa que tiveram, do jeito que sempre fazia: conciso e objetivo.

— Acho que ela mentiu — concluiu ele.

— Você acha? — Pelo que ele contara, Henrique apostaria que sim.

— Eu não consigo enxergar o que ela me diz com a clareza que enxergo outras pessoas. Até consigo fazer isso quando ela está falando com outro alguém, mas não quando está se dirigindo a mim. É como se algo tivesse rachado, parece que perdi minha melhor habilidade. Em vez de compreender o que ela diz, eu sinto. Então, é uma questão de achismo.

— Tudo bem, sentir também é bom — disse Henrique. — É mais confuso, mas é a vida.

— Não sei como começar esse assunto, mas você disse que precisávamos — emendou Gustavo, voltando ao cerne da questão.

— Talvez não precisemos mais.

Henrique ia se virar de costas para esconder seus sentimentos dolorosos, mas parou no meio. Conversar com o primo frente a frente era melhor, e ele queria falar de um assunto importante.

— Explique assim mesmo — pediu Gustavo. — Eu pensei por alguns dias antes de tocar nesse assunto.

Henrique assentiu e o encarou.

— Nós dois gostamos dela e estamos envolvidos em sentimentos e intimidades com ela.

— Eu já disse que não... — começou Gustavo.

— Espere — pediu Henrique, erguendo a mão para interromper o primo. Ele já imaginava o que Gustavo tentaria dizer. — Mas por que um de nós precisa ser um obstáculo?

Dessa vez foi Gustavo que o encarou, por tanto tempo que Henrique sentiu que, pela primeira vez, calara o primo.

— Henrique, não podemos — disse ele, por fim. — Até eu sei disso. Só estou sendo inconsequente com você. Estão acusando você pelos motivos errados. Imagine se soubessem a verdade.

O primo sorriu. Aquela era a voz que Gustavo usava para trazer Henrique de volta à razão.

— Está certo, não podemos — disse Henrique. — A dama não está mais interessada.

28

Notícias do francês

Embora a explosão de Lina com Vitoriana naquele jantar tivesse deixado o clima estranho, Margarida não cortou relações com a amiga. E, com as fofocas pegando fogo e a história de Vitoriana chegando a uma conclusão inesperada, Maga voltou a se aproximar. Lina só gostou porque assim acabou descobrindo pormenores daquela história que não tinha escutado antes.

A cada evento havia uma rodinha de fogueira para queimar Henrique, e seria ainda pior do que aquela noite em que Lina quis dar um basta o falatório. Se escutasse mais alguma insinuação sobre Gustavo, estava disposta a criar um problema.

— Meu bem, não há instituição que trabalhe tão rápido quanto as parentes de moças solteiras — brincou Maga. — Junte a isso as amigas, e temos o ministério mais efetivo deste país.

As duas lanchavam no jardim do palacete dos Menezes. Maga gostava de comentar que era uma convidada, já que Lina não se aproximara o suficiente de outras daquele círculo para que a visitassem. Além disso, havia Josephine. Certas pessoas ainda não haviam aceitado a francesa. Lina não sabia se Maga fingia, mas tratava sua madrasta bem e não fugia de cumprimentá-la e conversar com ela em público.

— Não ousavam chegar perto dele por medo de Vitoriana e da marquesa. Não foi à toa que ela lançou essa campanha, foi para não ter concorrência. Agora, Henrique Sodré está livre e solteiro. — Maga balançou a cabeça e bebeu o chá.

Demorou pouco tempo para as moças em idade de se casar notarem que um ótimo partido estava livre. Ele era um rebelde? Sim. Boêmio? Incorrigível. Diziam que frequentava locais imorais, que socializava com cocotes e aparecia naqueles cafés-concerto com espetáculos eróticos, sem contar as traquinagens que cometia no Carnaval todos os anos. Coisas que deixavam senhoras da sociedade de cabelos em pé. No entanto, estava *solteiro*.

Lina torceu a boca, tentando disfarçar, mas o assunto dava voltas e piorava.

— Nem todas se importam com isso agora. Há sempre uma prima, uma irmã, uma família de nome tradicional em apuro financeiro — comentou Maga, em tom casual. .

O assunto chegou ao Sodré mais novo, solteiro como seu primo. O fato de Henrique ter ficado livre e ser um só chamou atenção para outra questão: Gustavo Sodré era um jovem rico e promissor. Não tinha reputação ilibada, pois frequentava os mesmos antros e socializava com o mesmo pessoal suspeito. Contudo, era consenso que tinha mais juízo. Também diziam que ele era "estranho". Rafaela Sodré não guardava segredo sobre as dificuldades que ele apresentara na infância, mas, segundo ela, esses aspectos haviam melhorado. Ela usava uma palavra específica: "curado". Não gostava do sobrinho, mas não contaria os segredos da família.

— Ele não é estranho — resmungou Lina, tratando de encher a boca de bolo, sujando os cantos com creme.

— Ninguém se importa com os problemas que ele teve na infância. — Maga revirou os olhos.

A tia não sabia quem ele se tornara depois de adulto. E, naquele contexto, só uma coisa importava para o ministério do casamento julgar quanto relevaria: a cor da pele dele.

— Espero que eles não queiram se casar com nenhuma dessas. — Lina limpou a boca e cruzou os braços. — São todas sem graça. Se eles são assim tão malfalados, devem encontrar alguém que os agrade. Não essas chatas.

Maga olhou para baixo e não se importou com o que Lina disse — não era a primeira vez que a amiga reclamava da chatice de certas pessoas. Mas aquilo trazia à tona um assunto que Margarida estava escondendo com fofoca alheia.

— Tem razão...

Lina a olhou de soslaio quando ouviu isso. Tinha razão? Desde quando?

— Mas nem sempre eles enxergam isso. E preferem uma pessoa sem apreço por eles, sem carisma ou qualquer traço interessante. — Maga continuava com o olhar fixo na xícara.

— O que aconteceu para você dizer isso? — Lina pensou em não perguntar. Um instinto dizia que não deveria se envolver, mas a curiosidade a venceu.

No fim, acabou ouvindo os lamentos de Maga sobre o interesse de Bruno Dias em *outra*. Depois de tudo que Maga fez para chamar a atenção dele, depois de até se achar uma sem-modos por puxar assunto, seus esforços foram em vão. Segundo ela, Bruno estava envolvido com uma mulher absolutamente inadequada, e a família dele estava de cabelo em pé.

— Mas eles não têm compromisso algum ainda — apontou Lina.

— Não funciona assim. Não pode se relacionar de forma próxima com um homem, aparecer em locais públicos com ele e até dividir mesas com familiares se a intenção não é casamento.

— Não é possível descobrir se deseja passar a vida com alguém se não pode se encontrar para conversar antes. E que assunto terão? E seus gostos? E o que sente quando está com essa pessoa?

— Não seja tola. É fácil saber se são compatíveis no modo de viver, socialmente, financeiramente... Saberá se poderão se dar bem na convivência e...

— Pare de bobagens, Maga! — interrompeu Lina, cansada daquela ladainha falsa. — Você *gosta* desse tal Bruno Dias, por isso está chateada. Pode ter se interessado por ele devido à posição social, à família respeitada e tudo o mais, mas nutriu um interesse por ele além de todas essas convenções. Nem tudo é baseado em status social.

Margarida se eriçou. Lina não a compreendia e tinha as ideias mais inadequadas.

— Talvez seja assim para você, que tem outras perspectivas, por mais que já estejam falando de suas transgressões.

— Transgressões? — Lina abaixou a xícara no pires e a encarou.

— Você foi ao aniversário de Silvinho, Lina! Por Deus! — A exclamação de Maga foi baixa, mas firme. Como Lina podia não enxergar a mancha que isso causava em sua reputação? — Sabe o que acontece nas festas dele? Sem contar a imoralidade em que vive a família. Não são apenas rumores.

— Foi divertido, e não teve nada imoral por lá. Assisti a muitas peças encenadas por atores de verdade — contou Lina em tom neutro, ciente de que havia *sim* cometido uma imoralidade.

Não conseguia nem imaginar a reação de Maga se soubesse o que Lina fizera no caramanchão.

— Relevam seus desvios porque é filha do cônsul e não se acostumou ainda com a vida no Brasil. Mas andar com boêmios, Lina? Ninguém vai desculpar uma coisa dessas.

Um calafrio percorreu o corpo dela ao ouvir isso.

— Está falando dos Sodré? — questionou.

— Por que se lembrou deles?

— Porque você e Jacinta falaram sobre a fama que tinham no passado. E todos sabem que, depois que me salvaram do rio, eu mantive uma boa relação com ambos — mentiu, dessa vez sem culpa.

— No passado? Acabamos de falar sobre como Henrique Sodré destratou Vitoriana, e mesmo assim já está sendo convidado para festas outra vez.

— Ele não a destratou.

— Rejeição pública é um destrato. Uma humilhação.

— Então ela que não inventasse que estava noiva dele quando não estava — reagiu Lina, incapaz de esconder a irritação.

— Por que está preocupada com isso, Carol? — questionou Maga, perplexa. — A reputação de Vitoriana já sofreu um baque, mas ao menos foi por ser preterida por um... um... rebelde. E quanto a você, que foi vista socializando com esses rapazes de má fama? Escritores, pintores, poetas e sabe se lá o que mais. Em suma, boêmios como o desgraçado que magoou Vitoriana. Sabe quem anda com essas figuras? Cocotes!

— Está falando coisas sem sentido — rebateu Lina. — Não pode me acusar de ter privilégios por causa do meu pai e me chamar de cocote em seguida.

— Vai levar tudo ao pé da letra só para me refutar? Estou até hoje ouvindo sobre a fantasia reveladora que você usou no baile de Carnaval de Ermelinda. Adivinha que tipo de gente usa essas roupas no Carnaval, Carol?

Lina bufou. Sabia que falariam de suas atividades, mas odiava receber o informe direto de Margarida. Vinha acompanhado de julgamento e uma dose de preocupação que não servia para aplacar sua irritação.

— Vão precisar ser mais criativos para me insultar. Qual o problema de ser animada e curiosa? E, de mais a mais, por que elas podem se divertir e nós não?

— Diga que está sendo irônica só para me provocar.

— Você nunca chegou perto de uma verdadeira cocote. E não aproveitou nenhuma oportunidade que surgiu à sua frente por conhecer uma dama de rara natureza aventureira — arrematou Lina, erguendo a xícara e exibindo um sorriso que mais assustou do que divertiu Maga. Mesmo que pensasse ser uma das brincadeiras provocativas de Lina.

A despeito do que diziam por suas costas, Bertinho era um ótimo advogado e sua clientela era diversificada: ia desde comerciantes até donos de casarões bem longe do centro. E se tinha algo que ele apreciava é que lhe pagassem uma boa refeição. Foi por isso que avistou algo curioso quando saía do Café du Jardin Public. Ele se despediu dos clientes da vez e rumou para a Rua do Ouvidor.

Honrando seu papel de noticiador, ficou aliviado quando avistou Henrique na Confeitaria Quinze de Novembro jantando com dois conhecidos. Bertinho o agarrou pelos ombros sem cerimônia e o puxou para longe da mesa. Os conhecidos riram quando Henrique precisou ficar curvado enquanto era arrastado, para que Bertinho falasse no pé do ouvido dele.

— Meu camarada, diga a verdade — pediu Bertinho com certa urgência. — Você não tem mais interesse pela rainha do bloco?

— Do que exatamente você está falando? — Henrique tentou se endireitar, mas o amigo o puxou de volta para baixo.

— De Cassilda! A menos que eu esteja tendo visões, acabei de vê-la entrar no francês novo com um homem que a levava pelo braço.

— Que homem? — Dessa vez foi impossível segurar Henrique, e ele encarou o amigo.

— E eu sei? Estava com uma casaca boa, cabelinho no pente, de lado, uma ruma de pomada para ficar no lugar, até brilhava. Certeza que vai ficar calvo em dois anos.

— Maldição, Lina.

Henrique largou Bertinho e seguiu a passos largos, deixando os conhecidos na confeitaria para trás.

Ele passou pela livraria onde Gustavo acompanhava um debate literário e o agarrou pelo braço, arrancando-o de lá aos trancos, fazendo pior que Bertinho.

— Venha comigo, e feche o paletó — disse Henrique, ajeitando a gravata e seguindo adiante pela rua depois que ficou satisfeito.

— Em que lambança você se envolveu agora? — Gustavo o seguiu com os mesmos passos largos.

— Eu, não. Nossa dama favorita.

— Ela está em apuros? — Gustavo apressou o passo, mas tinha de acompanhar Henrique, já que desconhecia o destino.

— Sim. Se não morrer de tédio, será de vergonha — resmungou Henrique.

— Não compreendo.

— Ignore. É o meu ciúme falando.

Ao ouvir a palavra *ciúme*, Gustavo soube que não ia gostar do que veria.

29

Praia das confissões

O Café du Jardin Public era um daqueles restaurantes requintados, pensado para atender ao público atraído pela nova avenida, as lojas chiques e a proximidade da Rua do Ouvidor. Não tinha a comida mais cara da cidade, mas ainda assim era proibitivo para a maioria da população. E havia outro problema, que Lina notou assim que se sentou: se a pessoa não falasse francês, precisaria de auxílio do garçom para entender o menu. Ela franziu o cenho, desconcertada com aquela afetação.

Henrique entrou primeiro, como uma tempestade. Gustavo deu uma olhada pelo lugar e viu Lina, então puxou o primo de volta pelo casaco, antes que ele passasse para outro salão ou rodasse o restaurante inteiro. Procuraram o homem que havia tentado arranjar uma mesa para os dois e deram um dinheiro na mão dele.

— Precisa ser aquela mesa ali, no máximo uma de distância, na mesma direção. Nada mais longe — instruiu Henrique, apontando para a mesa vizinha à que Lina se encontrava.

— Vamos aguardar aqui, seja rápido. — Gustavo encostou-se no balcão e recusou a oferta de um aperitivo.

Os dois sequer precisaram combinar — quando pousaram o olhar em Lina, a decisão de acabar com o encontro dela foi imediata. Só não partiram até a mesa de prontidão porque ela seria a prejudicada. O restaurante não estava cheio, mas havia gente o bastante para testemunhar alguma indelicadeza.

Lina demorava-se para escolher o que queria. Achou ótimo que os pratos servidos na capital não fossem o que veria em Paris, e isso a animou para comer algo à brasileira.

— Imaginei que você gostaria de se lembrar da comida com a qual estava acostumada — disse Manoel assim que o cardápio foi entregue pelo garçom. O que só mostrava que ele não a conhecia nem um pouco.

Das cozinhas estrangeiras que faziam sucesso nos restaurantes da capital, a que mais agradava Lina era a italiana. Considerou a possibilidade de aquele momento ser uma maldição de Maga, pois enfim acabara em um encontro adequado aos olhos da boa sociedade. Disse a si mesma que fazia parte do seu plano para esquecer o Carnaval. Queria até chamar de "cura", mas não achava que merecia sofrer. De fato, as fofocas sobre ela estavam em alta. E Lina prometera ao pai que se comportaria, então agora passava mais tempo em casa ou saía acompanhada apenas de Josephine.

Em meio a seus devaneios, Lina ergueu o olhar e decidiu analisar o restaurante. Foi quando avistou os dois rapazes jovens e vistosos que a observavam de longe, perto da entrada. Era impossível não notá-los, apostaria que todos que estivessem sentados de frente para a porta já tinham notado aquela visão. As sobrancelhas dela quase grudaram na linha do cabelo. Parou de ouvir o que Manoel tagarelava, tentando engajá-la na conversa.

— Não pode ser coincidência — murmurou Lina, perdendo o foco no menu. Tinha acabado de desaprender a ler.

— Perdão? — Manoel se inclinou um pouco para escutá-la.

Lina pegou a taça de água. Naquele momento, o recepcionista introduziu os Sodré ao salão de jantar e os sentou na mesa logo atrás de Manoel.

— Está tudo bem? Não é do seu agrado? — indagou seu acompanhante.

Ela quase engasgou com a água.

— Está ótimo, obrigada. Tudo parece apetitoso. — As mentiras escapavam da boca de Lina como a água que precisou engolir às pressas.

O garçom voltou trazendo duas bebidas para a mesa ao lado, e por fim Lina tomou coragem e ergueu o olhar de novo. Parecia que ela olhava para Manoel, mas ele estava desfocado — só conseguia ver que Gustavo não estava concentrado no menu em sua mão, pois prestava atenção nela. O semblante dele tinha uma seriedade natural, que fazia parte do seu jeito. Porém ela nunca o tinha visto com aquela expressão.

Sentado ao lado de Gustavo, Henrique parecia a pessoa mais hostil, tão diferente do seu semblante em geral extrovertido e acessível. Estavam claramente sentados daquela forma estranha para poder falar com ela. Ao ver que Lina estava olhando, Henrique mexeu os lábios muito devagar, sem emitir som, para dizer: "Você tem cinco minutos".

Gustavo tirou o relógio do casaco e mostrou ao primo. Henrique imediatamente se corrigiu, olhando para Lina e se pronunciando da mesma forma: "Não, dois".

A expressão de Lina não denunciou nada, mas seu pé batia repetidamente. Era o barulho no salão que impedia Manoel de escutar o som do salto ecoando no chão. Lina podia sentir os olhares dos dois sobre ela. Era como se estivesse completamente desacompanhada. Como resolveria aquilo?

Gustavo procurou algo no bolso interno do paletó, depois falou com o garçom e recebeu um papel. Os dois minutos de Lina estavam chegando ao fim. Ele escreveu um recado e ergueu o papel, mostrando-o próximo da orelha de Manoel, que continuava falando, alheio aos arredores, comentando sobre o menu francês, como se ela precisasse de explicação.

Peça licença para ir ao toalete, era o recado no papel.

Lina bebeu um gole generoso de vinho branco dessa vez. Manoel sabia que ela bebia e tinha certa liberdade para fazê-lo. Não era algo que ele aprovava, mas não adiantava ficar incomodado — atribuía isso à permissividade dos locais que Lina estava acostumada a frequentar, e do cônsul que não a regulava.

— Pode me dar licença? Preciso de um momento antes de começarmos. — Lina se levantou, deixando o guardanapo em cima da mesa.

Manoel se levantou educadamente e a esperou se afastar, virando o rosto para acompanhá-la, mas Lina seguiu à esquerda e só foi para a saída do salão depois de passar por diversas mesas. Manoel tampouco viu quando os dois rapazes na mesa atrás dele se levantaram e saíram.

Os três se encontraram no corredor que levava aos toaletes femininos. Lina entrou primeiro, lavou as mãos e, quando saiu, deparou-se com os dois Sodré esperando por ela.

— O engomadinho, Lina? — A pergunta de Henrique era retórica.

— Quem é esse fuleiro? — indagou Gustavo, a insatisfação emanando dele.

Lina alternou o olhar entre os dois e perguntou:

— Por que o menu daqui está todo em francês? Não faz sentido.

— Essa é só outra coisa sem sentido neste lugar hoje — alfinetou Henrique.

— Ninguém me explicou sobre o fuleiro — insistiu Gustavo.

— É exatamente isso que ele é, você já o descreveu — cortou Henrique. — Um palerma metido a importante.

— Você disse que prefere comida italiana e que já passou tempo demais na França para precisar comer as mesmas coisas no Brasil — comentou Gustavo, voltando-se para Lina. Lá estava aquele semblante neutro, como se ele não tivesse acabado de recitar precisamente o que ela contara semanas atrás.

Lina o encarou em choque, depois viu Henrique recuar e ir verificar algo no corredor.

— Não posso me demorar, seria suspeito — sussurrou ela.

— Seu amigo vai jantar conosco? É o único jeito de você voltar para aquela mesa. Faz tempo que não como em um restaurante metido a francês. — Gustavo tinha tons de voz tão distinguíveis que dava para saber quando ele estava ameaçando e quando estava apenas constatando um fato.

Henrique retornou e avisou:

— Achei a saída para a outra rua, fica para lá.

— Vocês não estão plane... — começou Lina.

Os dois a roubaram do encontro.

Atravessaram o segundo salão, entraram no corredor de serviço e saíram por uma rua estreita, que Gustavo e Henrique conheciam. Lina olhou os arredores, embasbacada e sem saber onde estava.

— Cadê seu veículo e o miúdo? — Gustavo avaliou o entorno.

— Eu vim na carruagem de Manoel. Caetano está lá.

— Veio sozinha com ele? — exclamou Gustavo, e Lina se surpreendeu, já que ele não era dado a exclamações desnecessárias.

Os dois cravaram o olhar nela, com a expressão mais séria que Lina já tinha visto no rosto deles. E não pôde mais se aguentar.

— Já estive sozinha com vocês dois e nada inadequado aconteceu.

— E quando foi isso? Desde que nos conhecemos, nosso comportamento não é nada além de inadequado — expôs Henrique, inimigo da sutileza.

Lina poderia jurar que estava vendo uma veia pulsar na testa de Gustavo.

— Caetano fez a gentileza de ser meu acompanhante e viajou conosco *dentro* do veículo — disse ela, tranquilizando-os.

Não que a declaração tenha aplacado sua fúria. Caetano era permissivo com os Sodré, como poderiam garantir que não mudara de lado?

— O coupé está comigo — lembrou Gustavo.

Eles a levaram de volta para a Avenida Central e entraram no coupé em uma rua transversal que Lina desconhecia. E ela logo se viu em seu lugar preferido, exatamente onde não deveria ficar: apertada entre os dois.

— Para onde vão me levar?

— Para onde quer ir? — perguntou Henrique.

— Para a praia! — respondeu ela, surpreendendo-os e prometendo colocá-los em apuros. — Eu gostava de praia e sabia nadar, mas aqui não tive chance. Com quem mais iria além de vocês?

A praia mais perto da casa deles era em Botafogo. As obras da avenida ainda não haviam terminado, mas havia uma mureta acima do nível do mar fechando o acesso à orla. Então, naquele instante, Gustavo e Henrique tiveram mais uma de suas ideias loucas, que combinava perfeitamente com a relação dos três: partiram rumo à praia de Copacabana. Considerando que moravam em Botafogo, a volta seria rápida.

O coupé avançou e Lina chegou a considerar que os dois a estavam enganando e iriam deixá-la em casa, pois o caminho parecia ser o mesmo. Além do mais, o silêncio tenso que nenhum dos três rompia deixou Lina cheia de dúvida. Por mais estranho que fosse, ela escondia um contentamento inexplicável. Eles tinham o modelo mais largo de coupé, mas estavam os três dividindo um banco, e nenhum dos dois primos era franzino. Ela estava confortável encaixada entre eles, as saias presas, os ombros apertados entre os braços dos rapazes. E, mesmo com os tornozelos cruzados, não se sacudia com o movimento do veículo, porque os quadris de ambos a seguravam no lugar.

Somente o silêncio a incomodava. Não era típico deles, mas Lina não sabia que a ciumeira dupla tinha corroído a língua deles.

— Por que vocês estão mudos? Estavam bastante falantes quando me raptaram do restaurante.

— Está usando um vestido bonito, chique para um jantar. — Henrique deu uma olhada na saia de chiffon, mas foi apenas para fingir, pois já avaliara tudo sobre o traje enquanto a vigiava no restaurante.

Gustavo não disse nada, então Lina percebeu que os dois estavam de braços cruzados e cara amarrada, e nunca os achou mais parecidos do que naquele momento. Seu nervosismo causava uma estranha vontade de rir da situação. Afinal eles a roubaram de um restaurante. Tinha ficado sem sair de casa para não voltar para perto deles, e veja só onde estava agora.

Quando desceram na praia, o cocheiro olhou em volta. Não tinha ninguém na areia àquela hora da noite, ele só avistou algumas pessoas perto da porta das casas. Copacabana não era movimentada como Botafogo, e não se parecia em nada com o centro borbulhante de onde tinham vindo.

Lina arrancou os sapatos e os deixou no chão perto do coupé, então pulou para a areia usando suas meias finas, que estariam arruinadas antes que ela alcançasse a beira da água. Gustavo e Henrique tiraram os sapatos e as meias e foram atrás dela sem pestanejar. Considerando a velocidade com que Lina correu, erguendo as saias, temiam que se jogasse no mar.

Lina tinha falado que sabia nadar, mas, com certeza, não era algo que fazia com um vestido como aquele. Henrique parou antes de alcançar a água, deixando a lanterna ao lado, e a observou andar na beira das ondas e sujar a bainha do vestido. Não adiantava erguer o tecido — era água e areia, os grãos minúsculos grudariam em tudo.

— Acabei de compreender o que é ciúme. — Gustavo finalmente voltou a se pronunciar, já que não dissera uma palavra desde que entraram no coupé.

— Gostou? — indagou Henrique.

— É terrível. — Gustavo também voltou o olhar para observar Lina brincando na água. Mal tinha sido apresentado ao corrosivo sentimento e seu tom já saiu cheio de desgosto, pela sensação ruim que provocava um amargor na boca.

— Bem-vindo ao inferno — disse Henrique, rindo de leve.

Seria mais um sentimento para Gustavo aprender a controlar. Pensou que isso pararia na fase adulta, mas, com Lina em sua vida, parecia que cada vez tinha mais emoções para desvendar.

Lina desistiu de erguer o vestido e deixou que molhasse, inalando o cheiro do mar até encher seus pulmões, abrindo os braços e só então soltando o ar. Abaixou os braços e deixou as mãos serem molhadas pela espuma das ondas. Fazia meses que adiava a ida ao mar e, nas últimas semanas, pensara nesse assunto várias vezes. As saias estavam encharcadas, já sentia a umidade na altura das coxas e pouco se importava. Tinha uma quantidade indecente de vestidos e preferia desperdiçar aquele ali, naquelas águas, aproveitando o momento.

Virou-se e encarou seus acompanhantes: Gustavo estava próximo, passando os pés pela água, sem se importar com a calça molhada. Ele adorava o mar, tanto a sensação quanto o ruído.

Henrique tinha ficado na parte úmida da areia, mas a maré não o alcançara. Lina pensou na facilidade com que cederam ao seu pedido de ir até o mar, mesmo com a tensão que emanava dos dois. Poderia convencê-los de qualquer coisa com pedidos e abraços. E beijos.

Lina voltou até onde Gustavo estava e ficou de costas para o mar. Antes que Lina pudesse falar, Gustavo se pronunciou, direto:

— Você tem fugido. Por quê?

— Para esquecer — respondeu ela.

— Do quê?

— Vocês dois.

Henrique ainda estava uns três passos atrás e tentou segurar a língua, mas um monstrinho tomava conta dele e não era capaz de se conter.

— Com aquele engomado? — Henrique chegou mais perto, deixando a lanterna para trás. — Tenho certeza que ele cheira a cera de engomar, Carolina.

— Não tenho interesse nele.

— Então não saia mais com ele. — Não era uma sugestão. Fazer o contrário não fazia sentido algum para Gustavo.

Lina cobriu o rosto com as mãos e se sujou de areia. Não se importou e balançou a cabeça, escondida dos dois e da decisão que não queria tomar. Eles ficaram ainda mais perturbados pela possibilidade de ela começar a chorar.

— Fui justamente porque não gosto dele — confessou ela.

Gustavo olhou para Henrique em busca de uma pista, já que estava com dificuldade de entender algo tão contraditório.

— Lina, isso não faz sentido para mim — disse ele, baixinho, já que ela continuava parada com as mãos cobrindo o rosto.

— Não vai fazer sentido para nós dois, e, mesmo que fizesse, não aceitaríamos. — Henrique voltou até a lanterna e a recuperou. Cada movimento brusco era uma prova do seu péssimo humor.

Lina abaixou as mãos e Gustavo voltou a observá-la, como se os sentimentos no rosto dela pudessem oferecer a explicação que tanto desejava. Aquele gesto cortou ainda mais o coração dela. Não sabia sequer se seu coração pesado deveria estar dividido, porque não era isso que sentia. Seria mais fácil explicar se simplesmente estivesse em dúvida entre os dois, mas só estava em apuros e sem saída.

— Preciso partir — informou ela, tomada por uma onda de autopreservação.

Lina segurou as saias e saiu andando, alcançando a areia seca.

— Para sempre, Lina? — indagou Henrique. Agora já sem os resquícios de irritação, soava apenas desiludido.

Lina não conseguiu ir adiante. Ela se virou outra vez para encarar os dois e soltou as saias com força, como se pudesse jogá-las na areia e deixá-las para trás.

— Eu amo vocês dois! — exclamou ela, inconsequente. — Ao mesmo tempo! Sinto-me feliz e completa quando ambos estão comigo. Minha vida só tem feito sentido se estou com vocês. E como vou viver assim? Não posso! Nem sequer seria justo.

A confissão de Lina não obteve o efeito esperado, principalmente porque ela não esperava nada ao declarar aquelas palavras proibidas. Ela só não conseguia mais ficar ali olhando para os dois. Seu peito ia explodir, havia um bolo entalado em sua garganta, a iminência do choro vinha só de pensar em Henrique e Gustavo. Ela tentara se desvencilhar sem confessar o que sentia, mas foi impossível. Se não os veria nunca mais, então era melhor que ficasse tudo às claras. E, se voltasse a vê-los, que Deus tivesse piedade de seu coração destroçado. Estava se confessando para poder abandonar os dois homens que amava.

O mar atrás deles poderia ter congelado e não perceberiam. O impacto das palavras de Lina fincou Henrique e Gustavo na areia, mas, quando ela se virou e correu para o coupé, eles reagiram num instante.

— Não, por favor, deixem-me — protestou ela. — Eu quero ficar sozinha. Voltarei andando se for preciso, mas não posso mais ficar.

Ela fugiu de encará-los, passando por cima dos sapatos que havia tirado. Não conseguiria suportar sequer o silêncio deles, menos ainda uma conversa.

A verdade era que não queria saber qual era verdade. Não imaginava o que eles poderiam responder, mas já se sentia sobrecarregada só de ter suas vozes soando na mente.

Gentilmente, Gustavo a fez entrar no coupé e a colocou sentada.

— Leve-a, sabe o endereço na São Clemente — instruiu ao cocheiro.

O homem assentiu e estalou as rédeas, e o único som que ouviam na praia era do mar e das patas dos cavalos se afastando. Os dois primos ficaram com os três pares de sapato, as expressões cheias de desalento, a incapacidade de falar, apesar de serem confidentes.

Gustavo deu meia-volta e se sentou na areia. Por mais que gostasse do som do mar, cobriu as orelhas e fixou os olhos no chão. Era sua posição de defesa e ele não gostava de usá-la, pois era evidente que estava vulnerável. Ele ficou completamente imóvel, mas o coração ecoava em seus ouvidos, aturdido e sobrecarregado. Não sabia o que deveria ter respondido, e se imaginar paralisado diante dela, incapaz de comunicar o que precisava, foi como descobrir um novo gatilho.

Ela o amava.

Lina não podia amá-lo. *Não podia*. Gustavo não sabia o que era o amor, não tinha aprendido a lidar com esse sentimento, mas sabia que era grave, poderoso e a causa da ruína de tantas pessoas. Diziam que era belo, inigualável, mas Gustavo só tinha familiaridade com o outro lado. Lidar com sentimentos ruins tinha sido mais útil para sua vida. Sensações boas que não fossem puramente físicas só eram registradas quando ele as sentia e compreendia.

Henrique continuou olhando o coupé se afastar. Nem ele, com sua extroversão e boa conversa, sabia o que responder, além de repetir o óbvio: *Eu te amo, eu te amo, eu te amo.*

Essas palavras não acalmariam Lina. Não resolveriam os problemas dos três.

Henrique voltou para a areia e se sentou ao lado de Gustavo sem dizer uma palavra. Tinha o costume de se manter perto do primo e ser um apoio silencioso. Começara na infância, quando não entendia o que se passava e não sabia o que dizer. Então acabara aprendendo que, em situações como aquela, Gustavo preferia sua companhia, mesmo que silenciosa. E Henrique descobriu que também sentia conforto ao dividir esses momentos.

Quando Henrique e Gustavo não apareceram mesmo depois que um bonde passou, o cocheiro voltou e os encontrou no mesmo local. Ainda em silêncio.

30

Dois amores

Lina fugiu dos homens que amava e caiu em outra armadilha. Quando entrou em casa, emocionalmente despreparada depois de sua confusão, ficou chocada ao se deparar com o pai e Manoel ali. Dessa vez Inácio estava irritado, ainda mais quando o homem chegou anunciando que Lina tinha desaparecido. De início, a preocupação tomou conta dos dois. Então Caetano disse que ela havia partido por vontade própria, mas teve o bom senso de não contar como ou com quem.

Caetano não era adivinho — podia ser permissivo porque adorava Lina, mas ficava de olho, já que era esse seu trabalho. Ele tinha visto os Sodré entrando no restaurante e ficara lá fora esperando uma saída intempestiva, mas, quando Manoel apareceu, irado por Lina ter sumido, Caetano soube que os três tinham escapulido juntos.

A enxurrada de perguntas e falatório assim que chegou a assaltou como um golpe.

Lina, o que você fez?
Onde estava?
Como foi que saiu do restaurante?
Como pôde me deixar para trás?
Por que está molhada?
Perdeu o juízo? Podia ter lhe acontecido o pior!
Você fugiu de mim?

Lina segurou as laterais da saia e virou o rosto, escondendo os olhos vermelhos pelo choro. Encolheu os ombros, sentindo o peso das palavras e repreensões.

— Fui embora porque quis! Não gostei daquele lugar e queria ver o mar — reagiu, por fim engolindo o nó na garganta.

— Peça desculpa ao sr. Abreu — ordenou o cônsul.

Lina se virou para Manoel. Até poderia ficar envergonhada por ser achincalhada pelo pai na frente dele, mas era só isso. Não havia sentimento algum nublando seu bom senso ou rasgando seu coração quando olhava para ele. Por isso, parou na beira do degrau da sala, pois sequer entrara propriamente no cômodo. Ficou parada naquele patamar, recebendo seu castigo.

— Sinto muito, sr. Abreu — disse ela, com a voz baixa. — O que eu fiz foi imperdoável, e espero que possa me perdoar pelo contratempo que lhe causei. Jamais voltará a acontecer.

Manoel queria explodir, queria que ela fosse punida por abandoná-lo como um tolo no restaurante. No entanto, não poderia expressar nada disso na frente do cônsul. O homem, sem dúvida, pensava que só ele, como pai, tinha poder de decisão em relação a punições para a filha.

Por mais inacreditável que fosse, quando viu Lina entrar com o vestido molhado, o penteado desfeito, o rosto vermelho, os pés sujos de areia, o desejo de Manoel por ela se intensificou. Queria que Lina fosse sua, precisava domá-la. Era mais do que a ambição de ter uma esposa que abriria portas em seu caminho. Era cobiça.

Lina não se despediu e também não pediu permissão para se retirar. Virou-se na direção das escadas, movendo-se rápido em seu vestido arruinado. Manoel sabia o que ela estava insinuando ao dizer que jamais voltaria a acontecer. Ela não pretendia voltar a vê-lo. Porém ele não estava disposto a ceder aos caprichos da moça. Era pior do que pensava, Lina precisava dele.

Inácio ofereceu uma compensação financeira para cobrir os gastos de Manoel, mas ele não aceitou. Será que o cônsul pensava que ele não ganhava. o suficiente para bancar um jantar em um bom restaurante? Então também devia achar que ele não tinha meios para bancar sua filha mimada? Pois Manoel tinha, sim, poderia provar, ela só não teria todas as suas vontades feitas. E, se estava tão preocupado, era só o cônsul promovê-lo. Esperava que ele tratasse de fazer isso assim que se casasse com sua filha.

Josephine também não pediu licença para deixar a sala. Ver Lina abalada daquele jeito a deixou preocupada. Os homens estavam tão irritados pelo que ela tinha feito que nem mesmo Inácio percebeu que algo de errado acontecera com a filha.

Josephine foi para o quarto de Lina. A porta estava fechada, mas não trancada. Ela hesitou um instante, mas abriu mesmo assim.

— Vou entrar, não adianta tentar me impedir — avisou, passando pela porta.

Lina estava sentada em um banco perto da janela, cobrindo o rosto com as mãos. Nanna, a camareira, estava lá dentro, mas não sabia o que fazer. Em todos os seus anos de trabalho, nunca tinha visto a moça naquele estado. Josephine se ajoelhou junto de Lina e a abraçou. No conforto dos braços dela, Lina chorou de verdade. Precisou de dez minutos e um copo de água para voltar a ter condição de falar.

— Por quê? Conte para mim, sabe que vou entender — pediu Josephine. — E não vou julgar seus malfeitos. Isso não foi só uma de suas traquinagens. Sua dor é real, eu a conheço bem.

Tão bem quanto uma mãe, pensou Josephine. Apesar da boa relação que tinham, um complexo a impedia de se dar esse título. Naquele departamento, sua autoconfiança não funcionava. A chegada ao Brasil ajudara a abalar essa questão mais uma vez. Em Paris, a sociedade não se importava, mas no Rio a pergunta sobre onde se encontrava a mãe verdadeira e esposa do cônsul era recorrente. Josephine *era* a esposa dele, gostassem disso ou não.

Porém não poderia defender sua posição como mãe de Carolina. Mesmo que também a tivesse criado e amasse a menina profundamente. Ela não era filha única apenas de Inácio, Josephine também se dedicara a ela.

— Fugir foi um malfeito, eu sei... Mas não posso fingir, eu não me importo — confessou Lina, por fim. — Há um sentimento tão forte me corroendo que não consigo ter energia para me importar com a desfeita que fiz a Manoel.

— Tem a ver com suas saídas, fugas e outras pequenas traquinagens que escondo do seu pai?

— Sim...

— E com um daqueles rapazes que já estiveram aqui e vivem telefonando e mandando bilhetes para esta casa, imagino. E logo depois que uma dessas coisas acontece, você sai para um passeio com um guia que não é Caetano.

— Com os dois rapazes — disse Lina, cobrindo o rosto de novo. — Tem a ver com os dois.

Ao falar isso, Lina desabou. Pronto. Estava às claras, e de que adiantava esconder o restante?

Ela confessou tudo para a madrasta. Seus encontros com Henrique e Gustavo, suas experiências, os sentimentos e, por fim, o acontecimento final na praia.

— Ah, meu bem. Como foi chegar aqui e cair em uma armadilha dessas? — Josephine a amparava outra vez, deixando-a se lamentar em seu ombro.

Nanna achou melhor trazer uma bebida mais forte e depois ficou em silêncio, assistindo a algumas de suas suspeitas serem confirmadas. Ela arrumava Lina, ouvia sua tagarelice, via seus risos ao responder aos bilhetes, até estava presente enquanto Lina segurava alguns dos pedaços de papel junto ao peito. Também observara o período mais recente, em que a menina não se animava a sair.

— Tem certeza que não pode resolver isso com uma escolha? — perguntou Josephine. — Por mais difícil que seja?

— Passo meus dias e noites pensando nisso. Já não durmo direito. Não posso. Não consigo. Prefiro não ter nada a ter de escolher um deles. E foi essa a minha decisão. Não terei nenhum dos dois.

— Isso é radical, Lina. Pode ser o mesmo que abrir mão da chance de ser feliz com um companheiro. E sabe que não estou falando de felicidade aos moldes da sociedade. Falo da felicidade real. Como a que tenho com seu pai, sem perfeição, criticada por muitos, mas com sentimentos que dizem respeito somente a nós dois.

— Estou mentindo para a minha melhor amiga — disse Lina, à beira das lágrimas outra vez. — Nunca fui tão baixa na vida. Tive até a esperança de que Gustavo se apegasse a ela, porque sou uma covarde egoísta e não consigo abrir mão de nenhum dos dois, mas jamais a trairia. Não sei o que farei da vida se por acaso eles... Henrique está livre agora, e mesmo assim não consigo me forçar a dizer a ele que...

Lina cobriu os olhos. A luz do quarto era um holofote, iluminando sua culpa e autodesprezo.

— Você não tem culpa de se apaixonar — intrometeu-se Nanna. — E também não planejou que sua melhor amiga se interessasse por um deles. Até a história do noivado do outro não é algo que você pudesse mudar.

— Eu me arrependo de ter confessado o que sinto — admitiu Lina.

— Acho que eles odeiam o peso que joguei em suas costas. E não posso voltar atrás, eu só não conseguia mais esconder. Talvez eles não sintam o mesmo, afinal são dois homens independentes, e eu não vou julgar a aventura que tivemos. — Lina se virou, sem querer encarar as outras mulheres. — O tempo que passei com eles é a única coisa que não me causa arrependimento. Mas eu prefiro ter sido usada como divertimento. Prefiro qualquer coisa, menos ter de lidar com a possibilidade de os dois estarem tão fora de si quanto eu.

— Sabe, minha querida, eu venho de outro meio, outra criação. — Josephine apertou o ombro de Lina, oferecendo apoio, mas não a obrigou a se virar. — Conheço pessoas com estilos de vida diversos, outros valores e com menos amarras a questões morais, que não se sujeitam tanto às opiniões alheias. Claro que vivem à margem da sociedade ou em segredo, mas não seria a primeira vez na história que alguém se apaixona por mais de uma pessoa, e essas pessoas correspondem ao sentimento.

Nanna não disse mais nada, mas também vinha de um lugar em que a vida não funcionava de acordo com as regras da sociedade. Fora daquela bolha em que Lina vivia, uniões eram decisões sem influência da sociedade, do Estado ou da Igreja. Os acordos começavam e acabavam pela mera vontade dos envolvidos.

No caso de Josephine, o que testemunhara não fora em segredo. Ela nascera da relação de sua mãe com um dos amantes, apenas um entre os muitos que a mulher tinha. E dizia amar dois deles. Nunca fora um compromisso, e, no fim, a mãe de Josephine acabou se casando com outro homem de quem gostava.

Tanto Nanna quanto Josephine enxergavam o problema e as consequências, mas tinham outras referências de vida e não viam aquela situação como o fim do mundo. Era uma solução difícil de alcançar, e não havia espaço na vida de Lina ou daqueles dois rapazes para *assumir* um escândalo daquela magnitude.

— E se conversar com eles? — indagou Josephine.

— Que diferença faria para nós? — exclamou Lina, as lágrimas outra vez escorrendo pelo rosto. — Ou para o nosso futuro? Além disso, eu já confessei tudo. Em vez de alívio, agora só sinto culpa.

31

Quebrada e errada

Lina estava certa sobre uma coisa: ela havia brilhado como um raio na vida dos Sodré e agora deixara os dois apagados. Um dia depois, Gustavo e Henrique ainda sentiam os corpos atirados na areia daquela praia. Os dois tinham compromissos aos quais comparecer, mas nenhuma concentração para fazê-lo. Precisavam ter notícias dela.

O cocheiro assegurou que a havia deixado em casa e esperado que entrasse. Os Sodré passaram na frente do palacete e tudo parecia calmo, com luzes acesas só no segundo piso. Mandaram bilhetes na primeira hora da manhã. Caetano ficou encarregado de cuidar do assunto pessoal, e avisou a Henrique que Lina não poderia vê-lo. Depois, repetiu o mesmo a Gustavo.

Dessa vez o pai a colocara de castigo, e Lina precisaria ficar em casa por alguns dias. Ela não queria ver ninguém. Nem mesmo Tina. Também não desejava ver Virginie, e, se Maga mandasse mensagem, era para dizerem que ela estava doente.

Os dois Sodré enviaram cartões solicitando uma visita. Enviaram opções diferentes para que tivessem chances maiores. Se não poderia ser algo informal, então fariam uma visita formal. Também enviaram bilhetes oferecendo todo tipo de encontros. Onde e quando ela preferisse. Poderia levar quem quisesse.

Alternaram-se em seus envios, caso Lina não quisesse falar com os dois ao mesmo tempo.

E, assim, continuaram enlouquecendo.

Henrique não conseguia mais ser o escudo social da dupla. Os amigos desconfiavam de algo grave. Como fora Bertinho quem avisara a Henrique que Lina estava jantando com outro, foi o que chegou mais perto da verdade em suas conjecturas. No entanto, não era possível que Gustavo estivesse tão retraído por causa de algo que perturbava o primo. Ele não era assim, sua natureza era encontrar boas soluções.

Gustavo não estava mais apenas quebrando folhas nos bolsos, chegava a retorcer galhos entre os dedos das mãos.

Foi quando os dois desistiram dos meios corretos, aceitáveis, adequados e todos os adjetivos que qualificavam a forma como um cavalheiro conduziria uma situação. E, assim, bateram à porta do palacete dos Menezes.

Os dois, juntos. Pois, se Lina não havia aceitado nenhuma opção entre as oferecidas antes, então que fosse a mais drástica.

— Eles estão aqui — avisou Caetano, de olhos arregalados.

Lina correu para espiar e ficou atrás da porta, pálida, com o coração batendo tão forte que parecia que iria arrebentar sua caixa torácica. Ela queria vê-los. A palma das mãos suava contra a madeira, a respiração estava tão irregular que o peito fazia a blusa balançar, como num batuque de marchinha.

— Fale com esses rapazes. Não pode fugir deles para o resto da vida — disse Josephine, preocupada ao testemunhar o estado de perturbação da enteada.

— Eu vou embora do país. — Lina fixou o olhar apreensivo nela.

— Não, você não vai. Por acaso chegou ao Brasil e esqueceu tudo que viveu quando estava fora? Por que acredita que vai doer menos se entrar em um navio?

Henrique olhava a porta, fixo e imóvel, mas Gustavo andava de um lado para o outro, quebrando folhas dentro dos bolsos. Desolado, Henrique foi até o portão, antes que esmurrasse a madeira e confessasse os pormenores de sua agonia contra o objeto frio.

Pouco depois, a porta se abriu e Lina deslizou pela fresta, fechando-a atrás de si. Ela se recostou ali, já que os joelhos permaneciam instáveis. Quando ergueu o olhar, Gustavo estava à sua frente e a encarava. Ela pedira que ele olhasse para ela, mas não precisava ser naquele instante. Ele segurava o chapéu, e ela pôde reparar melhor em um novo detalhe dele — Gustavo não havia aparado o cabelo como fazia antes. As ondas estavam bem arrumadas, e os cachos insistiam em enrolar nas pontas. Ela sentiu o coração pesar ainda mais.

— Eu sinto muito — disse ela, encontrando sua voz.

— Por quê? — indagou ele.

— Acho que piorei tudo.

— Você mentiu?

— Não.

— Então por que sente muito?

— Porque causei essa perturbação na vida de vocês dois.

— Você não é uma perturbação.

Pela primeira vez desde que se conheceram, Lina desviou o olhar antes de Gustavo. O maxilar dele trincou e as folhas em seu bolso viraram farinha com a força do aperto.

— Você está bem? Parece bem fisicamente — disse ele, como se seguissem uma conversa comum.

— Sim, assim estou.

Gustavo manteve o olhar nela. Lina olhou para os sapatos lustrosos nos pés dele. Porém ele não suportava mais olhar para ela daquela forma, então enfiou o chapéu na cabeça, desceu os poucos degraus, passou pelo portão e se afastou rumo ao início da São Clemente, na direção do mar.

Henrique viu o primo se afastar e se virou para Lina. Ela também o acompanhava do outro lado da grade preta, mas grudou ainda mais as costas na porta quando Henrique foi até ela.

— O que disse a ele? — indagou Henrique.

Lina pensou por um momento, decidindo o que poderia tê-lo perturbado, e arriscou:

— Disse que não menti.

— Ah, Lina… — Os ombros dele vergaram, e a voz foi um lamento para os ouvidos dela.

— Também disse que sinto muito, pois piorei tudo.

— Tem certeza?

— Não. Não tenho certeza de nada.

Lina tinha uma única certeza, mas não tinha coragem de dizer em voz alta. Achou que tinha feito sua confissão na praia, mas sua memória estava nebulosa. Disse as palavras certas, não disse? Falou para os dois que era incapaz de escolher. Não poderia fazê-lo, portanto não havia esperança para os três.

— Diga que não voltarão mais — pediu ela.

— Uma mentira vai acalmar seu coração? A mim, só faria mal.

Lina se virou, buscando a maçaneta para salvar sua vida de um próximo desequilíbrio emocional.

— Você mentiu? — insistiu Henrique atrás dela. — Diga a verdade para mim também.

— Sabe que não. — Lina se virou só para encará-lo, dividida entre esconder as evidências do que a levara a contar tudo e encerrar aquela situação. E deixá-lo ver que jamais havia mentido.

— E quanto ao que nós sentimos? Você sabe a verdade?

— Por favor, Henrique, salvem-se disso. Enquanto podemos.

Lina entrou pela mesma fresta minúscula e se fechou dentro de casa. Depois de alguns instantes, vendo que ela não voltaria, Henrique passou pelo portão e olhou para a extensão da rua, pensando que tinha sido deixado sozinho. No entanto, Gustavo estava perto de uma árvore que se derramava sobre a rua, por cima da grade espaçada de um casarão. Com certeza tinha conseguido mais folhas e estava pronto para ser seu apoio silencioso.

— Ela falou a verdade, mas não consegue aceitar o que sentimos — disse Henrique, mais para si mesmo. — Não há como nos salvar se ela não voltar.

Ele passou por Gustavo e deu um breve aperto em seu ombro, sem esperar resposta. Porém, por falta do que fazer agora, ficou tentado a arrancar umas folhas da árvore também.

Os dois prefeririam ter ouvido que ela mentira, que eles eram dois brinquedos para atender às vontades dela e que agora não tinham mais propósito. Que avisasse, mesmo por bilhete, para que perdessem a esperança. Eram dois iludidos. Foram uma mera aventura. Valia até a desculpa de que havia sido uma aventura de Carnaval, por mais que tivessem começado antes da folia.

Porém ela os arrastou para a danação com a confirmação de sua verdade.

Quando retornou depois de uns dias fora da cidade, Lina recebeu uma notícia inesperada. Trocou alguns bilhetes e saiu no horário do lanche da tarde. Depois de todos aqueles dias, reviu Caetano, e logo a versão menor do acompanhante saiu correndo da casa atrás deles, alcançando-os antes de chegarem ao portão.

— Pode voltar, a mãe disse para você chegar cedo — avisou Caetano.

Bento fez um bico e os seguiu mesmo assim. Lina lembrou que Caetano estava aprendendo a nadar — não sabia detalhes, mas sabia que ele fora à enseada em alguns dias em que Gustavo remava.

— E como têm sido as aulas? — questionou Lina. — Perdeu de vez o medo de ser atirado do cais?

— Já sei nadar de peito — anunciou o rapaz, orgulhoso. — Mas agora o sr. Sodré está fora da cidade, tem outro remador no lugar dele.

Lina respondeu só com um balançar de cabeça. Era normal Gustavo deixar a cidade por curtos períodos, já que tinha negócios que precisavam de atenção. Ao menos era o que ela acreditava.

— Me dá uma moeda, senhorita? Para eu comprar um papagaio de vintém — pediu Bento, planejando se divertir com uma pipa, já que não podia acompanhar os dois.

Caetano deu uma batida com a lateral da mão no braço de Bento e reclamou de sua falta de educação, mas Lina abriu a bolsinha e tirou a moeda.

— Eu já descobri que ele é uma criança, Caetano. Deixe-o brincar. — Lina depositou a moeda na mãozinha do menino.

Caetano olhou emburrado enquanto Bento lhe mostrava a língua, sem que Lina visse. Em uma breve conversa com a tia deles, que também trabalhava na casa, Lina havia descoberto que Bento tinha onze anos, e não quinze, como o irmão dizia. O mais novo vivia a fugir atrás de Caetano em vez de ir para casa depois da escola. Sabia pegar o bonde e chegar a Botafogo. Para evitar que ele desaparecesse no meio dessa traquinagem, Caetano o levava junto sempre que podia. E, se todos soubessem sua real idade, isso se tornaria mais complicado.

— Eu preciso de linha, deixei a minha em casa — Bento sussurrou para o irmão.

— Então só vai soltar pipa em casa, seu maroto minúsculo.

— Mas aí já será noite.

— Vá embora com titia. Chegará cedo.

— Não quero. — Bento cruzou os braços.

— Eu não ensinei você a ser trapaceiro, a senhorita lhe deu o suficiente para a linha! — gritou o irmão, já pendurado no coupé, que começava a se afastar.

Assim que chegou à casa de Margarida, Lina percebeu que o comportamento da amiga estava diferente. Além de recebê-la com certa formalidade na sala de estar, pediu café e ficou sentada no sofá em uma posição desconfortável, como se estivesse recebendo uma visita rara. Não era o tratamento costumeiro entre as duas.

— Papai nos levou a Petrópolis para conhecermos a cidade, ficamos por quatro dias — contou Lina quando Maga comentou que ela esteve sumida.

— E você gostou da cidade? É mais fresco, não é?

Elas conversaram sobre a viagem de Lina e sobre suas atividades, um festival de informações pela metade. Por fim, entraram no assunto principal que havia levado Lina a fazer aquela visita: o noivado de Margarida.

— Na verdade, eu o conheço há um bom tempo — disse Maga. — Mas não sabia do interesse dele, nunca tinha voltado a atenção na direção dele.

Lina escolheu beber o café e assentir enquanto Margarida falava. Tinha a leve impressão de já ter escutado versões diferentes dessa mesma conversa.

— E ele vem demonstrando interesse com insistência, fui até chamada de ingrata, sabe? — contou Maga.

Ela tomou mais um gole de café, e dessa vez Lina aproveitou para mordiscar os biscoitos.

— Ele reclamou para os seus pais da sua suposta ingratidão? — indagou Lina por fim, já que também tinha em sua vida um homem que corria para reclamar com o pai dela sobre seu suposto mau comportamento.

— É, eles notaram, e enfim… eu já tenho vinte e dois anos, deveria me comportar com mais juízo e comedimento — respondeu Maga. — Em prol de um bom casamento, como todas queremos.

Lina engoliu um gemido de desgosto. Sabia que a história só havia enveredado para esse lado depois de Bruno Dias se interessar por outra. Se Maga não fosse especialista em distorcer as palavras de Lina, gostaria que a outra enxergasse que não existia somente o sr. Dias no mundo, e que outros rapazes já haviam demonstrado interesse o bastante nela para ser percebido por outros.

— E o juízo e o comedimento com certeza dizem para você se casar com esse senhor insistente que reclama para os seus pais por você não retribuí-lo — disse Lina, seca.

— Eu retribuí. Aceitei o anel, não? — Maga mostrou o anel de noivado. Lina fingiu achar bonito. Devia ser do gosto do noivo.

— Entendo. — Lina escolheu mais biscoitos, já que eram a melhor parte da visita. — E para quando é o casório?

Ela percebeu que Maga torceu a boca e descansou a xícara.

— Em breve. Ele não quer esperar muito.

Não conversaram sobre os temas comuns às noivas, como flores, o local da cerimônia, convidados e tudo o mais que Lina havia escutado inúmeras vezes na vida — só no Brasil, já tinha suportado em pelo menos duas ocasiões.

— Não devo ser a única a casar nesse período. Ficou sabendo que os Sodré foram vistos na companhia da marquesa outra vez? — disse Maga, em uma tentativa de desconversar. — Pode significar que fizeram as pazes e chegaram a um acordo matrimonial. Para consertar a situação do rompimento. Afinal Vitoriana ainda não foi viajar. Seria um sonho ficarmos noivas na mesma época.

Lina não queria ouvir falar dessa gente. Tinha aversão à família de Vitoriana. Porém era só voltar aos círculos da sociedade que o assunto era retomado. Maga não fazia ideia de que havia enfiado uma estaca em seu peito ao citar a possibilidade de Henrique ter aceitado se casar.

— Tina e eu conseguimos uma quadra para jogar tênis, e lembro de uma vez você comentar que gostaria de aprender. Se levarmos mais uma, teremos duas duplas — convidou Lina, desesperada para fugir dos assuntos desagradáveis.

— Acho que vou jogar peteca com minha prima, também é um bom exercício.

— Tudo bem. Se mudar de ideia...

Maga se remexeu no lugar. Ela parecia mais desconfortável a cada minuto que se passava, olhando de um lado a outro da sala. Por fim, apoiou as mãos no colo e declarou:

— Meu noivo é bastante reservado, sabe?

— Imagino, não me lembro de já tê-lo visto.

— Você foi apresentada a ele, mas o ignorou completamente.

— Ah... — Foi a única reação que Lina conseguiu expressar.

Maga declarara aquilo com um toque de hostilidade.

— E não sei se poderei continuar acompanhando você a tantos locais. Fomos a festas em demasia, tem de admitir. Além do mais, logo estarei casada e terei assuntos diferentes para tratar, meu noivo acha que você é muito... progressista.

O olhar das duas se encontrou. Maga ergueu o rosto e Lina ficou confusa por alguns segundos.

— Meu português pode estar enferrujado quanto a novos termos e expressões tipicamente brasileiras, mas sei que progressista não é um insulto — disse Lina.

— É uma forma educada de se referir a certos desvios — retorquiu Maga. — Eu tentei avisá-la que veriam suas transgressões com maus olhos, e como receberiam nos círculos sociais as notícias de suas amizades tortas e ações impróprias.

Lina pensou que os biscoitos doces a salvariam, mas, de súbito, um amargor tomou sua boca. Ela agarrou a bolsa e apertou, desviando o olhar para recuperar o controle. Porém, ao erguer o rosto e olhar para Maga outra vez, sentiu raiva só de ver sua expressão polida, o nariz empinado e a coluna mais dura que uma viga de jardim. Elas não eram amigas? Lina havia se afastado para não ter de encontrar Vitoriana, mas nunca deixaram de conversar. Até pouco tempo, Maga ainda contava vantagem sobre a proximidade com a filha do cônsul.

— E o que tanto eu fiz? — exigiu Lina. — Vivi um pouco? Aproveitei a liberdade que tenho para explorar a cidade, em vez de ficar trancada dentro de casa? Você fez tudo certo e ainda assim terá que se casar com um homem que já admitiu não querer.

— Nunca serei feliz se causar a infelicidade de papai e a frustração social da minha mãe — disse Maga. — Ele é um ótimo partido, é estável e confiável; tem tudo de que preciso para me elevar na sociedade.

— Seus pais viveram a vida deles. Não podem viver a sua também. Bons pretendentes não lhe faltam.

— Colocaram ideias descabidas demais na sua cabeça, Carol. Mulheres na nossa posição não precisam de libertação, isso é uma distorção de gente sem futuro. Isso que dá ser criada sem mãe e com uma rameira no lugar — declarou Maga, em um tom de quem havia ensaiado aquela fala, como se seu comentário não fosse um insulto.

Carolina sentiu o sangue ferver. Em um ato desenfreado, agarrou o pote de biscoitos e atirou todo o conteúdo em Margarida. A outra pulou em pé, arquejando de surpresa, balançando as mãos com o choque e batendo na roupa para tirar as migalhas.

— Nunca mais chame a minha mãe de rameira! Se eu descobrir que fez isso outra vez, em vez de biscoitos, quebrarei um vidro na sua cabeça — prometeu Lina, irada.

— Você enlouqueceu, sua imoral descontrolada?

— Imoral? Por rejeitar a ideia de que devo entregar o resto da minha vida às vontades e aspirações de pessoas que morrerão em breve e não viverão as consequências dessa vida por mim? — Lina se afastou, tão cheia de fúria que não conseguia ficar parada. — Diferente da sua, minha mãe me defende, em vez de projetar as frustrações dela em mim.

— Ela não é sua mãe! Se fosse, você saberia que temos deveres e um futuro que devemos cumprir na sociedade em que vivemos. E, principalmente, uma imagem a manter. Você vai se arrepender de esnobar o que tentei lhe ensinar! — Margarida acusou, apontando o dedo para ela.

— Grande futuro. Com um chato que você mal conhece. Ao menos espere que ele viva pouco, para você ficar sozinha com sua preciosa imagem!

— Certamente não serei considerada vulgar ou deixada de lado pelo mau comportamento em meio aos meus — rebateu Maga, da mesma forma fervorosa. — Maridos decentes, abastados e aceitos na sociedade não são abundantes. E ele é de boa família. Você só vai conseguir um bom marido aqui por causa da posição do seu pai!

— Pois vá para o inferno com suas frustrações e seu marido caquético de quem gosta tanto que jamais cita o nome dele! — Lina agarrou a bolsa e foi batendo os pés até a entrada para recuperar seu chapéu.

Maga pausou por um momento, golpeada pela verdade. Se era tão importante, por que jamais dizia o nome do noivo?

— Não vou convidá-la! Escutou? Vai ser a única que não convidarei! Todos saberão que é porque se comporta como uma imoral! Uma *cocote*! — gritou Maga, seguindo-a até a entrada e ignorando a pontada da verdade.

Lina se virou e encarou Maga. Respirou fundo, mais controlada do que estava esperando, mas ainda assim vermelha de revolta.

— Eu jamais gastaria um dos meus vestidos exclusivos e imorais em um evento cafona desses — sibilou, depois saiu tão rápido que não esperou abrirem a porta para ela, e ignorou qualquer reação ou palavra dita às suas costas.

Lina ainda sentia a ira esquentando seu pescoço, fazendo as mãos tremerem. Mesmo assim, a tristeza comprimia seu peito. Sentiu lágrimas nos olhos, pois não esperava receber aquele ataque de alguém que considerava uma aliada. No entanto, não era de surpreender.

Margarida era produto do modo como fora criada e do meio em que vivia. Ela estava correta, do jeito errado. Era Lina a anomalia. Todos daquele círculo amaldiçoado dariam razão à decisão de Margarida. Uma decisão patética, covarde, revoltante — mas correta. Ela estava pensando na própria sobrevivência e na preservação de seu status. E esteve esse tempo todo alertando que Lina deveria fazer o mesmo.

Só que Lina teria de se quebrar inteira, mutilar cada parte que a tornava quem era e destruir o que sobrasse do seu espírito para caber no estreito corredor por onde precisaria passar se quisesse chegar àquele objetivo.

32

Álcool e cigarro aromático

Horas depois, Manoel encontrou Lina no topo do Pavilhão de Regatas, na orla de Botafogo. Ela havia preferido andar até em casa a ir no coupé, mas então decidiu desanuviar no litoral antes que o pai retornasse para casa. Naquele horário, as pessoas comiam, conversavam e bebiam no pavilhão. Ela escolheu subir para uma das torres cobertas.

— Por que está sozinha aqui, Carolina?

Ela nem olhou para ele. O olhar estava fixo no mar e na bebida à sua frente. Manoel chegou a tempo de ver o copo pela metade e notou que ela usava uma piteira para fumar algo perfumado, que ele admitia não conhecer. Não queria nem saber como ela conseguira aquelas coisas — provavelmente com o dinheiro que tinha à sua disposição, porque o pai não a controlava. Mas ele controlaria.

— Está me ouvindo? — perguntou Manoel.

— O que o senhor quer? — resmungou Lina, ocupada em seguir com os olhos um barco solitário que se aproximava da costa.

— Pode não parecer, mas este não é um lugar seguro. O pavilhão é bem frequentado, mas qualquer um pode entrar aqui e importuná-la.

A risada de Lina saiu baixa e rouca. Ela pegou o copo e bebeu um bom gole, sem se preocupar por ser vista bebendo. O cigarro perfumado se consumia na piteira enfeitada que ela segurava, sofrendo sob o esquecimento e o vento marítimo.

— É isso que o senhor quer? Eu já tenho guias locais, obrigada. — Ela pendeu a cabeça para o lado, sem se virar para encará-lo.

Naquele instante, Manoel teve a certeza de que aquele copo já estivera mais cheio. Lina estava sem foco, a cabeça balançava e as pálpebras permaneciam baixas. Era estranho que estivesse sozinha ali em cima, mas Manoel havia passado tão rápido que não vira Caetano perto da escada, vigiando quem subia e desviando as pessoas com uma história torta sobre o local estar molhado de cerveja.

— Eu não quero ser seu guia local. Quero fazer as pazes — propôs Manoel, prestando atenção nela.

— Eu já pedi desculpas, deixe-me. — Lina virou o rosto e, quase que mecanicamente, lembrou-se da piteira e a levou até a boca.

— Não. — Manoel colocou a mão sobre o antebraço que ela apoiava na mesa. — Eu quero entrar em um acordo com você.

Lina fez mais daquela fumaça fina rodar em volta da cabeça de Manoel, só para desaparecer na próxima rajada de vento. Ela sequer estava sentindo o gosto. Só tinha usado sua carteira de cigarros aromáticos uma vez desde que saíra de Paris, e dera as outras duas piteiras como presentes de despedida para amigas com quem agora só conversava por carta.

— Não tenho me esforçado em mostrar meu interesse para você — disse Manoel. — Vou ser mais compreensivo e aderir ao que propuser.

Lina mal registrava o que ele dizia e não se dava o trabalho de responder. Manoel não sabia se ela não se importava ou se o álcool tinha nublado suas reações. Na opinião dele, Lina não estava bem. Estava à beira de um precipício e precisava de alguém com pulso firme para guiá-la para longe. Manoel tinha certeza de que, depois que a resgatasse, ela seria uma esposa incrível e traria o status que ele tanto procurava. Venderia a imagem dela como reformada, salva pelo casamento.

Acima de tudo, ele a cobiçava. Desejava ser o dono de Lina, para poder dizer que a domara. Teria tudo isso e o prestígio da relação com o cônsul. Inácio não poderia negar ajuda ao genro. Em alguns anos, quando conseguisse o cargo que almejava, partiriam do Brasil e ela ficaria feliz, afinal crescera viajando.

Era o melhor plano de futuro para ela. Manoel não aceitava que não enxergassem o mérito a longo prazo do que ele traria para sua vida em um casamento se ela parasse com essa rebeldia absurda.

— *Por mim* — resmungou ela. — Não *para mim*. Prefiro sentir, não assistir.

Ela estava balbuciando sem fazer sentido, e Manoel resolveu que já era demais. Alguém que os conhecesse poderia aparecer e vê-la bebendo. Pior ainda, ele seria visto naquela situação, e pensariam que respaldava aquele tipo de comportamento ousado para uma dama.

— Venha comigo, vou levá-la para casa. Tem que parar com isso para nosso acordo funcionar. — Manoel afastou o copo e, quando a colocou de pé, ela se segurou nele.

Foi a primeira vez que Lina o tocou, e a forma como ela se apoiou nele provava a Manoel sua teoria. Ela precisava de firmeza e uma presença que impusesse regras, e isso validava o que ele sentia.

Desequilibrada nos braços dele, Lina se inclinou para a frente e então agarrou o pequeno estojo dourado repleto de cigarros.

— É meu — disse ela, com a língua arrastada. — Lembrança das minhas amigas.

Amigas que ela jamais poderia manter se era isso que faziam juntas. Manoel duvidava de que as moças que a acompanhavam no Brasil fossem tão malcomportadas, exceto por aquela menina que voltara de Paris com Lina e só podia ser outra desviada. Ele não queria sua futura esposa próxima da filha ilegítima de um senador, mesmo se fosse branca — o que não era o caso.

Caetano viu quando o homem que trabalhava no ministério conseguiu levar Lina para o andar de baixo do pavilhão e estranhou aquela aproximação. Como ele soube encontrá-la em um local e horário que não eram de hábito da senhorita? Estava desconfiado de que o homem tinha colocado alguém para segui-la. Se fosse o caso, Caetano iria descobrir, então espantar o fulano e delatar esse homem.

— O coupé dela está aqui, ela não precisa de carona — interveio Caetano, indicando o veículo e estranhando ao ver que Lina parecia sonolenta.

Ou bêbada. Ele não achou que ela consumiria tanto do copo que pagou.

O rapaz surpreendeu Manoel ao agarrar a mão de Lina, então ela pareceu voltar a si e se soltou, seguindo com seu fiel escudeiro. O cocheiro esperava com a porta aberta. Porém Manoel se recuperou do encontro repentino com o acompanhante de Lina e pegou o braço dela outra vez, ajudando-a a subir no veículo. Ele entrou em seguida e tentou fechar a porta, dizendo para Caetano:

— Pode ir se sentar com o cocheiro.

O guardião de Lina amarrou a cara, entrou no coupé e se sentou entre eles, só então fez sinal para o cocheiro fechar a porta. Em uma voz séria e cortante, que não era típica dele, Caetano avisou:

— O senhor me desculpe, mas eu fui contratado pelo cônsul especialmente para acompanhar a senhorita e só recebo ordens dos Menezes. O senhor pode ir conosco ou nos seguir em seu próprio veículo.

— Vou seguir vocês, quero vê-la entrar em casa — disse Manoel, entredentes.

Assim, ele se tornou mais um personagem na vida de Lina que Manoel descartaria assim que ela fosse sua. Jamais aceitaria esse desrespeito vindo dos empregados mal-acostumados dos Menezes.

Após chegar em casa, enquanto ainda estava alcoolizada, Lina enviou dois bilhetes. Contudo, não tinha bebido o suficiente para esquecer o que escrevera — apenas a conversa com Manoel não estava completa em sua mente. Inácio já estava em casa, o que só fez com que Lina voltasse para o castigo. Assim, teve tempo de se arrepender de ter mandado entregar os tais bilhetes.

Henrique respondeu o bilhete de Lina, por mais estranho que tenha achado. Por que ela enviaria algo naquele horário, e sem mais explicações?

Por que sua família está alisando o ego daquela bruxa?

Você ainda vai se casar com ela?

Henrique escreveu que não iria se casar com ninguém, só não tinha o mesmo contato com as fofocas da sociedade, tampouco se importava com as relações sociais de seus familiares. Precisou esperar Gustavo abrir o bilhete dele para descobrir a bomba que o primo recebeu. No entanto, este continha uma simples pergunta:

Você está deixando a cidade por minha culpa?

Gustavo também respondeu. A princípio, tentou escrever somente um "Não" como resposta. Porém Henrique disse a ele que as mulheres prefeririam que elaborassem um pouco mais. Assim, Gustavo escreveu: "Não estou", arrancando uma risada do primo.

Lina não escreveu mais. Passou o dia seguinte querendo morrer. Onde estava com a cabeça quando perguntara aquilo a Gustavo, como se as motivações dele girassem em torno dela? E quanto à vergonha que passara com Henrique? Por que ela continuava remoendo aquela história de ele ser noivo de outra?

Dois dias depois dos bilhetes imprudentes, Caetano e Bento entraram na casa dos Sodré sem ser convidados e passaram correndo tão rápido que João, o empregado, precisou pular do caminho. Por sorte, encontraram Henrique no desjejum enquanto Gustavo resolvia um assunto no escritório da casa. Os dois primos foram atraídos pela altercação dos meninos com João.

— Por que estão aqui? — indagou Gustavo.

Caetano percebeu que os Sodré olharam na direção da porta, esperando o motivo para aquela entrada atabalhoada.

— Ela não está aqui, está na costureira tirando medidas — avisou.

— Para casar! — exclamou Bento, afoito.

— Como é? — Henrique se aproximou.

— Com o engomado! — prosseguiu o menor.

— Nós não queremos ir para a casa daquele chato esnobe. Prefiro mil vezes morar aqui com os senhores, a senhorita e seus amigos boêmios — disse Caetano.

— Nossos amigos não moram aqui. — A resposta de Gustavo foi imediata, mas ele se virou para Henrique e abriu as mãos, fazendo uma pergunta muda. O primo balançou a cabeça.

— Melhor ainda! — decidiu Bento.

— Que história é essa de costureira para se casar? — Henrique questionou, sentindo um aperto no peito.

— O homem do ministério! Ele está passando a lábia no cônsul para que concorde com o casório. A senhorita está triste demais. E, desde que o homem a levou de volta para casa, está certo de que conseguiu o que quer.

— Onde ela está? — Henrique não se importava com detalhes, foi logo pegar o chapéu para sair. — Termine de contar no caminho.

Gustavo, por outro lado, seguiu o primo, mas indagou:

— De onde exatamente ele a trouxe para casa?

— Do pavilhão. Ela estava mais alcoolizada do que eu imaginei, confesso, mas eu estava de olho. — Caetano se aproximou para falar em tom de conspiração. — Eu acho que ele colocou alguém para nos seguir. Como sabia onde estávamos e qual era a hora certa de aparecer?

— Ela estava bêbada e ele chegou perto dela? — Gustavo parou de andar abruptamente.

— Nunca a vi beber daquela forma. E eu ando no rastro dela antes dos senhores sequer a conhecerem — contou Caetano.

Eles entraram no coupé de frente redonda junto dos meninos. Gustavo quis saber o endereço da costureira, pois odiava não saber para onde estava indo. Por coincidência, Lina já o tinha feito enfrentar uma situação daquelas duas vezes. Caetano e Bento levaram os Sodré direto para o ateliê da costureira, e o mais velho dos irmãos ainda arrombou a fechadura do lugar com uma velocidade impressionante.

Assim que entraram, viram Lina em cima de um tablado e duas mulheres mexendo na saia de um luxuoso vestido branco, enquanto uma terceira observava e dava ordens. Nanna, a camareira, observava a cena de longe. Gustavo e Henrique absorveram aquela imagem como se fosse seu pior pesadelo trazido à vida.

Não importava que as mulheres usassem muito branco, que aquela fosse a cor mais vista nos trajes das damas da alta sociedade. Eles a viram de branco, em um vestido volumoso de aparência formal e cara.

Para casar-se com outro.

33

Um vestido de noiva?

Da sua posição elevada, Lina foi a primeira a vê-los. Já estava imóvel para não atrapalhar as costureiras, mas ficou paralisada e com o olhar fixo em Gustavo e Henrique quando chegaram. Não se viam fazia dias, e ela estava surpresa e ávida por absorver os detalhes dos dois. Eles sentiriam o mesmo, se não estivessem apavorados.

— Quem são esses? Como entraram aqui? — indagou a modista, assustada.

— Eles são meus... meus amigos — balbuciou Lina.

Só não sabiam agir como amigos.

— Você vai se casar com outro? — indagou Henrique, descrente, sem se importar com cumprimentos.

— Não! — Lina balançou a cabeça com tanta veemência que o tablado embaixo dela rangeu.

Gustavo não suportava sequer olhar para Lina, com aquelas mulheres remexendo em suas saias. Ele foi até ela e a pegou pela cintura.

— Venha, Lina. Você não precisa disso.

As costureiras olharam embasbacadas enquanto ele a depositava no chão e ela não expressava objeção pelo ato ou por tocá-la de forma tão íntima. Henrique se aproximou também, e as mulheres observaram enquanto a moça lidava com os dois rapazes.

— Não vou me casar — insistiu ela.

Nanna se aproximou e Lina ergueu a mão, para que não interviesse. Os três não podiam conversar com franqueza na frente daquelas mulheres, por isso os Sodré roubaram Lina do ateliê, com vestido e tudo.

— Volte com o meu coupé direto para casa — Lina pediu à camareira, que os seguira para fora da loja. — Por favor!

Assim que chegaram à rua, Lina, Henrique e Gustavo ficaram aturdidos ao se depararem com Caetano rolando no chão atracado a um rapaz maior do que ele. A diferença de tamanho não o impedia de socar o homem, agarrá-lo pelo colarinho e gritar ameaças. Henrique os apartou e levantou Caetano pelo cangote. O rapazote limpou o resquício de sangue da boca e apontou para o homem que saíra correndo.

— É ele! Está nos seguindo, o pilantra!

— Não pode brigar, Caetano! Mamãe avisou! — gritou Bento, preocupado.

Henrique entrou rapidamente no coupé e ofereceu a mão a Lina, que subiu sem hesitar, seguida de Gustavo. Dessa vez Caetano foi na frente com Bento e o cocheiro, ainda fumegando de raiva, deixando Lina em uma situação familiar. Sentada entre Henrique e Gustavo mais uma vez, com as coxas de ambos impedindo que deslizasse no banco, os ombros deles servindo de muro de contenção para o balançar do veículo. Ela se dividia entre a vontade de sorrir e o nervosismo, pois dessa vez os dois emanavam tensão e mau humor.

— Vão ficar mudos daqui até Botafogo?

Ela esperava que Henrique fosse o primeiro a falar, porque era o normal da interação entre os três. Mas foi surpreendida.

— Você nunca citou ou deu indícios de que tem um descontrole com álcool — observou Gustavo.

— Não tenho, só bebi naquela tarde. Se bebesse sempre que fico triste, viveria fora de mim. Aquele dia eu apenas queria fingir que nada tinha acontecido. Eu bebia socialmente com minhas amigas em Paris, e algumas delas também gostavam de cigarros perfumados. Nós nos divertíamos como se não tivéssemos problema algum na vida. Foi a sensação que tentei reaver.

Gustavo franziu o cenho e ficou quieto. Fazia isso toda vez que Lina o banhava com informações demais.

— E aquele engomado imundo a encontrou e a levou para casa porque mandou que seguissem você — disse Henrique.

— Agora vou ter que acreditar em Caetano — admitiu ela.

— Você vai se casar com ele? — indagou Gustavo, de volta ao assunto em foco.

— Não.

— Então por que Caetano e Bento apareceram apavorados dizendo que você tinha ido experimentar um vestido de noiva para se casar com ele e que os dois seriam obrigados a morar com você e aquele fuleiro? — insistiu Gustavo.

— Foi isso que aconteceu? — indagou Lina, surpresa.

Gustavo continuou olhando para ela, e Lina tomou um tempo para refletir. Responder à pergunta de Gustavo com outra não era uma boa estratégia. Não é que o deixava confuso, mas ele não reagia, então era Lina que se irritava e acabava respondendo.

— Não é para me casar. É um vestido novo, formal e de acordo com a moda local.

— Vestido de noiva — resmungou Henrique e mudou o tom, da forma que fazia quando não se aguentava e simplesmente decidia soltar o que ocupava sua mente. — Você não acreditou que eu não iria me casar e vivia dizendo que eu tinha uma noiva. E agora é você que tem um *noivo*? — Ele imitou o tom belicoso que ela costumava dar a essa palavra.

Lina se calou, então a tensão dos dois se avolumou de tal forma que se tornou como que um outro ocupante naquele espaço confinado. O coupé encostou no casarão dos Sodré e os três desceram, mas Lina seguiu marchando na frente. João abriu a porta e precisou pular do caminho outra vez. O que dera naquela gente para adentrar a casa como fugitivos?

Os três avançaram até a sala, impetuosos. Lina precisava aprender a esconder a verdade daqueles dois. Foi confessando seus sentimentos que os envolvera em mais problemas. Se anunciasse sua nova decisão, tinha certeza de que não melhoraria as coisas entre eles.

Lina se virou e encontrou Henrique e Gustavo lado a lado. Ela demorou seu olhar primeiro em um, depois no outro, respirando fundo. O que diria em seguida mudaria a relação dos três, e seria impossível voltar atrás. Os dois rapazes a encararam com expectativa, segurando o chapéu nas mãos, o ar estagnado pesando na atmosfera entre eles.

— Eu não vou escolher — declarou Lina. — Prefiro a morte a ter de escolher entre os dois.

Lina ficou sem fôlego, retorcendo as mãos, e não conseguiu esperar a resposta olhando para eles. Ela se virou de costas, na direção da janela, cobrindo a boca com a mão para conter um soluço.

— Então vamos viver em pecado! Para sempre! Mas você não se submeterá àquele homem! — explodiu Henrique, comportando-se como o rebelde que diziam ser.

Gustavo observou os sentimentos expostos no rosto e nos movimentos do primo; nunca o tinha visto reagir com aquele caos emocional. Reconhecia a tensão de Lina, mas ela estava de costas, e ler sentimentos sem poder olhar o rosto era difícil, além de nunca conseguir interpretar o tom de voz dela da forma que fazia com os demais.

Então Lina olhou por cima do ombro, e seu rosto estava tomado de pesar e decisão ao dizer em um tom que lembrou a noite na praia:

— Eu amo vocês dois! — E virou-se outra vez para encará-los. — Amo e anseio pelos dois. De formas diferentes, honrando as particularidades, os detalhes e a rica personalidade de cada um, mas em igual intensidade. Portanto, sou incapaz de escolher. Meu coração foi tomado por vocês. E nada o devolverá inteiro, muito menos uma partilha. Prefiro não ter nada a precisar escolher entre meus dois amores.

Ambos a observaram, assombrados por suas palavras e pelas consequências que aquilo poderia trazer. Henrique deu um passo, o corpo tão tenso que as mãos estremeciam. Gustavo franziu o cenho, a expressão alterando de confusão para revolta.

— Você está dizendo que vai se casar com outra pessoa por causa da dúvida que causamos em você? — indagou.

— Ficarei sozinha ou aceitarei outro. Apenas para acabar com esse sofrimento.

— Então isso é um vestido de casamento, Lina! — reagiu Henrique.

— Não é, eu não menti — disse ela, a angústia causando lágrimas nos olhos. — Eu queria mentir. Não consigo.

Lina deu um passo para trás. Henrique já tinha dado dois passos em frente, tentando se aproximar. A perturbação entre os dois era palpável e o instinto dele era confortá-la. Gustavo, por outro lado, permaneceu no lugar, a mente se lançando em cálculos para resolver o problema atual e as consequências que atingiriam todos eles.

— Eu não ficarei. Preciso trabalhar no negócio da família. É inadiável — informou.

O olhar de Lina se fixou nele com uma intensidade que o abalou, ele conseguiu *sentir* através de um único olhar. Era mais um dos novos acontecimentos em sua vida, inexplicáveis e ligados exclusivamente a Lina, que reviravam sua vida. Se tivesse olhado para as outras pessoas da forma como prestava atenção nela, teria tido essa experiência antes? Era isso que todo mundo à sua volta parecia experimentar?

— Você ia embora antes? Antes de mim? — indagou ela.

— Sim. Tenho adiado essa decisão por um longo tempo. Não se case com aquele desconhecido. Ele não é um de nós. Jamais a amaria como nós.

Com aquela declaração, Gustavo paralisou os dois. Ele não sabia o que era amar. Ao menos era o que pensava. Estava emulando algo para convencê-la? Henrique não acreditava que o primo faria isso, enganar não era da natureza dele.

— Eu não suporto olhar para você nesse vestido. Vou buscar outro. — Gustavo deu as costas e partiu direto para a saída da casa.

— Não. — Lina deu um passo atrás dele e seus olhos se encheram de lágrimas.

Ela apertou o tecido da saia com os punhos, a garganta tão fechada que a saliva sequer conseguia descer.

— Se você não suporta ver um de nós partir, por que quer deixar ambos? — indagou Henrique, intrigado ao observá-la daquela forma.

Lina se virou para ele e o abraçou, as lágrimas libertando-se por fim no ombro dele. Henrique a envolveu em um aperto firme e angustiado.

— Não faça isso — pediu ele, ainda sem acreditar que ela não estava experimentando um vestido que provaria uma decisão absurda. — Não vou suportar. Eu te amo demais para aguentar viver o dia em que se entregará a outro. Você não chegaria à igreja, eu a roubaria antes. Não tem juízo que me controle quando penso em perdê-la.

Lina apertou o tecido do paletó de Henrique e esfregou o rosto, secando as lágrimas e escondendo-se da realidade.

Gustavo só não foi andando até a São Clemente porque estava com pressa. Mas precisava estar em movimento, necessitava de um minuto ao ar livre. Parou junto ao coupé e apoiou a mão na carroceria, sentindo a respiração alterada. Os ouvidos zumbiam e o olhar desfocou. Respirou fundo repetidas vezes. Não queria que Lina o visse daquele jeito, e não aceitava que essa fosse sua resposta, sentia-se inepto e sobrecarregado.

— Sr. Sodré, tudo bem? — indagou Caetano, aproximando-se.

Gustavo não sabia por quantos minutos ficara preso na própria mente. Esperava que não muito. Olhou em volta, viu o rapaz com um curativo na testa e o irmão parado ao lado.

— Vamos à casa do cônsul — avisou Gustavo. — Você vai entrar e pegar um vestido para a senhorita. Rápido.

Na atual situação, Caetano já não questionava as sandices que ouvia daqueles três. Só queria que afastassem aquele homem que ele odiava, e que um deles se casasse com a senhorita. Não era tão bobo, percebera que havia um impasse nesse quesito.

Gustavo, Caetano e Bento entraram rapidamente no coupé e o cocheiro os levou à casa dos Menezes, como indicado por Gustavo. Sem demora, Caetano pediu a ajuda de Nanna para encontrar um vestido que Lina pudesse usar àquela hora do dia. A camareira tentou questionar que raios estava acontecendo, mas o rapazote conseguiu se desvencilhar das perguntas e voltou correndo para o veículo.

Contudo, ao retornarem para o casarão dos Sodré, esperavam qualquer coisa, exceto encontrar Manoel na frente da casa. Assim que viu Caetano, o homem saiu de seu coupé e partiu para cima dele.

— Tenho motivos para acreditar que minha noiva está dentro desta casa! — acusou Manoel.

Gustavo avançou e se colocou entre os dois.

— Ela não é sua. Ela jamais será sua — disse, ignorando a importância que tinha o fato de o homem saber onde Lina estava. Deixar explícito que Lina não lhe pertencia era mais importante.

— Eu tenho o dever e o direito de zelar pelo bem-estar dela. Não me importa que seja primo daquele desavergonhado, não me impeça. — Manoel colocou a mão sobre o portão.

— Parta já daqui — ordenou Gustavo, retirando a mão dele da grade.

Naquele instante, Henrique desceu correndo pelos degraus da casa e foi parar no portão em um pulo. Reconhecia de longe quando Gustavo estava alterado a ponto de ninguém poder detê-lo. Henrique tocou no braço do primo através da grade, respeitando o sinal combinado entre os dois. No entanto, Gustavo rejeitou o toque e avançou para cima do engomadinho, obrigando-o a recuar.

— Não se preocupe, estou controlado. Tenho ciência do que estou dizendo — disse Gustavo, endereçando-se a Henrique, sem desviar os olhos de Manoel. Para o outro, advertiu: — Não quero que chegue perto de Carolina nunca mais.

— E quem é você para me dizer o que posso fazer? Já lhe disse... — Manoel ergueu as mãos, pensando que poderia dar fim àquela situação.

— Você sabe quem sou — disse Gustavo, com a voz controlada. — Não chegue perto dela. *Nunca mais toque nela.*

— É uma ameaça?

— Não faço ameaças.

Gustavo o agarrou pelo braço. Manoel tentou lutar, mas foi pego pelo cangote e girado com habilidade. Ele protestava e tentava se desvencilhar, gritando insultos, mas Gustavo não se deteve. Henrique abriu o portão e foi atrás, porém não conseguiu impedir o primo de enfiar o homem dentro do coupé da forma mais brusca possível. Quando se viu dentro do veículo, Manoel tentou segurar a porta para não fechar. Apesar de Gustavo tê-lo manejado, seu olhar de raiva estava fixado no outro Sodré.

— Minha questão é com ele! Com esse degenerado! Para onde a levou? — gritou, apontando para Henrique.

O suposto degenerado ignorou seus gritos e se dirigiu ao cocheiro, que observava tudo embasbacado.

— Leve-o embora daqui — disse Henrique. — Ele não lhe paga o suficiente para apanhar junto. Toque esse cavalo, agora.

O cocheiro obedeceu, e depois se justificaria com o patrão dizendo que foi para protegê-lo. Aqueles dois não apenas pareciam furiosos, mas estavam em maior número. Os empregados dos Sodré saíram da casa por causa da altercação à porta, e provavelmente os defenderiam.

Lina assistiu a parte do escândalo pela janela e, assim que viu Henrique e Gustavo entrarem, aceitou o vestido que Caetano tinha segurado esse tempo todo, escondido numa caixa. Trocou-se e voltou para a sala, decidida a partir.

— Ele deve ir direto até o meu pai. É como um bebê que perde o brinquedo e apela para intervenção adulta — disse ela.

— Para que está levando esse vestido? — indagou Gustavo, olhando o volume branco que Lina arrastava atrás de si.

Diferente do modelo que havia sido trazido por Caetano, o tal vestido tinha muito tecido, saia mais ampla e até uma cauda com laços e um fichu na parte superior. Era um dos motivos para que os primos não acreditassem que fosse um simples modelo formal. Era diferente de tudo que já a viram usando, e nem parecia algo do seu gosto. Lina era moderna, suas saias eram leves e práticas, e os dois já a tinham visto em vestidos de festa bem diferentes daquele.

— Porque precisa ser terminado — disse ela, sem entender.

— A costureira vai ser paga. — Gustavo pegou a parte que se arrastava atrás e tomou a peça dos braços dela sem cerimônia.

— Já disse que não é um vestido de noiva, era uma tentativa de algo mais tradicional — protestou Lina.

Não importava o que ela dissesse, ainda se parecia com um vestido de noiva. Os dois não iriam ceder, ela podia ver pela expressão no rosto deles. Por isso, Lina apressou-se até a porta. Tinha outras batalhas para vencer, e não se importava com o vestido.

— Você não vai para casa enfrentá-los sozinha — informou Henrique, recuperando o chapéu.

— Não vou enfrentar nada, meu pai está no ministério. Disse que seria um dia ocupado. Até ele voltar para casa, negarei tudo. — Lina passou pela porta que João abriu, e dessa vez o empregado conseguiu ficar fora do caminho.

Eles a seguiram até o coupé deles, pois o veículo dela tinha sido encarregado de levar Nanna para casa.

— Se meu pai vir vocês dois por lá, vai ser pior. Não poderei negar, receberei acusações e ainda terei de ver a expressão de triunfo de Manoel.

O cocheiro abriu a porta, eles entraram com ela e…

— Você já o chama pelo primeiro nome? — indagou Gustavo.

— Seu pai não chegou ainda, o engomadinho vai ter de buscá-lo — observou Henrique.

Lina ficou sem reação. Nenhum deles, incluindo ela, conseguia ser racional quando se tratava dos outros dois.

302

34

Tudo isso é amor

Inácio poderia ter enviado uma mensagem para casa, porém Manoel apareceu fora de si — histérico, na verdade — repetindo que Lina havia sido sequestrada. Demoraria tempo demais até o mensageiro retornar. A central de telefones da cidade havia pegado fogo fazia alguns dias e todos estavam mudos, então Inácio precisou correr para verificar pessoalmente.

Manoel estava investido em convencer o cônsul de que Lina estava em perigo e se posicionava como a melhor salvação da moça. Salvação não apenas física — e sim de seu futuro, de sua reputação e da imagem da família. Manoel garantira que guardaria segredo e a aceitaria independentemente do que acontecesse.

Em qualquer família, posicionar-se dessa forma era a melhor estratégia. Secretamente agressiva, mas efetiva. Com os Menezes, seu maior adversário não era o pai zeloso, e sim a noiva. Inácio permitia que a filha tomasse decisões que não eram de sua alçada.

— Onde está Lina? — indagou Inácio assim que viu Josephine na sala.

— Em algum lugar desta casa — respondeu a esposa, sem demonstrar alteração.

— Tem certeza?

Ela alternou o olhar entre ele e Manoel, que o seguia tão de perto que mais parecia uma sombra.

— Claro. Por que você está aqui tão cedo? Aconteceu alguma coisa?

Aflito, Inácio percorreu a casa, deixando Manoel na sala. Acreditando ou não, alguém tão sério quanto Manoel dizer que sua filha fora levada e ele não conseguira recuperá-la era motivo para deixá-lo completamente perturbado. Por fim, relaxou quando encontrou Lina junto de Nanna, enchendo a boca de biscoitos doces.

— Você estava na costureira, Lina? — O pai pegou-a de surpresa.

Lina deu um pulo no lugar e chegou a cuspir biscoito. Toda aquela comoção a deixara ansiosa e faminta.

— Pai! — Ela engoliu os biscoitos antes de falar o resto, empurrando-os para o esôfago com um gole de chá. — Sim, fui à costureira.

— Diga a verdade para mim. Por que Manoel me diria que os Sodré a tiraram do ateliê contra a sua vontade? Justamente os rapazes de quem sei que você se aproximou.

— Olhe, papai, seu amigo é mais fofoqueiro do que Margarida e Jacinta juntas — exagerou Lina.

— Ele não é meu amigo, apenas trabalha comigo.

— E o acompanhou até em casa, certo? Eu aceito conversar com ele — ofereceu Lina, tendo a certeza de que era isso que Manoel solicitaria.

Com apenas um olhar de aviso, Josephine manteve Manoel quieto na sala. Ele não se atreveu a seguir o cônsul casa adentro em sua busca desesperada. Mas observou ganancioso quando o pai retornou com Lina em seu encalço. Manoel ansiava por observar uma reprimenda para ver se ela tomava jeito, mas, para sua infelicidade, pai e filha pareciam ter conversado antes com calma.

— Como o senhor pode ver, estou em ótimo estado — disse Lina, irritando-o com aquele tom condescendente, mas o surpreendeu ao dizer: — Vamos conversar, Nanna vai nos acompanhar.

Eles deixaram a casa e seguiram pelo jardim do palacete. A camareira foi atrás; Nanna nunca tivera contato direto com Manoel e fingiu que só compreendia francês. Manoel não conseguiu se conter ao se ver longe dos ouvidos de Inácio.

— Você mentiu para o seu pai, não foi? Fez parecer que eu sou um doidivanas, um exagerado — disse ele. — Quando é você que causa esse comportamento.

— Estou em casa, não estou?

— Estava na casa dos Sodré quando fui até lá?

— Não sei do que o senhor está falando.

— Eu *sei* que aquele canalha a arrancou do ateliê. Sei que você entrou num coupé de frente redonda com ele, provavelmente acompanhados daquele primo bruto que me ameaçou.

— E eles me deixaram aqui, sã e salva — disse Lina, calmamente.

Manoel não acreditava nela, mesmo que seu homem tenha sido enxotado de sua missão aos pontapés e só tenha conseguido contar até a parte em que os Sodré entraram no ateliê. Ele duvidava de que aqueles dois a tivessem levado para casa. Devia ter percebido isso antes, mas demorou a colocar alguém no encalço dela. A aproximação de Carolina com o desgraçado do Sodré só podia ter acontecido na época do Carnaval. Ouvira dizer que ela tinha sido vista na companhia dos dois no escandaloso baile de Ermelinda. Manoel não fora convidado, e também não era o tipo de local que frequentaria.

— Eu posso contar a vários interessados que você é o motivo para Henrique Sodré ter se desfeito da sobrinha da marquesa — avisou ele, provando quanto estava informado, mesmo que não fosse um frequentador assíduo dos mesmos círculos.

— O senhor pensa que vai me intimidar?

— Você não vai me humilhar, já devem saber que estamos comprometidos.

— Comprometidos? O que há com vocês que inventam compromissos sem a explícita concordância da outra parte? — rebateu Lina, em tom de lamúria.

— Você foi muito mal criada. As coisas aqui no Brasil não funcionam do modo frouxo como na parte desregrada da sociedade europeia onde a deixaram correr solta.

— Ora essa, pensei que estivéssemos em um tempo de modernização brasileira. É essa a imagem que vendem ao mundo sobre a República Tupiniquim. Como diplomata, o senhor deve conhecer essa estratégia.

— Mas não no que se refere a casamentos! — alterou-se Manoel, e respirou fundo em seguida. Precisava ser paciente antes de assinarem os papéis. — Você não vai mais levantar a voz para mim, não vai me enfrentar e vai ter uma vida muito mais disciplinada e satisfatória do que esse caos em que vive. Será para o seu bem, como verá.

— Eu jamais me sujeitaria às suas ordens.

— Nem mesmo você tem força social para superar o que acontecerá se souberem o que esteve fazendo pela cidade — blefou Manoel, pois apostava que ela fizera coisas muito piores do que ele tinha conhecimento.

— Eu tenho uma vantagem que infelizmente a esmagadora maioria das mulheres não tem. Sou a filha amada de um pai que tem recursos e não mede esforços ao usá-los por mim. Mesmo que eu cometesse o desatino de me casar com uma figura patética e insegura como o senhor, não precisaria sequer sofrer pela impossibilidade do divórcio. Deixaria o país, iria viver a minha vida e o senhor nunca mais me veria.

— Você é uma desgraçada — sibilou ele.

— Ouvi dizer que é o que dizem para todas aquelas que se recusam a obedecer.

Manoel olhou para a camareira, mas Nanna era ótima em fingir desatenção.

— Você vai se casar comigo. É a opção que tem... ou terá, muito em breve. Aquele cafajeste vai fazer com você o mesmo que fez com a noiva. Ou até pior. E só vou sobrar eu, como o único tolo que aceitaria uma esposa desgraçada aos olhos de todos.

Cansada daquele ataque que sequer era velado, Nanna parou ao lado de Lina e disse em francês:

— Já nos demoramos muito aqui fora. Está quente.

— Se o seu ego não o sufocar primeiro, espero nunca mais ter o desprazer de encontrá-lo. — Lina encarou Manoel, sabendo que seu desejo não se realizaria. Para seu azar, ela gostava de frequentar os eventos diplomáticos.

Manoel deixou a casa tão rápido que não reparou nos veículos que estavam na rua. Porém, assim que o viu partir, Gustavo se virou para Henrique.

— Entre lá, o cônsul está em casa.

Eles tinham dado uma volta na orla para matar tempo e não serem avistados, mas retornaram velozmente. Era impossível ficar longe, sem ideia do que Lina passaria, se seria exposta ou obrigada a assumir um compromisso. Tudo que tinham era o conhecimento de que ela era adorada pelo pai. Aquilo não os acalmava, pois diversos pais mimavam suas filhas com vestidos, viagens, sapatos e, quando chegava a hora, simplesmente informavam sobre um casamento em que a moça seria obrigada a cumprir o papel de noiva.

— Você me preparou uma armadilha? — questionou Henrique.

— Diga para mim por que não podemos deixá-la se casar com aquele homem que trabalha com o pai dela. Não seria ele um pretendente aceitável para ela manter o estilo de vida em que foi criada? — provocou Gustavo.

— Não, não seria — respondeu Henrique, irritando-se. — Ele vai matar o espírito de Lina. Pode não fazer sentido, mas eu sei que você quer o bem dela, então consegue entender a lógica. Sua vivacidade, vontade de viver, o brilho em seu olhar, o rubor de animação em sua face, as frases provocantes que se derramam de sua boca em meio a sorrisos brilhantes. Sua sede de conhecimento. As traquinagens que comete. Até mesmo a força que move sua coragem. Tudo isso será arrancado dela. Depois de se casar com ele, vai virar um espírito morto, destituído de tudo que o move.

— Eu compreendo perfeitamente. É por isso que você vai se casar com ela, e vai me prometer que seu intuito será fazê-la feliz.

Henrique ficou sem palavras. Porém o primo conseguia colocar o racional acima dos sentimentos, além do coração palpitando em seu peito, como se fosse fugir, e da ansiedade que fazia seus ouvidos zumbirem. Gustavo estava apavorado, e seu meio para enfrentar esse sentimento que tanto odiava eram o pensamento e o planejamento. Nisso ele sabia que era bom. Em amar, era péssimo.

— Não posso fazer isso. — Henrique balançou a cabeça e juntou as mãos sobre as coxas. Os dois continuavam no interior do veículo, sem se mexer.

— O sentimento que tem por ela é amor, certo? O mesmo que ela sente.

— Não é o *mesmo*, cada pessoa ama de um jeito único. Mas, sim, eu estou apaixonado por ela. Posso repetir mil vezes, aos quatro ventos, que amo aquela mulher.

— Então entre lá e a informe disso. É impossível que aquele fuleiro não volte ou tente machucá-la de algum jeito, a menos que aconteça uma mudança grave. A menos que *você* aconteça. É grande o suficiente para frustrar os planos dele. Amor é algo que deve ser provado, certo? Vá provar.

— Não, nem sempre. — Henrique virou o rosto para a janela. — Não amei nem fui amado por diversas mulheres na minha vida, Gustavo. É a primeira vez que enfrento esse sentimento. Você precisa conversar com alguém mais experiente, não sei se está em negação ou... Acredito que, se demonstrar constantemente, de variadas formas, não precisará ficar provando coisa alguma. Na vida, quem vive a se esforçar demais para provar algo está mentindo, escondendo ou fingindo. Por que seria diferente no amor?

Gustavo assentiu, guardando tudo que o primo dizia, identificando-se com a forma como pensava, e teve a ideia de conversar com alguém sobre aquilo. Eles eram, de fato, inexperientes. Ao menos seu primo compreendia e aceitava o que sentia. Gustavo não podia fazer isso, não fazia sentido, não tinha como dar a Lina o que ela precisava e não considerava que poderia receber o amor que ela tinha a oferecer.

Quando viu que o primo não diria mais nada nem mudaria de ideia, Henrique desceu do coupé. Chegou a dar um passo, mas voltou e segurou a porta. Estava engasgado, sentia-se mal por não saber como mudar o jeito que Gustavo escolhera para sair da situação. Também não sabia se estava correto em tentar interferir, mas não queria guardar tudo para si.

— Isso que você está sentindo, esse encantamento incontrolável, essa necessidade tão forte de saber sobre ela que a sensação chega a ser física... — começou ele, relutando contra as palavras. — Esse instinto incomum de proteger além do que ela pediria. A felicidade instantânea ao ver um sorriso ou atender um pedido. O desejo ardente por ela até quando estão longe. A agonia, a aflição e a confusão que parecem infundadas. A euforia a cada reencontro. O medo de perder algo que sequer possui. Até o amargor da descoberta do ciúme. A súbita vontade de fugir, derrotada pelo desespero que o domina só de considerar ficar longe dela... — Ele parou de falar outra vez, e acrescentou baixinho: — Tudo isso é amor.

Henrique soltou a porta. Queria explicar, queria ajudar Gustavo a ver, e só tinha aquele sentimento em comum para se conectar com o primo.

— É só uma parte dele e já é forte assim. — Henrique se virou na direção da casa, sem encarar o outro. — Você também a ama. E eu lamento se isso o machuca e desestabiliza. Lamento de verdade. Também não sei como fazer sua dor parar. Mude de ideia e venha comigo, faremos funcionar do nosso jeito. Nós três.

Henrique se afastou, entrando no jardim e tocando a campainha. Do coupé, Gustavo observou até abrirem a porta. O primo ainda hesitou e olhou na direção do veículo por um instante antes de entrar.

Se o maior apoio que Gustavo tinha na vida não sabia como ajudá-lo a encontrar uma solução para não sentir tudo que o revirava, quem mais o ajudaria? Gustavo queria que aquilo parasse. Se conseguisse fazer parar, já teria ido embora. E se sua vontade fosse mais forte que o desespero que fazia seu peito doer? Se fosse mais forte que aquela sensação de peso nas pernas? Estava ansioso, e o coração batia forte demais. Precisava de um tempo sozinho, ou entraria em colapso.

35

Inconsequência amorosa

A surpresa de Lina ao ver Henrique parado na sala de sua casa foi tão intensa que ela não conseguiu disfarçar ou proteger sua mentira. Correu para os braços dele e para o conforto que ele oferecia. No ponto em que havia chegado, Henrique também não se importava: tinha entrado ali por ela.

Josephine olhou para trás, pensando em como faria para acobertá-los, mas muito já se passara entre eles. Inácio observou, surpreso, a verdade sobre o que ouviu.

— O sr. Abreu não estava mentindo, não é, Carolina? — indagou o cônsul.

— Não faz diferença, querido. Acredito que ele só está chateado por não ter sido escolhido — interveio Josephine. Ao menos ela estava aliviada por não ter mais que acobertar Lina. Havia, contudo, a outra parte daquela história, que, se Lina não contasse ao pai, Josephine levaria para o túmulo.

— Se o senhor me permitir, vou falar livremente. — Henrique virou-se para o cônsul e posicionou Lina atrás de seu braço, como se precisasse defendê-la naquela discussão. — Aquele engomado que trabalha para o senhor colocou alguém para seguir sua filha, e se aproveitou de um momento de vulnerabilidade dela para se aproximar mais do que ela teria permitido.

— Como assim? — indagou Inácio, cravando o olhar em Lina, tomado de confusão. — O que Manoel fez?

— Tudo. Ele não deveria sequer falar com ela, e menos ainda tentar se aproximar quando ela não está em condições de concordar com nada — expôs Henrique. — Ele se aproveitou dela.

— Do que está falando? — insistiu Inácio, ainda sem entender, mas parecendo preocupado.

— Estou bem, pai. No dia em que eu bebi além da conta, Manoel me encontrou e me acompanhou até aqui... Mas Caetano me fez companhia — Lina acrescentou, depressa.

— Aquele homem poderia ter levado a surra da vida dele esta manhã — disse Henrique, conciso. — E espero que não tenha permitido que ele corteje Lina, porque eu vou me casar com a sua filha.

— Henrique! Vamos conversar. — Lina o puxou pela manga. — Deem-nos licença um minuto. Estarei bem aqui no escritório, prometo.

Lina não soltou a manga do paletó de Henrique até entrarem no escritório, tampouco esperou a permissão do pai para tal coisa. Inácio estava intrigado e embasbacado ao mesmo tempo. Para começar, viu a filha se deixar abraçar por aquele rapaz, depois ela o deixou protegê-la, o que irritou Inácio, pois não tinham esse tipo de relação em casa. Agora ela exigia uma conversa antes do pedido formal de casamento.

O que se passava na cabeça da filha?

Assim que entraram no escritório, Lina e Henrique foram sussurrar perto da janela. Ele deu uma olhada no lado de fora para ver se não havia alguém perto, então se virou para ela.

— Você não me pediu — acusou Lina.

— Você disse que me amava — rebateu ele, de prontidão. — Eu te amo. Fique comigo.

— Eu amo...

— Os dois... Foi o que afirmou, Lina.

— E eu amo. — Ela encostou na janela. — Onde *ele* está?

— Gostaria que ele tivesse vindo — confessou Henrique, melancólico.

— E ele gostaria também?

Henrique a encarou e pegou uma de suas mãos, mantendo-a segura.

— Lina, meu primo não entende sentimentos como nós — disse. — Ele não reage da mesma forma, e não vai se comportar como você espera. Ou mesmo como gostaria. Não é algo pessoal. Ele tem seu próprio tempo. O mundo não acontece para ele da mesma forma que acontece conosco. Ele faz parecer que sim, e levou anos de absoluto esforço para conquistar isso, já que as outras pessoas não entendem e não querem entender. É como um estágio de vida em que ele se sente bem. E, por melhor que seja, mesmo que o queira bem, você acabou por virar de ponta-cabeça tudo que ele aprendeu durante todos esses anos.

Lina manteve o olhar baixo. Sabia que Gustavo era diferente. Ela percebera como ele tinha reações exclusivamente suas, além da própria forma de corresponder ou reagir. Com o tempo, foi absorvendo esses detalhes, mas nada disso impedira que se apaixonasse. E agora o amava a tal ponto que pensar que o prejudicava com esse sentimento a deixava arrasada.

— Não quero lhe fazer mal, eu só... me apaixonei por ele também.

— Eu vi. Eu estava lá. — Henrique apertou a mão dela.

Ela ignorou que tinha pedido um momento apenas para conversar e se abraçou a ele, escondendo o rosto em seu ombro e lamentando em silêncio.

— E agora? — perguntou ela. — O que eu faço para consertar?

— Estou há uma vida aprendendo com Gustavo, e ainda assim continuo tropeçando. Não tem nada para consertar. Ele gosta de desafios, diz que o fazem evoluir. — Henrique a segurou pelo rosto, limpando uma lágrima que escorria pelo rosto de Lina carinhosamente. — Você é um desafio para mim. E eu não sei explicar o tamanho do desafio que representa para a existência dele.

Henrique a viu assentir, mas seu olhar ainda falava sobre culpa. Ele faria o possível para que os dois não se machucassem, mas como poderia controlar a vida, e o que exigia dos três?

— Venha, não quero que pensem que a raptei em sua própria casa. — Henrique a puxou pela mão, mas, antes de se aproximar da porta, disse:
— Por enquanto, esqueça que eu falei ao seu pai que vamos nos casar.

Os passos de Lina se detiveram, e ela sentiu mais um golpe no coração.

— Você não quer se casar comigo? Bem, eu entendo, acabei de...

— Preciso encomendar um anel de noivado e alianças para fazer o pedido oficial. Dê-me isso aqui. — Henrique pegou a mão dela e tirou o anel que ela usava, guardando-o no bolso. — O joalheiro vai precisar saber o tamanho.

Ele sorriu ao ver a expressão de confusão e desconfiança estampada no rosto da moça.

— Juro que devolverei.

— Diferente do meu suposto vestido de casamento, não é?

— Os sapatos você encontrará assim que vier para casa comigo — assegurou ele.

Os dois deixaram o escritório e encontraram Josephine sentada ao lado do marido, esfregando seu braço e murmurando baixo para acalmá-lo.

— Sr. Menezes, preciso encomendar os anéis. Precisa que eu assine um compromisso?

O cônsul não se afastou do toque da esposa, mas o avaliou com seriedade.

— Eu não investiguei o suficiente sobre você para permitir que leve a minha filha de casa — declarou.

— Temos tempo, mande o seu melhor detetive — assegurou Henrique.

Josephine ficou apreensiva de o "melhor detetive" desencavar o verdadeiro segredo daqueles três, mas Lina tinha uma expressão tranquila enquanto continuava pendurada no braço do futuro marido. Inácio e a esposa começavam a acreditar no que havia entre eles ao vê-los juntos ali. Lina não dava essa liberdade a qualquer homem, e certamente não permitia que declarassem um casamento enquanto a tinham agarrada ao seu braço.

36

Quem tem amiga tem tudo

Depois de tantas reviravoltas, Lina precisava de um momento sem preocupações junto da melhor amiga. Ela organizou um dia de beleza, parecido com o que faziam em Paris, e convidou Tina e suas primas. A princípio, elas mais riam e falavam tolices do que usavam os cremes, massagens, produtos para pele e cabelo que Lina e Josephine precisavam gastar.

Tina não queria que as primas soubessem de tudo na vida dela, e Lina gostava das parentes da amiga, mas suas questões eram tão complicadas que sequer havia contado os últimos acontecimentos para ela. Elas escapuliram em seus robes e foram se sentar perto da fonte.

— Eu falei para o meu pai que estou interessada em um rapaz e quero apresentá-los — contou Tina, assim que estavam a sós.

Lina encarou a amiga, embasbacada.

— Isso quer dizer que sua mãe já o conheceu?

— Ele nos levou para um café. Ainda não está avançado o bastante para o convidar para ir lá em casa. Mamãe acredita em estágios para um compromisso, sabe como ela é.

— Claro.

— Só que Emílio agora foi viajar com o sr. Sodré.

— O sr. Rodrigues! — exclamou Lina, soltando a respiração de puro alívio.

Era culpa dela ter ficado desinformada sobre os pormenores do possível interesse de Tina por um homem em especial. Porém ela não suportava pensar que poderia ser Gustavo. Era dominada por culpa, ciúme e uma dor tão forte no peito que chegava a se curvar.

— Sim, ele me disse que talvez precisasse se ausentar, pois sempre vai com o sr. Sodré para seus compromissos.

— E você sabe se o sr. Sodré vai se demorar? — sondou Lina.

— Não vai. Emílio disse que me verá em breve — confidenciou Tina. — Não sei explicar toda essa expectativa que sinto. — Ela segurou a mão de Lina e sussurrou: — Ele me beijou, como despedida. Para que não o esquecesse enquanto estiver fora.

O suspiro que Tina deixou escapar depois de contar do beijo fez Lina rir por nunca tê-la visto tão encantada com um rapaz. Também se identificou com aquele sentimento. Nem percebeu quando lágrimas começaram a descer pelo seu rosto.

— O que foi? — Tina apertou a mão da amiga, sobressaltada com aquela reação.

— Ignore, não quero estragar seu momento. Por favor, me conte tudo. Eu quero saber — disse, rápido, enxugando as lágrimas.

— Não consigo vê-la triste assim. Eu já tenho deixado passar há umas semanas, mas tem algo de errado com você. Desembuche.

Lina se largou nos braços de Tina e deixou o peso sair de seu peito.

— Eu fui horrível! — declarou. — Fui uma péssima amiga. Desleal e invejosa.

— Quando? — perguntou Tina, assustada. — Jamais fez algo de mal para mim! Pare com isso.

Depois de secar os olhos, Lina se endireitou e voltou a olhar a amiga nos olhos.

— O sr. Sodré. Eu o chamo de Gustavo. E queria morrer a cada vez que você citava o nome dele ou quando dizia tê-lo visto. Porque acreditei que vocês seriam um bom par, que mereciam ter uma chance juntos. E, no fundo, torci para que isso jamais acontecesse. Porque eu... — Lina virou o rosto, e ela reprimiu um soluço de choro que vinha do fundo da garganta. — Eu o amo também.

Tina esperava qualquer coisa, menos que essa fosse a questão. Seus olhos se arregalaram e as mãos pairaram sobre Lina, sem saber como reagir. Acabou seguindo seus instintos e puxou a amiga para um abraço.

— Você vai se casar com o Sodré errado? — O tom cuidadoso não escondia o temor que tinha de ouvir a resposta.

— Não. Ele é o Sodré certo. O problema é que os dois são.

O silêncio perdurou enquanto Tina olhava para o nada, repassando interações e acontecimentos do passado.

— Quem mais sabe disso? — indagou, forçando-se a focar no que importava.

— Você, eles, minha mãe e Nanna. Espero que mais ninguém, ou seria meu fim.

— E você vai se casar com um, mas o outro...

— Ele não me quer — confessou ela, no tom mais doloroso que Tina já escutara da amiga.

— Impossível! Você é a mulher mais incrível que já entrou na vida dele!

— É complicado demais.

Tina caiu em si. Defender a amiga era um instinto tão inato que ela não se deu conta do que estava dizendo. No entanto, qual posição tomaria naquela situação impossível? Inibir Lina? Criticar? Apoiar? Aconselhar?

— Não é melhor assim? — indagou Tina, por fim. — Não se resolve mais fácil?

Lina assentiu, afastou-se e buscou um lenço no bolso do robe. Ela secou o rosto e ficou quieta por um momento. Depois, olhou para a amiga com seriedade e disse:

— E se eu quiser os dois?

— Lina — advertiu a amiga.

— Eu sei. — Lina voltou a encostar o lenço nos olhos e abaixou a cabeça, parecendo repreendida. — Não é justo. Eu sei. Até entendo e juro que enxergo os problemas. Só não sei como não sentir o que sinto.

— Por que você precisa ser a pessoa mais complicada que eu conheço e mesmo assim adoro tanto? — Tina puxou o próprio lenço, pois ver a amiga triste provocava lágrimas em seus olhos. — Deve ser porque sou insana como você. Já estou pensando em como ajudá-la a ter dois maridos. Estamos doidas!

Diante daquilo, Lina abriu um sorriso, então soltou uma risada quando não se conteve. Tina a acompanhou, tentando abafar o riso, mas por fim as duas caíram na gargalhada, ficando sem fôlego, mesmo que os rostos continuassem molhados de lágrimas.

— Então você me perdoa? — disse Lina, quando finalmente conseguiu conter as risadas.

— Por ser imperfeita? Claro. Por se envolver nesse enorme problema em que eu, com certeza, também acabarei envolvida? Não, Lina!

— Desculpe. — Ela ofereceu um sorriso tímido e ganhou um abraço quase punitivo em troca. — Pode terminar de contar sobre Emílio e o beijo?

37

O joalheiro pirata

Lina finalmente conseguiu voltar a explorar o centro, depois de passar semanas afastada. Porém ela sabia o que encontraria por lá. Seu noivo — embora ninguém mais soubesse disso, pois guardavam segredo — foi ao encontro dela assim que a viu na Avenida Central.

— Ainda bem que fugiu, esqueceram de me treinar para ser um bom pretendente que fica sentado na sala — brincou Henrique.

Os dois caíram na risada. A última visita de Henrique ao palacete dos Menezes fora infrutífera. Lina ficara escondendo o riso e ele bebera mais chá e refresco do que deveria, depois precisou pedir a direção do toalete. Era de conhecimento geral que pretendentes não tinham funções corporais normais, pois deveriam permanecer eternamente na sala.

— Eu não fugi. Saiba que é uma das raras vezes que meu pai sabe exatamente para onde fui — rebateu ela.

— E não tem ideia do que você fez ao chegar, certo? Foi assim que viemos parar nesse estágio — provocou ele.

Henrique enganchara o braço dela no seu, então dobraram a Rua Sete de Setembro. Os dois andavam juntinhos, tão próximos que as abas dos chapéus quase se encostavam quando Henrique abaixava a cabeça e Lina elevava o rosto para olhá-lo. Uma atitude bastante suspeita, caso fossem vistos por conhecidos.

— E você me trouxe aqui, neste horário, para fugirmos da minha sala?

— Não... Quer dizer, também. Queria que estivéssemos sozinhos para isso.

Eles entraram na Rua dos Ourives e Henrique começou a contar uma história curiosa sobre uma visita ao "pirata do ouro". A lenda dizia que o homem tinha recebido esse nome porque começara o negócio com um carregamento que deveria ter sido exportado e sumiu do barco. E toda vez que sumia um pouco que fosse de ouro dos navios, diziam que era ele o responsável.

— Você vai me dar um anel de ouro roubado? — questionou Lina.

— Todo o ouro neste país é roubado, meu amor. Eles só não querem que a gente perceba.

— E é tão mais caro lá fora.

— Sabia que o ouro vai e volta? Precisei aprender uma coisa ou duas no negócio de importação, e sequer trabalhamos com joias.

— Então meu anel vai ser produto do roubo de um pirata.

— Espólio — corrigiu Henrique. — Ele prefere chamar assim.

Em mais uma atitude suspeita, entraram juntos na loja do pirata. Não estava entre as mais chamativas, tampouco uma das maiores da rua. Afinal, um bom pirata sabia se esconder. A vitrine, porém, era de extremo bom gosto. Lina rodou pela loja bem iluminada, enquanto Henrique informava o que fora ali buscar. Para a decepção dela, o "pirata" que surgiu para fazer a entrega não se parecia com o imaginário público de homens com aquela atuação.

Ao observá-lo, Lina escolheu pensar que ele já devia ser o bisneto do pirata. E que guardava esse segredo bem escondido sob suas roupas de joalheiro bem-sucedido.

— É ela a dama do dedinho que cabe neste anel? — questionou o joalheiro, mostrando primeiro o anel que Henrique emprestara da mão dela para ser o modelo.

— Sim, acredito que seja eu — Lina respondeu, mostrando que o homem podia se dirigir diretamente a ela, e aceitou o anel colocado na palma da sua mão.

— Devolvido, viu? — provocou Henrique.

O joalheiro abriu a caixa com o anel de noivado e os deixou a sós. Lina guardou o anel devolvido na bolsinha que levava presa no antebraço. Henrique aproveitou o momento e tirou a bolsinha dela, depositando-a sobre o balcão, então concentrou-se em soltar o botão da luva que ela usava, puxando-a pelos dedos e colocando ao lado da bolsa. Ele esfregou o polegar sobre os dedos dela, tirou a joia que estava no anelar e deslizou no lugar o anel de noivado.

Lina observou aquela cena e ficou com receio de que ele visse sua expressão, tão tola como era permitido a um ser humano. Porém não resistiu a uma provocação:

— Você não é muito de pedir as coisas, é?

O brilho da diversão embelezou o rosto dele, como se Henrique merecesse mais auxílio para ser encantador.

— Você me disse sim — ele apontou.

— Admita que é um pequeno defeito.

— Você me aceita com esse defeito, e mais uns dez outros? — indagou ele, ainda segurando a mão dela, mantendo o dedo sobre o anel que tinha acabado de colocar.

— Mas é um rapaz tão humilde, quem lhe diria não?

— Marido. Sou um marido humilde. Repita.

— E que pula tantas etapas.

— Você vai me deixar esperando no altar, Lina?

Ela riu um pouco de como ele não conseguiu parecer preocupado e o abraçou ali mesmo, depois sussurrou em seu ouvido:

— Sim, vou deixá-lo plantado por uns dez minutos.

— Eu aguento. — Ele a apertou entre os braços.

Lina não queria soltá-lo e ele não queria deixá-la ir, mesmo que a vitrine da joalheria não os encobrisse de todo. Se alguém entrasse e os encontrasse abraçados daquele jeito, não se importariam, pois para eles era como se faltassem cinco minutos para falarem sim um ao outro, mesmo que não tivessem nem feito o anúncio oficial.

Henrique virou o rosto e inspirou o cheiro dela, sem discrição nenhuma. Se Lina tivesse esquecido como ele gostava de encontrar o resquício de perfume em sua pele, passaria o resto da vida sendo lembrada. Estava com o anel de noivado no dedo, e mesmo assim escondia que, desde a primeira vez que ele fizera aquilo, ela escolhia roupas que deixassem um pouco do pescoço à mostra.

As mãos de Lina se apertaram nas costas dele e ela virou o rosto, as bochechas esquentando com a familiar sensação de anseio que havia descoberto depois de conhecer seus dois amores e que ameaçava sua compostura.

— Você não é e jamais será um marido humilde — disse ela, erguendo o olhar para ele quando se afastaram.

O joalheiro pirata apareceu no segundo em que os dois estavam prontos para ir embora, e indagou:

— É do seu gosto, senhorita? Fiz como o senhor descreveu seu estilo de joias.

— É o meu novo anel preferido. — Lina sorriu ao olhar a mão com os diamantes e as pedrinhas rosadas que agora cintilavam em seu dedo na forma de um anel mimoso e peculiar.

Eles saíram e Lina recolocou a luva, seguindo de volta pelo mesmo caminho.

— Leve-me para tomar sorvete. Naquela sorveteria esnobe — pediu.

— Não há lugar algum aqui para tomarmos sorvete a sós.

— Eu sei. É muito frequentada.

— Eu preciso beijá-la até ouvi-la confirmar que vai se casar comigo. É assim que se fica noivo de verdade. — Henrique olhou a rua como se considerasse o local para aquele propósito, apesar de estarem rodeados de gente.

— Desde quando?

— A partir de agora.

— Depois do sorvete. Prometi a Caetano e Bento que os levaria lá.

— Aqueles miúdos inconvenientes — resmungou Henrique.

— Confesse que gosta deles.

— Não — mentiu.

— Eles vão comigo, sabia? Não vou abrir mão de Caetano, e é impossível impedir o irmão dele de ir atrás. Sabia que o menor não tem quinze anos coisa nenhuma? Mal completou onze.

— Eu sei. Já tentei mandá-lo para casa diversas vezes.

Lina riu da forma como Henrique soava resignado. Eles passaram pelo restaurante onde os amigos dele estavam almoçando, e, já que não ficariam sozinhos, Henrique anunciou:

— Venham comigo, seus velhacos. Vou pagar o sorvete.

Ele se endereçara especificamente aos amigos, mas tinha tantos conhecidos no restaurante que acabou com um grupo de doze pessoas no balcão da sorveteria e ocupando as mesas próximas.

— Um brinde gelado aos noivos! — propôs Bertinho.

O sorriso de Henrique se alargou ainda mais ao olhar para a futura esposa. Lina respondia com animação, e só havia contentamento em sua expressão. Aquelas pessoas nem desconfiavam da verdade sobre como chegaram àquele compromisso, e Henrique gostou de vê-la feliz. Ficou bem ao lado dela, porque não queria que nenhum daqueles gabirus tivesse alguma ideia, principalmente quando perguntaram:

— E quanto a Cassilda?

— A rainha do bloco já sabe que você está comprometido?

— Você enganou todos nós, inclusive a pobre Cassilda!

Henrique achava que o estavam provocando, mas não tinha certeza de até onde havia chegado a descoberta de que sua noiva e Cassilda Porciúncula eram a mesma pessoa. Vários daqueles homens também não sabiam quem era Carolina de Menezes. Preferia que descobrissem no próximo Carnaval, quando ele a levasse para o bloco e ela não precisasse se esconder atrás de uma máscara.

Dias depois, a fantasia de que aquele compromisso pudesse ficar apenas entre eles terminou. O jantar oficial de noivado foi realizado na casa do cônsul. Henrique não queria saber de sua família envolvida naquela história, já que estragariam qualquer chance de ser um momento feliz. Assim, fez algo pelo qual teria de pagar depois: levou apenas tia Eugênia e sua acompanhante de longa data, a srta. Joana Munhoz, a quem Henrique chamava de tia também, sem nunca ser corrigido. Ele queria que as duas estivessem presentes em um momento de vida tão importante.

Porém sua maior preocupação não era a reação dos Sodré.

— Eu não perderia por nada, voltei a tempo para isso. A menos que prefira que eu não apareça — tranquilizou-o Gustavo.

— Sempre prefiro tê-lo ao meu lado, ficaria perdido se não fosse mais assim. — Henrique agradeceu com um toque em seu ombro.

Lina ficou surpresa quando Gustavo chegou acompanhado da tia, Joana e Henrique. Lina não disse mais nada à madrasta sobre como andava o desenrolar daquela relação, e pelo comportamento dos três era difícil imaginar qualquer coisa. Ela andou de um lado para o outro no quarto, nervosa com a perspectiva de ver Gustavo. Até treinou sua expressão, pois não queria se denunciar.

Porém todo o seu preparo desmoronou quando apareceu na entrada para receber os convidados e Gustavo ergueu o rosto, observando-a sem desviar os olhos. Lina sentiu seu sorriso desmanchar, tentou olhar para Eugênia e Joana, a quem deveria se apresentar, e fraquejou. Ficou ainda pior quando Gustavo não disse nada. Pelo contrário, ele a analisou como se estivesse reorganizando uma estante de livros que saíra de seu controle. Já não lembrava os nomes dos volumes, alguns estavam de ponta-cabeça, outros seriam descartados, mas precisava ficar atento, pois jamais se perdoaria se se desfizesse do livro errado.

Henrique salvou os dois quando ultrapassou os familiares e segurou a mão de Lina, dando um aperto leve para trazê-la ao presente.

— Sim, tia, essa é a única noiva que já tive e desejei ter — respondeu ele a uma observação de Eugênia que Lina não escutou.

Lina voltou a si e os três fingiram que nada havia acontecido. Ela sofreu para controlar a direção à qual seu olhar se voltava constantemente. Estava apaixonada por Henrique, mas não era tão iludida a ponto de passar a noite inteira com o olhar virado para o rosto do noivo. Quando o olhava, o lado do seu coração que tinha permissão para ser bobo tomava o controle. E ele sustentava o olhar dela repetidas vezes.

Depois que Henrique lhe contou sobre Gustavo e como ele tinha uma vivência pessoal diferente, Lina não conseguia parar de remoer as informações que recebera. Acabou chegando à conclusão de que o melhor que poderia fazer era não incomodá-lo. Não conseguiria dizer naquela noite, mas, assim que possível, diria que retirava sua confissão e pediria que Gustavo não se preocupasse mais com aquele assunto. Seria uma tremenda mentira, mas era o que tinha a oferecer.

Com o foco nos noivos e nas conversas para que a família se integrasse, não se importaram com a pouca participação de Gustavo. Seu semblante não o denunciava. Ainda sentia o mundo desmoronando sobre sua cabeça, tudo por causa de um sentimento que não tinha aprendido. Continuava perturbado, porque as frases do primo ao deixar o coupé naquele dia fatídico não paravam de se confirmar. Gustavo não acreditava em clarividência ou qualquer forma de adivinhação. Probabilidade sim — podia estudar para chegar a uma conclusão.

Então Henrique estava certo.

Gustavo a amava. E não havia descoberto nada que pudesse acabar com esse novo problema.

Ele odiou ter regredido para algo que fazia quando era mais novo. Quando temia alguma situação, fingia não existir. Por vezes aquilo sequer era consciente, e variava em intensidade. Aconteceu após a morte de sua mãe, quando passou semanas sem interagir com ninguém. No começo, quando o pai ia viajar e o deixava na casa dos Sodré, Gustavo passava dias em silêncio absoluto. Ainda se lembrava da voz infantil de Henrique perguntando: *Está trancado de novo?* O primo achava que Gustavo se trancava no próprio mundo, mas ficava ao lado dele mesmo assim.

Conforme foi amadurecendo, Gustavo evoluiu a ponto de não lembrar a última vez que isso acontecera de modo tão severo. Também se afastou de situações que pudessem desencadear esse comportamento e descobriu meios de se preservar. Contudo, não podia fugir dos sentimentos. Menos ainda de um sentimento tão traiçoeiro e novo em sua vida como o amor. Ansiedade e temor fizeram Gustavo se retrair e fingir, nos dias antes do jantar em que reencontraria Lina. A compulsão silenciosa e súbita que o puxava para o canto a fim de se proteger não aparecia havia muito tempo, mas ele ainda a reconhecia. E odiava aquele canto. Era uma fuga temporária, que sempre o machucava depois, porque para ele o medo não era uma proteção, e sim uma prisão.

O primeiro anúncio oficial do noivado foi publicado na manhã seguinte ao jantar. E foi o equivalente a reunir a sociedade carioca, plantar uma bomba em seu meio e detonar. Ninguém esperava por uma notícia como aquela. Fofoqueiro algum havia captado uma pista. Por tudo que acontecera nos últimos tempos, era consenso que Henrique levaria anos para se casar. E a filha do cônsul não tinha demonstrado interesse em nenhum dos rapazes que lhe foram apresentados.

Havia até uma anedota circulando sobre o assunto: diziam que, em vez de uma procissão de mães apresentando filhas solteiras a um grande partido, fora uma fila de pais se apresentando ao cônsul e arranjando meios de mostrar os filhos para Lina.

Então o verão terminou e chegou a notícia do noivado.

Em que momento o filho do barão teve um romance de verão com a filha do cônsul? Diversas variações dessa pergunta espalharam-se pelo Rio de Janeiro.

Muitos carregaram aquela história até São Paulo, onde Inácio também era conhecido. Chegou até ao Recife, através da família Vieira, que recebeu a notícia com menos surpresa, já que as fofocas sobre Henrique não tinham aparecido por lá. Ele era querido por muitos em Pernambuco, e havia passado um tempo vivendo com a família quando estudara na cidade. Já planejavam enviar um familiar com os presentes de casamento, só para não ter de encontrar Rafaela Sodré e os seus.

Inácio mexeu alguns pauzinhos para Manoel não voltar a trabalhar diretamente com ele, pois o homem o olhava como se planejasse um atentado contra sua vida.

A marquesa cortou relações de vez com os Sodré, certa de que a enganaram. Vitoriana parou de arrumar as malas para a viagem e foi difamar Lina para todos que conhecia. Margarida ficou na maior saia justa, pois ninguém tinha conhecimento de que ela se desentendera com Lina. Foi acusada de saber de tudo, e precisou assegurar a Jacinta, à mãe, às tias e a todos os abutres que Lina jamais falava de Henrique. Em segredo, lembrou das vezes que a vira na companhia dos Sodré, mas guardou aquela informação para si.

O noivado foi noticiado nos jornais, afinal a filha do cônsul ia se casar com um "filho da terra". E mais rápido do que esperavam. As colunas sociais falaram sobre a súbita mudança de espírito do filho do barão. Era o novo desdobramento da fofoca, depois dos rumores de ele ter recuado de um noivado com a sobrinha da marquesa.

Depois do jantar de noivado e das notícias, a única coisa que faltava antes do casamento era Henrique se resolver com sua família — a parte dela que andava evitando ultimamente. Assim, foi fazer uma visita aos Sodré.

— Não, vocês não vão chegar perto dela — determinou Henrique quando encontrou os familiares. Dessa vez tia Eugênia foi poupada do compromisso, e, desde o episódio com a marquesa, Gustavo não voltara a vê-los.

— Mas, querido, como pode se casar e não nos aproximar? Ela é sua noiva, será sua esposa. Passará a ser uma Sodré — lamentou a mãe.

Rafaela ficou tão aliviada com a notícia do casamento de Henrique com a filha do cônsul que os problemas de saúde passaram, a voz voltou a ser aveludada ao tratar com o filho. Não receberia mais a pressão das acusações da marquesa. Achava até bom que a outra fosse passar um tempo fora do país com a sobrinha.

— Sim, e eu não quero que ela mude de ideia — disse Henrique.

— É a mesma coisa que não apresentar a nova baronesa para a família, as pessoas da casa, os empregados, nossos amigos. Por que a esconderia de nós?

— Eu não sou um barão e não tenho uma horda de empregados para apresentar. Vão poder vê-la no dia do casamento. Desde que chegou, ela ficou tão conhecida na sociedade que sou eu que preciso me apresentar oficialmente a todos.

— E quanto ao seu primo? — indagou o tio.

— O que tem ele?

— Ora, agora que você vai se casar, não poderá mais gastar tanto tempo na companhia dele, ou mesmo daqueles seus amigos desviados. Sua casa não poderá mais ser um antro de rapazes pernoitando sempre que têm vontade.

Henrique ignorou o exagero. Pela forma que falavam, parecia que ele abrigava o Lanas inteiro no casarão, quando a verdade é que tinha quatro amigos próximos, cada um com a própria moradia.

— Não se preocupe com o meu tempo. E a esposa que vocês tanto querem que eu tenha vai decidir sobre o uso da nossa casa. — Henrique colocou o chapéu; não quisera sequer deixar na chapelaria para não demorar. — Passem bem.

38

Enganação

Na quarta-feira, Lina prometeu a Henrique que almoçaria no casarão que ele dividia com Gustavo. Depois do noivado, o pai dela abrandou as restrições. Porém ela mesma não queria ir a determinados lugares, pois soube que andavam falando mal dela, e nem precisou fazer as pazes com Margarida para isso.

Além do mais, criticaram o fato de que o cônsul estava mobilizando os melhores recursos da cidade para o casamento da filha. Não seria uma cerimônia grande, mas, se a costureira favorita estava ocupada fazendo um vestido luxuoso, não teria data para entregar encomendas nas datas preferenciais de outras noivas. Se a confeiteira da moda ia fazer todo o bufê doce e o bolo do casamento, não aceitaria outras encomendas no momento. A florista já reservara todas as mais belas flores da estação, e até a casa de tecidos preferida da alta sociedade estava ocupada com as toalhas de mesa e as peças para completar o enxoval da noiva.

Mais uma fofoca que era anunciada nos jornais e se espalhava pela cidade.

— Vocês merecem um jardim mais bonito — comentou Lina ao circular pelo casarão e descobrir uma das falhas na casa de dois solteiros.

— E toalhas mais macias, lençóis novos, mais tapetes nos ambientes, candelabros vistosos, cortinas elegantes em cômodos comuns, mais pontos de iluminação na casa inteira — recitou Henrique, lembrando-se de tudo em que Lina reparara.

— Seus amigos não se importam, e quem mais os visitará? — brincou ela.

Ele riu e a puxou pela mão, passando o braço por sua cintura e a encostando contra a lateral de seu corpo, para voltarem antes que os chuviscos piorassem.

— Tenho certeza que seremos enganados assim que começarmos uma reforma, não entendemos nada disso — comentou ela.

— Vamos contratar alguém para impedir que sejamos enganados na casa que vamos arrumar — decidiu Henrique, rindo do plano ao entrarem.

Após mais uma de suas viagens a negócios, Gustavo retornou para o casarão com Emílio antes do almoço, quando a chuva já estava mais apertada. O secretário entrou fazendo estardalhaço e largou as malas com um baque, que reverberou pelo saguão e pela sala de visitas.

— Minhas costas estão acabadas, nunca mais ficaremos tanto tempo no trem sem paradas — reclamou Emílio.

Só então seu olhar seguiu além da bagagem e encontrou os sapatos femininos e a barra do vestido verde. Emílio se endireitou com rapidez e olhou com surpresa para a pessoa que Gustavo já tinha visto no segundo em que cruzara pela porta.

— Srta. Menezes, perdão pelos meus modos. Como vai? — Emílio recuperou as malas e se aproximou, mas, antes de passar por ela, tomou coragem e perguntou: — Se não for atrevimento perguntar, como tem passado sua amiga, a srta. Vicentina?

Lina não conseguiu reprimir o pequeno sorriso e respondeu:

— Aposto que está se perguntando por onde o senhor tem andado. Deveria enviar um bilhete anunciando o seu retorno adiantado.

— É exatamente o que farei. — Emílio sorriu e foi para as escadas carregando as malas.

Gustavo se aproximou, trazendo uma mala e uma maleta de documentos, e assim que viu Lina se lembrou das palavras do primo sobre o amor. A agonia por não poder vê-la virou alívio imediato no instante em que pousou o olhar nela. Dessa vez, foi Lina quem tentou olhar para todos os lados menos para ele.

Porém, quando Gustavo parou à sua frente, os dois se encararam e Lina lembrou que, em uma disputa, dificilmente seria ele a quebrar o silêncio.

— Você fugiu de mim — murmurou Lina.

Gustavo não costumava negar verdades e, vindas de Lina, era ainda mais difícil. Seu cérebro estava ocupado em absorver a imagem dela, em se manter no lugar, calar ao menos metade de seus pensamentos, impedi--lo de resolver que fugir era a melhor solução e manter a concentração para não se fixar nela.

— Pode ir descansar, não ficarei em seu caminho — prosseguiu ela, fracassando tanto em mostrar desinteresse quanto em tentar parecer despreocupada, como se o retorno de Gustavo fosse algo corriqueiro.

— Não estou cansado, apenas empoeirado e suado. Preciso me lavar.

Se ele percebeu o que ela havia tentado fazer, não deixou transparecer.

Lina não esperou para ver se ele responderia à acusação que escapara dos pensamentos dela como se a boca tivesse vontade própria. Saiu sem rumo certo, pensando em ir embora daquela casa. Não conseguia fingir reações daquela forma, estava ligada demais ao que sentia. Lina encontrou Henrique e ficou inquieta enquanto ele terminava de organizar papéis que deveria juntar aos documentos que Gustavo trouxera da viagem.

Emílio desceu antes, renovado e sem dores aparentes, já com um bilhete pela metade e caneta em punho. Não percebeu que pegou Lina no flagra enquanto ela planejava escrever seu próprio bilhete e partir.

— A senhorita acha que é um exagero fazer um convite no primeiro bilhete? — questionou Emílio, alheio ao drama.

Lina largou a bolsa sobre o aparador e deu um passo para o lado, mas o rapaz estava concentrado em reler o que acabara de escrever.

— Convide-a — decidiu Lina. — Mande dois bilhetes.

— Perdão?

— Está pensando demais. Tina não é uma moça convencional. Quer ser levado a sério como pretendente, ou quer ser apenas mais um? Sabe que não é o único interessado, imagino?

Emílio endireitou as costas e a olhou com seriedade e interesse renovado.

— Eu sei, infelizmente sei bem demais. Preciso ser o único.

— *Que bom.* Escreva um bilhete adorável informando do seu retorno, que ela o lerá para a mãe e as primas abelhudas. Junto desse, envie outro, apenas para ela. Ela saberá o que sente, pois vai começar dizendo que deseja vê-la. De resto, tenho confiança de que, se o senhor quer a atenção dela, saberá prosseguir sozinho.

— Sim. Agradeço a sugestão. — Emílio abriu um bonito sorriso, que fez Lina compreender o motivo de a amiga estar interessada nele.

Emílio foi escrever os bilhetes. Precisaria de mais papel e menos amarras para cometer aquela ousadia. Se a melhor amiga da mulher que ele queria tanto não achava que ele precisava se ater a amabilidades sociais, então estava disposto a tentar.

Lina não prestou atenção na saída dele, e foi pega desprevenida por alguém que não se importava com amabilidades sociais por natureza.

— Está certa, eu fugi — disse Gustavo, aparecendo atrás dela. — Penso melhor quando me afasto. Se ficar, posso demonstrar reações que saem do meu controle. E não gosto disso, não me sinto confiável.

O olhar de Lina percorreu o rosto de Gustavo. Não sabia se era por causa da dificuldade que enfrentava para fingir, mas não conseguir identificar pistas na expressão de Gustavo começava a perturbá-la. A sensação era tão poderosa que não saber se ele estava tão incomodado quanto ela, se ele estava a ponto de correr e gritar só para extravasar o caos interno, deixava Lina magoada.

Assim, ela decidiu falar o que vinha planejando havia semanas.

— Sinto muito por causar esse incomodo em você. Eu posso… retirar o que disse — ofereceu ela, completando a frase com rapidez, para a mentira não transparecer.

Lina voltou a olhá-lo e se surpreendeu com o choque estampado no rosto de Gustavo.

— Não devia ter dito que o amo, não daquele jeito, não… — prosseguiu ela, hesitando. — Alguns sentimentos ficam melhor guardados.

— Você não sente mais o que disse?

— Eu sinto. Ninguém deixa de estar apaixonado em poucos dias. É enganação dizer que sim.

— Enganação — repetiu ele, perdendo o foco por um momento.

Lina escapuliu para a saída, de volta ao plano original. Tinha conseguido dizer o que tanto planejava, de um jeito mais simples do que imaginara, mas agora preferia ir chorar em seu quarto.

Certa vez, ela presenciara a demonstração de um coração humano. Tinham construído o órgão parte por parte, pintaram à mão e surpreenderam as pessoas com o formato e o tamanho que tinha. Ela imaginava o próprio coração como aquele, rachando agora que havia traído um dos lados.

— Não retire, por favor — pediu Gustavo, aproximando-se.

Não era o que ela estava esperando receber após a confissão. Em sua imaginação, depois que conseguisse dizer sua mentira, passaria uns dias sem vê-lo. Porém ela se virou outra vez e lá estava Gustavo, mais perto do que antes.

— Não quero ser enganado. Acredito que você também não.

— Mas é necessário. Todos somos enganados. Como poderíamos nos apaixonar se não fosse o caso? — Lina olhou o rosto dele só por mais um instante antes de fugir de vez.

Gustavo balançou a cabeça. Dessa vez Lina havia conseguido deixá-lo absolutamente perdido. Não fazia sentido, se ela afirmava que negar o que sentia por ele era enganação. Ele não precisava ser enganado para se apaixonar. Eram todos loucos. E agora, por causa do que sentia por ela, Gustavo estava enganado também.

Ou desenganado.

Não havia mais esperança para ele.

39

Cheiro de chuva

Desde o dia em que Gustavo retornara ao Rio, o tempo ainda não havia melhorado. No sábado, ele foi remar mesmo sob chuvisco e chegou em casa a tempo de escapar do temporal. Na noite anterior, Henrique e ele tomaram uma surra da chuva quando saíram do Lanas, por isso Zé Coelho tinha pernoitado na casa deles, pois voltar para a Zona Oeste à noite e naquele clima seria uma missão perigosa.

João tinha ido visitar alguns familiares no Méier, então Gustavo ficou encarregado da porta. Quando ele a abriu, deparou-se com um guarda-chuva enfeitado. Lina abaixou o acessório, ele viu o chapéu azul-escuro e logo o rosto que tanto adorava. Ela o observou, sem dar sinais de surpresa ao vê-lo atender a porta.

Gustavo acompanhou cada movimento de Lina enquanto ela se colocava sob a proteção do beiral e fechava o guarda-chuva. O som do coupé se afastando trouxe o foco dele para a realidade. Lina não estava acompanhada, e o veículo não esperaria, sinal de que iria se demorar. Ele sentiu o coração acelerar. Não tinha compromissos em sua agenda para aquele dia. Não conseguiria se concentrar em nada com Lina tão perto.

— Saia da chuva — pediu ele, abrindo espaço, mas isso o colocou do lado de fora, ao alcance dos pingos que o vento trazia.

— É só um chuvisco. — Lina se virou na direção da rua e admirou a vista da orla de Botafogo tomada pelas nuvens baixas, que ainda despejavam água e escureciam o dia.

— Henrique está lá dentro — avisou ele.

Lina tirou o chapéu, virando-se para Gustavo e o analisando com o olhar. Ele a vigiava pelo canto dos olhos. Debatia-se entre agarrá-la e colocá-la para dentro antes que se molhasse mais e o receio de pôr as mãos nela e ignorar a última conversa que tiveram.

— Ontem foi a primeira tempestade que vi desde que cheguei ao Brasil — comentou Lina.

— Aqui, em torno dessa época, é comum que aconteçam tempestades.

— Então teremos outras?

— É provável.

— O tempo ficou mais fresco, mas soube que tanta água causou certo estrago.

— Sim. Viemos a pé do Catete, estava chovendo demais. Os bondes não conseguem circular sob essas condições.

Lina finalmente entrou, deixando o guarda-chuva atrás da porta e livrando-se do chapéu úmido na chapelaria. Gustavo entrou atrás dela. Ele virou o guarda-chuva molhado e o pendurou para estar seco quando ela saísse, pegou o chapéu descartado e colocou no lugar certo para secar.

Ainda teve tempo de escutá-la dizer:

— Foram se divertir na chuva e sequer me convidaram. Não estão doentes, certo?

— Por aqui não costumamos adoecer só de tomar um pouco de chuva na cabeça. É refrescante — disse Henrique ao se aproximar dela.

Gustavo seguiu o som que os sapatos de Lina produziam no piso de madeira e parou abruptamente quando ela se curvou e arrancou um deles. Logo o segundo sapato seguiu, e os dois foram deixados de lado. Ele ficou sem reação, não conseguia desviar o olhar. Como se escutasse de longe, ouviu Henrique dizer:

— Não veio no seu coupé? Por que sua roupa está úmida? Vai se resfriar.

— Você não acabou de dizer que aqui as pessoas não caem doentes com essa facilidade?

— Você é uma recém-chegada! — lembrou Henrique, com riso na voz.

Ao encarar os dois, Gustavo viu que o primo esfregava os braços de Lina por cima do tecido da roupa e tinha o cenho franzido.

— Não se demorou na porta tanto tempo para sua roupa ficar úmida — observou Gustavo, mais distante.

Lina se virou e cravou o olhar nele. Sua expressão era de diversão, exatamente do jeito que fazia quando ia provocá-los.

— Talvez eu tenha resolvido caminhar um pouco antes de tomar um veículo. Gosto do cheiro de chuva. Está tão fresco!

Ela andou entre eles, na ponta dos pés descalços, puxando o fio de mais uma de suas meias finas.

— Conseguem sentir o frescor diurno? Parece que aquele Carnaval tão calorento aconteceu há eras. — Lina abriu os botões do casaco. A prova de que estava adorando o clima era que usava um gracioso bolero, no mesmo tom de azul do chapéu e da saia.

Henrique sorriu enquanto acompanhava a animação dela e Gustavo girou em seu eixo, já que ela andava em círculos pela sala. Os pés de Gustavo bateram nos sapatos femininos, e ele os alinhou perfeitamente ao lado da poltrona.

— Vamos tomar um chá, então, dama da chuva. Só para garantir, será o mesmo que tomamos ontem. — Henrique ofereceu a mão a Lina.

Ela pegou a mão dele, e sua voz animada foi sumindo conforme os dois se afastavam. Faltavam poucos dias para o casamento, e os noivos não pareciam nada preocupados, como se fosse só mais uma formalidade à qual compareceriam naquele ano.

Gustavo teve a confirmação de que seu estado não havia melhorado em nada — só de saber que estava na mesma casa que Lina, seu coração permanecia acelerado. Não era um pico de excitação nem um momento de ansiedade. Ele desconfiava de que perduraria depois que ela partisse, pois encontrá-la mudava o seu dia.

Decidido a resistir à necessidade de se aproximar de Lina, foi se refugiar na poltrona perto da janela em seu quarto. Até a chuva tinha dado uma trégua e não serviria de distração; cogitou ler, mas só conseguia pensar nos livros que havia comprado por indicação de Lina, repletos de romance singelo e grandes declarações, que ele não se imaginava capaz de proferir.

A porta se abriu depois de uma batida e Lina parou sob o batente, como se convocada pelas batidas do coração dele. Ela abriu a boca, mas se perdeu no que ia dizer ao olhar para as paredes do quarto de Gustavo. Eram forradas de quadros de paisagens marítimas, organizados em fileiras que cobriam as paredes da metade para cima, como se ele tivesse preferência por obras de arte a partir de sua linha de visão.

— Do que você precisa? — indagou Gustavo, aproximando-se.

O olhar de Lina ainda estava preso nas pinturas. Ela deu um passo adiante, girando nos calcanhares e absorvendo as quatro paredes repletas de quadros.

— São do mundo todo? — perguntou, deslumbrada.

— Os mares?

— Os quadros.

— Não tem quadros do mundo inteiro nessas paredes.

— Mas são de diversas paisagens ao redor do mundo, certo?

— Certo.

Lina chegou mais perto de uma das paredes, ficou em silêncio ao admirar os quadros e reparou que, apesar de serem de tamanhos variados, as molduras estavam perfeitamente alinhadas. As paredes de Gustavo exibiam a mais rica coleção de tons de azul, areia e verde, pintados por artistas através de séculos e países.

No entanto, o único azul que atraía Gustavo era o tom das roupas de Lina, assim como o preto de seu cabelo desfeito e o avermelhado de seus lábios.

— Preciso me secar. Ao menos foi isso que Henrique exigiu. — Lina deslizou o bolero azul pelos ombros e abriu um sorriso conspiratório. — Como se eu obedecesse a alguma exigência.

Gustavo tentou não reparar nos lábios dela, mas falhou. Ela havia sido beijada, ele reconhecia sua boca depois de se render aos beijos saudosos e incontidos que compartilhavam. Podia imaginar Henrique tentando exigir algo, mas falhando porque só pensava em beijá-la. Da mesma forma que ele estava engolindo em seco, quase falhando em se manter distante. Gustavo se afastou rápido e foi pegar uma toalha limpa no armário.

— Você é desobediente, sim — concordou ele ao retornar.

A risada de Lina chamou a atenção dele. Ela jamais discordaria, mas não se surpreendia com a concordância dos Sodré naquele quesito. Deixou o bolero na poltrona onde Gustavo estava sentado antes e aceitou a toalha. Ele reparou que o bolero e a saia a protegeram de se molhar, mas havia pontos úmidos na blusa branca.

— Por que eu seria obediente? — indagou ela, enxugando-se.

— Não seria. Não está em sua natureza. E acredito que sua criação não a condicionou a esse comportamento. E, já que vai se casar com Henrique, ninguém tentará mudar isso.

— Você tentaria? — O olhar de Lina se manteve no rosto dele.

— Jamais.

Ela se virou para a janela e apoiou as mãos no parapeito, observando a chuva fraca através do vidro limpo. Podia sentir o olhar de Gustavo cravado em suas costas e desejava que ele se aproximasse. Quando ele a tocara pela última vez? Agora se mantinha sempre a um passo de distância, em um dilema tão grande que ela podia sentir o tremor dos músculos que ele retesava repetidas vezes. Tudo para engolir a vontade de tocar nela.

A toalha caiu de um dos ombros de Lina e Gustavo a devolveu no lugar. Ela se virou e ergueu o rosto para ele. Não custara a perceber que ele havia desaparecido da sala antes mesmo de ela terminar o chá. Quando saíra na chuva, Lina já havia decidido que queria encontrar seus dois amores, mesmo que fosse a última vez.

— Pensei que apenas Henrique estivesse mentindo, mas você também mentiu — disse ela.

As sobrancelhas de Gustavo se elevaram e ele engoliu a saliva. Lina não podia nem imaginar o pico de atividade que havia acabado de causar na mente dele. Quando foi que mentira? Por que ela dizia aquilo? Não gostava de mentir. Não era bom mentiroso. Se precisasse fazê-lo, tinha de estar consciente do que diria e como sustentaria a história depois. E por que, em nome de todos os deuses, mentiria para a pessoa que mais fazia seu coração acelerar e anuviava seu raciocínio?

— Quando Henrique mentiu? — perguntou Gustavo.

— Com aquela história de não ter uma noiva.

— Mas ele não tinha.

Lina sorriu e balançou a cabeça. Sabia disso agora.

— E quando eu menti? — Ele precisava saber.

— Essa sua ideia de ir embora não é porque não me quer.

— Eu quero.

— Eu sei — murmurou ela.

Lina chegou mais perto dele e, antes que Gustavo pudesse pensar no que dizer a seguir, ela o segurou pelo colete e ficou na ponta dos pés para ter certeza de que seus lábios colariam perfeitamente nos dele. Não precisava ter feito tanto esforço — no instante em que ela o beijou, Gustavo estava rendido.

— Não pode mais fazer isso, Lina — disse ele quando os dois se afastaram.

— Por quê?

— Não vê que não resisto a você?

— Nunca?

— Como eu conseguiria?

Ansiosa para tocá-lo outra vez, Lina deslizou as mãos por dentro do colete de Gustavo e sentiu as formas rígidas do corpo masculino. Ele apertou a cintura dela, segurando-a junto a si, e a surpreendeu ao envolvê-la em um abraço apertado. Lina moldou-se a ele, sentindo a força dos músculos pressionados contra ela e impregnando-se do calor do corpo dele. As mãos de Lina subiram pelas costas de Gustavo e apertaram, sentindo-o relaxar a ponto de quase desabar sobre ela.

Se soubesse que aquela era a cura para seu tormento, Gustavo teria cedido antes. Não, não teria. Ele se conhecia bem demais. Porém havia descoberto que não sabia como resistir à sensação do corpo dela junto ao seu. Lina encontrou a gola da camisa dele e seus dedos tatearam a pele do pescoço antes de entrarem pelo espaço do botão aberto. Gustavo não se vestira para recebê-la e mal se lembrava da camisa simples e do colete marrom que cobriam seu torso.

Ardendo de desejo e com o olhar preso na pele exposta do pescoço de Lina, Gustavo desvencilhou-se, incapaz de formar pensamentos lógicos. Sua voz fraquejou ao dizer:

— Não posso fazer isso. Não posso sequer... Perto de você eu não penso.

— Desgosta do meu toque? — sussurrou ela.

— Não.

O pequeno sorriso no rosto de Lina era uma promessa de perigo, mas teve clemência ao beijá-lo só no canto da boca.

— Tem razão, não consegue mentir — disse ela, a voz carinhosa.

Ela se encostou contra a janela, de frente para Gustavo, e puxou o laço azul-claro que prendia a cintura da saia. Em seguida, tirou a bainha da camisa branca do confinamento em volta da cintura. Para surpresa de Lina, Gustavo a imprensou contra a janela e a olhou de cima, observou seu rosto, como se pudesse ler suas intenções. Para azar dele, Lina gostou da pressão do corpo dele contra o seu e relaxou, elevando mais o rosto na direção de Gustavo.

— Por que escolheu o dia de hoje para destruir minhas convicções? — questionou Gustavo, baixinho.

O olhar sério unido ao sussurro intimidador não surtiram nela o efeito que causariam em outros. Ela queria atormentá-lo. Por um dia que fosse, mesmo que cumprisse a promessa de deixá-lo em paz depois. Se ele a queria tanto, ela mostraria que era uma paixão correspondida.

— As convicções de vocês dois — respondeu ela.

Gustavo recuou e seu olhar percorreu o corpo de Lina, até retornar ao rosto adorado e decidido.

— Vá buscá-lo — ordenou Lina. — Diga-lhe que eu não quero esperar. Ele vai entender.

Gustavo a olhou como se não pudesse suportar deixá-la sozinha, pois estava aprontando tanto em um único dia que o próximo passo seria pular pela janela ou atear fogo na casa.

Mesmo assim, saiu e foi atrás do primo. Pouco depois, os dois entraram no quarto e Henrique observou Lina encostada na janela. Ela não sabia o que Gustavo havia dito para ele chegar tão rápido e com um semblante tão desconfiado. Até seus movimentos ao entrar eram cautelosos.

— Eu não fiquei assustada depois do Carnaval. Fiquei impressionada — contou ela, o olhar fixo no noivo.

Henrique a encarou, e os dois entraram em um entendimento mudo. Ele fechou a porta e virou o trinco. Então, olhou para o primo e disse:

— Pare de se torturar.

O Carnaval havia sido o auge da intimidade entre os três, quando Lina fugira do baile depois que ficaram juntos. Desde então, a vida deles havia sido revirada, mas não voltaram a se relacionar daquele jeito. Sequer voltaram a tocar naquele assunto. Um caminho inteiro de sentido se abriu à frente de Gustavo.

Lentamente, Lina soltou a gravatinha da gola e deixou que caísse na poltrona, abriu os pequenos botões da blusa a partir do pescoço e somente a renda passou a esconder a pele de seu colo. O olhar de Lina acompanhou Henrique quando ele avançou até estar entre ela e a cama. O coração dela batia três vezes mais rápido que aqueles passos calculados.

— Eu me sinto completa com os dois — disse ela, o olhar abarcando ambos.

— Céus, Carolina — murmurou Henrique.

Gustavo respirou fundo. Cada palavra dela os atingia como um tiro de canhão, pois uma só bala não poderia ter tamanho efeito no corpo de dois homens maduros. Lina continuou abrindo a blusa, que caiu atrás da saia. A camisola fina mal a escondia da visão dos homens, enquanto o espartilho pequeno a sustentava.

Ao se aproximar, Henrique parou junto dela e cheirou seu cabelo. As mãos a envolveram pela cintura e ela se amparou na força de sua atração.

— É claro que você viria cheirando a chuva — sussurrou ele, deixando os lábios roçarem por aquele cabelo escuro.

Ele soltou os ganchos do espartilho tão rápido que a peça caiu sem delongas, depois a saia virou um amontoado azul aos pés dela. Lina deu um passo para longe da roupa e, quando olhou para Gustavo, pôde perceber o efeito que vê-la seminua causava no corpo dele. Os punhos estavam fechados e as narinas tremulavam. O olhar dele a percorreu todinha a partir dos pés descalços, e Gustavo não suportou mais observá-la de longe.

Lina sentiu o estômago se apertar de ansiedade e excitação ao ver os dois tão perto dela, incapazes de resistir um minuto a mais. Ela jogou a cabeça para trás, esfregando-a no peito de Henrique, que a segurou pelo pescoço e a beijou ao contrário, seu nariz tocando o queixo dela. O desejo incontido do beijo deixou-a zonza e, ao olhar para a frente, esticou o braço como se Gustavo fosse sua garantia de segurança. Ele foi atraído com tanta rapidez pela visão de Henrique e Lina que arrancou o colete e o deixou cair com as roupas dela.

O chão do quarto virou um amontoado de camisas, coletes, saias, anáguas, meias e sapatos. Nenhum deles prestava atenção em nada além da energia que fluía entre eles. Lina deixou as costas roçarem no peito de Henrique e sorriu quando Gustavo abriu o botão da calça. Se ele não estivesse fadado a se abandonar na tempestade que ela causava na vida dos dois, teria decidido isso naquele instante. A confiança e a expectativa brilhavam tão fortes na expressão de Lina que ofuscavam a luz que vinha das janelas.

— Eu tenho duas meias, e vocês são dois — avisou ela.

Lina se moveu e ficou de frente para eles, provocativa e destemida. Poderiam fazer o que quisessem com ela naquele cômodo trancado, mas

Lina sabia que era ela que teria deles o que bem desejasse. Ergueu a barra da camisola diáfana até que a bainha de renda expusesse o topo das meias pretas de seda, com ligas de elástico prendendo-as em volta das coxas.

Seduzidos por aquela visão erótica, Henrique e Gustavo sentiram a boca secar, esqueceram o que ainda vestiam e foram atraídos para ela, tentados com a oferenda de tocá-la da forma mais íntima. Henrique foi o primeiro a se ajoelhar na frente de Lina, e não se fez de rogado por um segundo. Subiu as mãos pelas pernas lisas, apalpando-a por cima das meias até alcançar suas coxas. Lina sorriu para ele, corada pela intimidade e pela coragem de se expor aos dois.

Henrique soltou a meia da perna esquerda e deixou o elástico solto, apertando o rosto contra a pele dela. Sentiu aquela maciez na face enquanto seus dedos desciam o acessório pela perna. O gesto o deixou tão perto da feminilidade de Lina que Henrique pôde sentir a renda da lingerie fazer cócegas em seu nariz. Ela acariciou o cabelo cor de bronze e apoiou uma das mãos no ombro dele, sentindo fraqueza com tamanha ansiedade, percebendo enfim em que estava a ponto de se envolver.

O olhar de Gustavo estava fixo no que supostamente era a meia dele — parcialmente escondida sob a barra da camisola curta. Henrique ficou em pé, com seu prêmio na mão, e a seda preta flutuou para a poltrona. Lina puxou o ar quando Gustavo a tirou do chão de súbito, arrebatando-a com rapidez e facilidade. Ela riu nos braços dele, agarrou-se ao corpo forte e se divertiu com os pés balançando no ar, vestindo apenas uma meia.

Ele a colocou sobre a cama e afastou o cabelo escuro do rosto dela, e dois grampos se soltaram com o movimento.

— Não pode ser normal que exerça tamanho poder. — Ele não estava ofegante por carregá-la, era produto da rouquidão vinda do desejo que sentia.

— Sobre nós dois. — Henrique passou por trás dele.

O olhar de Lina dançou sobre os dois homens que tanto amava, e foi impossível não sorrir com a perspectiva de que era uma louca apaixonada que saíra no meio da chuva só para vê-los. Ela precisava aproveitar enquanto ainda tinha tempo de ter os dois ao seu alcance. Seu coração queria assim, seu corpo ansiava pelos dois. Lina recuou sobre os joelhos e foi para o meio da cama, e os dois se aproximaram dela no mesmo instante.

O restante das roupas dos rapazes caiu ao lado da cama. Lina sentia o corpo estremecer, tamanha era a atração que sentia por eles, mas também por se despirem sem desviar os olhos dela. Ela continuava de joelhos, com a camisola diáfana, e nenhum dos dois disfarçava quanto a promessa dos mamilos escuros sob o tecido os deixava alucinados.

Eles subiram na cama e Lina estava ansiosa, mas nada amedrontada, por ter dois homens rondando-a sobre o colchão. Admirou as linhas sinuosas dos músculos de Henrique, que exalava elegância e poder em sua constituição atlética, a pele bronzeada com sardas e pequenas pintas que a roupa escondia. Ele encostou do seu lado direito e ela apertou a barra da camisola, antecipando seu toque.

Assim que Lina virou o rosto em busca de Gustavo, ele se pôs de joelhos na frente dela, com o corpo forte e harmônico tomando sua visão. Ele estava recém-barbeado e ela inclinou a cabeça para baixo, admirando-o da curva do queixo proeminente até o peitoral robusto e os braços moldados por anos de prática no remo. O bronze dos dias de sol de verão emprestava um tom marrom-avermelhado à sua pele, e Lina deleitou-se por saber quanto ele podia ser malicioso nos momentos mais íntimos.

Henrique encostou os lábios no pescoço dela, e foi o estopim para eles a encaixarem entre seus corpos. Lina já conhecia aquela sensação, ou pensou que conhecia. Sem as camadas de roupas entre eles, era como uma onda de prazer eletrizante. Ela ficaria sobrecarregada bem rápido. Ergueu o rosto e recebeu o beijo que queria, sentiu mãos grandes entrarem por baixo de sua camisola e a acariciarem na pele da barriga.

Lina tateou o rosto de Gustavo e o beijou, eriçando seu cabelo escuro e desfazendo as ondas penteadas. Ele a apertou pelo quadril e seu beijo foi tão intenso que a deixou sem rumo, vacilando sobre os joelhos. Henrique sustentou o peso de Lina e a puxou para trás, encaixando-a melhor contra seu corpo rijo e quente. Lina sentia-se flutuar entre eles, sentindo as carícias dos dedos que desfaziam as amarras das fitas da camisola no ombro, e esfregou-se contra Henrique, deixando que acariciasse seus seios por cima do tecido. Os mamilos enrijeceram mais entre os dedos dele, o leve aperto provocava tanto alívio quanto tormenta.

Os dois respondiam ao menor som de prazer emitido por Lina, por mais baixos e entrecortados, e enlouqueciam com seus gemidos. Queriam ouvir mais. Henrique mergulhou de vez contra os travesseiros recostados na cabeceira da cama, levando Lina junto de si. Gustavo a segurou pelas pernas, ajeitando-a entre eles. Os dois trocaram olhares, decidindo o que fariam. Não era a primeira vez que compartilhavam a mesma mulher na cama, mas era a primeira mulher que amavam em igual medida.

Além disso, o dia estava claro e os dois estavam sóbrios. Não podiam lidar com Lina sob o efeito de nada além da paixão que os embriagava havia meses e do desejo intoxicante que precisavam alimentar.

A liga da meia caiu na cama e Lina sentiu Gustavo apertar sua coxa direita, afastando-a e expondo-a para sua visão. Ela ainda usava a lingerie, mas sentia-se nua sob o olhar e o toque de Gustavo e Henrique. A meia preta deslizou pela perna e, ao puxar o acessório para baixo, Gustavo colou a boca contra a pele dela, acompanhando o movimento centímetro a centímetro.

— Se a meia é minha, posso levá-la — murmurou ele.

— Leve-a no bolso, pense em mim — provocou ela.

Eles elevaram o corpo dela na cama para a camisola ser retirada, e ela teve certeza de que estava flutuando de prazer. Sentiu mãos firmes subirem por suas pernas e pegarem suas coxas. Outro par de mãos igualmente quentes cobriu seus seios e ela abriu os olhos. Henrique mordeu o pescoço de Lina por trás, e Gustavo a beijou tão perto de seu sexo que ela sequer conseguia acompanhar os toques suaves.

— Vou ficar com essa lingerie azul para mim, Lina. — Henrique empurrou para baixo o calção íntimo que ela vestia, e com a outra mão encontrou a abertura frontal.

Ele não foi nada cavalheiro ao enfiar os dedos entre o tecido e esfregá-los sobre os pelos escuros, antes de encontrar o sexo escondido por algodão fino e seda.

— Encharcada — sussurrou ele, ao deslizar os dedos contra as dobras dela.

Lina mordeu o lábio, gemendo baixo. Não tinha certeza se ele havia falado com ela, mas sentiu Gustavo soltar o outro laço e puxar seu calção pelas pernas, com a mesma destreza que fizera com a meia. Eles a moveram na cama, prendendo-a entre seus corpos quentes outra vez, e ela sorriu de prazer com aquela entrega inigualável, a melhor sensação do mundo. Agora podia sentir as pernas fortes entre as suas, os pelos masculinos e a pressão dos músculos contra seus seios e suas costas. Não havia uma camada de tecido para impedir que sentisse as ereções deles pressionando seu ventre e seu traseiro.

Inquieta, Lina tentou se agarrar aos dois, mas eles moviam os braços dela ao seu bel-prazer e ela fechava os olhos cada vez que seus lábios eram tomados em um beijo arrebatador. Eles alternavam, ora um, ora outro, enquanto a mudavam de posição, e ela podia sentir o cheiro da pele deles: um aroma quente, salgado e masculino, uma mistura de praia e floresta. Folhas frescas e a beira do mar. Aquilo representava tão bem os dois.

Quando Gustavo subiu as mãos pelo torso dela, Lina arqueou as costas e ele agarrou seus seios, deixando expostos os bicos sensíveis. Ela viu a cabeça de Henrique abaixar sobre ela e ele tomou um mamilo na boca, esquentando-o com seu hálito e o excitando com a língua. Ela gemeu e se segurou nos dois, puxou o cabelo de Henrique e apertou o pulso de Gustavo com as unhas da outra mão.

— Tão sensível, amor. — O som suave e íntimo de Gustavo ao observá--la receber aquela carícia fez com que se oferecesse para ganhar em dobro.

Henrique deixou os mamilos dela úmidos e sensibilizados e a puxou para si, arrastando-a contra seu peito até Lina sentir a ereção dele pressionar a base de suas costas. Gustavo afastou as pernas dela e mordiscou suas coxas. Os dois a tocavam intimamente, cobrindo seu corpo inteiro de atenção. Ela estava tão excitada que, ao sentir os dedos acariciando os lábios externos de seu sexo, sua reação foi abrir ainda mais as pernas para facilitar o acesso. Segurou-se a Henrique, cravando as unhas na coxa forte, tão diferente do toque suave dos dedos dele, que passaram a rodar sobre o clitóris enrijecido.

Os gemidos de Lina ficaram mais longos, como um convite, e Gustavo a beijou entre os seios, provando mais da pele dela, esfregando o rosto pelo ventre macio. Ele observou o corpo dela se tensionar e responder às carícias feitas no botão inchado. Ela brilhava de excitação, e ele não suportou mais não saber como era o seu gosto.

Henrique levou até a boca os dedos que estavam entre as pernas de Lina para matar a mesma curiosidade. Excitado como estava, não pensou em mais nada além de capturar todo o sabor que Lina tinha a oferecer. Segurou-a pelo cabelo e virou o rosto dela para beijá-la, empurrando a língua dentro da boca macia, provando-a e dando-lhe um pouco do gosto da própria excitação. Lina gemeu na boca dele e se arqueou em deleite, arrebatada pelas sensações da boca de Gustavo explorando seu sexo.

Ela sentia o prazer chegar quase ao auge e tentou se ajeitar, mas eles a impediram. Lina se inclinou para a frente e ergueu as coxas. Os dois a seguraram, prendendo-a sob a nuvem de prazer mais uma vez. Eram incapazes de tirar as mãos dela, e as bocas vorazes não se fartavam de beijá-la, mordiscando a pele e compartilhando da mesma necessidade. Ela estava nua entre seus braços, e ainda assim não era suficiente.

— Por favor, por favor — pediu Lina, ao segurar o cabelo escuro de Gustavo.

Suas coxas enfraqueceram mais, e Lina sentiu seu corpo sacudindo por inteiro, tremendo, mas ainda assim eles não a soltaram. Ela se escorou nas pernas de Henrique, que a envolveu, apertando-a contra seu corpo rijo, um braço sobre os seios dela e o outro em volta da cintura. Segurou-a em um casulo de carinho e desejo. Lina podia sentir sua respiração quente sobre o cabelo. E, não importava quanto pedisse por alívio ou clemência, Gustavo continuou esfregando a língua no clitóris excitado, fixado no sabor dela e nas ondulações do seu corpo. Incapaz de resistir mais, Lina deslizou para um gozo intenso, protegida nos braços de Henrique e devorada por Gustavo. Provando quanto não sabia nada, pois eles eram completamente imprevisíveis.

— Vocês são terríveis... terríveis — murmurou ela, quando foi capaz de falar.

Henrique a beijou e disse:

— Você nos queria, amor.

Gustavo se inclinou sobre ela e Lina tocou o rosto dele, entregando-se a um beijo que tinha o gosto do seu próprio prazer.

Ela se demorou ali um instante, sentindo o corpo relaxar, mas Lina também podia ser imprevisível. E ela ainda os queria, muito, muito além disso.

— Eu quero os dois no meu corpo — disse ela, afastando-se do beijo.

Aquilo bastou para destruir qualquer autocontrole entre os três.

Lina se viu de joelhos outra vez, mas seus músculos ainda não eram confiáveis. Sentiu Henrique apertá-la pela cintura e agarrou-se aos ombros de Gustavo quando ele se sentou, puxando-a contra si. Foram os lábios dele provocando os mamilos dessa vez, enquanto Henrique terminava de soltar seu cabelo. Depois que as ondas castanhas caíram, Henrique beijou sua nuca e Lina sentiu um arrepio, desmanchando-se entre eles. Estava tão sensível que sentia a ponta arredondada do membro rijo de Henrique roçando seu traseiro.

— Onde você sente prazer? — Lina perguntou a Gustavo, apoiando-se em seu peitoral rígido.

— Onde você tocar, minha espoleta.

Os dedos dela deslizaram pelo corpo dele, roçaram os mamilos escuros, e ela podia ver como a respiração dele estava acelerada. As mãos de Henrique a apertaram, dos ombros ao traseiro, e Lina achou que cairia, mas ele cobriu seu monte de vênus com a mão e ela estremeceu ao senti-lo tocar seu sexo, espalhando sua umidade por entre as dobras.

— Faça amor com ela — disse Henrique, com o rosto colado no de Lina. Ela piscou devagar, pendendo a cabeça para deixar a barba dele arranhá-la mais. — Faça o que ela quer.

Lina afastou mais as coxas, apoiando-se em Gustavo, e respirou contra a boca dele. Sentia as mãos dos dois ajeitando seu quadril, apertando-a, marcando sua pele, e se encaixou sobre o membro duro, arrancando um gemido agoniado de Gustavo.

Lina ofegou ao sentir o comprimento dele preenchê-la, uma agonia deliciosa que até então não havia experimentado, e começou a ondular os quadris em busca do prazer prometido.

— No seu ritmo, amor — murmurou Gustavo, segurando-a pela cintura para ajudar no encaixe.

Lina o queria dentro de si, e queria que Henrique continuasse a tocá-la como estava fazendo. Ela não conteve os gemidos conforme os movimentos se aceleravam, e recebeu deles tudo que queria. O desconforto inicial foi mínimo, e o estímulo fez estrelas explodirem em sua visão. Os dois a tocavam, beijavam, adoravam sua pele e se alternavam nos beijos sôfregos que tomavam sua boca.

— Eu te adoro, não duvide — disse ela em meio aos gemidos. Seus dedos tocaram o rosto de Gustavo e escorregaram pelo pescoço tensionado.

Ela acelerou ainda mais os movimentos, subindo e descendo, enquanto ia em busca do auge que já sentira uma vez, chegando cada vez mais perto. Por fim, enquanto Henrique a estimulava com os dedos em círculos e Gustavo a segurava pela cintura a cada vez que se encaixavam até a base, Lina soltou um grito, jogando a cabeça para trás ao atingir o clímax.

O orgasmo a derrubou entre os dois. Juntos, eles a ergueram e ela viu o teto pela primeira vez — era todo pintado, uma enorme paisagem de um mar interminável. Gustavo se derramou no lençol, com os dedos afundando nas coxas de Lina. Ela sorriu ao ouvir o som excitante e gutural do prazer dele irrompendo da garganta.

— Eu quero ver seu rosto, por favor — pediu Lina, apertando o braço de Henrique.

Eles a dominaram com suas mãos e carícias, mas era ela quem comandava a cena, o que só deixava os dois mais excitados. Lina virou-se para Henrique e o pegou pelo rosto, e ele a beijou com ânsia e intensidade, deleitando-se no sabor de sua boca. Lina se abraçou a ele e os dois tombaram juntos na cama. Por um instante, ela se apoiou no corpo dos dois amantes, afundando os dedos em suas peles quentes e suadas. O cabelo solto grudava nas costas e Gustavo o afastou de lado, agarrando-a pela nuca e virando o rosto para beijá-la outra vez.

Henrique a puxou pelas coxas, colocou-se de joelhos entre as pernas dela e se inclinou para beijá-la. Ele deitou o corpo para sentir os seios eriçados roçarem seu tórax, então chupou a pele do pescoço de Lina até mordiscar a base, apoiando-se em um braço quando ela deslizou a mão para baixo. Os dedos de Lina tatearam a extensão do membro duro, que cobria seu ventre.

— Você se conteve até agora, como o bom garoto que não é? — incitou ela.

— Onde você sente prazer? — indagou ele, repetindo a pergunta que ela fizera.

— Onde vocês me tocarem.

Gustavo deslizou as mãos pelo torso dela e segurou os seios, excitando os mamilos entre os dedos com carícias, e Lina suspirou de prazer. Eles se ajeitaram outra vez, e Lina ficou deitada com as costas contra o peito de Gustavo. Ela se esfregou nele para se aconchegar, dando mais abertura a Henrique.

— Você me quer? — Lina sussurrou para Henrique, subindo a mão para a nuca dele.

— Quero.

— Então queira — ordenou ela.

Henrique encaixou-se mais perto de Lina, o membro duro deslizando pelas dobras encharcadas.

— Sensível? — perguntou ele.

— Não sinto nada além de anseio — declarou, destemida e ansiosa.

Ela o beijou e elevou as pernas, procurando mais atrito para o sexo, querendo saciar o anseio de recebê-lo dentro dela. Não tinha experiência, apenas instinto e infinito desejo por ele. Lina soltou um gritinho quando ele empurrou o quadril e a penetrou de uma vez, e, quando ele saiu de dentro dela, esfregou o membro ereto em sua entrada molhada, antes de preenchê-la por inteiro de novo. Lina gemeu, cerrando os olhos, e procurou o apoio de Gustavo, que murmurara palavras quentes de conforto e deslizava os dedos pelo seu clitóris. Ela estava tão molhada que as ondas de prazer abafavam o desconforto do seu sexo se acostumando a recebê-los.

Lina sentia a avidez, o desejo e o carinho dos dois com tanta intensidade que suas forças quase a deixaram. Não tinha como se esconder da sensação dos corpos que a envolviam, os membros que tomavam seu corpo e quanto as mãos e bocas não se continham para agarrá-la e devorá-la. Aquilo lhe dava a certeza de que sentiam tanta necessidade quanto ela.

— Não sei quanto consigo me conter, Lina — disse Henrique.

— Por favor, não se contenha. Eu vou explodir de novo.

Ela arqueou as costas, entregando-se à sensação das estocadas lentas e contínuas, e as unhas cravaram no braço que Henrique apoiava ao lado dela. O corpo de Lina tremeu entre eles, mas Gustavo a amparava, continuando a tocá-la no mesmo ritmo delicioso. Lina não suportou, não conseguia parar de girar o quadril, buscando mais dos dois. Gozou em um grito e, em vez do mar no teto, ela virou a cabeça na direção da janela e viu que a tempestade tinha voltado.

Gustavo a envolveu nos braços. Lina relaxou em seu aperto e sorriu ao ver o estrago que o prazer causara em Henrique quando ele gozou nos lençóis e nas coxas dela. Eles se esticaram na cama, cada um de um lado dela, e Lina se aconchegou em seu lugar preferido, sentindo as mãos dos dois a confortarem. Tinha mais certeza do que nunca de que amava os dois, e sempre amaria. Não teria tudo que mais queria a longo prazo, mas, por algumas horas, havia conseguido tudo o que desejava para sua vida.

— Não quero devolvê-la. Por mim, jamais deixaria que ficasse longe outra vez. — Henrique fechou a janela do quarto antes que o chão molhasse ainda mais depois da tempestade.

Lina fechou os botões do bolero, aproximou-se e se pendurou em seu pescoço. Seus lábios foram tão beijados e mordidos que ela não sabia como conseguiria esconder o que fez. Mesmo assim, deu um beijo de despedida nele.

— Ficarei com você em breve. Para sempre — prometeu.

Gustavo foi o último a se limpar e sentou-se na beira da cama para calçar os sapatos. Ele não queria testemunhar a partida de Lina. Também não queria devolvê-la. Tampouco conseguia se culpar por tê-la, uma vez que fosse. Uma memória para lembrar pelo resto de seus dias. Lina parou entre as pernas dele, passou os braços em volta de seu pescoço e observou seu rosto. Gustavo se esforçou para encará-la e se segurou no conforto do corpo dela junto ao seu outra vez.

— Fique com a meia — sussurrou ela, antes de beijá-lo em despedida e se afastar rapidamente. Não podia prometer nada a Gustavo, mas não estava pronta para perdê-lo.

Lina saiu na chuva, correndo assim que Henrique abriu a porta, e pulou para dentro do coupé. Havia ficado horas nos braços dos dois e agora escapulia na tempestade, antes que sua última traquinagem fosse descoberta. Eles pensavam que seria o caso de vigiar o porto. Ela era impossível assim, e deixava a sensação doce de uma lembrança que fugiria no próximo navio.

40

Para sempre e adeus

Efetua-se hoje o casamento do sr. Henrique Ferreira Sodré, filho do falecido barão de Valença, com a srta. Carolina de Menezes, filha do ilustre cônsul Inácio de Menezes. A união civil e religiosa será realizada no imponente palacete da família da noiva em Botafogo. Serão paraninfos: por parte do noivo, o dr. Alberto do Amaral; por parte da noiva, a srta. Vicentina Souza de Assunção.

— *Gazeta de Notícias*, 1906

Semanas de notinhas nos jornais e colunas de especulações se seguiram após o casamento, que foi descrito como rico e seleto. Eram poucos convidados e, para surpresa e desgosto de muitos, a única personagem bem conhecida na sociedade que poderia passar detalhes do evento era a sra. Henriqueta de Oliveira, esposa do deputado Waldemar de Oliveira. Dessa vez, o marido compareceu ao evento.

Nem mesmo a família de Henrique estava disposta a comentar, apenas elogiaram a festança, aliviados por entrar sob a guarda de influência do cônsul e um tanto temerosos de estarem na mira da marquesa.

Ermelinda foi convidada e apareceu na companhia do marido, mostrou-se feliz pelos noivos e agradeceu o convite, fingindo desconhecer o segredo de Lina. Por sua natureza, não dava para saber se estava mais feliz pelo amor compartilhado na união ou pelo fato de que todos saberiam que ela estivera presente naquele casamento, que causara tanta inveja e desprazer em certas figuras da sociedade que eram desafetos dela.

Os noivos viajaram para Montevidéu por algumas semanas, em busca de ar fresco e distância das línguas ferinas. Dois dias depois do matrimônio, Gustavo aproveitou para fazer uma curta viagem de negócios a São Paulo, para planejar os próximos passos das fábricas. Era mais fácil para ele focar em outros assuntos quando o principal motivo de sua distração não aparecia à sua frente ou era citado perto dele.

Apesar da desaprovação do senador e das tentativas de impedir o casal, Emílio havia engatado um romance com a srta. Vicentina. Gustavo gostaria de deixar o secretário no Rio para viver aquela experiência. Reconhecia quanto Emílio era dedicado ao trabalho e em especial a Gustavo. Porém, quanto mais complexos ficavam os negócios, mais precisava do suporte dele. Era como se sua mente fosse incapaz de registrar coisas triviais e necessárias.

Assim, após o retorno de Emílio à cidade, o casal apareceu com uma solução. Outra pessoa poderia temer pelo futuro deles. Mas Gustavo já estava com sua capacidade de preocupação comprometida.

— Vamos nos casar! — anunciaram Emílio e Tina, ao adentrar o escritório de mãos dadas, como se tivessem corrido até ali.

— Quando? — indagou Gustavo.

— Esta semana! — brincou Emílio, com o brilho de mil diamantes nos olhos.

— Assim que Lina retornar. Não me casarei sem ela estar presente. E precisarei da ajuda da minha amiga para arranjar tudo — corrigiu Tina.

Gustavo olhou o calendário. Ele tentava pensar em outras coisas, mas sabia exatamente quando Lina retornaria, porque estava se preparando para ter de vê-la e ter de deixá-la.

— Sim, está em cima! — confirmou Emílio, acostumado a vê-lo se guiar pelo calendário. — Não é loucura porque eu já sei que ela é minha vida. — Ele olhou para Tina antes de continuar. — E, se estivermos casados, poderemos viajar juntos.

— Será como uma aventura, e eu serei de muita ajuda. Prometo! — Tina disse, abrindo um sorriso largo.

Gustavo reconheceu que sentia alívio e felicidade pelo amigo. E também angústia. Tina era adorável, mas seria uma lembrança constante de Lina.

Assim que Lina retornou, o plano do casamento de Tina pôde prosseguir. A princípio, a amiga queria comprometer-se em segredo para evitar mais reprovações, mas a prima de Tina descobriu e a família apareceu em peso. No entanto, ninguém tentou impedi-la, só ficaram ofendidos por perderem a chance de oferecer uma festa digna. Emílio levou alguns tapas das mulheres, mas acabou o dia casado. E todos foram para a comemoração surpresa que a família de Tina começara a armar assim que souberam do plano dos noivos.

Os recém-casados não ficaram na cidade para se acostumar com a nova condição, pois as malas já estavam prontas. A lua de mel se dividiria entre Pernambuco e Bahia, para onde Gustavo se dirigiria primeiro. Ele resolveria negócios, passaria um tempo com a família, e assim Tina e Emílio teriam privacidade e tempo livre.

Logo após o casamento, os Sodré se reuniram no casarão de Botafogo para uma despedida desagradável. Lina estava mais do que familiarizada com a sala ampla, os estofados em tons terrosos e os detalhes azuis, mas atravessou o cômodo sem enxergar nada. Sentia-se um pouco traída por ter sido a última a saber que a viagem de lua de mel de seus amigos teria função dupla: eles iriam para o Nordeste do país acompanhar Gustavo em seus compromissos.

— Você sabia que ele iria embora assim que o casamento de Tina e Emílio se realizasse. — Lina apontou para Henrique e se virou de costas, contrariada.

— Não que seria no primeiro trem após a festa. — Henrique passou pelo primo e os dois trocaram um olhar. — Não vou assumir essa por você — avisou a Gustavo.

— Eles se planejaram para me acompanhar, é justo que eu parta no momento em que seria sua viagem de lua de mel — explicou Gustavo.

— Está bem, não se importem comigo. Eu não tenho que opinar na vida alheia. — Lina cruzou os braços.

— Mas você é importante — respondeu Gustavo, sem nem considerar o drama emocional em que estavam envolvidos mais uma vez. Era simplesmente a verdade.

Henrique se aproximou de Lina, mas ela virou o rosto e tornou a girar, mantendo-se de costas para os dois.

— Sabem de uma coisa? Não vou ficar no meio dessa vez, acabo perdendo em dobro — reclamou Henrique e sumiu na direção do escritório, em busca do aparador de bebidas.

Ele também estava triste por ter de se separar do primo, teria dificuldade para levar a vida sem a presença constante de Gustavo. Lina ficaria irritada e magoada por alguns dias, o que consequentemente o deixava infeliz. Sentia-se como uma ponte quebrada: não funcionava em benefício próprio, tampouco servia para ligar suas duas pessoas preferidas.

Ressentida, mas resignada, Lina se aproximou e observou Gustavo colocar documentos numa pasta e fechá-la.

— Fora daqui ninguém nos conhece, poderíamos existir juntos. Nós três, de alguma forma… — murmurou ela.

Gustavo voltou a atenção para ela. A necessidade de passar um tempo longe, encarando outros desafios, era urgente. Tinha certeza de que Lina havia dito algo antes, mas se desligara dentro de sua mente e só escutara a última frase. Henrique havia se retirado para que os dois ficassem sozinhos, deixando o primo para enfrentar suas reações e sentimentos por Lina. Gustavo tanto apreciava o gesto quanto também o ressentia. Era como abandonar um navio sem rumo na tempestade.

— Estive adiando minha partida — disse Gustavo. — Agora estou no limite da irresponsabilidade, colocando nossos negócios em risco. Fui trazido de volta à consciência e também inspirado pelas decisões difíceis e corajosas que você, Henrique, Tina e Emílio tomaram nos últimos meses.

Como se Gustavo não estivesse tentando explicar sua decisão, Lina chegou tão perto dele que, se quisesse, ele poderia contar os cílios dela, um a um. Ela se esticou e roçou os lábios nos dele. Gustavo apertou os ombros de Lina e nem ousou respirar. Ela era a única que poderia ultrapassar todas as suas reservas em ser tocado.

Estava decidido a resistir à própria compulsão por ela, porque, do contrário, perderia o trem.

— Quando retornar, já terá me esquecido — murmurou ela.

— Espero que sim — admitiu Gustavo, da forma mais dolorosa.

A dor no semblante dela era disfarçada, mas inconfundível.

— Então me beije uma última vez — pediu.

Gustavo ficou preso no "última vez". Jamais na vida poderia voltar a beijá-la? Ele poderia encontrá-la, mas nunca mais chegaria perto dela.

Era uma de suas razões, certo? Não podia falhar antes de cumprir a promessa de superar seus traumas e avançar nos negócios. Lina havia lhe mostrado o poder dos sentimentos, o completo descontrole que eles eram capazes de trazer, dolorosos e belos como fossem. E a única forma que ele enxergava de sobreviver a isso era o afastamento.

Lina virou o rosto quando Gustavo a deixou onde estava e se afastou para remexer na mala de mão. Ela não sabia se despedir; pelo jeito, ele também não.

— É enganação, por enquanto é pura enganação — murmurou ela, lembrando-se da conversa que tiveram quando tentou libertá-lo do que sentia.

As mãos de Gustavo pararam de mexer na bagagem e ele murmurou a palavra. *Enganação. Enganação.* Toda vez que a ouvia, era compelido a repetir, como um mantra ou um castigo.

— Você é uma mulher que merece ser amada — disse ele. — Henrique já a ama, com todo o seu coração.

— Então não adianta perguntar se você não me ama.

— O que sinto por você não se assemelha a nada que já senti na vida, e não é possível descrever em palavras ou números. Tampouco é algo que pode ser controlado. Fui dominado. Não sei reagir a essa sensação, não consigo agir corretamente nessas circunstâncias. Não é seguro. Fique com o meu primo. Ele vai amá-la e protegê-la como eu jamais poderia. Sequer sei o que estou dizendo quando afirmo que ele vai amá-la, mas acredito nele.

— Nós dois não precisamos funcionar do mesmo jeito — rebateu Lina.

— Eu sinto que jamais estarei completa sem você.

— Perdoe-me.

— Não, eu não vou perdoá-lo! — Seus olhos se encheram de lágrimas. — Jamais!

— Entendo.

— Mesmo?

— Sim, isso eu entendo. Não há caminho para eu não machucá-la. Peço perdão, mesmo que não o conceda. — Gustavo se aproximou com algo na mão e entregou a ela.

Lina queria dizer que preferia não vê-lo nunca mais; porém, além de impossível, seria mentira. Se ficasse com Henrique, não poderia privá-lo de ver o primo, já que também se amavam. Jamais desejaria afastá-los. Tinha a impressão de que correria na direção de cada oportunidade para ver esse maldito homem que não compreendia o que era um coração partido.

Para ele, corações não se partiam, só morriam.

Lina abriu a mão para observar o objeto que Gustavo depositara ali.

— É uma gema, encontrada pelos lados da minha terra — disse ele, sem encará-la nos olhos. — Devia ter lhe dado antes, mas não estava com a cabeça no lugar.

Lina analisou o broche com a pedra azul, que parecia ter milhares de minúsculos pedacinhos de mar. Ficou com o presente entre as mãos unidas, como se segurasse água, e pensou na forma como ele sempre se referia a sua terra natal. Apesar de morar na capital desde criança, de seus pais serem dos dois locais, sempre que ele falava *minha terra*, ela sabia que estava se referindo ao Recife. Ela se identificava com aquela frase, porque, apesar dos anos fora, para Inácio e ela o Brasil sempre seria "minha terra". Lina tinha aprendido que era o local de identificação deles, onde estavam suas raízes, seu povo. Se tivessem qualquer problema, o Brasil era o único lugar que sempre estaria de portas abertas para acolhê-los.

Como filha de um diplomata em missão, Lina conhecera muitos motivos que impediam as pessoas de voltarem para sua terra de origem. Alguns morreriam se tentassem fazê-lo, outros foram expulsos por suas crenças. Os motivos eram inúmeros e pessoais. Assim, por mais estranho que fosse, no momento ela se sentia como a terra para onde Gustavo não queria nem poderia retornar.

Seus olhos arderam enquanto olhava a pedra, e Lina fechou a mão, guardando-a junto ao peito. Gustavo afastou-se de novo e pegou a mala.

— Preciso esquecê-la, Lina. Não consigo fazer isso como as outras pessoas. Desde que me lembro, só o afastamento se mostrou eficiente. E jamais precisei esquecer alguém que me tinha na mão como você tem.

Gustavo também precisava enfrentar o problema que o paralisara no Rio. Não queria ter que deixar a cidade por longos períodos, pois era sempre um estopim para traumas que carregava desde a infância. Era uma porta para crises de ansiedade que o deixavam inepto.

— Espere, só espere um momento — pediu ela.

Lina deixou a sala e retornou pouco depois, pegou a mão dele e colocou ali seu presente de despedida. Era um postal com uma foto dela em um lindo vestido de festa e um minúsculo vidro do perfume que ela mais usava. Era especial.

— Leve isso e se lembre de mim por um tempo. De um jeito bom. Fui egoísta de novo, é um defeito, reconheço. Não há o que perdoar. Não consigo afirmar com sinceridade que está certo, mas, ao mesmo tempo, sei que está.

Lina não queria vê-lo partir, e não queria que vissem as lágrimas descendo pelo seu rosto, então foi embora primeiro. Tampouco queria presenciar a despedida entre Henrique e o primo. Odiou se despedir dele e de Tina, mesmo que, no caso da amiga, fosse por um motivo feliz.

41

Estilhaçados

Alguns meses depois

> Caro Gustavo,
> Nós estamos bem, finalmente terminamos a mudança para a casa em Laranjeiras. Desde que viemos para cá, não encontramos mais certas pessoas desagradáveis. Além do mais, o jardim é maior. Temos muitas frutas, creio que você gostaria daqui.
> Lina segue avançando na gravidez, como contei na outra carta. Agora já se pode notar.
> Espero que chegue bem a Buenos Aires, parece um acordo promissor. Escreva-me assim que chegar.
> Sinto falta de nossas conversas diárias. Imagino que Miguel não tenha escrito ainda, mas ele ficou noivo. Ninguém leva fé que chegará ao altar. Bertinho já deve ter embarcado. Espero que aproveitem o tempo que passarão juntos.
> Henrique

Quando Gustavo retornou da Argentina, mais quatro cartas o esperavam. Ele verificou os envelopes, olhando os remetentes. Os amigos não deixavam de lhe contar o que acontecia e esperavam relatos seus em troca. Escrevendo, Gustavo era um melhor contador de histórias do que conversando.

Feliz aniversário, meu irmão! Fazia tempo que não passávamos essa data separados. Parabéns! Volte logo, eu lhe comprei um presente.
Henrique

Para desespero de Gustavo, a única carta que Lina lhe escreveu desde que ele havia partido chegou junto com as felicitações do primo. Ele jamais havia sentido as mãos tremerem pelo mero vislumbre do nome de alguém em um pedaço de papel, mas era esse o efeito que ela ainda lhe causava.

Querido Gustavo,
Espero que passe essa data especial em um local de seu apreço. E que muitos anos saudáveis estejam em seu futuro, para que realize seus sonhos mais estimados e ambiciosos. Não importa se está perto ou longe de mim, sempre lhe desejarei um futuro de felicidades e realizações.
Feliz aniversário.
Lina

Ele ficou uma semana carregando a carta consigo, relendo-a, sem saber como responder às poucas linhas que ela enviara. Sua resposta curta deve ter sido terrível, pois Lina não voltou a escrever.

Querida Lina,
Fiquei contente com a sua lembrança e as felicitações. Desejo que esteja em ótima saúde.
Gustavo

Enquanto ele perdia a capacidade de escrita quando Lina era a destinatária, Henrique alegrava o espírito de Gustavo mesmo a distância, pois mandava cartas duas vezes por semana, e até mensagens pelo telégrafo.

Sua chegada a São Paulo havia atrasado, de modo que mais duas cartas o esperavam quando finalmente chegou. Uma delas dizia: *Nasceu! É uma menina! Venha logo conhecê-la!*

Gustavo já planejava voltar para casa, mas adiantou-se. Tina e Emílio não couberam em si de felicidade, mas ao menos Tina já tinha ido ao Rio nesse meio-tempo para fazer visitas.

— Nós segurávamos os rebentos do Zé Coelho enquanto ele comia, trabalhava ou fugia para não apanhar das mães — brincou Henrique ao mostrar desenvoltura com a bebê.

— Só não esperávamos que ele arranjaria três. — Gustavo sorriu e se manteve inclinado, reparando no minúsculo ser que o primo embalava.

Henrique era um poço de felicidade, pois tudo correra bem com Lina durante a gravidez e o parto. A criança era saudável e o primo estava de volta à cidade. Ele percebeu que Gustavo e Lina estavam se evitando. Os dois se concentravam apenas na nova integrante da família e fugiam de contato direto. Melina Menezes Sodré, a Nina, já era uma sensação, e, desde que seu nascimento fora anunciado no jornal, presentes de familiares, amigos e até desconhecidos começaram a chegar na casa.

Enquanto Gustavo e Henrique embalavam a bebê para dormir, Lina estava no quarto com Tina, ajeitando as coisas.

— Isso é ridículo da minha parte. Veja quantos meses já se passaram, não é? — comentou Lina sobre a situação, ajeitando o berço vazio de costas para a amiga.

Tina a observou — estava ali a parte ruim de passar tanto tempo longe. Sua melhor amiga havia adquirido experiência em esconder a verdade sobre o que sentia. Não queria insistir e ser inconveniente, ou duvidar do que ela dizia.

— Sim... e dizem que mães novas ficam tão ocupadas.

— Ainda mais quando não sabem o que fazer com o bebê — concordou Lina.

Josephine ficou surpresa ao encontrar Gustavo visitando o casal; com a partida dele, pensou que aquela situação entre os três estava resolvida. Lina não falava sobre ele. Henrique e ela estavam sempre juntos e se divertindo. Ele até cometia o atrevimento de levar a esposa para o Lanas. Ela era oficialmente a rainha do bloco dos Teimosos.

E, apesar de Inácio ter desconfiado, nunca conseguiu indícios de que Lina vivera um romance com os dois Sodré e terminara com apenas um. Josephine entrou na casa para passar mais um dia mimando a neta e teve mais certeza do que nunca: nada estava resolvido. Lina apresentava um comportamento esquivo e dava desculpas que podiam até enganar os outros, mas ela também era mãe. Percebia que Henrique estava preocupado. E, em certo momento, Gustavo disse que precisava ir até o casarão. E simplesmente partiu às pressas, como se fosse apagar um incêndio.

— Ela é linda. Felizmente tem os seus olhos — disse Gustavo para Lina.

Ele retornou dois dias depois. Pelo que Lina soube, havia reaberto o casarão. Porém ela não queria saber detalhes. Qualquer coisa que ficava sabendo dele era como ter mais um prego enfiado em seu peito. Ainda bem que Henrique cuidava com dedicação de parte do seu coração destroçado. Ela se recusava a deixar que as gotas de sangue pingassem pela casa.

— Pode pegá-la, ela ainda não estranhou ninguém.

O bebê foi para os braços de Gustavo com rapidez e ele se afastou. Sorriu enquanto observava o rosto minúsculo. Estava contente por estar de volta ao Rio e poder conviver com a filha das duas pessoas que mais adorava. Amaria aquela menina também, e agora era oficialmente um tio.

— Bom dia, Nina. — Gustavo nem percebia a suavidade do tom que usava com a pequena.

Henrique observou os dois juntos e sentiu esperança de serem como antes, mesmo que não pudessem recuperar tudo. No entanto, ao se aproximar mais, viu que era ilusão. Lina e Gustavo continuavam se evitando a todo custo. Jamais seriam amigos. Lina fingia contentamento, e ele sabia que a maneira de Gustavo se defender era usando de negação, distanciamento e neutralidade. No campo dos sentimentos, o resultado sempre seria negativo.

— Ela me deixou escolher o nome. — Henrique se aproximou e quebrou a tensão.

— Verdade? — Gustavo franziu o cenho.

— Claro que não — divertiu-se Henrique. — Mas nós só a chamaremos pelo apelido, disso tenho certeza.

Assim que Henrique chegara, Lina havia aproveitado para sair do quarto. Não se dera o trabalho de inventar uma desculpa, e Gustavo agiu como se ela não tivesse saído. Ele reagia assim com outras pessoas, mas jamais precisara desse tipo de fingimento com ela.

— Seu amor se tornou algo vil? — Henrique sentou perto dele e observou Gustavo e a filha.

Gustavo balançou a cabeça e ninou a bebê, mas Nina não colaboraria com os dramas adultos, e não estava na hora da sua soneca. Teriam de continuar a passá-la de colo em colo para mantê-la entretida.

— Acha que não tenho olhos? Você não a suporta mais. E isso a machuca.

— Vou me desculpar — garantiu Gustavo.

— Não é típico do seu comportamento não responder a uma pergunta.

Resignado, Gustavo se recostou na cadeira para garantir um colo seguro ao neném. Sentia-se tão instável emocionalmente que a sensação chegava a ser física.

— Nada. Não se tornou nada.

— Não sente mais nada. Entendo. — Henrique tentou se manter neutro, mas as sobrancelhas se elevaram.

Ficou surpreso e... decepcionado?

— Eu gostaria que assim fosse. Não mudou em nada — esclareceu Gustavo.

Dessa vez, foi Henrique quem precisou de um momento. Gustavo estava bagunçando até com as emoções dele. Em um instante, pensava que havia errado sobre o primo e ele já não amava Lina. E, se fossem racionais, seria uma boa solução. No outro, era estapeado pela realidade de que as duas pessoas que mais adorava continuavam sofrendo por um amor que não conseguiam viver.

— Você deveria ter permanecido aqui — soltou Henrique, desistindo de ser sutil.

— Impossível — disse Gustavo, rápido.

— Conosco — acrescentou Henrique, ignorando a interrupção.

— Você consegue avaliar quanto iriam julgá-la? Como ela seria rechaçada se imaginassem como vivíamos? Tudo que já falaram de você e todos os absurdos que dizem de mim não serão nada comparado ao que podem fazer a ela. Penso e repenso nesse assunto e confesso que sinto medo. Não quero sequer imaginar ver a dor e a decepção no semblante dela. Eu me sinto mal só de considerar tal coisa.

— Nós conseguiríamos viver à margem deles. Onde somos bem-vindos. Antes de tudo isso, já odiávamos ter de compartilhar a vida com pessoas que não aceitam quem somos. Por que faríamos isso agora?

— Você é idealista, enxerga possibilidades, sonhos e esperanças. Eu não consigo fazer isso. Estragaríamos nossas vidas, deixaríamos Lina à mercê das consequências e, no fim, eu os decepcionaria de qualquer forma.

— Você não me decepciona. E só decepcionou Lina ao deixá-la.

— Enxergar a verdade não me impede de sentir decepção.

— Bem, só podemos nos decepcionar com as pessoas com quem nos importamos.

Gustavo sempre batia duas vezes seguidas antes de abrir uma porta, e esperou mais um pouco pela resposta.

— Entre, estou aqui — disse Lina.

Ele a encontrou em sua sala particular, de frente para a bancada sob a janela, arrumando livros e documentos. Antes que desistisse da ideia, foi direto até ela e colocou o postal sobre o livro de cima. Depois, tirou do bolso o tubinho de perfume que ela havia lhe dado e o posicionou ao lado.

— Secou. Tentei guardar em um local seguro, mas mal sobrou resquício da fragrância — contou.

Ela permaneceu de costas e deixou os dedos apoiados sobre os papéis. Gustavo era a última pessoa que esperava que fosse ter com ela. Seu coração se apertou, e ela precisou se esforçar para manter a conversa em um tom neutro.

— É um tubinho de viagem, para ser usado por poucos dias. Você demorou demais — respondeu ela.

Gustavo deu mais um passo para perto dela e mergulhou o nariz em seu pescoço, respirando o cheiro de Lina, e o alívio que sentiu foi tão profundo que se espalhou pelo corpo dele como uma fraqueza que o derrubaria. O perfume que ela lhe dera era fraco comparado ao cheiro ali, na pele dela. Gustavo apoiou as mãos na bancada, descansou a testa no ombro de Lina e ficou imóvel, sobrecarregado pela proximidade dos seus corpos. Então, roçou o nariz e os lábios na pele perfumada e respirou tão fundo que perdeu o ar junto com ela.

Os membros de Lina congelaram de surpresa. Gustavo não costumava tocar nas pessoas, menos ainda de forma súbita. Ele teria mudado tanto nesses meses? Ou era o simples fato de que ainda sentia algo por *ela*?

— É seu, foi um presente. Não quer mais? — Lina amassou os papéis, segurando-se para não virar e abraçá-lo.

— Não. Continuei tentando sentir o aroma nesse frasco mesmo depois de seco. Desbotei esse cartão de tanto carregá-lo. Foi uma enganação, não me ajudou a esquecê-la.

— Mentira, você conseguiu me esquecer. Como desejava fazer.

— Eu não minto. — Gustavo deu um passo para trás. Ele precisou fazer uma pausa, e só então conseguiu se afastar um pouco mais.

— Foi o que alegou, que aproveitaria o tempo de trabalho longe daqui para me esquecer. Pois não se lembraria do que não via.

— Eu subestimei o problema.

— E conseguiu o que precisava. Não teve que saber de mim por meses.

— Eu soube de você a cada carta que chegou.

— Ah! Lamento que seu plano perfeito tenha enfrentado algumas falhas. — Lina se virou e então, colérica, empurrou o frasco vazio da bancada.

O vidro foi ao chão, estilhaçando-se em mil pedaços.

— Aliás, não lamento — corrigiu-se ela, a voz em fúria. — Lembra-se? Negar seria pura enganação. Eu acho bem-feito!

O olhar de Gustavo ficou preso no pequeno vidro despedaçado. Ficara meses carregando consigo o conteúdo, até secar, mas mantivera-o intacto. Um minuto na presença de Lina e estava estilhaçado a seus pés. Era exatamente como ele se sentia. A sensação não era de ter passado meses longe dela; era de ter rodado, vivido, aprendido e retornado para ter certeza de que seu maior desafio havia sido também sua maior derrota.

— Lina, eu… — Gustavo se aproximou e seus ombros chegaram a encolher quando pisou nos cacos espalhados pelo chão, o sapato transformando-os em poeira. Havia entrado ali para consertar o mal-entendido, para se desculpar, mas a mera presença de Lina o fazia perder a compostura, ainda mais ao ficar a sós com ela. A compulsão de tocá-la foi inevitável.

Ela cruzou os braços, engoliu a saliva com uma dose de coragem e ergueu o rosto para encará-lo.

— Sabe, de agora em diante prefiro que passe a me chamar de Carolina.

— Não faça isso — disse Gustavo. — Não me engane.

Lina virou o rosto — olhá-lo era como receber uma facada em seu coração. Nada havia mudado. Então ela se afastou para conseguir continuar. A distância também não havia funcionado para ela, ainda guardava o broche azul que ganhara dele, mas nunca usara. Seria demais. Era um presente de despedida, Lina só precisava aceitar aquilo.

— O pior de tudo é que você não sabe ser pretensioso. É irritantemente verdadeiro. Pois seria pretensão da sua parte pensar que ainda o engano. Você me disse para permanecer com o outro homem que eu amava naquela época, e continuo amando. Por que acha que sobrou espaço em meu coração para sofrer por você?

O cenho de Gustavo ficou franzido, e ele parou um momento para considerar aquilo. Lina estava certa. Sentiu como nunca o aperto no peito que vivia com ele desde que partira e o atingia como um golpe a cada notícia que recebia dela. Quando retornou ao Rio, tornou-se uma dor crônica e depois um pulsar insistente ao revê-la. E agora, finalmente, chegava a sua conclusão. Seu coração apertou tanto que só sobrou algo estilhaçado, como o vidro sob seus sapatos.

— Eu não quero magoá-la — disse ele. — Eu só quero você. Ainda quero.

Lina se virou e apoiou as mãos no balcão junto da janela, onde o postal tinha ficado. Curvou-se, tamanha foi a dor ao ouvi-lo reverberar a verdade do que ela ainda sentia.

— Eu não o quero mais! — Lina permaneceu de costas, sabendo que isso dificultava que Gustavo lesse seus sentimentos, mas sua voz saiu esganiçada. Ele era melhor interpretando tons do que expressões. — Não quero! Eu o libertei, lembra-se? Aproveite então!

Ela escutou os passos dele se aproximando e Gustavo bateu a mão sobre o postal, pegando-o rapidamente para guardá-lo no bolso. Só depois que seus passos deixaram o cômodo Lina conseguiu voltar a si. Minutos depois, escutou novos passos, mas estes eram diferentes. Ela reconhecia Henrique até pelo som das passadas.

Henrique entrou na sala, pisou nos mesmos cacos e pausou, depois pulou para cima do balcão e se sentou. Era tão acostumado a apoiá-la em silêncio que isso se tornou uma característica. Ele só falou quando Lina ergueu o olhar para o marido.

— Não sei por que ele partiu daqui como se fugisse de mil demônios. Mas eu não posso mais ser a ponte entre vocês. Fico destroçado no meio.

Lina fungou e foi para junto dele, encaixando-se entre suas pernas. Ela o abraçou, escondendo o rosto em seu peito. A voz saiu abafada ao dizer:

— Não sei se é culpa minha. Juro que...

Henrique a apertou entre os braços e roçou os lábios em seu cabelo. Inspirou devagar, sentindo o mesmo perfume que Gustavo perseguira pelos meses durante os quais o frasco secava cada vez mais.

— Não jure nada, Lina. Não precisa.

Ela ergueu o rosto e Henrique limpou suas lágrimas, deslizando os polegares sob seus olhos. Lina manteve a cabeça inclinada para que ele beijasse seus lábios e a reconfortasse.

— Você é tudo na minha vida — disse Lina. — Não me imagino um minuto sem a sua presença perto de mim, ou sem o seu toque no meu corpo.

Henrique passou os dedos pelas laterais do penteado dela enquanto um sorriso suave e penoso disfarçava a dor por vê-la triste.

— Não vou a lugar algum, sabe como fico perdido longe de você — garantiu ele.

— Mas... — Ela respirou fundo, procurando palavras. — Por que ainda quebro como um cristal por causa dele?

Dessa vez, Henrique voltou a abraçá-la. Não sabia como resolver esse problema para ela. Adoraria, porque a aflição dela o feria e a confusão do primo também fazia sua alma doer.

— Eu também sinto falta dele. A vida nunca mais foi a mesma desde que nos separamos. Esse afastamento fez bem a ele, por um lado. E foi terrível para todos nós em outros aspectos.

Lina apoiou as mãos nas coxas do marido e se esticou para beijá-lo. Henrique segurou-a pelo pescoço, mantendo-a junto a si para ter um pouco mais do que desejava. E ela não o soltou, puxando-o para um abraço.

— Tenho sentido a sua falta — murmurou Lina.

— Eu também, amor. Como um desgraçado desalmado.

Henrique inclinou a cabeça e fechou os olhos para aproveitar a sensação prazerosa dos dedos dela subindo pelo seu pescoço e acariciando seu rosto. Ele estava usando a barba bem aparada, e as visitas ao barbeiro eram constantes. Lina não fingia nada para ele, gostava até quando acabava arranhando sua pele.

— Gosto da sua barba assim, a sensação é boa — sussurrou ela, chegando mais perto e esfregando o rosto no do marido.

Ele sentiu um arrepio. Lina encontrava jeitos de ser um problema para ele em qualquer momento do dia. Sem aviso. Não imaginava que era possível ficar mais louco por ela, mas parecia que superava sua paixão diariamente.

— Ela está assim por sua causa — gracejou ele.

— Mentiroso charmoso. — Lina o olhou, divertida.

Ela se pressionou contra ele, as mãos pequenas tatearam seu peitoral, acostumadas a abrir os botões com rapidez. Ele segurou a mão dela e escorregou da bancada, mudando-os de posição. Resistir a ela era uma tarefa inglória, e, com a intimidade, só ficou pior.

— Faça-me esquecer tudo, por favor — pediu Lina, pendurando-se no pescoço dele. — Só você pode fazer isso.

— Faço o que você quiser. — Henrique desceu as mãos pelas costas dela, acariciando-a e apertando-a do jeito que ela tanto gostava. — Mas mexer nessa sua cabeça vai ser difícil.

Lina deixou o corpo se ajeitar contra o dele; sabia a rapidez com que atiçava a vontade do marido e já podia sentir a pressão da ereção em seu ventre. Sentir-se desejada por Henrique a alegrava, pois era recíproco. Precisava da segurança do amor que tinha e compartilhava com ele.

— Eu vivo para os seus beijos, o seu toque, o seu abraço… — murmurou Lina, erguendo o rosto para que os lábios roçassem a base do pescoço dele. — É ainda mais difícil ficar longe de você. Depois que ficou doente, você até foi para outro quarto.

— Só porque não sabia se era contagioso. Não posso deixar nada acontecer com vocês. Nem mesmo um resfriado. Agora já passou. — Ele a acariciou, confortando-a.

— Não passou, não tenho o que eu quero — reclamou Lina, voltando aos botões da camisa dele.

— Eu tento mantê-la tão mimada quanto é possível — brincou Henrique.

— Então vamos ficar sozinhos por um tempo.

— Infelizmente me apresentaram a palavra *resguardo* — lembrou ele. — E todas as terríveis consequências de não respeitá-lo. Sua mãe me contou que os nobres obrigavam as esposas a deixar o resguardo nas várias gravidezes que lhes eram impostas, e assim elas morriam rápido e eles podiam se casar com a próxima vítima. E ela reiterou que isso ainda acontece. Prometemos envelhecer juntos, lembra-se?

Lina soltou uma risada que saiu mais pelo nariz. Lembrou que Nina ainda não completara dois meses. Queria estar saudável e pronta para novas aventuras. Queria voltar a sair sem ter um monte de gente a sua volta a alertando sobre mulheres que deram à luz e morreram em circunstâncias inexplicáveis após desobedecer ao repouso. Henrique e Lina eram marinheiros de primeira viagem, assombrados por conselhos e avisos dos mais velhos e experientes.

— Volte a dormir comigo, então. Vamos aprender a bordar antes de dormir — brincou ela.

Eles riram juntos. "Bordar" tinha virado um código dos dois para escapar, para ter privacidade e intimidade. No entanto, por causa do resguardo, tentaram bordar de verdade, e os dois fracassaram na tarefa. Agora eram um casal sem um código íntimo para se comunicar, porque "bordar" apenas provocava risadas. Henrique tirou Lina do chão e a segurou por baixo do traseiro, depois se virou, ainda a carregando, e partiu na direção da porta.

— Vou voltar a roncar no seu ouvido. Vamos bordar algo bem torto para Nina!

— Ronco não é um dos seus defeitos! — Lina riu, ignorando que jamais bordariam sequer um babador para a filha.

— Que audácia! Maridos perfeitos como eu não têm defeitos além do ronco ocasional — defendeu-se ele e abriu um sorriso, contente pela façanha de fazê-la rir.

42

Sentirei sua falta

O coupé parou em frente ao casarão dos Sodré, mas Henrique mal esperou para descer, pois o outro veículo já estava recebendo as malas.

— Você ia partir sem se despedir? Chegamos a esse ponto? — indagou ao trombar com o primo na entrada.

— Eu ia ao escritório e depois até sua casa. Meu trem vai demorar para partir.

— Ela o perturbou tanto que agora, em vez de planejar uma viagem, você está somente fugindo?

— Não, não... Ela não fez nada. Eu queria conhecer sua filha. — Gustavo encarou os próprios sapatos. Nem adiantava tentar mentir para Henrique. — Meus familiares têm enviado cartas há meses pedindo que eu faça outra visita. E seria uma desfeita ter ido a tantas cidades e não ter passado um tempo com eles.

— Mas o Recife foi sua primeira parada, e ainda voltou para lá depois.

— Sim, da última vez passei só dois dias e segui para Salvador, pois é lá que estão nossos parceiros de negócios. Estiquei até o Recife só para uma visita rápida. Eles precisam que eu retorne. E dizem que têm algo para mim.

— Um presente? — O cenho de Henrique estava tão franzido desde que chegara que dava para ver as futuras rugas que se alojariam ali.

— Não sei. Mas você sabe que me sinto bem no tempo que os visito. E eles alegam que tem alguém a quem desejam me apresentar.

— *Alguém?* — Agora as sobrancelhas de Henrique pularam. — É a sua família, é claro que querem lhe apresentar uma moça. Não vá pensando que é um contato profissional.

Gustavo considerou aquilo por um momento. Não foi sua primeira ideia, mas foi uma das considerações, e ele já havia se planejado para encarar fosse lá o que acontecesse. Ficava menos ansioso com a possibilidade de ser apresentado a uma estranha com esperança de casamento do que com a ideia de ver Lina e se despedir outra vez.

— Não acredito que me oporia — confessou ele.

— Mas é alguém que você não conhece? Ou já foram ao menos citados antes um ao outro? — perguntou Henrique, preocupado que ele acabasse preso em uma situação arranjada pela família materna.

— Eu não *conheço* ninguém. Não dessa forma. Lina foi única na minha vida, e acho que sempre será. Fui levado no redemoinho que ela representa. Não vou conhecer outra da mesma forma. — Gustavo fez uma pausa e encarou o primo, porque Henrique era a pessoa para quem tinha coragem de se abrir sem receio de ser julgado ou preterido. — Nesses últimos meses, encarei a realidade de que não fico tão bem completamente sozinho. Emílio e Tina têm a própria vida. Existe um limite até onde podem ir ou até onde eu permitiria que fossem. Viver com você por todos esses anos me deixou cego para determinados aspectos que eram de sua alçada.

— Então fique aqui. Você jamais estaria sozinho — murmurou Henrique.

— Eu preciso ir... Talvez eu prefira ter alguém que não trabalhe para mim e que esteja comigo justamente quando não estou trabalhando. Alguém na minha vida pessoal. Talvez essa pessoa possa até se acostumar com o meu jeito de ser.

— Um casamento de conveniência? Ou pretende ao menos tentar se interessar, nutrir sentimentos pela moça?

Gustavo apertou as mãos e piscou algumas vezes. Seu olhar perdeu o foco; ele não estava pronto, tampouco disposto a tentar coisa alguma. Só de imaginar viver algo similar ao que sentia por Lina, ficava aterrorizado. Levou um longo tempo para se entender com seus sentimentos, como poderia transferi-los para outra pessoa?

Henrique percebeu seu desconforto e continuou:

— Escute, não estou lhe dizendo para não ir. Fico dividido, porque sua independência e seu sucesso me enchem de orgulho. Ao mesmo tempo, fico preocupado e saudoso. Mas eu compreendi o que disse. Não vou insultá-lo com preocupações desmedidas, mas não gosto de vê-lo viajar sozinho. Especialmente para encarar uma das maiores decisões da sua vida.

— Eu tenho um acompanhante. Dei o emprego ao irmão de Emílio, cujo cargo é mais parecido com um de segurança. E eu conheço o caminho, estou seguro. Quanto à decisão... verei quando chegar lá.

Henrique o abraçou, engolindo suas preocupações. Não era só Lina que se sentia incompleta longe de Gustavo.

Gustavo ficou parado no invólucro de proteção que só recebia no abraço de Henrique. Fechou os olhos, deixando-se envolver pela proximidade. Os parentes que estava indo encontrar o compreendiam a ponto de saber que não deveriam cumprimentá-lo com tanta intimidade, e ele era grato por essa consideração. Esperavam que ele tomasse a iniciativa, e só então despejavam saudosismo e boas-vindas ao redor dele. Por outro lado, Henrique e Lina o conheciam o suficiente para saber que haviam furado essa barreira, e ele os apreciava por tocá-lo sem precisarem se conter antes.

— Chegaram algumas cartas para você, querido. — A tia entregou os envelopes assim que Gustavo retornou de um passeio com o tio, irmão mais velho de sua mãe.

O que ele mais recebia eram cartas, e nem poderia dizer que a maioria era de negócios. Seus poucos amigos eram tagarelas mesmo no papel. O tio fizera questão de que Gustavo se hospedasse na casa dele, pois era grande e tinha quartos vazios, então aquele era seu endereço fixo no Recife. Gustavo se afastou e sentiu o papel tremer entre os dedos quando viu o nome de Lina. *Carolina Sodré*. Ela cumpriu sua palavra e agora só assinava assim. Era uma tentativa inútil e dolorosa de manter uma barreira entre eles.

Ela não disse nada sobre si mesma. A carta foi direto ao assunto.

Caro Gustavo,

Henrique não tem estado bem de saúde. Estou preocupada. Ele não desejava preocupá-lo enquanto está longe do Rio de Janeiro, mas saberá que eu lhe contei.

Contudo, finalmente descobri o maior ponto de teimosia dele. Sei que ninguém mais tem uma influência tão forte sobre ele quanto você. Se nos enviar indicações, eu o arrastarei para visitar outros médicos. Escreva para ele, por favor. Ele o atenderá.

Atenciosamente,
Carolina

Poucos dias depois — tempo necessário para uma viagem do Recife à capital — Gustavo passou pela porta da casa de Laranjeiras.

— O que ele tem? — indagou assim que entrou. — Está de cama?

Lina piscou várias vezes para se recuperar do choque daquela entrada abrupta e inesperada. Correra do jardim até a sala assim que viu a carruagem dando a volta para chegar à porta principal.

— Não. Não mais, esteve um pouco fraco. Ele… Ele perdeu os sentidos por alguns minutos.

— E foi visto por um médico?

— Eu gostaria que ele fosse atendido por outros médicos. Os que a família Sodré conhece são… antiquados. Não gosto de nenhum.

— E ele saiu nesse estado? O que está escondendo?

Lina percebeu como Gustavo estava transtornado. A fala acelerada, a respiração rápida, os movimentos da cabeça, o olhar injetado. Ela só pôde imaginar o estado de aflição ansiosa em que ele estivera durante a viagem.

— Não estou escondendo nada — disse ela, procurando manter a calma para também tranquilizá-lo.

— Por favor, diga a verdade. Ele vai esconder. Vai suavizar. Como sempre faz!

Lina pegou Gustavo desprevenido ao ir ao encontro dele e colocar as mãos em seus ombros. Quando ele não recuou, ela subiu o toque até alcançar sua cabeça. O olhar de Gustavo se voltou para o rosto dela. Os dois dividiram um momento de silêncio e ela levou os dedos até as orelhas dele, cobrindo-as devagar, até as palmas formarem conchas em volta de seus ouvidos. A respiração dele se estabilizou e ele se concentrou no rosto dela. O restante do cômodo já não existia.

— Ele está em casa — informou ela, ao diminuir a pressão sobre os ouvidos dele.

Gustavo reparou nos lábios dela. Também conseguia enxergar a perturbação que Lina sentia naquela situação, seu tom de voz era um mapa aos ouvidos dele e formava uma imagem perfeita, combinado com suas expressões. Ele tocou o braço de Lina. Ela pendeu ainda mais na direção dele e fechou os olhos. A voz saiu como um lamento, como se estivesse esperando alguém para poder desabafar.

— Sabe como ele é. Levantou e fingiu que está tudo bem, como se fosse um mal-estar corriqueiro. Mas não foi. Ele está no escritório. — Ela deixou as mãos deslizarem para longe de Gustavo.

Ele estava prestes a se afastar, mas voltou e parou outra vez diante dela, engolindo a saliva. Então respirou calmamente.

— E quanto a sua saúde? — indagou Gustavo.

— Estou bem.

— E Nina?

— Crescendo em boa saúde.

Os dois se encararam em um silêncio tenso. Ele só piscava e assimilava os detalhes do rosto de Lina. Continuava linda, com aquele olhar astuto, o cabelo preto e sedoso, os lábios em um tentador tom de marsala. Porém Lina não disse mais nada, só pressionou os lábios que Gustavo tentava tanto não encarar. Ela foi mais efetiva em esconder seu anseio de observar os detalhes de Gustavo em busca de mudanças.

— Vou levá-lo até um médico. Confie em mim — garantiu ele, oferecendo um aperto reconfortante no ombro dela, do jeito mais desajeitado de alguém que tentava não ser íntimo, quando tudo que desejava no mundo era abraçá-la.

Lina o observou se afastar. Confiava em Gustavo, por isso decidira relatar para ele o ocorrido. Só não suportava mais sentir seu coração pular na garganta e as mãos tremerem por culpa da sua presença. Desconfiara de que sua carta faria com que ele retornasse, mas não tão rápido. Esperava o correio, e em vez disso recebeu Gustavo em pessoa. Contudo, se a presença de Gustavo ajudasse Henrique a se cuidar, ela enfrentaria o que fosse. Não suportaria ficar sem os dois.

43

Não quero mais

— Eu estou ótimo. Pessoas normais têm altos e baixos em sua saúde, e nem por isso estão à beira da morte — assegurou Henrique. — Você sabe disso.

Gustavo ignorava o que o primo dizia e continuava a fazer os exames básicos, até que disse:

— Você está pálido.

— Já não tomo tanto sol quanto antes, e faço exercícios dentro do clube. Remar e nadar sem você não tem o mesmo apelo.

— Vista logo isso. — Gustavo jogou o paletó nele. — Vamos a um conhecido meu.

— Eu conheço todos os seus conhecidos.

— É um médico, você não se interessa por eles — alfinetou o outro, provocando um sorriso no primo.

Por três dias, os dois foram a médicos diversos. Com rapidez tremenda para quem tinha acabado de voltar à cidade, Gustavo conseguiu uma indicação. Ele estava determinado, pois precisava saber o que havia de errado com Henrique. A ideia de vê-lo doente o deixava tão amedrontado que só piorava sua dificuldade de lidar com seus sentimentos em conflito por causa de Lina.

— Sabia que Nina está se arrastando? Vai engatinhar cedo — disse Henrique baixinho, enquanto esperavam o médico na Santa Casa do Rio de Janeiro.

— Posso vê-la?

Com a correria de sua chegada súbita ao Rio, Gustavo ainda não tinha conseguido tempo para ver a pequena. Tivera apenas vislumbres dela no colo de Lina enquanto ele ia e voltava pela casa, arrastando Henrique como se o primo estivesse se recusando a comparecer aos médicos.

— Só se parar de me arrastar para médicos.

— Não seja cruel.

— Claro que pode. Que pergunta mais descabida é essa? — Henrique virou o rosto para Gustavo.

— E você vai me prometer que se cuidará. Pense bem, Carolina jamais me escreveria se não fosse importante. Ela não é uma pessoa impressionável.

— Carolina? Eu nem saberia de quem está falando se não fosse pelo contexto.

— Ela me pediu para chamá-la dessa forma.

— Vocês dois é que serão a minha morte! — dramatizou Henrique, recostando-se na cadeira.

Bertinho, mantendo-se no cargo de espalhador de notícias, correra para encontrar Gustavo e matar a saudade. Depois, chegara ao Lanas no fim do dia e espalhara para os outros do grupo que Henrique estava adoentado e por isso o primo voltara do Recife, para obrigá-lo a se tratar.

— Mas que ideia sem cabimento, homem. Seu primo ter que vir lá do calcanhar do Judas para arrastar você para o médico — reclamou Zé Coelho.

— Era só nos escrever, nós o arrastaríamos até amarrado — garantiu Afonso.

O fato de os amigos terem saído do trabalho só para rever Gustavo e acompanhá-los ao médico fez com que ele sentisse mais saudade de casa e da companhia de todos eles.

— Vocês são todos uns fuxiqueiros. — Henrique cruzou os braços, em uma mistura de irritação e diversão.

Estava no médico acompanhado de três amigos, e o combinado era que se alternariam enquanto ele estivesse fazendo o tratamento que o médico havia prescrito.

Assim que chegaram ao casarão de Laranjeiras, Lina se apressou para abraçar Henrique, quase como se ele tivesse retornado da guerra.

— Amor, estou ótimo — protestou ele, envolvendo a esposa nos braços.

— Mentiroso, teimoso! Nunca mais terá o título de marido perfeito!

— Não seja assim. Eu posso ser imperfeito, mas ainda sou um marido incrível.

— Não é, senão teria medo de nos deixar.

Apesar do que dizia, Lina continuava abraçada ao marido e Henrique sorria. Ele descansou o rosto no cabelo dela e a apertou com o braço direito, o esquerdo ficando por cima como um apoio. Eles não descobriram nada comprometedor sobre seu estado de saúde, contudo Henrique apresentava dormência no braço esquerdo inteiro, até a mão. Não era completa, mas ele estava sem a força de antes. Era um remador, há anos praticava o esporte, além de outros exercícios no clube. Sempre teve firmeza nos braços.

Assim, não foi difícil perceber que havia algo errado.

Gustavo observou os dois juntos e experimentou algo novo. Um misto de anseio, urgência e saudade. Pensou na época em que Lina encontrava espaço entre os braços dos dois, sem se perder no caminho.

Surpreendendo-o, Lina se virou e segurou a mão dele, tão rápido que pareceu um impulso. Quando falou, porém, a voz estava controlada.

— Obrigada por voltar e fazê-lo iniciar um tratamento. Eu não queria obrigá-lo, mas...

— Eu teria vindo até mais rápido se houvesse um jeito — garantiu ele.

— Em minha defesa, eu não queria preocupar ninguém e não queria tirá-lo de seus planos — alegou Henrique.

Gustavo percebeu que estava apertando a mão de Lina e se forçou a parar, mas ela não o soltou.

— Ele vai fazer um tratamento novo, chamado fisioterapia. Vai ser no lugar onde eu estudava.

— Fizemos uma doação para eles, e prometo que irei em todas as consultas — comprometeu-se Henrique.

A Santa Casa da Misericórdia do Rio de Janeiro tinha implantado recentemente tratamento à base de hidroterapia e eletricidade, e era onde Henrique procuraria sua cura. Também era onde Gustavo havia cursado até o quarto ano de medicina, e foi fácil para ele saber como conseguiriam acesso ao tratamento.

— É só isso? Não estão escondendo nada? — Lina finalmente soltou a mão de Gustavo e se virou, alternando o olhar entre os dois.

— Não estamos — garantiu Gustavo.

Ela assentiu. Acreditava nele. Então, pegou a mão esquerda de Henrique e apertou, correu os dedos pelo antebraço dele, com mais pressão que o normal, para garantir que ele sentiria.

A casa nova de Emílio e Tina havia sido terminada, e o casal convidou amigos e familiares para um jantar informal. Também estavam comemorando a promoção de Emílio, que não era mais assistente pessoal de Gustavo e, por isso, já não viajava tanto com ele. Agora, era Emílio quem precisaria contratar um secretário para auxiliá-lo.

— Você mereceu. Quem mais conhece tanto o negócio, os clientes e todos os lugares como você? — cumprimentou Lina.

— Só os próprios Sodré. E eles precisam de mais do que um diretor — brincou Emílio. — Vou providenciar gerentes e secretários. Só eu sei as peças que esses dois são!

Emílio tinha razão nesse quesito, pois os negócios estavam se expandindo. Contrataram mais pessoas, e não era mais caso de os donos das empresas conseguirem conhecer tudo e resolver pessoalmente. Por isso, Gustavo tinha um novo assistente pessoal: seu primo, Mário Vieira. Mário sempre quis trabalhar com Gustavo, mas precisava estudar primeiro. Da última vez que fora ao Recife, Gustavo o contratara, pois além de tudo se davam bem.

— Meu tio disse que Gustavo pegou as coisas dele e saiu desembestado para a estação de trem — contou Mário.

Novato no Rio de Janeiro, ele havia chegado dias depois de Gustavo. Não conhecia ninguém, então Emílio e Tina já estavam tratando de apresentá-lo aos amigos e familiares. Era simpático, cheio de desenvoltura e, segundo o primo, organizado, atento e inteligente. Emílio iria treiná-lo, pois queria garantir que Gustavo estaria bem assessorado.

— Está bem? — Gustavo viu que Henrique estava usando a mão direita para se servir dos aperitivos.

Gustavo deu uma boa olhada no primo — sua aparência era saudável e ele segurava um guardanapo na outra mão. Henrique não disse nada, mas estava dolorido do tratamento que já havia começado a fazer.

— Você pode, por favor, parar de me examinar? — Henrique continuou a se servir, ignorando o olhar.

— Prometa-me que vai se cuidar.

— Só se você prometer que vai terminar a faculdade de medicina.

Gustavo arregalou os olhos; nada o preparara para aquela sugestão. Henrique sabia que era um ponto sensível para ele, então por que tocaria nesse assunto? Gustavo havia entrado na Faculdade de Medicina do Rio de Janeiro aos dezessete anos, pois desde criança dizia que seria útil se pudesse curar os outros. Só o trauma da morte do pai conseguiu fazê-lo dar uma volta radical e ir atrás do primo para estudar com ele. Deixou a medicina no quarto ano, faltando apenas dois para terminar.

Apenas Henrique vira de perto o que isso custara a Gustavo, e como era um dos assuntos mais sensíveis para ele. Antes de existir Lina na vida deles, a medicina era o tópico proibido.

— Não tenho tempo para isso — murmurou Gustavo.

— Você tem, sim.

Henrique deixou a comida de lado, colocou as mãos nos ombros do primo e os dois se encararam, o que invocou memórias de infância. Gustavo conseguia se concentrar apenas no primo quando ele fazia isso, como se Henrique criasse uma barreira imaginária entre eles e o mundo. Assim, Henrique tinha a chance de fazê-lo falar o que se passava em sua mente. Porém, dessa vez, foi ele quem se pronunciou primeiro.

— Você conseguiu o que pretendia, eu fiquei aqui no Rio e me esforcei para corresponder com as responsabilidades que me foram dadas — disse Henrique. — Terminei até aquele diabo de curso de comércio. A empresa cresceu, você fez mais acordos do que planejou. Sua matemática é mais rígida do que a minha, sabe que fecharemos o ano com lucro. Ano que vem, estimamos que o volume de produção dobrará. É ótimo.

— Sim, eu sei. E não vou largá-lo sozinho nisso para...

— E tudo isso foi em troca das coisas que você mais almejou. Talvez as únicas que vieram puramente de você — continuou Henrique, embora Gustavo tentasse interrompê-lo. — Existe uma diferença entre o que precisamos fazer, aquilo a que a vida nos obriga e aquilo que nasce do nosso desejo pessoal.

Gustavo só piscava, esforçando-se para sustentar o olhar de Henrique. Nos últimos dias, Henrique pôde ver Gustavo de volta ao local onde estudara, como seu interesse e seu olhar se iluminavam ao estar envolvido com o tratamento, ao conversar com os médicos. A promoção final de Emílio só provava seu ponto.

— Juro que sou capaz de segurar as pontas. Não estou sozinho. Emílio merece crédito e espaço. Sei que vou juntar dois assuntos problemáticos em uma só frase, mas sabe quem tem se mostrado uma ótima parceira de negócios, porque é inteligente e recebeu uma vasta educação? Carolina Sodré. Aquela que você costumava chamar de Lina. Já que ela não pôde se dedicar à diplomacia, decidiu voltar seu interesse ao comércio internacional. Somos uma ótima equipe.

Gustavo assentia e até sorriu ao ouvir que "Carolina" estava contente por poder usar seu conhecimento na empresa dos Sodré. Ao contrário de Gustavo, que poderia recuperar sua carreira como médico, ela ainda não tinha meios para fazer com que uma mulher fosse aceita como diplomata. Mas ninguém poderia impedi-la de ser bem-sucedida no comércio internacional das empresas particulares que pertenciam aos Sodré.

— Eu acredito em você — Gustavo assegurou, rápido. — Acredito em todos vocês. Diga a Carolina que fico feliz por ela encontrar um trabalho de que gosta conosco. E, se ela quiser, podemos arrumar o maior número de acordos internacionais que pudermos bancar.

Henrique riu um pouco do fato de o primo, que era sempre o racional em tudo que faziam nos negócios, estar disposto a mudar os planos só para agradar Lina.

— Então termine o que começou. Dedique-se a finalmente ter o que você mais almejou e desejou em sua vida.

Gustavo voltou ao silêncio, em dúvida sobre se Henrique estava falando apenas da carreira que ele queria seguir e do conhecimento ao qual gostaria de se dedicar. Ele almejava a medicina. Porém o que mais desejava na vida era Lina, mesmo sabendo que não poderia tê-la. Mas ela não o queria mais.

— Mal cheguei e já estou perdido, vocês vivem em meio ao caos — brincou Mário Vieira quando lhe perguntaram sobre seus primeiros dias na capital.

As conversas se sobrepunham pela mesa enquanto todos comiam. Emílio e Tina decidiram servir uma farta feijoada como boas-vindas à nova casa. Os dois planejavam ter os amigos e familiares mais próximos sempre por perto, pois eram muito ligados a eles.

Lina estava feliz por ter Tina de volta. A amiga estava grávida do primeiro filho e Lina estava pronta para ser uma tia dedicada. As primas de Tina continuavam umas abelhudas divertidas, e a mãe finalmente concordara em se casar. O senador já havia cedido e nunca mais implicou com Emílio, só não era uma presença constante na vida deles. Aquilo não era uma mudança grande na vida de Tina, e o pai não fazia falta.

— Ele deixou a pobre moça lá, a ver navios — riu Mário.

Ao conhecer Mário, Lina percebeu traços em comum com Gustavo e imaginou que devia ser algo dos Vieira. Afinal ele era filho do irmão de Paula Sodré.

— Eles sabem que Gustavo tem uma casa pronta aqui no Rio. Esse danado sequer mora lá na nossa terra e mesmo assim é um dos melhores partidos das duas cidades. — Mário fazia os outros rirem ao contar, animado: — Nada mais justo que trazer logo a noiva.

Lina parou de mastigar e abaixou o garfo lentamente. Estava confusa ou Mário afirmava que Gustavo tinha uma noiva?

— Ele vai precisar trabalhar menos e passar algum tempo em casa. Ainda mais se pretende arrancar a pobre moça do Recife e trazer para este hospício que é a capital — concluiu Mário. — Ela nunca veio aqui. Mas pode contar comigo, farei tudo para que tenha algumas férias.

As primas de Tina indagaram mais sobre o assunto, curiosas, porque algumas ainda estavam solteiras e, se Gustavo estivesse disponível, tinham interesse.

— É só uma possibilidade. — Gustavo olhou para Mário rapidamente, mas ainda faltava afinidade entre eles para saberem se comunicar somente pelo olhar.

Tina olhou disfarçadamente para Lina, que pegou a taça de vinho branco, bebeu um gole pequeno, fez uma pausa e levou uma garfada à boca. Quase que mecanicamente, pegou a taça outra vez e bebeu mais. Ela repetiu o movimento várias vezes, a pausas regulares. Tina estudara com ela — e, em uma das aulas sobre postura para damas, diziam que elas deveriam disfarçar desconforto, falta de assunto e qualquer outro problema à mesa com aquele truque. Pequenos goles, pequenas garfadas, intervalos regulares, respirações rasas e olhos se alternando entre a mesa e as pessoas, até que a origem do problema fosse esquecida.

Subitamente, Lina estava olhando da taça de água para a mãe de Tina, que conversava na ponta da mesa com a mãe de Emílio.

Lina colocou ponche em um copo e entregou a Henrique. Ele segurou o braço dela disfarçadamente.

— Você sabia que ele ia se casar? — Lina soltou antes que ele pudesse falar.

— Ninguém disse que ele vai se casar — contrapôs Henrique.

— Sabia?

— Ele comentou que seria apresentado a alguém — admitiu o marido.

— Tudo bem. — Lina assentiu. — Vou ficar um pouco com Tina e as outras.

Segurando seu copo, Henrique a observou se afastar e olhou na direção da sala, onde Emílio e os outros conversavam animados e planejavam os jogos que seriam a diversão da noite. Henrique costumava ser bom em enxergar por baixo do fingimento ou das enrolações de Lina, mas demorou um tempo para descobrir quanto a noite havia desmoronado.

— Eu vou ter de conhecê-la — concluiu Lina enquanto passava na frente de Tina, andando em círculos. — Como vou fingir?

Elas tinham fechado a porta do banheiro para uma conversa a sós. Foi fácil dar uma desculpa qualquer sobre acompanhar a amiga grávida e ajudá-la com a roupa.

— Acredito que não será possível evitar — admitiu Tina.

— Você a conheceu? — Lina girou e encarou a amiga.

— Eu não fui ao Recife da última vez que viajamos, fiquei em Salvador com Emílio. — Tina foi se sentar, pois a barriga arredondada estava começando a pesar. — Agora não creio que irei a lugar algum por um tempo, seria tão desconfortável.

Lina prestou atenção nela e a viu esfregar a mão sobre a barriga.

— Você está bem? — questionou. — Não quero preocupá-la com meus arroubos.

— Só estou grávida. Você sabe como é. — Tina ofereceu a mão para ela. — Meu trabalho de amiga é justamente esse. E você tem me aguentado reclamar sem parar.

— Sei... — Lina aceitou a mão, sentando-se ao lado da amiga. — Já disse quanto senti sua falta?

— Eu não sei como sobreviveu sem mim. — Tina apertou a mão dela, descansando as duas sobre o volume de sua barriga.

Henrique saiu para o terraço e viu Lina perto dos vasos de planta no canto direito mais distante. Ao se aproximar, notou que as mãos dela tremiam, em uma tentativa falha de acender o cigarro aromático. Ela nem prestou atenção na aproximação do marido, mas murmurou uma imprecação e atirou o cigarro no chão, em seguida pisando com força suficiente para esmagá-lo.

— Eu acho que não servem mais, preciso de outros — disse Lina, embora Henrique ainda não tivesse dito uma palavra.

Depois, pegou a taça que apoiara no topo da grade e virou o resto de champanhe de um gole só, apenas para se manter contraditória ao dizer:

— Ah, inferno. Não importa. A ama tem mais leite do que eu. Não dou mais conta.

— Lina? — chamou Henrique, querendo trazê-la ao presente.

Ela soltou a taça e tentou pegar outro cigarro, mas não fumava fazia tanto tempo. De fato, Henrique sabia que ela só usava aqueles "cigarros de moça" quando estava passando por algum evento traumático. Ele pegou a carteira de cigarros das mãos dela e guardou no bolso. Lina não reclamou, apenas cobriu o rosto com as mãos trêmulas.

— Não há nada de errado. Ele tem todo o direito. Ele precisa... — murmurou ela, incoerente.

Henrique esfregou as costas de Lina — o conforto dele era sua perdição. Poderia entregar-se a ele e fingir que nada mais existia. Em compensação, o marido tinha o poder de trazer seus sentimentos à tona. Lina virou o rosto e conteve as lágrimas.

— Eu não tenho o direito de sentir nada sobre isso. Na verdade, devo apoiá-lo. Eu... Ele... Espero que ele... seja feliz.

O marido apertou a mão de Lina e disse:

— Eu te amo com todos os seus defeitos e sentimentos, Lina. Não precisa esconder o que sente. Não de mim.

Lina sentiu uma pontada ainda mais intensa no peito. Como podia sentir tanto carinho e dor ao mesmo tempo?

— Eu vou encontrar felicidade por ele em meu coração. Prometo. Serei maior do que meu sentimentalismo mesquinho. Ele está certo, a ideia sempre foi absurda. De nós três, ele é único que tem algum juízo. — Lina balançou a cabeça, tentando se convencer daquilo, pois era uma constante luta entre seu cérebro e seu coração.

— Não era uma ideia, era a verdade sobre nós — disse Henrique. — E não foi isso que Gustavo afirmou.

Lina fez de tudo para controlar suas emoções e apertou um lenço sob os olhos. As lágrimas teimavam em molhar sua face. Já havia pensado naquela possibilidade; em alguns dias ela era egoísta, não conseguia imaginá-lo com nenhuma outra. Em outros, tentava ter bom senso e pensar como Gustavo era maravilhoso e merecia receber amor e dedicação de alguém que o compreendesse e o acolhesse devidamente. Alguém que se apaixonasse pelos cachos escuros que ele guardava sob o chapéu e gostasse de ir com ele aos seus locais preferidos. Alguém que sentasse ao seu lado e aproveitasse o momento, talvez com o próprio livro. Ela queria fazer uma lista interminável e entregar para a tal noiva, e choraria a cada linha que escrevesse no papel.

— A verdade é que nós escolhemos por você. Sinto muito por isso também — confessou Henrique, dando voz a uma das pequenas dúvidas que o assombravam sobre o caminho que escolheram.

— Não. Não, meu amor. — Lina soltou o lenço, tocando o rosto do marido ao encará-lo. — Não vê que eu ficaria sem rumo sem você? Eu o amo com toda a verdade que há em mim.

Henrique sorriu de leve. Aquela dúvida não tinha a ver com ele, e não estava inseguro sobre os sentimentos entre os dois. Era só que Henrique vivera a verdade e a possibilidade entre os três. Também sentia falta do que tiveram. Eram imbatíveis juntos, mas, como estavam agora, eram somente pássaros com uma das asas quebrada.

— Meu amor é todo seu, meu bem. — Henrique beijou seus lábios com um carinho lento, antes de continuar: — Nós todos nos amamos. Eu sei disso. Seríamos perfeitos juntos.

Lina acabou desistindo de segurar seus sentimentos e se abraçou a ele, finalmente despejando as lágrimas com toda sua força.

— Eu ainda amo os dois com o fervor daquela noite na praia. E não quero mais continuar assim... Não suporto mais. Estaremos sempre próximos, e eu preciso de tempo para acabar com isso. É o que desejo. Tempo e distância. Vou parar com isso, prometo.

— Tudo bem. — Henrique apertou os braços em volta da esposa e beijou o alto do seu pescoço. — Vamos embora.

— Por favor, faça parar. É o único problema que não consigo resolver.

— Resolveremos então — prometeu Henrique, apenas para acalmá-la, mas sentindo-se um cretino, pois era exatamente o problema que já dissera àqueles dois que não dependia dele para resolver.

44

O último beijo

— Ela está aqui para vê-lo — avisou João.

Gustavo desceu a escada do casarão e viu a mulher de costas junto à janela que dava para a orla, próximo à poltrona onde ele gostava de se sentar para ler.

— Boa tarde, Carolina — cumprimentou.

Ela havia escolhido uma roupa lilás para alegrar aquele dia, contrastando com seu humor verdadeiro. O vestido de seda tinha uma pequena cauda, mangas franzidas até os pulsos, decote em V decorado com bordados em um tom mais claro que o tecido. O chapéu era da mesma cor, e duas penas amarelas adornavam o acessório. As luvas eram mais escuras que a vestimenta, e ela estava desabotoando-as quando Gustavo a chamou.

— Desculpe por aparecer sem avisar. Eu teria desistido se precisasse telefonar antes. — Ela virou para encará-lo.

— Você não precisa avisar.

— Mas você poderia ter saído. E eu precisava vir.

Gustavo se aproximou mais e ela ficou parada, absorvendo a imagem dele enquanto podia.

— Precisava vir? — Ele sorriu só pela ideia de ela querer vê-lo.

Afetada por aquele sorriso, Lina o contornou e afastou-se até o outro lado da sala, aproveitando para tirar o chapéu e deixá-lo no encosto de uma das poltronas que faziam o centro do cômodo.

— Eu precisava me despedir. Você vai se casar e nunca mais chegará perto de mim. E eu sou uma egoísta, pois achei que merecia vê-lo uma última vez.

Gustavo estranhou o que Lina dizia. Ele hesitou, depois pareceu se lembrar de algo.

— Henrique sabe que está aqui?

— Eu disse que precisava vê-lo pela última vez.

— Nós vamos nos ver de novo.

— Não, não vamos.

— Carolina... — Ele deu alguns passos na direção dela.

— Pode me chamar de Lina, só por hoje — concedeu ela.

As sobrancelhas de Gustavo se elevaram e ele sentiu o impacto em seu peito. Era uma concessão tão pequena e, ao mesmo tempo, tão significava. Sentia-se um mentiroso ao ouvir aquele nome passar pelos seus lábios enquanto sua mente gritava: *Lina, Lina, Lina...*

— Lina, gostaria de tomar um refresco?

— Não, eu não posso demorar. — Ela por fim descalçou as luvas e puxou a bolsa do antebraço, deixando-as na mesma poltrona do chapéu.

Gustavo observava cada movimento dela, e mesmo assim não estava preparado quando Lina se aproximou e descansou as mãos em seu peito. Ele esqueceu todo o resto e manteve o olhar nela, arrebatado pela proximidade. Ela o tocou por cima da camisa como um aviso e foi elevando as mãos até alcançar a pele, deixando-o inerte ao segurar o rosto dele entre as palmas.

— Já que não pôde me beijar pela última vez, sou eu que vou fazê-lo — disse Lina, sussurrando contra a pele do seu pescoço. — Ou jamais me perdoaria.

Lina se esticou e o beijou de uma vez, pressionando os lábios de Gustavo por um instante. Ele abriu espaço para ela e Lina sugou seu lábio inferior antes de beijá-lo com o anseio que um último beijo merecia. O corpo de Gustavo estremeceu ao primeiro toque dos lábios dela, então ele aprisionou a cintura de Lina entre as mãos e a puxou contra seu corpo. Gustavo foi arrebatado pela saudade que o assombrava, deixando-se levar pela necessidade que oprimia cada vez que via a mulher que amava.

No momento em que Lina se abraçou ao pescoço dele, Gustavo a levantou e a levou para longe do perigo de serem incomodados. Os dois se encostaram na parede do corredor, e a porta bateu quando passaram, mas isso não os tirou do intento de ignorar o mundo e continuar se beijando. Ficaram amarrotados e sem ar, e ele apoiou as mãos dos lados do corpo dela e confessou em um sussurro:

— Eu senti sua falta, Lina.

Atordoada pela sinceridade de Gustavo e pelo instante que seus olhares se conectaram, Lina passou as mãos pela nuca dele e o puxou para outro beijo. Dessa vez, ele a carregou até a próxima porta, que levava ao escritório. Assim que a depositou em cima da escrivaninha, Gustavo mergulhou o rosto no pescoço dela e o esfregou contra sua pele, impregnando os próprios sentidos com o cheiro do perfume de Lina.

Ela subiu as mãos por trás da cabeça de Gustavo e afundou os dedos entre o cabelo escuro. Ele ergueu o rosto e encontrou o olhar dela enquanto recebia aquelas carícias. Foi ele quem encontrou os cordões nas costas do vestido de Lina e puxou com força, sem dúvida refletindo quanto a desejava. Levou um segundo para Lina decidir que um beijo de despedida não era suficiente e se abandonar nos braços dele, ao mesmo tempo em que suas mãos o seguravam pelo que seria a última vez.

O decote do vestido desceu e Gustavo beijou sua pele. Lina puxou as saias para cima com a ajuda dele, abrindo os botões da camisa e da calça dele. Os dois buscaram vorazes pelo toque da pele do outro e por espaço para estarem ainda mais próximos. Gustavo odiava ser dominado pela sensação de descontrole, mas aquele barco não voltaria ao cais. A necessidade de estar com ela era mais forte.

Ele apertou as coxas de Lina sobre as meias e a puxou para si. Nenhum dos dois hesitou mais, estavam tão concentrados um no outro que não escutariam nem se um bloco de Carnaval passasse na porta. Lina dobrou as pernas e o calção íntimo deslizou sobre as meias de seda. Os sapatos caíram no chão e ela envolveu o quadril dele com as pernas. Cerrou os olhos e o beijou quando Gustavo a estimulou intimamente e tomou seu corpo.

A entrega e o ritmo que encontraram eram tão perfeitos que nem pareciam tão fora de si como estavam. Só queriam um ao outro de novo, para compensar todo o tempo que perderam e os planos que não poderiam realizar. Era anseio demais para durar muito tempo, mas foi intenso e inesquecível. Lá estava ela, queimando mais memórias para torturá-lo pelo resto de seus dias. Gustavo pensava em Lina, lembrava-se dela e categorizava lembranças que tinha dela todos os dias. Estava preso em um temor inexplicável de esquecer qualquer memória que tivessem juntos.

Ele estava amaldiçoado. Lina o beijava e gemia para ele, como se fosse a resposta para todos os seus problemas. Ela repuxou o cabelo dele e fincou os dedos ali, gozando primeiro como Gustavo queria, e deixando-o se perder logo depois, incapaz de se conter por mais um instante.

A mesa rangeu quando ele precisou apoiar o próprio peso nas mãos, e Lina o abraçou com força, apertando as coxas contra seu quadril. Gustavo se concentrou em respirar o cheiro dela. Não sobreviveria sem se imaginar voltando para perto de Lina, sentindo outra vez a sensação do seu toque, o conforto da proximidade, o aconchego excitante de encostar o nariz na pele dela.

De súbito, Gustavo a pegou nos braços e então, com os dois ainda unidos, levou-a até o sofá, onde tombaram juntos. As pernas formigavam, o coração não queria desacelerar e o corpo ainda estava sob o efeito dela. Lina se recostou nele e fechou os olhos. A forma como ela esfregava a ponta dos dedos pelo pescoço dele, até entrar em seu cabelo, destruiu sua tentativa de raciocinar.

Lina passou alguns minutos enrolando os dedos nos cachos do cabelo dele. Estava mais curto do que aquele dia no pavilhão, mas era suficiente para ela saber que aquela seria sua última vez fazendo isso. Só esse pensamento a levou de volta à realidade, e ela se ajeitou, apoiando as mãos na coxa dele e o encarando.

— Você está bem? — indagou ela.

— Perdoe-me, não consegui me conter a tempo.

— Eu não me importo.

— Por favor, precisa...

— Eu queria ter um filho seu — confessou ela. — Sinto muito que não vai mais acontecer.

Com aquela frase, Lina o surpreendeu tanto que ele fechou a boca, engoliu a saliva e viu um de seus temores retornar.

— Você não ia querer isso — balbuciou Gustavo.

— Henrique comentou que você tem medo de ter filhos.

— Não tenho medo de ter filhos, temo apenas que nasçam como eu.

— Uma pessoa boa, honesta e incrível?

Gustavo virou o rosto. Não conseguia encará-la para falar sobre esse assunto.

— Não... Alguém que vai enfrentar os mesmos problemas sem entender o motivo.

— Ele teria você ao lado.

Lina se levantou e atravessou o cômodo, pegou o calção íntimo, vestindo-se e ajeitando a roupa, antes de deixar o escritório. Conhecia a casa, sabia aonde ir. Quando saiu do toalete, Gustavo a esperava, segurando seus sapatos. Porém Lina ergueu o rosto e deu voz a um pensamento que a assombrara pelos minutos que passara sozinha.

— Como dirá para sua noiva que não terá filhos? Como fará para evitar?

— Não sei se isso se tornará um problema.

— Diga a ela antes do casamento. É um assunto importante — aconselhou ela, a despeito da dor que brotara em seu peito e percorria seu corpo ao imaginar outra mulher carregando um filho dele.

Gustavo colocou os sapatos no chão e ficou em silêncio. Nem sabia se haveria um casamento, afinal de onde ele tiraria coragem para se dedicar a outra mulher? No entanto, entendia que não era a hora de discutir isso. Lina apoiou as mãos nele e calçou os sapatos.

— Preciso ir — avisou ela, e seguiu rapidamente pelo corredor.

Gustavo precisou adiantar o passo para segui-la, pois Lina estava em mais um de seus arroubos. Determinada a fugir.

— Lina, espere.

Mas ela já estava calçando as luvas e só se virou quando terminou.

— Eu vim lhe dar o último beijo que não tivemos. Não vim me deitar com você como despedida. Mas, bem... o que se há de fazer? Nosso descontrole só mostra que precisamos nos afastar para poder seguir a vida.

Se Gustavo conseguiu ler a intensidade da dor no tom dela ao dizer aquelas palavras, sua expressão não demonstrou nada. Tudo que conseguia fazer era observá-la e sentir a própria perda. Lina agarrou a bolsa e o chapéu e seguiu em direção à porta. Gustavo não se considerava um bobo. Reconhecer suas capacidades e dificuldades era o melhor meio para que vivesse bem, no entanto Lina tinha a capacidade de deixá-lo abobalhado.

— Devo chamá-la de Carolina novamente? — indagou ele, mostrando mais lucidez do que esperava.

— Será estranho se eu passar a chamá-lo de sr. Sodré. Mas... — Lina parou no saguão.

— Não faça isso, por favor. — Gustavo a alcançou e parou diante dela.

— Pare com essa enganação.

Antes que Lina escapulisse, ele a capturou pelo rosto e beijou seus lábios. Dessa vez, com a doçura que um adeus planejado deveria ter. Ela estivera em seus braços havia poucos minutos, e agora o perturbava com aquela despedida amarga.

— Não é enganação, você está livre. E eu quero que seja feliz. — Lina passou a mão enluvada pelo cabelo dele, ajeitando-o com carinho e cuidado, em seguida abriu a porta e desceu os degraus em pulos rápidos.

45

Esses rebeldes

Quando voltaram do passeio pela orla, a babá levou Nina para ser trocada e Henrique ficou na sala, dando uma olhada ao redor com saudosismo. Fazia tempo que não entrava no casarão onde havia morado por anos.

Desde que se mudara com Lina para Laranjeiras, deixara João responsável por cuidar de tudo ali enquanto Gustavo estava fora. Agora o casal morava em uma casa com um jardim extenso e um pedaço remanescente da grande chácara que antigamente ocupava o terreno. Havia várias árvores frutíferas e muito espaço para aproveitarem com privacidade.

Teria sido o refúgio perfeito para os três levarem adiante o que o coração de cada um desejava — caso tivessem conseguido superar suas diferenças e permanecer juntos para enfrentar possíveis julgamentos, boatos e represálias quando os rumores sobre eles se espalhassem.

— Acha que ela vai ser como nós? Vai adorar o mar? — indagou Gustavo, ao entregar a Henrique um copo de limonada.

Henrique havia aproveitado que a filha tinha acordado animada e a levara para passear, cedo o bastante para fugirem do sol quente. O dia estava lindo, com poucas nuvens brancas que embelezavam o azul do céu. Vários barcos já estavam na água, remadores chegaram cedo à enseada de Botafogo. Gustavo foi remar com os antigos conhecidos e o primo mostrou tudo a Nina, mesmo que ela ainda não fosse capaz de se recordar. Então caminharam de volta para o casarão, aproveitando para matar a saudade de passarem tempo juntos.

— Até a mãe dela adora o mar, difícil não ser — soltou Henrique, espontâneo, arrependendo-se imediatamente ao tocar no assunto que não queria mencionar.

— Você já a levou para nadar? — indagou Gustavo, referindo-se a Lina.

— Uma vez ela disse que gostaria de fazer isso.

— Algumas vezes.

— Ótimo. — Gustavo se virou, o olhar preso ao chão.

Henrique tinha certeza de que ele gostaria de ter levado Lina para nadar — os dois teriam se divertido e passado mais tempo no mar que o próprio Henrique. Ele adoraria assisti-los da areia. Sentia uma tristeza profunda ao pensar em quanto haviam perdido, podia até imaginar como Gustavo teria se divertido em fazer as vontades de Lina enquanto ela estava grávida. Uma das coisas que ela sempre pedia era para ir até o mar. Até encomendara um traje de banho especial para disfarçar a barriga e não atrair olhares.

Agora, Lina e Gustavo estavam a ponto de ficar mais afastados do que nunca, e Henrique odiava estar no meio outra vez. Não podiam continuar daquele jeito, pois Lina estava magoada. Ela havia ido se despedir de Gustavo e voltara com o rosto coberto de lágrimas. E, apesar de tudo, jamais cortariam relações de vez, pois nenhum dos três suportaria isso. Entretanto, ela preferia demonstrar seu desgosto, enquanto Gustavo o escondia.

— Eu não quero mais ficar nesta posição, esta será a última vez — anunciou Henrique.

Gustavo virou para encará-lo, perdido. O primo respirou fundo e disse:

— Você sabe quanto eu desejo que seja feliz, certo?

Gustavo franziu a testa. Havia melhorado em sua compreensão de sutilezas. No entanto, quando se tratava do primo, ele tinha anos de entendimento. A expressão no rosto de Henrique não combinava com as palavras sendo ditas. Era o que se fazia socialmente: um disfarce. Até o próprio Gustavo aprendera a emular certas expressões por causa dessa habilidade necessária à convivência.

— Certo. — Gustavo assentiu, mas continuou: — Felicidade e contentamento são sentimentos diferentes.

— Você tem razão. — A lateral da boca de Henrique se elevou em uma expressão típica. — Mas eu só consigo lhe desejar felicidade. Nada menos do que isso. Quando for ver sua família e talvez trazer sua noiva para cá, venha passar um tempo comigo. Não podemos nos ver apenas no trabalho. Somos mais do que isso. Sabe que morro de saudades, até hoje não me acostumei a não vê-lo todos os dias.

Gustavo levou um momento para digerir aquelas palavras, e Henrique aguardou, como estava acostumado a fazer.

— Você falou no singular — disse Gustavo, por fim. — Para eu voltar a visitar *você*. Nunca tinha falado dessa forma.

— Eu não quero mais que a veja.

Gustavo abriu a boca, mas não conseguiu reagir. Foi como se o primo tivesse acabado de arrancar sua capacidade de respirar. Tinha certeza de que seu corpo inteiro cessara de funcionar por um instante. Umedeceu os lábios e piscou algumas vezes, pois não conseguia encontrar sentido naquelas palavras. Essa reação não era comum. Não para ele. Sabia as palavras, era bom com elas, estudara e se dedicara para contornar suas dificuldades sociais. Por que sua mente agora estava tão vazia quando precisava dela?

— Por... Por quê? — balbuciou Gustavo.

Henrique balançou a cabeça. O peito doía só de anunciar aquela decisão. Era antinatural. Não era à toa que havia demorado a declarar aquilo, mesmo que sempre encontrasse o primo na sede da empresa. E não conseguia dizer a ele que fora Lina quem pedira tal coisa. Era o mesmo que arrancar a estaca de um coração e cravar no outro.

— Eu não consigo vê-la triste. Desculpe, simplesmente não suporto. — Os olhos de Henrique se encheram de lágrimas e ele teve força de vontade ao continuar, porém sua voz o denunciava, fraquejando: — Mas eu te amo, você é meu irmão. Eu sempre sinto sua falta e o quero perto de mim. Sempre.

Henrique surpreendeu o primo ao abraçá-lo. Sabia que ele não apreciava gestos como aquele, mas também havia se tornado a única pessoa que o pegava desprevenido com atos de afeto. E, pelo que sabia, só havia outra pessoa no mundo que poderia surpreendê-lo com afeto direto e ser apreciada. E Henrique acabara de lhe informar que não podia mais vê-la.

— Tudo vai se resolver em algum tempo — disse Henrique, baixinho.

Henrique o apertava entre os braços, em uma tentativa de manter ambos inteiros. Contudo, Gustavo havia parado de funcionar. Sua mente estava travada em uma constatação, e a conclusão não permitia que reagisse. Era algo que ele reconhecia, quando muitos sentimentos com os quais não conseguia lidar o tomavam ao mesmo tempo, ou um em particular era tão forte que o incapacitava. Suas mãos tremeram e ele colocou sua força de vontade em se concentrar no momento. O primo viu a babá voltar com a bebê e se afastou para escutá-la dizer que Nina estava pronta.

— Eu a deixo triste? Minha presença a entristece? — indagou Gustavo, de súbito, assim que conseguiu sair da paralisia mental. — Ela sequer suporta me ver?

— Não, são os sentimentos *dela* que a deixam triste. — Henrique se virou para encará-lo outra vez.

— Não faz sentido! — reagiu Gustavo.

Dispensando a babá, Henrique disse que partiriam em breve, e ela saiu com a bebê. Só então ele voltou ao assunto.

— Faz, sim. Considere um pouco. Faz todo sentido.

— Considere um pouco. Faz todo sentido — repetiu Gustavo e balançou a cabeça. Afastou-se e continuou a falar: — Não, não faz.

— Eu sei, eu sei. — Henrique fechou os olhos e balançou a cabeça. — Ela precisa de tempo.

Os dois se despediram e Henrique foi embora preocupado. Queria sair daquela posição, mas acabou afundando-se nela ainda mais ao ser a ponta que unia os outros dois. Lina dissera repetidas vezes que não gostaria de ver Gustavo por um tempo, pois queria tentar o mesmo remédio que ele usara: o distanciamento. O problema era que o remédio não havia funcionado com ele, e não era promissor no tratamento de mais uma pessoa envolvida naquele nó cego.

Gustavo não sabia considerar *um pouco*. Sua mente só sabia revirar aquele único assunto. Várias vezes ao dia, a conversa toda retornava à sua memória. Precisou de um tempo para entender que o problema não estava no que fora dito, e sim no fato de que ele não conseguiria atender ao pedido de Lina.

Quando entrou na sede da empresa no centro da cidade, Gustavo não planejava falar com ninguém. De fato, estava tão concentrado e ao mesmo tempo transtornado que passou direto quando o cumprimentaram. Ele entrou no escritório de Henrique e deixou a porta bater atrás dele. Parou diante da mesa e anunciou:

— Você me disse para não voltar a vê-la, e eu respeito o que me foi dito. Há poucas coisas no mundo que respeito tanto quanto o que você me pede, ou qualquer coisa relacionada a você. Só que agora eu entendi. Os sentimentos. Esse é o problema.

Quem precisou de um momento para acompanhar o raciocínio foi Henrique, mas, já que o primo finalmente parecia ter compreendido a teia em que estavam presos, decidiu ser direto.

— Você pensou que poderia se casar com outra e continuar a vê-la? Como se nada tivesse acontecido?

— Sim, era o que faria — confirmou Gustavo.

— Não! Não é assim que será entre nós. Seria o mesmo que eu encontrar uma amante e colocar Lina em segundo plano.

— Por que o que você fala não faz sentido como antes?

— Porque é sobre o que sentimos! Não são decisões lógicas, numéricas ou sequer planejáveis. Não existe probabilidade ou estimativa de tempo nisso, Gustavo. Não pode vê-la e enganar sua esposa!

— Não, não, não! — Gustavo passou as mãos pelo rosto e respirou fundo para tentar se acalmar. Seu coração estava disparado e o primo parecia alterado. Não era uma boa combinação. — Vocês dizem que vão *ver* uma pessoa, e na verdade planejam *encontrá-la*. Usam esse termo para reuniões de negócios, um encontro para um café, mas principalmente para encontros amorosos. E isso me confunde. Eu vou *vê-la*. Vou olhar para ela. Nem que seja do outro lado de uma sala. Por que quer me impedir de sequer colocar os olhos nela?

A última frase saiu completamente fora de seu tom usual, e torturada pela dor. Foi o que chamou a atenção de Henrique.

— Eu jamais o impediria de se encontrar com ela, se é isso que deseja. Não da forma que está pensando. Contudo, Lina não conseguiria nem olhar para você sem desmoronar. Se colocar os olhos nela significa um alento para você, também significará dor no caso dela. Os olhos são um caminho direto para o coração. Eu sei, dirá que não faz sentido e que segundo a anatomia…

— Não seja bobo — cortou Gustavo. — E não me subestime, você é justamente a pessoa em minha vida que jamais faz isso. Por favor, não comece agora. Por que acha que eu desejaria vê-la mesmo que do outro lado de um cômodo? Não existe nada mais palpável do que a reação ao que olhamos.

— Perdoe-me. Às vezes esqueço quanto mudou em tão pouco tempo. Nunca ficamos tanto tempo separados, estou perdendo muito da sua vida — confessou Henrique, e Gustavo enxergou uma dor pessoal do primo.

— Não perdeu nada, eu continuo o mesmo. Só um pouco mais esclarecido sobre quem sou.

Henrique olhou o relógio e pegou o paletó amarrotado que tinha jogado na cadeira, pensando que ficaria confinado ao trabalho o dia todo.

— Venha comigo, vamos caminhar até a orla.

E levou Gustavo embora, pois não queria que as pessoas do escritório o vissem naquele estado de perturbação. Tinha certeza de que ele odiaria.

— Vai voltar para o Recife? — indagou Henrique, saindo para o terraço do Passeio Público.

Gustavo e ele se sentaram do lado de fora, de frente para o mar.

— Eu sempre volto. — Gustavo escolheu beber apenas água. Agora se sentia mais calmo, o barulho e a visão do mar começavam a infiltrar-se em sua mente para tranquilizá-lo.

— Só para ver sua família?

— Sim.

— E não pretende morar lá no futuro?

— Não seria prático para os negócios. Gostei de ficar em Salvador, foi onde voltei a remar — contou ele, observando dois barcos a remo cortando a raia da praia em frente ao Passeio. — Não gosto de ficar longe do mar, onde não tem o som das ondas ou o vento marítimo no rosto. Sem ter um lugar onde eu possa me sentar com meu livro e ter esse momento de calma. Isso me faz pensar melhor.

— Temos mar de sobra aqui no Rio, você sabe. — Henrique sorriu, indicando a imensidão de água na frente deles. — Podemos nos mudar para uma casa pertinho do mar, onde poderá ouvir as ondas do seu quarto. Até quando se sentar na sala.

— Acho que seriam ondas demais. Não seria mais o meu refúgio. — Gustavo franziu o cenho.

— Então arranjaremos uma daquelas casas novas mais ao fundo de Copacabana, ainda existem algumas com grandes quintais. É longe o suficiente de certos vizinhos para termos paz. Podemos chegar até a praia caminhando, mas não será perto o suficiente para ser ninado pelo barulho das ondas.

Gustavo sorriu, bebendo um bom gole da água e permanecendo ao lado do primo. Henrique não disse mais nada, mas o olhava de tempos em tempos.

— Você é o melhor amigo e irmão que eu poderia ter — disse Gustavo, surpreendendo Henrique ao passar o braço em torno dos ombros dele e mantê-lo perto. Os dois eram próximos, não tinham pudor disso, mas Gustavo não costumava distribuir afeto com a mesma facilidade que o primo.

A emoção fez com que a voz de Henrique saísse rouca ao pedir:

— Então fique aqui.

Dessa vez, quando Gustavo demorou para dizer algo, o primo não conseguiu se conter e continuou:

— Conosco. Ou não… Bem, às favas com todo o resto. Só fique. Espere. — Ele sorriu ao ver que só estava causando mais confusão. — Sim, esqueça o resto. Ao inferno com todos. Nós podemos nos proteger e, mais importante, podemos protegê-la. Lina é resiliente e sabe o que a faz feliz. Fique aqui conosco.

— Ela não me quer mais. — Gustavo tirou o braço dos ombros do primo e bebeu a água como se fosse a mais pura cachaça brasileira. Desceu ardendo da mesma forma, ao se lembrar daquela verdade.

— Enlouqueceu, homem? Ela não quer vê-lo porque não suporta o que sente por você!

— Ela me disse que não me quer mais. E que estou livre.

— Ora, vocês dois. — Henrique se levantou, enfezado. — Não pode acreditar em tudo que Lina diz no calor do momento. Ela fará confissões, mas também dirá os maiores absurdos, seja para se proteger ou para se arrepender depois.

Ele andou até a beira do terraço e viu as baleeiras atracadas e os remadores se afastando. Abriu e fechou a mão esquerda, moveu o braço e não sentiu a mesma força de antes. Poderia jurar que estava melhorando, tinha mais controle do que nos dias após a fatídica noite em que desmaiara. Remar era diferente de se apoiar na mão, mover o braço para a simples tarefa de vestir uma camisa, segurar a filha ou acariciar a esposa. E, mesmo com aquelas tarefas, ele estava se recuperando para poder executá-las.

Talvez nunca mais fosse o mesmo e precisava lidar com isso, mas não se sentia mal. Desde que pudesse continuar com seus planos de vida junto às pessoas que amava, ficaria focado no tratamento.

Antes que Henrique fosse procurar uma cerveja para distrair seus pensamentos, Gustavo parou ao lado dele na murada e perguntou em tom duvidoso:

— Você está me dizendo para desfazer um noivado?

— Por ela? Sem dúvida. Eu desfiz o meu. — Henrique o olhou de soslaio.

— Você nunca esteve noivo.

— Nem você. Assumiu algum compromisso? — Dessa vez, Henrique virou o rosto para olhar o primo de frente.

— Não.

— Nem eu. Incrível como familiares têm essa mania de assumir coisas por nós. E quem terá de viver as consequências pelo resto da vida?

— Nós. — Gustavo encarou o mar. — Eu teria de ir até lá, ser corajoso e honrado e dizer a todos que não haverá compromisso algum.

— Ótimo. Você é corajoso e honrado. Vai tirar de letra.

— Sabe, você é a pior das melhores influências.

Henrique balançou a cabeça e um sorriso divertido iluminou seu rosto.

— Tão rebeldes esses rapazes Sodré... — Ele segurou o primo pelo braço. — Quer ir remar?

— Você ainda não pode remar como antes. Não force a recuperação.

— Você é fogo na roupa, pode remar por nós dois. Eu remo com o braço bom. Vamos! Sinto falta de cair na água na sua companhia.

46

Cúmplices de um escândalo

Lina pensou que Henrique estaria em casa quando ela retornasse do passeio com Nina e seus pais, mas ele havia saído cedo e deixara um bilhete dizendo que aproveitaria o sábado para remar com o primo e ver os amigos. Ela sabia que ele estava bem, porque Caetano contou que o vira mais cedo com o outro Sodré. O rapaz ainda gostava de chamá-los assim, independentemente de qual sujeito era colocado na frente na frase.

Ela tentou não pensar sobre o fato de Gustavo ter retornado à cidade. Henrique só lhe contara que o primo iria ao Recife resolver umas questões. Ele fora estranhamente esquivo, mas Lina entendia o motivo. Não queria dizer a ela que Gustavo tinha ido resolver o casório com a tal noiva que os familiares lhe arranjaram. Diferente da família paterna, os Vieira só queriam o bem de Gustavo, e ela apostava que haviam encontrado uma boa moça para se casar com ele.

Será que ele simpatizava com a moça? Será que um dia nutriria sentimentos por ela?

Tudo bem, Lina conseguiria enfrentar a notícia. Já havia se despedido dele, trancou o coração e não o veria por um tempo. Nem que precisasse fugir, arrumar desculpas, esconder-se na casa dos pais. Faria qualquer coisa para sobreviver ao coração partido. Só não conseguiria ficar longe de Henrique, mas daria um jeito de não se encontrar com Gustavo. Como naquela tarde, em que os dois foram passar um tempo juntos e ela só precisava sobreviver à notícia.

Estava tão concentrada em seus afazeres e em afastar aqueles pensamentos que, quando uma voz falou, Lina derrubou a tesoura que segurava e virou a xícara apoiada em sua mesa favorita.

— Era enganação, não era? — questionou a voz masculina.

Ela se virou no lugar e se deparou com Gustavo. Ele estava com o cabelo úmido e tinha trocado de roupa para visitá-la. Lina sabia que Henrique pedira para que ele não voltasse a encontrá-la. *Ao menos por um tempo*, ela requisitara ao marido. *Até eu me curar.*

Não estava nem perto de estar curada, e lá estava sua fonte de preocupação, enchendo a pequena sala pessoal com sua presença.

— Quando você disse que não me queria mais — prosseguiu ele, com o tom calmo e neutro de sempre. — E que estava me dando a liberdade.

Lina engoliu em seco, desviando o olhar. Não estava preparada para aquele confronto.

— Não quero falar sobre isso — disse, por fim, com a voz seca.

— Mas eu nunca estive preso. Fui a muitos lugares.

— Não dessa forma. Às vezes, a vida nos prende de forma mais efetiva do que grades ou correntes fariam.

Lina se virou de novo, reposicionou a xícara em cima do pires e respirou fundo.

— Desculpe, não estou sendo confusa de propósito — disse ela, sem olhar para ele.

— Eu compreendi — disse Gustavo.

Lina tomou coragem e o encarou. Gustavo permanecia no mesmo lugar. Era humilhante, ele sequer se mexera, e ela já estava em um estado deplorável. Não queria ouvi-lo dizer que iria se casar — se ele tentasse se desculpar, ela se jogaria da janela. Estavam no primeiro andar, sairia com uns arranhões e nenhuma dignidade.

— Estou preso, tem razão.

— Não está. Vá ser feliz — disse ela, rápido, ainda pensando em fugir.

— Felicidade é um dos conceitos mais fluidos, complexos e pessoais que existem.

— Então vá encontrar sua felicidade.

— Já a encontrei. Estou olhando para o pedaço que falta para completar o quebra-cabeça do único tipo de felicidade que desejo viver.

Ela mordeu o lábio inferior, sentindo o coração acelerar, confuso e esperançoso. Ele tinha mesmo acabado de ser absolutamente direto ao dizer que Lina era sua felicidade?

— Pediu para Henrique me dizer que eu não deveria mais vir em seu encontro?

— Sim, eu pedi — admitiu Lina, perdendo a compostura na voz. Era terrível tentar soar distante com ele, sentia-se uma enganadora. — Ele detestou a ideia, mas entendeu. Da mesma forma que você precisou de tempo, isso também deve funcionar para o meu caso.

— Não funcionou para mim. Espero que não funcione para você.

Gustavo se aproximou e a admirou de perto. Quando o olhar capturou o dela, foi Lina quem desviou primeiro. Ele amava a cor dos olhos dela, uma cor intensa e misteriosa, e era preciso proximidade para notar todas as nuances escondidas. Não importava para onde ele tentara fugir, por mais longe que fosse... Lina continuou brilhando e chamando-o de volta, até quando não lhe escrevia uma só palavra.

— Pare de tentar mentir, não lhe cai bem — disse ela.

— Exatamente. — Ele se concentrou em um dos cachos dela. Em casa, era fácil encontrá-la com as tranças desfeitas e só parte do cabelo preso, e ele não resistia a experimentar a textura sedosa e a forma como as pontas voltavam a se enrolar apesar do toque dele.

— Não posso mais vê-lo. — Lina empurrou o cabelo para trás do ombro, notando o olhar de Gustavo. — Farei uma cena, tenho certeza, eu me conheço. Em algum momento acontecerá uma gafe.

Ele prestou atenção na expressão dela e no tom de sua voz, e não deixou de reparar no pequeno gesto de afastamento.

— Como acontece muito em minha vida, posso ter demorado demais — justificou-se Gustavo. — E talvez eu não seja mais parte do que a alegra.

— Você me alegra. Mas como eu poderia ainda alegrar você?

— A sua presença. A sua existência. O simples vislumbre da sua figura já melhora o meu dia, Carolina. Nada funcionou para que eu me esquecesse disso. Tento viver de um jeito que não subestimem minhas habilidades, mas eu mesmo me subestimei. Sentimentos sempre foram meu ponto fraco. E tenho todos os sentimentos do mundo por você.

Bons, ruins e incontroláveis. Até mesmo aqueles que ainda desconheço. São todos seus.

Os olhos de Lina arderam, e ela tentou engolir a emoção com a saliva.

— Eu ainda me sinto completa quando vocês dois estão junto a mim. Juro que tentei mudar, fiz o que pude para esquecer. Ainda me sinto como naquele dia na praia, mas agora não posso mais fugir.

— Então ficarei aqui.

— Perto de mim?

— Se você me quiser.

Lina manteve o olhar em Gustavo, prensou os lábios, apertou as mãos, observou-o piscar várias vezes e enfiar uma das mãos no bolso. Não conseguia mais lutar contra a necessidade que a perturbava desde o dia que ele partira sem beijá-la pela última vez. Aproximou-se em um arroubo; se esticou para alcançá-lo e segurou o rosto dele. Não o surpreendeu nem por um instante, e ele a beijou como se fosse esse o plano desde que entrara por aquela porta.

Saudosa, Lina o envolveu com os braços e Gustavo cedeu, como um castelo de cartas desmoronando nos braços dela. As mãos de Lina percorreram o pescoço dele e subiram até o cabelo úmido. Ele nem se penteara direito ao sair da água, e ela sentiu os cachos escuros passarem entre seus dedos. Gustavo a abraçou, despreocupado se estava apertando-a demais; era essa a intenção. Estava há tempo demais vivendo sem a sensação do corpo dela moldando-se ao seu.

— Nunca consegui perdoá-lo por não se despedir com um beijo — confessou Lina ao deixar as mãos escorregarem. — Por isso fui até sua casa naquele dia. Precisava me despedir.

Gustavo não conseguiu responder de imediato. Era um daqueles momentos em que as sensações eram tão poderosas que o paralisavam.

— Você não pode me libertar, Carolina. Não sei como consegui viver todo esse tempo longe de você.

Lina se desvencilhou do abraço para olhá-lo nos olhos. Ela balançou a cabeça diversas vezes, obrigando-se a retornar ao que interessava.

— Eu não quero que se case — disse ela, a voz saindo baixa enquanto tentava engolir o nó do choro na garganta. — Não quero! Passei poucos dias fingindo e já estou exausta! E você ainda veio até aqui! Eu já disse... não, eu pedi para não nos vermos mais.

— Não vou me casar — disse ele.

— Mas você tem uma *noiva!* — Lina pronunciou a palavra do mesmo jeito ácido que fazia na época em que Henrique também tinha uma suposta noiva.

— Não, eu não tenho.

— Eu já vi essa cena antes — reclamou ela.

— E como terminou?

— Ficamos juntos. Eu fui a noiva. Mas é diferente agora.

Gustavo assentiu e prosseguiu:

— Eu precisava ir, Carolina. De verdade. Partir me ajudou a adquirir mais independência e confiança. Aprendi muito sobre quem eu sou e do que sou capaz, e também descobri mais das minhas limitações. Enfrentei traumas antigos e aprendi sobre meus sentimentos. Eu te amo, como jamais amei ou amarei outra mulher. Quero me casar com você.

Ela foi tomada por tantos sentimentos que começou a rir, ao mesmo tempo em que os olhos se encheram de lágrimas.

— E o seu casamento? — questionou Lina, sem acreditar no que ele havia dito. — Saiba que eu não vou! Não me importa se será uma gafe. Não irei!

— Não vou me casar com nenhuma outra pessoa. Só com você. Aceite-me.

Dessa vez, ela manteve o olhar em Gustavo, o cenho franzido enquanto sua cabeça se movia levemente. Considerava as palavras que ele dissera e tinha dificuldade em aceitar. Porém Gustavo não era um mentiroso, e jamais iria até a casa dela inventar uma história daquelas.

— Como? — indagou ela, cheia de curiosidade, ao mesmo tempo em que o coração palpitava, temeroso.

— Entre nós. As únicas pessoas que importam. Entendi o que Henrique me disse sobre conseguirmos ficar juntos. Lembra-se do que você também me falou? Nada precisa ser igual. É nossa vida. Apenas nossa. Estaremos sempre juntos. Os três.

— E envelheceremos juntos — acrescentou ela, com a voz fraca.

— Sim.

Lina encontrou os olhos de Gustavo, e os dois ficaram em silêncio por um instante, olhando fixamente um para o outro. Por fim, ela perguntou:

— Promete?

— Prometo.

Lina abriu um sorriso e levou as duas mãos ao peito, para logo depois pular nos braços dele.

— Então eu aceito! Usarei duas alianças! Pelos meus dois amores!

Gustavo a levantou do chão e sorriu, enquanto ela o beijava repetidas vezes, no rosto, no pescoço, nas orelhas e até no nariz. Ele acabava de descobrir mais um afeto do qual gostava em demasia.

— Você ainda está me chamando de Carolina — disse ela.

— Você pediu. — Ele franziu o cenho.

— Ah, meu amor. — Lina riu um pouco, apertando o rosto contra o peitoral dele. — Para você, é sempre Lina. Ou o que preferir.

— Amor, ou Lina.

— Ainda me acha uma espoleta? — Ela ergueu a cabeça para olhá-lo.

— Minha espoleta — disse, segurando-a pelo rosto, e por fim beijou-a nos lábios, como se selassem um contrato.

Quando deixaram a sala pessoal, Lina o puxou pela mão para andarem rápido. Ela mal podia esperar para encontrar a outra parte que completava sua vida. E o viu assim que chegaram à sala. Henrique os aguardava em pé, parecendo agitado.

— Você sabia! Sabia! — Lina o acusou.

O sorriso travesso de Henrique dizia tudo. Ele esteve esperando, ávido por boas notícias. Lina correu para os braços dele e escondeu o sorriso contra seu peito. Estava acostumada a ter seus sentimentos acolhidos por Henrique, fossem bons ou ruins.

— Como puderam armar uma coisa dessas? — ralhou ela.

— Pelo motivo mais verdadeiro. Não há felicidade longe de você — declarou Henrique.

— Apenas tormento, anseio, desejo reprimido e agonia. Nenhum de nós suportaria continuar a viver assim. Não consigo passar um dia afastado de você, nem ele — disse Gustavo.

Lina se virou e olhou para o outro amor de sua vida. O sorriso de Gustavo era de contentamento, como ela não via em seu rosto fazia muito tempo.

— Você disse sim? — indagou Henrique, parecendo ansioso.

— É claro que disse. Eu amo tanto vocês dois. Meu coração vai explodir de felicidade.

Ela puxou Gustavo e o abraçou, encurtando a distância até que os três estivessem juntos. Lina passou um braço em volta do pescoço de cada um, esticando-se para englobá-los, então murmurou com o rosto apertado entre eles:

— É o novo dia mais feliz da minha vida. Sei que terei outros. Com vocês.

Ela beijou primeiro um, depois o outro, nos lábios, no rosto e no pescoço, onde alcançava melhor, mesmo com ambos inclinados para ela. Estava outra vez entre eles, segurando-os pelas lapelas. Os três se recordaram daquela noite no baile de Carnaval de Ermelinda, antes de Lina decidir levar os primos para o nicho enfeitado. O estopim da mudança em suas vidas.

Gustavo tirou uma caixa do bolso do paletó e deu um passo para trás. Lina até se escorou em Henrique com a emoção que a tomou ao vê-lo com aquela caixinha na mão.

— Fui ao joalheiro pirata — contou Gustavo.

Lina começou a rir na hora. Tanto seu anel de noivado quanto as alianças de casamento haviam sido feitos pelo tal pirata.

— Encomendei isto. — Ele mostrou a aliança. — Ele disse que unir anéis em um só é algo fácil.

— Você escolhe a cor das pedras — acrescentou Henrique.

Ela estendeu a mão esquerda para Gustavo e aguardou. Ele fixou o olhar no rosto dela, sem piscar.

— Eu quero ser eternamente sua também — disse Lina, sorrindo, radiante. — Coloque a aliança. Depois levaremos até o pirata e pediremos mais ouro roubado para fazer a sua!

Gustavo assentiu e deslizou a aliança pelo anelar dela, encaixando-a junto da primeira aliança. Então se inclinou e beijou a mão de Lina, bem em cima dos anéis. Depois, ela ofereceu a mão a Henrique e ele também a beijou.

Estavam selando um pacto.

Eterno.

Lina ficou na ponta dos pés e beijou os lábios de Gustavo. Depois se virou, puxou Henrique e o beijou. No fim, cada um secou as lágrimas do outro com a ponta dos dedos. A última vez que Gustavo havia chorado tinha sido de saudade — agora, era a primeira vez que sentia a sensação de lágrimas de alegria. Nunca mais desejava se esquecer da força desse sentimento.

— Somos eternamente cúmplices de um escândalo — declarou Lina.

— O melhor escândalo desta cidade — concordou Henrique.

— O escândalo das nossas vidas — completou Gustavo.

Decididos a serem escandalosos, os três foram em busca de champanhe. Não estava muito gelado, mas brindaram com o néctar borbulhante que combinava com sua história. Mataram a saudade de dividir o mesmo espaço. Lina estava tão emocionada que a cada momento secava o rosto no paletó de um dos maridos. Já pretendiam se casar no Carnaval. De novo. Dessa vez em trio. Até lá, as novas alianças estariam prontas.

— Eu tenho tempo — sussurrou ela, entre os braços dos dois.

— Estou livre — informou Henrique.

— Não vou a lugar algum — garantiu Gustavo.

E não precisavam se esconder no vão decorado da casa de ninguém, correndo perigo e culpando-se pelo que desejavam. Lina sorriu, ainda sem caber em si de felicidade, e não quis mais correr riscos. Passou no meio deles e correu para a escada. Os dois viraram nos calcanhares, surpresos.

— Lina! — chamou Henrique.

Ela parou no meio da escadaria e apoiou uma das mãos no corrimão, observando por cima do ombro seus dois preferidos, juntos de novo. Para a felicidade deles. E, especialmente, a dela.

— Encontrem-me — desafiou ela, e subiu correndo.

Gustavo e Henrique eram rápidos e trapacearam, pulando os degraus de dois em dois. Foi uma perseguição, e não um esconde-esconde. Seguiram o som dos sapatos de Lina e do riso que ecoava pela casa. Assim que passaram pela porta do quarto, Lina se jogou nos braços deles. Sua agenda das próximas semanas estaria toda ocupada. Ela planejava ter dias com cada um. Recuperaria o tempo perdido de amizade e amor com Gustavo, e queria saber tudo que ele havia feito em suas viagens. Mimaria Henrique, acompanharia sua recuperação e continuaria a amá-lo mais a cada dia.

E teria os melhores dias de sua vida, os três bem juntos. Não permitiria que nada os separasse outra vez.

Epílogo

Alguns anos depois, no Carnaval

O bloco dos Teimosos atravessou o Largo do Machado e seguiu para dar a volta pela orla. Um dos rapazes levava o estandarte, e na frente da banda estava a bela rainha, usando um diadema de flores e gemas, uma das maiores visões de que os foliões se recordariam ao longo de muitos Carnavais. Cassilda Porciúncula era o nome dela. Oficialmente conhecida como sra. Sodré. Carolina, chamada de Lina pelos amigos, e de Cassilda pelos frequentadores do Lanas. Filha do tal cônsul famoso que anos antes havia retornado ao Rio com navios e mais navios carregados de bens.

A banda do bloco seguia logo atrás, com figuras ilustres da boemia local, pois eram todos apaixonados pelo Lanas. Entre eles estavam os dois rapazes Sodré, aqueles rebeldes incorrigíveis. Diziam pela cidade que um deles era barão, coisa que nem existia mais, e que o pai dele morrera com o título e muitas dívidas. O outro era rico, filho de um oficial vindo de Pernambuco, ninguém sabia bem quando. As histórias corriam pela cidade em várias versões desencontradas, e o povo esnobe da alta sociedade não se prestava a falar com os populares para contar o que sabiam.

Populares era exatamente a palavra para descrever os Sodré. Seus nomes circulavam pela cidade desde o escândalo com a sobrinha da marquesa, que nunca mais deixou a boca do povo. Aliás, Vitoriana acabou encontrando um marido na viagem à Europa. Agora tinha um título, mas o dinheiro continuava por conta da marquesa.

Também era possível ver os famosos rebeldes no corso e no desfile das sociedades carnavalescas. Era onde apareciam "com a cara limpa", como o povo dizia. Lina Sodré ainda atirava flores para os foliões. Uma menininha de cabelo escuro, muito parecida com ela, também ficava junto à grade jogando pétalas. Vez ou outra, um dos rapazes Sodré levava um refresco para as duas. O cônsul assista a tudo junto da esposa, a encantadora Josephine.

Na mesma fila de cadeiras, encontrava-se também Tina Rodrigues, acompanhada de uma de suas várias primas e do marido, o sr. Emílio Rodrigues, que gostava de apontar e explicar tudo a Pedro, filho mais velho do casal.

No entanto, era no bloco e nos cordões carnavalescos que a turma de amigos se encontrava em peso. A maioria continuava malfalada, e divertia-se como nunca.

— Tome aqui. Quero algo gelado, compre para você também e para Nina — disse Lina, pois ainda pedia favores a Caetano e continuava a colocar mais moedas do que precisava na mão dele.

Ele saiu desembestado em meio aos foliões e deixou seu assistente oficial para tomar conta da área. Bento tinha crescido ainda mais e já estava uns quinze centímetros mais alto que o irmão. Terminara o colégio, e durante a semana trabalhava nas empresas Sodré, mas, sempre que podia, fazia um dinheiro extra no trabalho que mais o divertia: tomar conta de Lina e seus pequenos.

O fato de Gustavo ter ficado tantos meses longe da cidade ajudou a abafar rumores. Por muito tempo, a ideia de um casamento a três não passou pela mente dos fofoqueiros mais dedicados da sociedade, pois eram mantidos a distância. "Os Sodré" agora eram Lina, Henrique, Gustavo e seus filhos. Não eram apenas os dois rapazes com fama de rebeldia maior do que os feitos.

O segredo deles já não era mais tão secreto. Ainda assim, continuavam os melhores cúmplices.

Mesmo durante os períodos em que estava grávida, Lina continuou saindo à frente do bloco e comparecendo em todos os dias de Carnaval.

Era algo absolutamente temerário para uma dama de sua posição, e toda vez virava assunto pelas costas da família. E, por coincidência, ela carregou bebês, em diferentes estágios, em dois Carnavais.

Os três só não compareceram ao Carnaval no ano em que foram passar a data comemorativa no Recife, algo inédito para Lina, e um reencontro que Henrique gostou tanto que, quando foram embora, já planejava ir mais vezes. Assim, os Vieira conheceram a família de Gustavo. O combinado ficara implícito. Não importava com quem as crianças se pareciam, eram filhos dos três, e essa parte era difícil de disfarçar. O resto tiravam de letra, especialmente quando estavam fora da capital. Os Sodré viajavam bastante. Cada novo acordo comercial fora do país era uma desculpa para embarcarem em outra aventura. E, assim que Gustavo terminou a faculdade de medicina, as férias pela Europa nas cidades em que Lina havia morado puderam virar realidade.

Nessa viagem, tiveram a companhia de Inácio e Josephine. O casal era dedicado ao cargo de avós. O cônsul se planejava com antecedência para estar com a família e ainda atender a interesses brasileiros pelas cidades por onde passava. Todos saíam ganhando.

Os Sodré criaram um refúgio para si em sua casa e entre os amigos. Mas não se retiraram completamente da sociedade. Pensavam no futuro dos filhos ao fazer isso, pois um dia suas crianças poderiam preferir ter contato com o círculo carioca da alta sociedade. No fim, poderiam fazer o que desejassem. Os pais apoiariam. O mundo só era como queriam dentro da casa deles; na realidade, continuava como antes.

— Está gostando? Está bem? — Lina ofereceu a mão a Virginie, sua outra amiga malvista pela sociedade.

— Como você conseguiu passar dois anos na frente deste bloco com essas crianças no ventre?

— Estava no início — disse Lina, rindo, humilde.

Além de Nina, que era uma espoleta e gostava de copiar a mãe em tudo que uma garotinha era capaz, os Sodré também tiveram Antonio, chamado de Toninho pelos pais, o filho do meio. O caçula foi batizado de Inácio, em homenagem ao avô coruja, mas seu temperamento era igual ao da mãe, que gostava de aprontar. Até conseguiram espaçar o tempo entre os três. Lina sempre quis ter filhos, mas queria se apaixonar primeiro. Depois que seu coração foi preenchido, ela fantasiou secretamente ter filhos dos dois homens que amava. Ainda gostaria de ter mais um, dali a poucos anos, se possível.

— Vem, Nina! — Lina passou entre os foliões do bloco e a filha correu junto da mãe, agarrada à sua saia.

Logo atrás delas, Caetano fazia seu árduo trabalho de não deixar que esbarrassem na pequena, mas os próprios integrantes do bloco abriam uma clareira em meio ao público para a rainha passar.

— Cadê meus bebês, Bento? — Lina olhou por cima do ombro. O bloco já havia feito a volta completa e retornara ao Lanas.

— Em segurança com os pais! — disse o rapaz.

Os bebês já não eram tão pequenos, mas, ao contrário da espevitada Nina, não tinham tamanho para seguir o bloco o tempo inteiro. Antonio já tinha acompanhado os músicos e balançado um tamborim, depois se cansou, pediu colo e agora dançava nos braços de Gustavo, adorando o som da banda, que havia melhorado muito desde seu começo.

A primeira vez que foi chamado de pai, Gustavo ficou impactado por dias. Antes de conhecer Lina, e até após suas viagens, ele continuava com a ideia de não ter filhos, somente pelo receio de que nascessem "diferentes" como ele. A mudança de mentalidade aconteceu depois de muitas conversas, e, como ele passou tanto tempo cuidando de Nina, acabou percebendo que poderia ser um bom pai.

— Papai! Papai! A banda! — Antonio apontou, puxando sua camisa para se aproximarem dos reco-recos, tambores e violas. — Olha a mamãe! Vem!

As três crianças o chamavam de pai, e faziam o mesmo com Henrique. Eram ainda muito pequenos, não tinham maturidade para entender os planos dos Sodré, de chamar Gustavo de "tio" na frente dos outros para evitar represálias. Além disso, Gustavo era pai deles. E, assim como aprendeu tanto no tempo em que ficara afastado, reconheceu que, se tivesse um filho como ele, a criança seria amada e teria não só a ele, mas os melhores pais, avós e tios em meio ao círculo de amigos e familiares.

— Você vai terminar o dia seco se não beber mais. — Henrique segurou o copo d'água na mão esquerda e o apoiou enquanto o filho sorvia. Depois, acariciou os cachos escuros, afastando-os da testa do pequeno, e sorriu ao vê-lo descansar a cabeça naquele toque. Estavam na rua desde cedo.

O pequeno Inácio já tinha até tirado um cochilo. Ele contorceu-se para ir ao chão, correu entre pernas de foliões, caiu, chorou, voltou para o colo e pediu para descer outra vez. Era o caçula, mas isso não impedia que cometesse as maiores traquinagens.

— Todos os filhos puxaram a ela — dizia Henrique, uma frase que era repetida de tempos em tempos.

Segundo ele, não tinha sido uma criança arteira, só entrara na fase de aprontar já com uns dezessete anos. Gustavo também, e, com a história que viveram, só ganhou liberdade para fazer o que quisesse quando saiu da casa dos Ferreira Sodré. Mas os filhos... esses certamente tinham a veia arteira de Lina desde o nascimento. Era um fato confirmado por Inácio.

— E a mamãe? — perguntou Inácio.

— Hoje mamãe é a rainha deste bando de foliões. — Henrique se sentou e apoiou o filho sobre a perna.

O tratamento só fez bem a Henrique, e nesse tempo aproveitaram as viagens para visitar locais onde a fisioterapia já andava mais avançada. Sempre ia nadar e ainda gostava de remar com o primo e os amigos do clube. Nunca mais competiu nas regatas, mas vinha auxiliando vários jovens novatos no esporte.

— Não tenho mais idade para isso, estou exausto — reclamou Bertinho ao se sentar ao lado de Henrique e apoiar o cavaquinho na cadeira.

Ele sempre dizia aquilo. Foi só passar dos vinte e cinco anos que começou a declarar que não tinha mais idade para nada. Ainda assim, continuava fazendo tudo, a despeito das reclamações, inclusive se casar. Choramingou que morreria solitário, mas usou seu carisma e até publicou partituras em homenagem a certa moça. A canção de seu casamento foi uma composição própria. A sra. Olga Amaral continuava encantada mesmo depois da cerimônia. Não era de desfilar em Carnavais, mas sabia aproveitá-los como foliã assídua. Ela acenava do balcão para o marido enquanto pedia dois chopes duplos, um deles para devolver o fôlego do seu querido.

— Vai ao baile de Ermelinda mais tarde? — Afonso apareceu na mesa que ocupavam e puxou uma cadeira.

— Depois de deixar as crianças em casa — respondeu Henrique, observando o amigo.

Entre as pessoas da sociedade que se recusavam a se afastar dos Sodré, estava Ermelinda e seus próprios escândalos. Era uma aliada de peso. Ela não mudara em nada, continuava tendo casos com jovens rapazes, possuindo um marido de enfeite e os filhos no exterior e oferecendo bailes suntuosos e malvistos em sua mansão.

— Eu mesmo levo os diabinhos em casa e ajudo a babá, se vocês me colocarem para dentro do baile.

— O que você arranjou agora? — intrometeu-se Bertinho.

— Preciso encontrar alguém no baile. Mas preciso de gente chique e bem conectada para me levar até lá.

Os outros riram, e Henrique passou Inácio para o colo dele.

— Aqui, titio, esse já está com sono. Segure e eu penso no seu caso — disse Henrique, mas era só troça.

Os amigos eram os maiores aliados do romance de Afonso. Afinal, quem eram eles para tentar impedir uma história que prometia causar problemas, confusão e corações partidos?

— Agora você é editor, homem. Jornalista conhecido, cronista! Cadê seu convite? — indagou Bertinho.

— Nada disso faz essa gente me aceitar. Não tenho o berço que eles apreciam — comentou Afonso, ajeitando Inácio no colo e apoiando sua cabecinha no ombro. Mesmo com as marchinhas tocando alto no fundo, o menino continuava sonolento.

— Ele quer ver a duquesinha, aquela que também voltou para o país. Igual a Cassilda — opinou Olga, a esposa de Bertinho. Os dois combinavam em serem opinativos, informados e espalhadores de notícias.

Ainda restava um amigo rebelde sem um par para chamar de seu. Afonso, o verdadeiro boêmio do grupo. Ele pensava que um dia se casaria com alguma moça das rodas de literatura do centro, quem sabe uma musicista mais tímida que só aparecia nas confeitarias na parte da tarde, e até mesmo namorou essas moças. Mas agora estava enrabichado por uma jovem da alta sociedade, seu pior pesadelo.

A "duquesinha", como fora apelidada entre o grupo de amigos, havia se casado bem nova com um duque, mas, quando ele morreu, ela saiu fugida da Europa. A família do nobre a detestava e a acusou até de ter matado o marido. Ótimo jornalista investigativo que era, Afonso farejou os segredos da moça e os motivos para os tais ingleses estarem atrás dela, mesmo depois que ela se estabelecera no Brasil.

Afonso não tinha como manter o padrão de vida ao qual ela estava acostumada, mesmo que estivesse ganhando bem. Além do mais, ela era mais sem juízo do que ele, porque queria fugir outra vez e levá-lo consigo. Sim, arrastá-lo atrás de suas saias, como seu novo passatempo, pois tinha dinheiro para fazer o que quisesse.

Afonso se recusava a ser o joguete dela, mas não conseguia resistir a uma chance de vê-la. Nem que fosse pela última vez.

— Tenho que chegar ao Andaraí até as cinco para entregar este aqui e pegar o outro — disse Zé Coelho ao juntar-se ao grupo, e colocou um copo de refresco na mão de um rapazinho.

Ele estava com o filho mais velho e tinha prometido levar o do meio para ver o cordão da Rosa Branca.

— Eu vou também! — reclamou o garoto.

— Sua mãe vai me matar. Ela quer você de banho tomado e na festa da família.

Zé surpreendera a todos ao voltar a morar com a moça que mais jurou odiá-lo, a mãe de seu primeiro filho. Os dois finalmente se casaram no fim do ano anterior, e ele estava mais manso do que nunca. Era ela a invocada, e com razão, pois Zé fora um irresponsável quando se envolveram pela primeira vez. Agora estava reformado. Ao menos na vida amorosa.

— Você nunca chegará ao Andaraí até as cinco, homem. Os anos passam e continua sem noção de distância e tempo — riu Miguel, empurrando-o da cadeira para se sentar. — Tome rumo junto com esse guri.

Zé Coelho tampou os ouvidos do menino e xingou o amigo. Miguel estava noivo, apesar de ninguém no grupo levar fé no casamento, que ainda não tinha data para acontecer. Era coisa arranjada, e a moça tinha outros interesses. A avó de Miguel seguia bem viva e avisou que não partiria desta vida enquanto não conhecesse o bisneto. Continuava no hábito de aparecer na casa dele sem avisar.

— Meu pequeno não aguentou tanta festança e dormiu. — Lina aproximou-se e pegou Inácio do colo de Afonso. — Vamos, preciso colocá-lo na cama e vestir minha próxima fantasia — anunciou.

Caetano apareceu levando Nina pela mão, enquanto Bento puxava Toninho, que parou para se despedir do filho de Zé. Gustavo e Henrique seguiam logo atrás, passando em meio às pessoas como se a algazarra carnavalesca não estivesse acontecendo.

Quando anoiteceu, Lina já estava esplendorosa em sua última fantasia daquele Carnaval. Usava outro diadema, com gemas azuis iguais àquelas do broche que Gustavo lhe dera. Essa joia havia sido um presente que Gustavo colocara em sua cabeça naquele Carnaval que passaram no Recife. A fantasia deixava seus ombros à mostra, e a saia era feita como se estivesse rasgada, para que vissem as botas de estilo masculino. Ela era uma capitã pirata usando as joias de seu último espólio.

— E roubarei todo o ouro daqueles ricos da festa. Eles não sabem o que os espera! — anunciou Lina. — E vocês, meus marujos, venderão tudo!

Tudo exceto a joia favorita de Lina: a aliança dupla que só tirava do dedo quando necessário. Continuava intacta, com minúsculas pedrinhas cor-de-rosa que uniam os dois anéis. Representava sua união com os amores da sua vida.

Henrique entrou na carruagem, ofereceu a mão para a esposa, logo depois Gustavo se juntou aos dois e eles partiram. Lina ficou com um sorriso bobo no rosto enquanto eles a apertavam entre si. A carruagem era o maior dos veículos que possuíam, e ainda assim os dois se sentavam bem perto dela e a mantinham segura. Mesmo no balançar ou quando passavam em algum buraco, seus ombros e coxas a estabilizavam. Ela amava estar em seu lugar favorito.

— Eu adoro vocês, não me canso de pensar que voltar para o Brasil e encontrá-los foi a melhor coisa que já me aconteceu.

Henrique e Gustavo ofereceram as mãos para ela, cada um descansando a palma virada para cima sobre as saias de Lina. Ela as segurou e apertou de volta. Faziam isso quando tinham privacidade — davam-se as mãos, e ela era sempre o ponto de conexão. Lina fechou os olhos e se encolheu quando os dois beijaram seu rosto, seu sorriso continuou aberto e ela pendeu a cabeça para trás, deixando-os roçar os lábios por sua pele e respirar seu perfume.

— Vamos fugir outra vez — disse Gustavo junto ao seu ouvido direito.

Lina ergueu a mão e tocou a lateral do rosto dele. Gustavo beijou o pulso dela e voltou a encostar o rosto contra a bochecha de Lina.

— Você virou um aventureiro inconsequente — brincou ela.

Henrique passou o braço pela cintura de Lina e sussurrou:

— Vamos embora cedo.

— Não vamos, deixe de ser rebelde — provocou ela.

— Nunca. Vamos roubá-la da festa e escondê-la em uma casa de Laranjeiras que todos sabem onde fica — prometeu ele, arrancando risos de Lina.

— Ou vamos fugir para a praia e voltar ensopados. De novo — completou Gustavo, fazendo os outros dois rirem ao se lembrarem de mais essa traquinagem.

Henrique e Gustavo nunca pararam de roubá-la de festas. Era o momento favorito de Lina.

Nota da autora

Estou quase desmaiada de felicidade por você ter lido até aqui e por termos vivido esta história juntos! Agora podemos aproveitar nossos Carnavais de época assistindo ao corso, às sociedades carnavalescas, aos ranchos. E quem sabe jogando umas flores com a Lina. Vamos tomar uma no Lanas e depois fugir para algum teatro inapropriado para jovens damas!

Escrever esta história foi um prazer. A maioria dos locais pelos quais os personagens se aventuram serviu de cenário para a minha vida. Eu sou carioca e suburbana, mas cresci em Laranjeiras por causa do trabalho da minha mãe. Estudei em Botafogo, fiz curso em Copacabana e vivia passeando por lá. O Largo do Machado e o Catete fizeram parte da minha infância, até minhas vacinas eram tomadas na região. Desde cedo minha mãe me levava para o centro da cidade; meu primeiro estágio e primeiro emprego foram lá. Sei navegar aquele caos urbano e cortar pelas ruas estreitas e vielas, muitas citadas neste livro. Além de pegar a barca até hoje. Rua do Ouvidor? Conheço inteira. Poderia ter sido guia turística da Lina, mas desconfio de que ela preferiria passar o tempo com Henrique e Gustavo.

Eu amo história desde criança, e felizmente minha mãe sempre incentivou essa minha paixão. Assim, explorei com os olhos brilhando os locais históricos citados neste livro — alguns dos quais ainda estão em pé e podem ser visitados —, como fez a Lina. Foi como compartilhar um pedaço da minha juventude — sou uma jovem idosa, me respeita (risos) — e descobrir junto com você como eram todos esses locais lá em 1906.

E o Carnaval, minha gente? Em mais de dez anos escrevendo romances de época — eu escrevi o primeiro aos dezenove —, essa foi a pesquisa mais desafiadora da minha carreira, e também a mais divertida. Fiz o que pude para permitir que você vivesse a folia no Rio de Janeiro do início do século passado enquanto se apaixonava pelo *nosso* trio favorito. Também não posso deixar de citar como foi interessante adaptar a pesquisa sobre moda que fiz para os meus livros que se passam na Inglaterra e criar uma jovem mulher moderna e fashionista, que queria ajustar seu modo de vestir ao clima e aos costumes brasileiros.

Este é meu primeiro romance de época ambientado no Brasil. Fazia anos que eu sonhava em criar uma história que se passasse no meu país, até que a trama nasceu bem debaixo do meu nariz!

Quando comecei a pensar neste livro, eu queria que um dos protagonistas tivesse transtorno de déficit de atenção e hiperatividade, porque fui tardiamente diagnosticada com TDAH. O diagnóstico explicou muita coisa na minha vida e me permitiu buscar acompanhamento e tratamento. Este livro se passa em uma época em que nem existia um entendimento sobre transtornos como esse. E isso me fez pensar em como tantas pessoas, até os dias de hoje, não têm acesso a tratamento. E passam a vida sentindo toda sorte de complexos, frustrações, desilusões e tudo o mais que eu senti por muito tempo.

Ainda no colégio, descobri sobre a minha discalculia. Tento me lembrar disso quando não entendo algo relacionado a números. Eu não sou burra, só aprendo de outra forma. E foi pegando dependência em matemática todo ano que eu pude receber atenção personalizada e ter mais tempo para assimilar aquele bando de números. Eu jamais aprendi como as outras pessoas, só decorava, e era como armazenar tudo de que eu precisava por um período. Foi assim que passei na UERJ e na UFRJ. Cursei jornalismo na UERJ, e naquele momento ainda não sabia que tinha TDAH.

Estou contando tudo isso porque talvez você enfrente questões similares e precise ouvir de outra pessoa que você é capaz, que acreditar no seu potencial não é ilusão. E também porque levei anos para criar um personagem neurodivergente. Então imaginei o Gustavo e me apaixonei por ele instantaneamente. Quando comecei a pesquisar sobre o assunto e a me envolver com esse mundo, as pessoas com transtorno do espectro autista (TEA) foram as mais acolhedoras.

Há um grupo de adultos com autismo que fazem tratamento no mesmo local que eu. Um tempo depois de chegar lá, passei a contar sobre este livro, o que eu planejava para o enredo e os personagens. E um dia eles me disseram: *O Gustavo não é como você, ele é como a gente*. Essa frase tão simples, somada ao incentivo e às sugestões deles, me ajudaram a enxergar a verdade sobre o que eu estava criando e a levar esta história adiante. Pesquisei mais, conversei com os médicos que nos acompanhavam e até com alguns familiares dos pacientes.

Algo importante que meus novos amigos me pediram foi para não infantilizar, invisibilizar ou inviabilizar o Gustavo. Eles são exemplos de pessoas com TEA que eu encontrava sempre, e são adultos com a própria vida para cuidar, com emprego, alguns com cônjuge e/ou filhos.

Meu processo de aprendizado tanto sobre TDAH quanto sobre TEA é constante. Se alguma passagem deste livro tiver lhe causado desconforto relativo a isso, saiba que jamais foi minha intenção. Em qualquer caso, você pode me escrever por e-mail ou pelas redes sociais. Posso demorar para ver, com certeza vou me esquecer de checar as mensagens, como vivo esquecendo um bando de coisas, mas em algum momento vou responder.

Eu adoraria escrever mais vários parágrafos sobre como foi única a pesquisa histórica para escrever um livro ambientado no meu país, sobre como ou por que eu criei cada personagem, mas já fiz você ler mais de quatrocentas páginas. Prometo dar mais detalhes nas minhas redes sociais. Só quero que você saiba que eu amei criar a Lina, o Henrique, o Gustavo, seus amigos e familiares e imaginar a relação de amor e amizade entre eles.

Por último, quero lhe dizer para não ter vergonha de procurar ajuda profissional e contar como se sente aos amigos e/ou familiares que possam lhe dar apoio e segurar sua mão. Isso salvou a minha vida, e só assim pude escrever este livro e os próximos que virão.

Bjux e até o próximo Carnaval,

Lucy

Agradecimentos

Não tenho como deixar de agradecer aos meus amigos e familiares mais próximos, que me deram apoio e incentivo para não desistir da escrita depois que a matriarca foi viver no céu com os bichinhos que ela tanto amava.

Agradeço à dra. Alice, a Papapa, que talvez não tenha certeza disso, mas salvou minha vida quando me colocou na triagem do programa psiquiátrico e me fez conhecer o dr. Maurício e a dra. Francine.

Este livro não existiria sem os meus amigos da ala psiquiátrica (é a nossa piada interna). Então: E.S., M.S., J.B., I.R., A.G., R.T., D.A., vocês são incríveis. Cada um deu uma colaboração única a este projeto e foi luz na minha vida quando eu cheguei e recebi atenção, incentivo, informação e suporte para criar um personagem tão especial para nós. A.G., sua leitura sensível foi imprescindível.

Agradeço às minhas leitoras beta, Val e Ara, por reservarem um tempo de suas vidas atribuladas para ler o meu manuscrito. Um agradecimento especial a Ara e a toda a família Robert por ela ter se dedicado a essa leitura sensível como mãe de uma garota tão querida, extremamente inteligente e corajosa e que tem muito em comum com o Gustavo.

Agradeço demais às leitoras que me acompanham há tempos e não largaram minha mão quando precisei dar um tempo de escrever para me tratar e para viver meu luto. Cada mensagem de apoio que eu recebi foi um alento.

O último não é menos importante de forma alguma, porque preciso agradecer *de novo* à minha editora por me deixar publicar mais um romance de época "diferentão". Vocês são babado!

Impresso no Brasil pelo Sistema Cameron da Divisão Gráfica da
DISTRIBUIDORA RECORD DE SERVIÇOS DE IMPRENSA S.A.